Carla Cassidy

Carla Cassidy est née dans une petite ville du Kansas, dont elle a conservé un merveilleux souvenir. C'est pourquoi elle aime y situer ses récits.
Depuis de nombreuses années, elle se consacre entièrement à sa passion : l'écriture. Carla a écrit plus de cinquante ouvrages, et a remporté de très nombreux prix aux Etats-Unis.
Sa devise : « Prenez le temps de rire, le rire est la musique de l'âme ».

Le pacte du silence

CARLA CASSIDY

Le pacte du silence

INTRIGUE

éditionsHarlequin

Cet ouvrage a été publié en langue anglaise
sous le titre :
MANHUNT

Traduction française de
VALÉRIE MOULS

HARLEQUIN®

est une marque déposée du Groupe Harlequin
et Intrigue® est une marque déposée d'Harlequin S.A.

Originally published by SILHOUETTE BOOKS,
division of Harlequin Enterprises Ltd.
Toronto, Canada

Photos de couverture
Femme : © RAYMOND PATRICK / GETTY IMAGES
Paysage : © DIGITAL VISION / GETTY IMAGES

83-85, boulevard Vincent-Auriol, 75013 PARIS — Tél. : 01 42 16 63 63
Service Lectrices — Tél. : 01 45 82 47 47
ISBN 2-280-17074-4 — ISSN 1639-5085

1.

Il n'éprouvait aucun désir d'être ici, mais son choix avait été restreint à trois options : accepter une mission hors de Tulsa, être muté derrière un bureau, ou changer de métier. Les deux dernières s'étant imposées à sa raison comme inacceptables, il s'était décidé pour la première de ces solutions.

Nick Mead ralentit l'allure de son véhicule et baissa le volume du poste de radio dont s'échappaient de vieilles rengaines. Il approchait apparemment de la petite localité où il formerait bientôt un détachement spécial ayant pour vocation de démasquer et d'arrêter un dangereux meurtrier.

Les mains crispées sur le volant, Nick pensa à un autre assassin — un tueur sanguinaire opérant sous le pseudonyme de Murphy, qui, trois ans auparavant, avait impitoyablement détruit son existence.

Ses collègues des bureaux de Tulsa le surnommaient PPN, un acronyme pour : « la Psychose Personnelle de Nick. » En effet, après trois longues années de haine, de traque et de vengeance inassouvie, il reconnaissait avoir l'impression de devenir parfois aussi cinglé que l'homme qu'il pourchassait.

C'était là une des raisons pour lesquelles son chef l'avait expédié dans ce coin perdu. Ses supérieurs hiérarchiques, les grands patrons, le jugeaient à cran et dangereusement obsédé par une seule et unique affaire. Deux points sur lesquels ils avaient, bien sûr, raison.

Nick aperçut le panneau de bienvenue précédant l'entrée de l'agglomération de Cherokee Corners, Oklahoma, et décéléra un peu plus. Ses deux partenaires et lui n'y étaient attendus que le lendemain matin, mais il avait préféré arriver un jour à l'avance afin de se faire une première impression du lieu et de ses habitants.

Ainsi qu'il ne tarda pas à le remarquer, le cœur ancien de la ville s'était construit autour d'une place à l'aspect pittoresque. Cernant en son milieu la mairie et la poste, un petit parc à la végétation luxuriante en occupait le plus large espace, jusqu'à la rue principale, bordée de commerces. Quelques minutes suffirent à Nick pour constater que Cherokee Corners abritait une population composée d'occidentaux et d'amérindiens.

Après sept années passées au service du FBI de Chicago, les traditions latino-américaines et la culture italienne, tout comme la fierté irlandaise, n'avaient plus de secrets pour lui. En revanche, et même s'il travaillait depuis bientôt trois ans pour les bureaux de Tulsa, il ignorait encore tout des coutumes des natifs indiens.

Trop petite pour être appelée une ville, mais trop importante pour prendre la dénomination de bourg, Cherokee Corners semblait exister quelque part entre les deux.

Nick avait appris que Thomas James, le précédent chef de la police locale — un genre de visionnaire — y avait monté un petit laboratoire criminel, et gonflé ses effectifs d'enquêteurs spécialisés dans les affaires d'homicides.

Il savait également que les trois lieux permettant de prendre le pouls d'une ville et de ses habitants étaient le bar, le restaurant, et le salon de coiffure.

Il n'avait pas soif, ni besoin d'une coupe, mais son estomac criait famine depuis un moment, indiquant que l'heure du repas approchait.

Nick repéra trois restaurants autour de la place. Il choisit celui qui paraissait le plus animé.

Lorsqu'il en poussa la porte, une cacophonie de sons l'accueillit, ainsi qu'un mélange d'odeurs dominées par celle des hamburgers et des oignons frits — derrière laquelle il décela un parfum alléchant de pommes de terre cuisant au four.

Le lieu était bondé. Le cliquetis des couverts, les rires, les bavardages, ainsi que les annonces tonitruantes du chef chantaient de concert le succès de l'établissement.

Une femme d'un certain âge assise derrière la caisse, ses cheveux remontés en un chignon sophistiqué, le salua.

— Les tables et les box sont tous pris, beau brun, mais si jouer les piliers de comptoir ne vous dérange pas, il reste un tabouret libre à l'autre extrémité du bar.

Nick avait noté l'inscription « Chez Ruby » portée sur l'enseigne surmontant l'entrée du restaurant. Il devina sans mal que l'opulente femme blonde qui venait de s'adresser à lui n'était autre que ladite propriétaire du lieu.

— Merci, dit-il avec un sourire. Mieux vaut être un pilier de comptoir occasionnel qu'un ivrogne à plein temps.

La restauratrice lui rendit son sourire, ses yeux bleus brillant d'amusement.

— Ah, parce qu'en plus d'être aussi séduisant que le péché, vous avez également le sens de l'humour ! Si j'avais vingt ans de moins, je vous aurais invité à déjeuner, jeune homme.

Nick lui décocha un clin d'œil complice.

— Si j'avais vingt ans de plus… j'aurais accepté.

La grosse femme riait encore lorsqu'il s'installa sur le tabouret qu'elle lui avait indiqué. Nick ouvrit le menu posé devant lui, fit son choix puis, se laissant aller contre le dossier de son siège, il s'imprégna des bribes des conversations qui fusaient autour de lui.

Des hommes à l'allure de fermiers se plaignaient du temps, en prédisant un hiver rude et long. Trois femmes installées à une table voisine discutaient du prix des couches et de l'éducation de leurs jeunes enfants, et deux autres hommes assis près de lui au comptoir commentaient la dernière chute boursière.

Une coexistence paisible semblait régner Chez Ruby, une atmosphère conviviale et communautaire, ponctuée chaque fois par l'échange de saluts et de sourires lorsque les clients entraient et sortaient de l'établissement.

— Pardon de vous avoir fait attendre, s'excusa une jeune serveuse en s'immobilisant devant lui, un bloc à la main.

— Ce n'est pas grave, répondit Nick. Je veux juste une cuisse de poulet avec du gratin dauphinois et un verre de vin.

Le temps que sa commande arrive, la cohue de l'heure du déjeuner s'était largement dispersée, et il ne restait plus au bar que deux hommes assis à l'autre extrémité.

Nick mangea rapidement son plat de résistance, après quoi il s'attarda au comptoir devant une part de tarte aux pommes et un café.

— Comment est la tarte ?

Avenante, la patronne quitta sa caisse pour venir se poster en face de lui de l'autre côté du bar.

— C'est la meilleure que j'aie jamais mangée, répondit Nick en toute honnêteté.

— Vous ne faites que passer, ou bien vous comptez demeurer un peu par ici ? demanda la grosse femme avec une curiosité non déguisée. A propos, je suis Ruby, la propriétaire de ce charmant établissement.

Elle lui tendit une main potelée aux longs doigts vernis de rouge.

— Nick Mead. Ravi de vous rencontrer… et il se pourrait en fait que je reste ici quelque temps.

— Tant mieux. Vous rehausserez un peu l'esthétique de cette ville en matière de population masculine.

— Mademoiselle Ruby, tenteriez-vous par hasard de me séduire ?

Ruby éclata de rire et hocha la tête, faisant danser ses boucles blondes autour de ses épaules charnues.

— La séduction, c'est inné chez moi.

Elle se pencha au-dessus du bar avec un clin d'œil de conspiratrice.

— Mon arrière-grand-mère a tenu le premier bordel de la région. Je suis donc issue d'une longue lignée de séductrices et d'amoureuses.

La matrone s'écarta du comptoir et tapota son imposant abdomen.

— Malheureusement, j'aime bien plus ma cuisine que la compagnie des hommes.

Nick s'esclaffa à son tour, avant de reprendre son sérieux.

— Peut-être pourrez-vous m'aider, hasarda-t-il. Je compte demeurer quelque temps à Cherokee Corners et je cherche un endroit où dormir. En consultant Internet, j'ai constaté que plusieurs choix s'offraient aux visiteurs. Mais vous pourrez peut-être m'indiquer un hôtel en particulier.

Le FBI organisait toujours l'hébergement des agents qu'il envoyait en mission, mais Nick préférait souvent choisir lui-même son lieu de résidence — ce en quoi les habitants étaient les mieux placés pour le conseiller.

Ruby fronça les sourcils.

— Il n'y a pas d'hôtel dans le centre-ville, et les motels sont tous au diable, à l'entrée de l'autoroute. Je veux bien croire que leurs draps soient propres, mais je ne me baignerais pas dans les mares saumâtres qu'ils osent nommer piscines. Non, si vous voulez être bien traité et que vous appréciez un peu de raffinement, allez donc au Redbud, la maison d'hôtes qui se trouve de l'autre côté de la place. Vous direz à Alyssa que vous venez de ma part.

— Alyssa ?

— Alyssa Whitefeather, la propriétaire de l'hôtel et de la boutique de glaces qu'elle a ouverte au rez-de-chaussée.

— Merci, Ruby.

— Tout le plaisir était pour moi, Nick… et n'oubliez pas de revenir me voir.

La plantureuse restauratrice regagna sa caisse devant laquelle un couple attendait pour régler son addition.

Tout en terminant sa tarte et son café, Nick se demanda sur quel type d'hébergement il allait fixer son choix. Cherokee Corners connaissait une activité touristique importante, et les pages d'Internet avaient indiqué diverses possibilités d'accueil.

Il n'avait aucune idée du temps qu'il allait passer ici. Une semaine, deux… un mois, ou peut-être plus encore. Les agréments d'une maison d'hôtes, décida-t-il, seraient sans doute plus appréciables que ceux d'un motel, surtout si son séjour à Cherokee Corners devait se prolonger.

De plus, cela faisait près de trois ans qu'il n'avait pas mis les pieds dans un motel. Tandis qu'il regagnait sa voiture, les souvenirs de sa dernière visite dans une de ces chambres impersonnelles s'imposèrent à son esprit sous la forme de flashes brefs et agressifs.

C'était l'expression lugubre et compassionnelle de ses collègues postés devant la porte de la chambre qui lui avait fait comprendre que quelque chose de grave était survenu. Ils avaient alors tenté de l'empêcher d'entrer, mais il avait eu besoin de voir la scène de ses propres yeux.

Il revoyait encore le tableau accroché au mur au-dessus du lit, qu'il avait d'abord pris pour une étrange œuvre abstraite.

Il avait mis un moment à comprendre que l'œuvre avait représenté un paysage serein, avant d'être éclaboussée par le sang qui dégoulinait en fines rigoles le long de la toile.

Malgré sa répugnance à le faire, il avait su qu'il devait regarder le lit… constater de ses propres yeux que Murphy, le monstre qu'il traquait, l'avait suivi de Chicago à Tulsa, pour assouvir une vengeance dont le prix odieux dépassait l'entendement.

Le corps sans vie de Dorrie était étendu là, ses cheveux blonds étalés autour de sa tête comme un soleil sur cette courtepointe souillée de sang. C'était ainsi qu'il l'appelait… son soleil. Dorrie… l'astre qui, cinq années durant, avait éclairé son existence de ses rayons. Sa femme.

Il l'avait vue pour la dernière fois le matin même. D'un commun accord, ils avaient décidé autour d'un petit déjeuner composé d'œufs brouillés et de toasts qu'il était temps pour eux de fonder une famille. Ses yeux bleus brillant d'émotion, Dorrie avait gravement déclaré qu'elle désirait porter son enfant.

Quelques heures plus tard, elle était là, gisant nue sur ce lit, une plaie béante et hideuse grimaçant à sa gorge, tranchée de part en part. Gravé de la pointe d'un couteau figurait sur sa poitrine un M majuscule — la signature de Murphy.

Nick se glissa derrière son volant, se forçant à repousser ces souvenirs douloureux de son esprit. Il ne pouvait pas se permettre de songer à cette tragédie. Ni laisser son obsession pour Murphy mettre en péril l'enquête qu'il s'apprêtait à mener ici. Car un autre meurtrier sévissait à son tour à Cherokee Corners — et il avait pour mission de le démasquer.

Mais un jour, il retrouverait Murphy. A cette pensée, une rage glacée l'étreignit tandis que ses doigts se contractaient jusqu'à la douleur autour du volant. Un jour ou l'autre, jura-t-il entre ses dents, ce salaud paierait de la pire manière pour le meurtre de Dorrie.

*
* *

— Si tu veux bien t'occuper de réapprovisionner les serviettes en papier, je me chargerai de renouveler les assortiments, suggéra Alyssa à l'intention de Mary, la jeune serveuse qui l'assistait durant l'été dans sa boutique de glaces.

— D'accord, acquiesça cette dernière avec sa bonne grâce habituelle.

Alyssa lui sourit chaleureusement. La présence de Mary avait représenté pour elle une véritable bénédiction ces deux derniers mois. Non seulement la jeune femme s'était jetée à corps perdu dans le travail, mais elle l'avait également soutenue émotionnellement au long d'une période noire, alors que tous les mauvais esprits de l'univers semblaient s'être associés pour tourmenter ceux qu'elle aimait.

L'orage, du moins en ce qui concernait les James — la famille qu'Alyssa considérait comme la sienne — s'était enfin calmé, et sa tante Rita, kidnappée deux mois auparavant par un détraqué, avait regagné saine et sauve la sécurité de son foyer.

Un vent de scandale avait soufflé sur la ville lorsqu'on avait découvert que Jacob Kincaid, le riche et respectable propriétaire d'une des banques de Cherokee Corners, avait enlevé Rita James, et l'avait impunément séquestrée dans une cave des semaines durant, tandis que sa famille affolée la recherchait au grand complet.

On avait ensuite découvert que deux femmes avaient subi avant elle le même sort que sa tante, avant de finir assassinées par Jacob. Ce fut grâce à l'enquête obstinée de ses enfants, Savannah, Breanna, et Clay, tous trois dans la police, que Rita avait pu être retrouvée à temps, et son ravisseur arrêté.

Pour parfaire cet heureux dénouement, ses cousines et son cousin avaient tous trois découvert l'amour en recherchant leur mère.

Alyssa aurait donc dû baigner dans le bonheur. Mais au lieu de cela, elle se sentait vidée de ses forces et profondément secouée par ces sombres événements. D'autant que depuis près d'un mois, elle était victime d'étranges visions. Des visions macabres, dominées par le sang, la violence et la mort.

Le fait qu'un tueur en série se promène en liberté dans la ville n'arrangeait rien, convint-elle. En son for intérieur, elle considérerait toujours cette période comme l'été de la terreur... à cause, d'abord, de l'enlèvement de sa tante Rita, mais aussi à cause de meurtres odieux qui se perpétraient à présent à Cherokee Corners.

— Je parie que la ville entière assistera la semaine prochaine au mariage de Clay et de Tamara, affirma Mary tandis qu'elle remplissait les présentoirs de serviettes en papier.

Alyssa sourit, soulagée d'aborder un sujet plus agréable.

— Je n'arrive pas encore à croire que mon entêté de cousin ait accepté de se marier selon la tradition cherokee, s'étonna-t-elle.

— Cela ne me surprend pas. Clay ferait n'importe quoi pour satisfaire Tamara. Une seule chose vaut l'amour d'une femme de cœur, commença Mary.

— C'est celui d'un homme de cœur.

Alyssa éclata de rire, alors qu'elles concluaient l'adage en chœur.

Tout en s'affairant à remplir les divers bocaux d'éclats d'amandes, de noisettes et de chocolat, et de ces vermicelles sucrés et multicolores dont les enfants raffolaient sur leurs glaces, elle se dit qu'elle aussi, aurait désiré être aimée d'un homme de cœur. Mais tant qu'elle vivrait à Cherokee Corners, ce rêve aurait peu de chances de se réaliser. La plupart des célibataires de la ville avaient peur d'elle, quand ils ne la prenaient pas pour une folle.

En outre, elle n'avait pas une minute à consacrer à l'amour. Entre la gestion de son hôtel et celle de sa boutique de glaces, à peine avait-elle le temps de souffler. Les affaires étaient très prospères à cette époque de l'année. La ville grouillait encore de touristes, et l'ultime chaleur d'août rendait la perspective d'une glace particulièrement alléchante.

L'activité ralentirait d'ici à deux semaines, à la rentrée des classes. Les enfants disparaîtraient alors à l'intérieur des écoles et les touristes regagneraient leurs foyers jusqu'à l'été prochain.

— Je reviens tout de suite, annonça Alyssa. Je vais chercher des éclats de noisettes dans la réserve.

— Pendant ce temps, je m'assurerai que les tables et les chaises sont propres.

Alyssa remercia Mary d'un sourire, puis pénétra dans l'arrière-boutique. Tandis qu'elle inspectait les diverses étagères en quête du bocal recherché, elle entendit le carillon du magasin annoncer l'arrivée du premier client de la journée.

— Bonjour, claironna Mary de son ton naturellement enjoué.

— Bonjour.

Alyssa ne reconnut pas la voix profonde et masculine qui avait répondu à la jeune femme.

— Que désirez-vous ? demanda Mary. Notre spécialité de la semaine est le délice glacé au brownie, pour seulement quatre-vingt-dix-neuf cents, proposa-t-elle tandis qu'Alyssa repérait enfin ce qu'elle cherchait.

— En fait, je ne suis pas venu manger une glace. Mon nom est Mead. Nick Mead. Je viens d'arriver à Cherokee Corners, et Ruby, la patronne du restaurant qui se trouve de l'autre côté de la place, m'a recommandé votre établissement. Je cherche une chambre.

A cet instant, Alyssa sortit de la réserve et leva pour la première fois les yeux vers l'inconnu. La violence du choc qui l'ébranla à sa vue la cloua littéralement sur place. Un vent familier se mit à souffler à ses oreilles, et ses mains laissèrent échapper le bocal en plastique qui atterrit sur le carrelage.

— Nous n'avons pas de chambre disponible, s'entendit-elle dire par-dessus le rugissement du vent dans sa tête.

— Alyssa… rappelle-toi que les Carlson ont rendu leur clé hier soir. La chambre bleue est libre, rectifia Mary.

Tétanisée par le regard perçant de Nick Mead, dont les yeux bleus la dévisageaient avec curiosité, Alyssa sentit ses protestations refuser de passer ses lèvres.

Elle n'avait qu'une envie, échapper à l'intensité de ce regard, et fuir, au plus vite, la présence de cet homme.

— Occupe-t'en, Mary, s'il te plaît.

L'esprit toujours assourdi par des grondements menaçants, elle se détourna du bocal échoué à ses pieds et disparut par la porte menant directement à ses appartements.

Elle alla jusqu'au canapé, où elle se laissa tomber en hâte, de crainte que ses jambes ne refusent de la soutenir un instant de plus. *La vision*. Alyssa saisit une mèche de ses longs cheveux noirs et la tordit entre ses doigts, s'efforçant de repousser les images qui, depuis près d'un mois, la torturaient.

Elle était victime de visions depuis sa plus tendre enfance. Mais jamais aucune d'elle n'avait été aussi précise, aussi troublante, que celle qui l'avait tourmentée ces dernières semaines — une vision hantée par un homme ressemblant en tout point à celui qui venait de pousser la porte de sa boutique.

Alyssa ignorait depuis combien de temps elle était prostrée sur ce canapé, quand un coup léger frappé à sa porte l'arracha à sa vision cauchemardesque.

— Entrez, dit-elle.

La porte s'ouvrit et Mary passa la tête dans son entrebâillement, le front plissé par l'inquiétude.

— Tu ne te sens pas bien, Alyssa ?

L'espace d'une seconde, Alyssa eut envie de raconter ce qui la bouleversait à sa fidèle employée et amie, mais jamais elle ne parlait à personne de ses prémonitions. Se ravisant, elle s'efforça de repousser ces images terrifiantes pour concentrer son esprit sur la présence de la jeune femme.

Elle se força à sourire et assura :

— Ça va, Mary, merci. J'ignore ce qui m'est arrivé. Je me suis sentie faible, tout à coup, comme prise de vertiges.

— As-tu seulement mangé quelque chose ce matin ?

Alyssa secoua la tête en signe de dénégation, et Mary soupira.

— Enfin, Alyssa, tu te lèves tous les jours avant l'aube pour régaler tes clients de petits déjeuners inoubliables, et tu ne prends jamais le temps de te nourrir toi-même.

— Je vais y remédier tout de suite, promit Alyssa. Je m'accorde juste une minute afin de récupérer l'usage de mes jambes.

— Prends ton temps. Je contrôle la situation, assura Mary. J'ai installé M. Mead dans la chambre bleue. As-tu seulement remarqué, avant de te sentir mal, à quel point il était séduisant ? Diaboliquement séduisant.

Ponctuant ses propos d'un clin d'œil mutin, Mary agita les doigts en signe d'adieu, puis elle repoussa la porte, la laissant seule.

Alyssa ferma alors les yeux et prit une longue inspiration pour se calmer. Elle était glacée et elle tremblait, deux effets consécutifs au choc qu'elle avait reçu.

Il s'appelait donc Nick Mead ! A présent, elle connaissait son nom. Mary avait dit de lui qu'il était « diaboliquement séduisant », mais Alyssa n'avait nul besoin de son témoignage pour le savoir. Car bien qu'elle demeure pour lui une parfaite inconnue, cet homme lui était déjà intimement familier.

Au cours du mois qui venait de s'écouler, elle avait eu la vision d'un inconnu lui faisant l'amour, un séduisant homme brun au regard bleu perçant. Elle connaissait avec exactitude la saveur de ses lèvres impatientes, ainsi que la chaleur que ses doigts, en la caressant, faisaient monter en elle. Elle connaissait le rythme langoureux de ses hanches contre les siennes, lorsqu'ils s'abandonnaient passionnément l'un à l'autre.

Elle connaissait tout cela, et pourtant, elle n'avait jamais entendu prononcer ni son nom ni son prénom auparavant. Sans l'avoir jamais rencontré, elle était hantée par l'apparition du séduisant Nick Mead — une de ces visions projetées en elle depuis l'enfance par un souffle mystérieux, et qui finissaient pour certaines par se réaliser.

Alyssa ignorait quelle force non moins mystérieuse avait poussé cet homme jusqu'à Cherokee Corners, mais elle ne voulait en aucun cas de sa présence ici — et certainement pas sous son toit. Une voix, dans son esprit, hurlait au danger. L'arrivée soudaine de cet inconnu, la réalité de son existence, emplissait sa pauvre tête douloureuse de terreur.

Mais peut-être, se dit Alyssa, ne resterait-il qu'une seule nuit à Cherokee Corners, et repartirait-il dès l'aube ?

Traversée par une vague d'espoir à cette pensée, elle se força à se relever. Si Nick Mead quittait la ville le lendemain matin, elle ne serait alors peut-être obligée ni de le revoir ni de lui parler, et ses terrifiantes visions le concernant cesseraient enfin.

A la seule évocation de ces images, un frisson glacé la parcourut. Non pas au souvenir de celles où ils faisaient l'amour — ce qui ne l'effrayait en rien —, mais à celui de la scène finale et récurrente où… elle poignardait cet homme. Sauvagement, et à plusieurs reprises, elle enfonçait la longue lame d'un couteau dans sa poitrine.

2.

Tandis que Nick suspendait ses vêtements dans l'armoire d'une chambre décorée dans un dégradé de bleus, ses pensées se concentraient non pas sur le charme de son environnement, mais sur la femme qu'il avait entraperçue un instant plus tôt dans la boutique de glaces.

Parfaite antithèse de Dorrie — qui n'avait été que soleil et lumière — Alyssa Whitefeather, avec ses longs cheveux noirs retombant sur ses épaules, lui était apparue comme enveloppée d'un manteau d'obscurité.

Sa peau bistrée couleur cannelle et ses pommettes hautes révélaient le sang indien qui coulait dans ses veines. Mais c'étaient ses yeux d'un bleu foncé inattendu, contrastant de manière saisissante avec le reste de son visage, qui l'avaient le plus frappé.

Sous les plis d'une informe robe d'été bleu pâle, il avait eu le temps de deviner la minceur de sa silhouette, toutefois non dénuée de courbes féminines.

Tout en transportant ses effets de toilette dans la salle de bains attenante, Nick s'interrogeait avec perplexité sur la façon dont les jolis traits d'Alyssa Whitefeather s'étaient figés à l'instant où elle avait posé les yeux sur lui.

Les symptômes d'un profond choc s'étaient inscrits sur son visage, une stupéfaction incrédule, comme si en l'apercevant, elle avait vu un fantôme.

Il disposa ses affaires — crème à raser, eau de toilette, brosse à dents, dentifrice, et un grand tube d'Aspirine — sur la tablette du lavabo, marquant ainsi son territoire pour la durée de son séjour — un séjour qu'il avait qualifié d'indéfini à l'intention de Mary.

Ressemblait-il à un ex-époux infidèle ou à un ex-petit ami d'Alyssa ? se demanda Nick, persuadé de n'avoir jamais vu cette femme auparavant. Il était particulièrement physionomiste. S'il éprouvait parfois une certaine difficulté à se rappeler un nom, jamais il n'oubliait un visage. Et avant ce jour, il n'avait jamais aperçu celui d'Alyssa Whitefeather.

Ecartant son image de son esprit, il regagna la chambre et acheva de ranger ses vêtements dans la commode. Lorsqu'il eut vidé sa valise, Nick porta son regard vers son attaché-case. Il se dirigea alors vers la petite table disposée dans un coin de la pièce entre deux fenêtres, transporta le vase rempli de fleurs coupées déposé en son centre jusqu'au plateau de la commode, et revint poser à sa place la mallette sur la table.

Elle contenait l'ensemble des dossiers que la police de Cherokee Corners lui avait transmis… l'objet détaillé de sa mission ici. Tony et Bud, ses deux partenaires, arriveraient le lendemain, date à laquelle le chef de la police locale, Glen Cleberg, les attendait tous les trois.

Un tueur en série terrorisait depuis le début de l'été la population de Cherokee Corners. Suite à un quatrième meurtre inexpliqué, Cleberg s'était décidé à demander le secours du FBI.

Tout au long de son expérience de profiler, Nick avait été témoin de sa part d'atrocités. Mais en sa simple qualité d'homme, il avait vu le spectre de l'horreur envahir sa propre existence.

Le chagrin que lui inspirait la mort odieuse de Dorrie ne monopolisait plus ses pensées à chaque heure de la journée, comme ç'avait été le cas durant de longues semaines. Mais la rage qui l'avait étreint à ce moment-là ne l'avait jamais plus quitté.

Il refusait néanmoins de laisser l'un ou l'autre de ces deux sentiments prendre le dessus. Il avait une mission à accomplir, et s'il voulait demeurer en pleine possession de ses moyens, il devait se détacher de ses émotions. Pour parvenir à ses fins, il devait entièrement s'immerger dans l'esprit pervers du meurtrier qui opérait ici.

Sachant combien il importait, en pareil cas, de flairer l'atmosphère qui régnait dans une ville et parmi ses habitants, il avait choisi d'arriver à Cherokee Corners un jour à l'avance. Il aimait s'accorder le temps de baigner seul dans l'ambiance qui entourait un meurtre avant de se jeter à corps perdu dans un travail d'équipe.

C'est dans cette disposition d'esprit qu'il ouvrit le premier des dossiers cartonnés. Il avait lu leur entier contenu des dizaines de fois, mais jusqu'à ce qu'il ait mémorisé chacun des faits, chacun des indices, et les plus petites nuances se rapportant à ces crimes, il persévérerait.

Si son estomac n'avait pas commencé à crier famine, il serait sans doute resté assis à cette table jusqu'au milieu de la nuit.

Lorsqu'il lui fut impossible d'ignorer plus longtemps les protestations de son estomac, Nick consulta sa montre et fut surpris de constater qu'il était plus de 19 heures.

Tout en l'accompagnant jusqu'à sa chambre, Mary lui avait brièvement indiqué le fonctionnement de l'hôtel. Le petit déjeuner était servi dans la salle à manger, entre 6 et 9 heures du matin.

On fermait la porte d'entrée à 22 heures, mais une clé de l'entrée de service était confiée aux clients, leur permettant ainsi d'aller et venir à leur guise quelle que soit l'heure.

En dehors du petit déjeuner, le tarif incluait un bouquet de fleurs dans les chambres, de la limonade fraîche, ainsi qu'un service de thé accompagné de biscuits les après-midi sous la véranda.

Mais pour l'instant, une seule perspective intéressait Nick : dîner. Son déjeuner s'étant avéré fameux, il décida de souper également chez Ruby.

Il sortit de l'hôtel par la porte de service et emprunta l'étroite allée qui longeait l'ensemble des bâtiments de la rue. Alourdie par la chaleur, une odeur déplaisante se dégageait des poubelles déposées le long des murs.

Nick suivit l'allée jusqu'à l'arrière des immeubles de la place, remarquant sur son passage de nombreux accès de service à ces maisons. Les quatre victimes du tueur avaient toutes été retrouvées en différents points du petit parc qui se trouvait au centre de cette place. Cette voie parallèle, nota-t-il, représentait pour le meurtrier une issue idéale.

Lorsqu'il atteignit l'arrière du restaurant de Ruby, Nick le longea par son côté jusqu'à l'entrée principale.

Ruby était toujours assise derrière sa caisse. Lorsqu'elle le vit entrer, son visage s'épanouit en un large sourire.

— Ah, un récidiviste. C'est bon signe, s'exclama-t-elle.

Nick sourit.

— Je me suis franchement régalé à midi, et j'espérais que votre menu de ce soir serait tout aussi alléchant.

— Vous m'avez l'air d'un amateur de viande. Nous servons un excellent steak dans l'aloyau, le soir. Et vous avez de la chance cette fois : pas mal de tables ont déjà été libérées.

Nick jeta un bref regard autour de lui.

— Très bien.

Ruby quitta sa caisse enregistreuse, s'empara d'un menu et le guida jusqu'à une petite table pour deux personnes.

— Celle-ci vous ira ?

— C'est parfait.

Il prit le menu qu'elle lui tendait, la remerciant d'un sourire.

— Désirez-vous un café en attendant votre steak ?

— Riche idée.

Quelques instants plus tard, Nick buvait son café à petites gorgées en se disant que si les membres de la police de cette ville se révélaient aussi accueillants que ses autres habitants, son séjour ici en serait sans nul doute plus agréable.

Un jeune couple se disputait, à une table si proche de la sienne qu'il n'aurait pu s'empêcher d'entendre leurs propos.

— Tu m'avais promis de ne plus accepter de rendez-vous le soir tant que le meurtrier ne serait pas arrêté, protestait la jeune femme d'une voix tendue par l'émotion.

— Je sais, ma chérie, mais cette fois, je suis vraiment dans l'impossibilité de me désister. C'était le seul moment où M. Maynard pouvait me rencontrer.

Nick se détacha de leur conversation, néanmoins intrigué. Depuis son arrivée, c'était la première fois que quelqu'un mentionnait l'existence du dangereux meurtrier qui sévissait à Cherokee Corners.

Il comprenait sans peine la peur qui devait étreindre les habitantes de cette ville, quant à la sécurité de leurs amis, compagnons ou époux. Car jusqu'à ce jour, les victimes du tueur s'étaient toutes révélées être des hommes, dans une tranche d'âge située entre trente et quarante ans. On les retrouvait nus, frappés à mort de plusieurs coups de couteau, dans le petit parc qui se trouvait au centre de la place.

La cuisson du steak était parfaite, les pommes de terre au four, moelleuses comme il les aimait, et noyées à souhait sous le beurre et la crème fraîche.

Tout en dégustant son repas, Nick se demanda quel accueil leur réserveraient, à ses coéquipiers et à lui-même, les forces de la police locale. Car si leur chef avait personnellement réclamé l'aide du FBI, cela ne signifiait pas que les membres de son service seraient tous ravis de voir des étrangers s'immiscer dans leur enquête.

Ces dernières années, la dissension grandissante entre le FBI et les différentes polices municipales avait pris un caractère presque mythique. La plupart du temps, chacun parvenait néanmoins à mettre de côté son ego et à ignorer les luttes territoriales afin de s'atteler de concert à la résolution d'un crime… mais ce n'était pas toujours le cas.

Nick espérait ne pas avoir cette fois à se soucier de politique interne et autres fadaises. Tout ce qu'il voulait, c'était résoudre cette affaire au plus vite, rentrer à Tulsa, et traquer Murphy de nouveau.

Il s'attardait après son dîner devant un autre café lorsque Ruby s'approcha de sa table. Elle désigna la chaise placée en face de lui.

— Cela vous dérange, si je me joins à vous une minute ?

— Pas du tout, répondit Nick, reconnaissant de pouvoir s'arracher un instant à ses pensées.

— Le steak était bon ?

— Succulent. Je sens que votre établissement sera ma cantine favorite durant l'intégralité de mon séjour ici.

Ruby hocha la tête et sourit.

— C'est la meilleure de la ville… mais je ne sais pas si je suis tout à fait objective à ce sujet. Vous êtes-vous installé au Redbud, pour finir ?

— Oui, et je vous remercie de me l'avoir recommandé.

Ruby hocha de nouveau la tête, mais son sourire avait disparu.

— Cherokee Corners est une ville agréable. Nous avons une bonne population, un doux mélange de natifs indiens et de blancs. On s'accepte tous mutuellement, et on vit en bonne intelligence.

Nick se demanda où Ruby voulait en venir, mais il garda le silence tandis qu'elle poursuivait :

— Ici, les gens s'entraident. Nous tâchons de nous soucier les uns des autres. C'est pourquoi je tenais à vous avertir du fait que nous rencontrons certains problèmes, ces derniers temps, et qu'il vaudrait mieux pour vous ne pas vous promener seul autour de cette place à la nuit tombée.

— Vous faites allusion au Tueur Intrépide, affirma aussitôt Nick.

Ruby le considéra avec surprise.

— C'est peut-être ainsi que les journaux le surnomment. Pour ma part, je le qualifierais plutôt de bête sauvage, et de pervers. Je vous aime bien, Nick, et je n'ai pas envie qu'il vous soit fait du mal durant votre séjour à Cherokee Corners.

Il sourit, touché par l'attention de la restauratrice.

— Pour tout vous dire, ce sont ces meurtres qui m'ont amené ici. Je fais partie du FBI, et ai personnellement été assigné à cette affaire.

— Ça alors ! s'exclama Ruby. Voilà cinq minutes que je discute avec un agent du Grand Bureau, sans m'en être seulement doutée un instant. Je croyais que vous vous pavaniez toujours en costume noir.

Nick éclata de rire.

— Par cette chaleur ? Certainement pas. En tout cas, pas avant que je ne soies officiellement en mission, c'est-à-dire pas avant demain matin.

Ruby se pencha vers lui, l'enveloppant de son parfum puissant.

— Etes-vous armé ?

— Toujours, répondit Nick en sentant contre sa cheville le cuir de son holster.

— Dans ce cas, je suppose qu'il est inutile que je me fasse du mauvais sang pour vous.

— En espérant que je mènerai cette mission à bien, vous n'aurez plus à vous inquiéter pour personne, affirma Nick.

Quelques minutes plus tard, il quitta le restaurant. La nuit commençait à tomber, ses ombres dévorant l'éclairage naturel de l'allée. Il n'emprunta pas celle-ci, mais longea au lieu de cela la grille du petit parc en direction de la boutique de glaces.

Ce dont il avait besoin pour compléter son savoureux dîner était une crème glacée à la vanille, ainsi peut-être qu'une petite discussion avec Alyssa Whitefeather.

Il était 20 h 45 lorsqu'il poussa la porte du magasin pour la deuxième fois de la journée. Plusieurs clients assis autour de tables rondes finissaient des sodas et des coupes de glaces.

Alyssa se tenait derrière le comptoir. En le voyant entrer, son regard s'assombrit à tel point qu'il aurait pu croire à une antipathie viscérale de sa logeuse à son égard. Mais comment aurait-ce été possible, alors qu'elle ne savait rien de lui ?

Nick marcha jusqu'au comptoir et se hissa sur un tabouret, un sourire avenant aux lèvres. Ce dernier ne lui fut pas rendu.

— Que puis-je pour vous, monsieur Mead ?

— Me servir une de ces coupes de glace à la vanille, s'il vous plaît, et… je vous en prie, étant donné que je vais sans doute rester ici un moment, appelez-moi Nick.

Elle ne fit aucun commentaire, mais se détourna et commença à préparer sa commande. Ce soir, ses longs cheveux noirs étaient retenus à la base de sa nuque par une barrette. Ses gestes étaient efficaces, mais néanmoins gracieux.

De dos, Alyssa Whitefeather était tout à fait agréable à regarder, mais lorsqu'elle se tourna vers lui, son regard insondable était empli d'hostilité. Elle disposa devant lui la glace nappée de coulis et commença à s'éloigner.

— A qui dois-je demander que l'on prépare mon lit ? s'enquit Nick.

Alyssa s'immobilisa et se tourna vers lui. Elle était vraiment jolie, avec sa peau bistrée qui évoquait la douceur de la soie, ses traits délicats et ses lèvres pleines — bien qu'en cet instant, sévèrement pressées l'une contre l'autre.

— A moi, répondit-elle.

— Ah, eh bien, je souhaiterais réclamer ce service.

— Très bien.

Elle s'éloignait de nouveau quand il interrompit une fois de plus sa progression.

— Affichez-vous la même amabilité avec tous vos clients, ou bien est-ce moi que vous trouvez particulièrement antipathique ?

Nick vit les joues d'Alyssa s'empourprer légèrement tandis qu'elle retenait vivement son souffle.

— Le fait que je vous trouve sympathique ou non importe peu, monsieur Mead. En tout cas, j'ignore ce que vous êtes venu faire à Cherokee Corners, mais vous feriez mieux de partir.

Les mots continuèrent de se déverser de sa bouche, comme malgré elle.

— Vous n'avez rien à faire dans cette ville, et vous n'avez pas à séjourner dans mon établissement.

Nick se demanda alors si Alyssa Whitefeather avait connaissance de ce qui l'amenait en fait à Cherokee Corners. Se pouvait-il qu'elle sache également quelque chose au sujet des meurtres perpétrés ici ?

— Enfin, madame, protesta-t-il, que voulez-vous dire ?

Horrifiée par les propos qui venaient de passer ses lèvres, et comprenant qu'il attendait une explication, Alyssa dévisagea son interlocuteur avec stupeur.

Elle ne pouvait tout de même pas lui parler des visions qui l'obsédaient, sans qu'il la prenne à coup sûr pour une folle.

— Vous devez simplement savoir qu'un meurtrier arpente en toute liberté les rues de Cherokee Corners, et que cette ville n'est pas sûre pour vous. Elle ne l'est pour aucun homme seul.

Cet argument, se dit Alyssa avec soulagement, ne paraissait pas trop insensé.

— Je connais parfaitement l'existence de ce tueur qu'on dit « intrépide », assura Nick.

Il prit sa cuillère et la plongea dans sa crème glacée.

— C'est justement la raison de ma présence ici.

Alyssa le fixa avec stupéfaction. Elle sentit qu'elle inspectait ses traits séduisants à la recherche du plus petit détail pouvant indiquer que cet homme n'était pas celui qui hantait ses visions.

Elle examina ses cheveux, dont la coupe impeccable était adoucie par une ondulation naturelle, son nez aquilin et sa bouche aux lèvres sensuelles. Mais c'était son regard qui rendait son visage si saisissant — le contraste du bleu intense de ses yeux avec ses cheveux noirs et son teint hâlé. Contrairement aux siens, qui étaient d'un bleu foncé, presque indigo, ceux de Nick Mead avaient l'éclat d'un ciel d'été sans nuage.

Hélas, décida Alyssa, c'était bien le même homme. Il n'existait pas le plus petit doute dans son esprit quant au fait que cet inconnu était l'acteur principal des visions qui la hantaient.

— La raison de votre présence ici ? répéta-t-elle d'une voix étranglée.

— Oui, répliqua Nick. Je fais partie du FBI. A partir de demain, deux de mes hommes et moi-même travaillerons en collaboration avec la police locale afin de démasquer le meurtrier qui sévit dans cette ville.

Un agent du FBI. Cette information fit vaciller son esprit. Pourquoi, pourquoi se voyait-elle poignarder depuis un mois un agent du FBI, venu leur offrir son expérience afin d'arrêter le meurtrier que tous redoutaient ? se demanda Alyssa au désespoir.

— Mangez votre glace avant qu'elle ne fonde, suggéra-t-elle d'une voix blanche, avant de se tourner vers Tina, la jeune fille qui l'aidait le soir à la boutique :

— Je reviens tout de suite.

Tina opina de la tête et Alyssa se précipita en direction de l'escalier menant au premier étage et aux quatre chambres de sa maison d'hôtes, afin de préparer le lit de Nick.

Remarquant sur son passage la consigne « Ne pas déranger » accrochée à la poignée de leur porte, elle constata que les occupants des trois premières chambres étaient rentrés pour la nuit.

La dernière, avec son mobilier ancien de bois de cerisier, qu'elle dénommait la chambre bleue, était sa favorite. Le lit à deux places avait été recouvert d'une courtepointe en dentelle dont l'ouvrage révélait la doublure en vichy bleu pâle. Des rideaux unis du même ton encadraient les fenêtres, et une nappe, elle aussi en vichy bleu, ornait une petite table poussée dans un angle entre deux fenêtres.

Des coussins bleu foncé jetés sur le lit et un vase bleu cobalt — déplacé jusqu'à la commode par Nick, supposa-t-elle — rehaussaient les tons pastel de la pièce. Les aquarelles qu'elle avait accrochées aux murs harmonisaient enfin les différents bleus de la chambre, lui conférant une atmosphère aussi charmante que paisible.

En y pénétrant, Alyssa n'éprouva toutefois aucun sentiment de paix. Elle repéra aussitôt la mallette posée sur la table, et devina qu'elle devait contenir les rapports relatifs aux meurtres perpétrés dans la ville. Elle ne voulait pas la toucher, ni même s'en approcher... de crainte de ce qui pourrait arriver.

Elle alluma la lampe de chevet et ouvrit le lit, dévoilant des draps de coton bleu pâle, avant de fouiller l'intérieur de sa poche à la recherche d'une poignée de bonbons à la menthe qu'elle déposerait sur l'oreiller. A cet instant, une migraine — une de ces effrayantes migraines qui la prenait par moments — se mit à pulser à ses tempes.

Sachant qu'il lui fallait sortir de cette chambre au plus vite, Alyssa disposa vivement les friandises sur l'oreiller.

A l'instant où ses doigts entrèrent en contact avec le tissu frais de la taie, elle se figea, aveuglée par la vision qui, plus rapidement et avec plus d'intensité que jamais, l'assaillait.

Elle était dans ce lit... entre ces draps bleu pâle. Et elle n'était pas seule. Nick Mead était avec elle, nu, lui aussi. Elle sentait la chaleur de sa peau contre la sienne, la douceur de son torse contre sa poitrine et le goût brûlant de ses lèvres, tandis que sa bouche prenait possession de la sienne.

Ses mains couraient sur elle, caressant ses seins, glissant le long de ses côtes jusqu'à ses hanches, allumant un brasier sur chaque nouvel espace de peau qu'elles frôlaient.

Elle n'avait jamais rien expérimenté de tel... jamais gravi les échelons du plaisir jusqu'à de si hauts degrés de splendeur. Soudain, la scène qui défilait dans son esprit se transforma.

Nick et elle se trouvaient ailleurs, dans un endroit qu'elle ne reconnaissait pas. Elle vit au-dessus d'eux un arbre aux branches difformes, et sentit qu'un orage approchait.

Dans cette scène, ils ne faisaient plus l'amour, même si elle était juchée à califourchon sur lui. Au lieu de cela, elle serrait dans sa main le couteau le plus long et le plus aiguisé qu'elle n'ait jamais vu, et l'enfonçait frénétiquement dans la poitrine de Nick, avec une force qu'elle ignorait posséder.

Chaque fois qu'elle plantait la lame dans son cœur, le sang l'éclaboussait. Et chaque fois, un effrayant sentiment de puissance la submergeait… un sentiment de pure jubilation.

— Vous sentez-vous bien ?

Les accents graves de cette voix masculine l'arrachèrent à la vision macabre qui la tétanisait, et Alyssa sursauta. Se retournant d'un bond, elle découvrit Nick Mead, dans l'encadrement de la porte.

Elle mit un moment à distinguer le songe de la réalité. Par le passé, ses visions la laissaient le plus souvent étrangement fraîche et revigorée. Mais depuis quelque temps, elle en sortait épuisée, victime de vertiges, comme si elle était demeurée prisonnière de mystérieux limbes disséminés entre l'imaginaire et le monde réel.

Alyssa savait qu'il s'était adressé à elle, elle voyait à son expression qu'il attendait une réponse de sa part. Mais elle ignorait ce que Nick lui avait demandé.

Elle s'écarta du lit, ses genoux menaçant de céder sous son poids.

— Pardon ? s'excusa-t-elle.

Les yeux bleus de Nick, si intelligents, soutinrent son regard durant ce qui lui sembla une éternité.

— Je vous demandais si vous vous sentiez bien.

Il entra dans la chambre et s'approcha d'elle, d'assez près pour qu'elle perçoive l'odeur subtile de son eau de toilette — un parfum douloureusement familier. Elle l'avait senti un instant plus tôt, au cours de sa vision, alors qu'ils faisaient passionnément l'amour sur ce lit.

— Oui, oui, répondit-elle d'une voix hésitante, je me sens bien, merci. Je préparais simplement votre lit pour la nuit.

Nick la considéra d'un œil sceptique.

— Je vous ai vue, depuis le seuil de la porte, figée comme une statue pendant près de cinq minutes. Souffririez-vous d'épilepsie, ou d'une quelconque pathologie similaire ?

Le premier instinct d'Alyssa fut de nier, et de lui dire la vérité. Mais comprenant que cette explication justifierait les visions qui — elle le savait — ne feraient que s'intensifier au contact de cet homme, elle répondit, espérant que le ciel ne la punirait pas pour ce petit mensonge :

— Oui… Je souffre de crises d'épilepsie occasionnelles.

— Vous vous sentez mieux, à présent ? Voulez-vous que j'aille vous chercher un verre d'eau, ou autre chose ?

— Non… non, ça va.

Ce dont elle avait besoin plus que tout, c'était de fuir cette chambre au plus vite, de fuir la présence de cet homme.

Car le pressentiment d'une fatalité incontournable lui faisait à présent redouter que l'arrivée de Nick Mead à Cherokee Corners n'ait déclenché un mystérieux processus qui bouleverserait à jamais son existence.

3.

Il faisait encore nuit lorsque Alyssa s'arracha à son lit le lendemain matin, se doucha puis s'habilla.

Elle quitta ses appartements et entra dans la cuisine, abattue par l'épuisement. Il était temps de confectionner les muffins et les biscuits, de faire cuire les saucisses et le bacon, et de s'atteler aux diverses tâches dont résulterait un des inoubliables petits déjeuners de la maison Redbud.

Jusqu'à récemment, elle avait accompli ces tâches avec joie. Mais depuis quelque temps, ces corvées quotidiennes avaient commencé à lui peser. Elle était fatiguée — fatiguée en permanence — une lassitude qui, ce matin, était plus profonde encore que d'habitude.

Bien sûr, pensa Alyssa en étalant la pâte à biscuits, le fait qu'elle ait si peu dormi n'arrangeait rien. La présence de Nick Mead sous son toit avait obstinément tenu le sommeil à distance d'elle.

Tout en s'affairant, elle songea au séduisant agent du FBI. Le fait qu'elle ait expérimenté d'horribles visions le concernant ne signifiait pas qu'elles se réaliseraient pour autant. Elle avait appris depuis longtemps à ne pas prendre ce qu'elle voyait en songe pour argent comptant.

Car contrairement à d'autres, certaines de ses visions étaient teintées d'un symbolisme dont elle ne saisissait parfois le sens qu'après que les événements soient venus en confirmer le caractère prémonitoire.

Malgré cela, quelle que soit la manière dont elle en tournait et retournait les images dans sa tête, sa dernière vision l'effrayait au plus haut point. Surtout maintenant que séjournait à Cherokee Corners l'acteur de ce songe éveillé.

Alyssa se força à écarter la pensée de Nick Mead de son esprit. Il lui fallait se concentrer sur son travail si elle voulait concocter le style de repas que ses hôtes attendaient d'elle.

L'aube pointait à l'Est lorsqu'elle s'assit devant le comptoir de la cuisine avec une tasse de café.

Il était à peine 6 heures du matin, et les premiers clients n'apparaissaient jamais dans la salle à manger avant 7 heures.

C'était son moment favori de la journée, lorsque, une fois ses préparatifs achevés, elle pouvait profiter de ces instants de calme pour se détendre et réfléchir.

C'était généralement à cette heure matinale que le souvenir nébuleux de sa mère l'envahissait. Elle l'avait perdue à l'âge de quatre ans, mais se rappelait néanmoins son parfum, la douceur de sa voix, ainsi que la caresse de ses mains aimantes, rendues calleuses par le tressage des paniers.

Sa grand-mère maternelle qui, suite au décès de sa mère, l'avait élevée jusqu'à ses onze ans, confectionnait également des paniers. Puis, quand elle était morte à son tour, son exubérante tante Rita et son époux, Thomas James, l'avaient recueillie et élevée en même temps que Savannah, Breanna et Clay, ses cousins.

— Bonjour.

Au son familier de cette voix grave et masculine, Alyssa tressaillit et sentit ses muscles se tendre. Elle se tourna, pour découvrir Nick Mead sur le seuil de la cuisine.

Si elle l'avait trouvé séduisant la veille au soir, ce matin, son élégance, ainsi serré dans ce costume gris pâle au professionnalisme décontracté, lui coupa littéralement le souffle.

— Ça sent terriblement bon, s'exclama-t-il.

— Si vous voulez bien vous installer dans la salle à manger, je vous servirai votre petit déjeuner, répliqua Alyssa.

— A vrai dire, un café fera l'affaire pour l'instant.

Sans attendre qu'elle l'y invite, Nick se dirigea vers la cafetière et se servit une tasse pleine, avant de venir s'asseoir sur le tabouret placé à côté du sien.

Il était si près d'elle qu'Alyssa percevait le parfum de son une eau de toilette onéreuse, et aurait pu toucher les longs cils bruns qui encadraient ses yeux bleus saisissants.

Avant qu'il ne soit tout à fait installé sur son siège, elle bondit à bas du sien.

— Désirez-vous un muffin ou un biscuit, avec votre café ?

Une part de son être en voulait à Nick Mead d'être si matinal et d'avoir, par sa présence, interrompu les précieux instants qu'elle avait pour habitude de consacrer à sa propre détente.

Cette part d'elle lui reprochait de lui imposer sa présence, plutôt que de s'être installé dans la salle à manger, comme tous ses autres pensionnaires.

— Non, merci. Je ne mange pas le matin, répliqua Nick avec autant de décontraction que s'il avait bu quotidiennement son café dans cette cuisine depuis cinq ans.

— Dans ce cas, dit-elle, vous auriez mieux fait de séjourner dans un motel. Vous auriez payé moins cher.

Le mécontentement manifeste de sa voix résonna avec gêne à ses propres oreilles.

— Certes, répliqua Nick, mais on n'y prépare pas aussi délicatement votre couchage le soir.

Une lueur brilla dans son regard, et à l'inflexion de sa voix, Alyssa aurait pu croire qu'il s'essayait à flirter avec elle.

Elle lui tourna le dos pour remuer la sauce qui mijotait dans une casserole. Qu'il aille au diable, maugréa-t-elle en son for intérieur. La dernière chose qu'elle souhaitait, c'était qu'il cherche à la séduire. Et la dernière chose dont elle avait besoin, c'était d'être confrontée à cet homme d'une quelconque manière.

— Je préfère, affirma Alyssa d'un ton sec en se retournant vers lui, que mes clients n'entrent pas dans la cuisine. Pour des raisons de sécurité que vous comprendrez.

— Je comprends tout à fait, répliqua Nick sans bouger pour autant.

Il bu une gorgée de café, son regard s'attardant sur elle.

— Vous m'intriguez au plus haut point, mademoiselle Whitefeather. Il m'arrive de séjourner dans des maisons d'hôtes, et je trouve la plupart du temps leurs propriétaires aimables et très accueillants, parfois même trop empressés à satisfaire leur clientèle. Or, vous ne semblez aucunement correspondre à ce modèle.

Ces propos lui firent comprendre à quel point elle s'était montrée bizarre et hostile à l'égard de Nick — sa froideur n'ayant fait qu'attirer inutilement son attention sur elle.

— Pardonnez-moi, s'excusa Alyssa en se forçant à se rasseoir à côté de lui. Je n'ai pas pour habitude de me montrer inamicale, même si je n'ai jamais éprouvé le besoin de materner mes pensionnaires. Vous arrivez simplement à un mauvais moment... à celui où tous ces meurtres sont perpétrés dans notre ville.

La mystérieuse lueur de curiosité qui avait brillé dans le regard de Nick s'éteignit instantanément, et ses yeux prirent la dureté du métal.

— Je sais par expérience que la présence d'un meurtrier dans une ville met tous ses habitants à cran, concéda-t-il.

Il se leva, prit sa tasse de café et sourit.

— Et à présent, je vais terminer mon café dans la salle à manger, comme il se doit.

En le voyant sortir de la cuisine, Alyssa poussa un soupir de soulagement. Depuis l'instant où il y avait pénétré, un nœud lui avait serré l'estomac. C'était à cause de ses visions, de sa crainte, voulait-elle croire, de ce qui pourrait arriver — et non du fait qu'il fût si « diaboliquement » séduisant, comme l'avait affirmé Mary, et aussi charmant qu'on pouvait l'être.

Une dizaine de minutes plus tard, les Harold — un couple d'un certain âge venus de Kansas City — avaient rejoint Nick à la table de la salle à manger. Après avoir séjourné deux nuits dans la chambre verte, ils repartaient le matin même.

Tout en disposant un vaste échantillon de nourriture sur la table, Alyssa écouta Nick converser agréablement avec le couple.

Il se montrait aussi avenant à leur égard qu'il l'avait été avec elle, ce qui la rassura. Tout compte fait, sans doute son hôte n'avait-il pas cherché à la séduire. En étant lui-même, l'agent Mead était tout simplement extraordinairement charismatique.

Au bout d'un moment, Virginia Maxwell s'installa à son tour à la table. Virginia était la veuve de la première victime frappée par le meurtrier qui terrorisait cette ville. Après l'assassinat de son mari, elle avait rapidement emménagé ici, et occupait depuis la chambre rose.

Michael Stanmeyer, son cinquième et plus vieux des pensionnaires, qui résidait au Redbud depuis deux ans, gagnait souvent la salle à manger après le départ des autres clients. C'était un genre de reclus, et il prenait rarement son petit déjeuner en leur compagnie.

Alyssa percevait les intonations sourdes de la voix de Nick depuis la cuisine. Elle ne discernait pas ses propos, mais les éclats de rire intempestifs de Virginia lui tapaient sur les nerfs.

Au long des trois mois durant lesquels Virginia avait séjourné ici, ses sentiments à l'égard de la jeune et jolie veuve avaient oscillé entre la compassion et l'envie pressante de lui tordre le cou.

Elle réunit le reste des biscuits tout juste sortis du four et les apporta dans la salle à manger.

— Et vous, mademoiselle Whitefeather, demanda Nick, quand prenez-vous votre petit déjeuner ?

— Mlle Whitefeather… c'est un peu formel, non ? intervint Virginia. Appelez-la donc Alyssa, et moi Virginia. Et voici Dave et Cindy.

De la main, la jeune femme désigna le couple, qui gratifia Nick de deux sourires étrangement identiques.

— Et malgré le fait que vous ne le rencontrerez sans doute jamais, Michael, le bizarre, séjourne quant à lui dans la chambre mauve.

— Michael, *le bizarre ?* répéta Nick en haussant un sourcil circonspect à l'adresse d'Alyssa.

— Michael Stanmeyer, précisa Alyssa. Il réside ici depuis bientôt deux ans, et n'a rien de bizarre. Il est simplement très timide.

Réprimant son envie de foudroyer Virginia du regard, elle le garda rivé sur Nick.

— Michael est un très gentil garçon, conclut-elle.

— A propos de gentils garçons…

Nick consulta sa montre et repoussa sa chaise.

— Je dois retrouver deux de mes amis. Je vous souhaite une agréable journée à tous.

Alyssa aurait juré que son regard s'était attardé sur elle un peu plus longtemps que sur les autres. Elle commença alors à sentir les prémices d'une migraine pulser à ses tempes.

Non, se dit-elle au désespoir. Elle n'allait pas avoir une autre vision… pas ici… pas maintenant. Elle devait se contrôler. La refouler. Par le passé, elle y était déjà parvenue.

Ce qu'il fallait, c'était qu'elle quitte cette pièce… qu'elle se réfugie dans la solitude de sa cuisine, où elle pourrait se concentrer afin d'interdire l'entrée de son esprit à ces images cauchemardesques.

— Excusez-moi, balbutia-t-elle en hâte, j'ai oublié quelque chose sur le feu…

Alyssa courut jusqu'à la cuisine et s'assit sur le tabouret qu'elle occupait au moment où Nick était entré.

S'agrippant au rebord du comptoir, elle ferma les yeux et combattit le vertige qui tentait de prendre possession d'elle.

— Non, murmura-t-elle, étouffant un sanglot.

Mais malgré ses efforts, l'obscurité l'envahit, aussitôt suivie par une vision… cruellement familière. Celle des lèvres de Nick sur elle, celle de ses mains embrasant sous leurs caresses chaque millimètre de son corps, le son de sa propre voix, le suppliant fiévreusement de lui faire l'amour.

Ensuite, comme chaque fois, le tableau se transforma en une scène empreinte d'une violence inouïe. Elle vit la surprise, puis la douleur, déformer les traits de Nick, et le sang gicler tandis qu'elle enfonçait le couteau dans sa poitrine.

Lorsque Alyssa reprit conscience, elle était étendue sur le carrelage de la cuisine, la hanche meurtrie par le coup qu'elle s'était donné en tombant.

Elle n'avait aucune idée de la durée de son évanouissement, mais elle entendait encore les rires et les bavardages de ses hôtes dans la salle à manger. Dieu merci, personne ne l'avait vue. Personne ne savait.

Deux visions en deux jours. C'était mauvais signe, pensa-t-elle. Il y avait déjà eu celle de la veille au soir, au moment où ses doigts avaient frôlé l'oreiller sur lequel Nick allait poser sa tête, puis à présent, celle-ci.

Elle avait le profond sentiment que la présence de Nick agitait à elle seule les souffles métapsychiques qui, avec la violence de lames de fonds de plus en plus rapprochées, la traversaient.

Les bureaux de la police de Cherokee Corners se trouvaient dans une artère paisible bordée d'arbres, à deux pâtés de maisons de la place principale. C'était, remarqua Nick, un bâtiment de brique d'aspect relativement récent — bien qu'il sache que ce matériau pouvait conférer longtemps un air de feinte jeunesse aux constructions.

Ses deux coéquipiers l'attendaient sur le parking du commissariat, assis dans la voiture de sport climatisée de Bud. Ils en sortirent dès l'instant où il immobilisa son véhicule à côté du leur.

Bud Johnson, un gaillard blond aux traits séduisants, lui sourit.

— Eh bien, voilà notre homme, et en pleine forme, à ce que je vois. Je parie que monsieur vient de s'enfiler un énorme petit déjeuner dans cette luxueuse maison d'hôtes où il séjourne.

Nick hocha la tête en signe d'acquiescement.

— Œufs, toasts, des muffins de la taille de mon poing, et toutes les saucisses et le bacon que j'ai pu avaler.

— Espèce de porc, s'exclama Tony Marcelli.

Tony était un bel homme d'une quarantaine d'années, affublé de deux ex-femmes dont l'acquittement des pensions alimentaires le saignait à blanc.

— Pour notre part, dit-il, nous avons dû nous contenter de deux beignets rassis, et du pire café que j'aie jamais goûté.

— Je vous recommande chaudement le restaurant Chez Ruby, suggéra Nick. J'y ai parfaitement bien déjeuné et dîné hier.

Comme s'ils s'étaient donné le mot, ils se tournèrent au même instant vers le bâtiment de brique.

— Il est temps, je suppose, d'aller rencontrer les membres de la police locale, déclara Nick.

Comme ils pénétraient dans le bâtiment comme un seul homme, l'officier de police assis derrière le guichet d'accueil les dévisagea avec curiosité.

— Nous cherchons l'inspecteur en chef Glen Cleberg, dit Nick en présentant son badge.

— Ah oui. Il vous attend, messieurs.

Le policier se leva et les guida jusqu'à un couloir à accès sécurisé.

— C'est la deuxième porte sur votre gauche.

Nick précéda alors son équipe jusqu'à une porte fermée. Il y frappa et attendit une réponse, avant de l'ouvrir sur le gros homme avec lequel il avait déjà travaillé par le passé.

Glen Cleberg avait des cheveux grisonnants, des yeux bruns et des lèvres minces, dont le tour était sillonné de rides engendrées par le stress.

Une fois les présentations faites, ils entrèrent aussitôt dans le vif du sujet.

— Nous voudrions monter une force d'intervention composée de six hommes — nous trois, précisa Nick, et trois gars de chez vous. Avez-vous des suggestions concernant les personnes que vous souhaitez mettre à notre disposition ? demanda Nick.

Le chef de la police opina de la tête.

— Clay James, bien sûr, affirma-t-il sans hésitation. C'est le chef de notre département scientifique, et il est brillant. Il a même aménagé un petit laboratoire criminel à l'arrière du bâtiment.

— Vous possédez un technicien scientifique à Cherokee Corners ? demanda Bud, surpris.

Il était rare qu'une aussi petite ville soit dotée de tels spécialistes.

— Oui. Mon prédécesseur, Thomas James, avait deviné que l'expansion démographique et touristique de cette ville nécessiterait des hommes correctement formés. J'encourage pour ma part mes équipes à s'initier de leur mieux à toutes les techniques de pointe.

— C'est tout à votre honneur, répliqua Nick.

— Quant aux deux autres policiers qui se joindront à vous, je laisserai à Clay la liberté d'en décider.

Glen se leva et leur fit signe de le suivre hors de son bureau.

— J'ai réquisitionné une salle à votre intention. Nous jouissons hélas d'assez peu d'espace. Elle est donc de petite dimension, mais c'est la seule que j'aie pu libérer pour un laps de temps indéfini.

Ils suivirent Cleberg le long du couloir jusqu'à une pièce qui semblait faire habituellement office de salle de classe. Elle était en effet exiguë, mais un de ses murs comportait un tableau noir, et l'autre un panneau d'affichage en liège. Elle serait parfaite pour l'usage que souhaitait en faire Nick.

— J'ai fait installer deux lignes, une pour le téléphone, et une autre pour le télécopieur. Mes hommes vont également vous apporter deux ordinateurs.

Glen fronça les sourcils avant d'ajouter :

— Nous venons seulement de nous informatiser, et vous trouverez sans doute notre système plutôt rudimentaire.

— Nous nous débrouillerons, assura Nick.

Chacun de ses agents possédait de toute façon son propre ordinateur portable relié à l'unité centrale.

— A présent, dit-il, j'aimerais rencontrer ce Clay James, afin que nous puissions nous mettre au travail.

— Bien sûr, s'empressa de répondre Glen.

Il leur fit de nouveau signe de le suivre le long du couloir.

— Je vous préviens, Clay possède une intelligence brillante, mais ses dons en matière de sociabilité, ainsi que sa patience, sont quelque peu limités.

— Nous sommes habitués. Nous avons notre propre homme de Cro-Magnon en la personne de Tony, affirma Bud en appliquant une claque amicale dans le dos de son coéquipier.

Nick sourit. Les deux hommes étaient partenaires depuis plus de cinq ans. A eux trois, il faisaient du bon boulot. Et même s'ils avaient parfois la dent dure les uns envers les autres et ne s'épargnaient pas les sarcasmes, ils se tenaient respectivement en grande estime. Il espérait simplement qu'ils travailleraient en une bonne intelligence similaire avec les trois policiers de Cherokee Corners qui allaient sous peu rejoindre leur détachement.

Ils trouvèrent Clay James assis derrière un bureau au fond du laboratoire. Comme ils entraient, il leva les yeux de ses dossiers, le front crispé par l'irritation. En comprenant qui ils étaient, son expression se radoucit, et il se leva pour les accueillir.

— Clay, voici les agents du FBI qui vont enquêter avec vous.

Des poignées de mains furent échangées.

Lorsque Nick serra la main de Clay avec fermeté, la vive intelligence qu'il lut dans son regard lui assura qu'un excellent élément venait là s'ajouter à leur équipe. Il remarqua sa peau mate, ses cheveux lisses et brillants et ses yeux noir de jais, qui lui firent aussitôt penser à Alyssa Whitefeather.

Ce matin, pensa Nick, il avait espéré obtenir un sourire d'elle. Sans savoir en quoi c'était si important pour lui, il aurait vraiment voulu voir ses lèvres sensuelles se relever en un sourire, et une lueur amicale éclairer la profondeur de ses yeux bleus.

Elle lui avait paru si jolie lorsqu'il l'avait aperçue ce matin, depuis la porte de la cuisine — dans sa robe d'été jaune paille, ses cheveux attachés à la base de sa nuque par un ruban du même ton. Il avait alors eu envie de se glisser derrière elle et de déposer un baiser sur cette partie délicate de son cou.

S'arrachant subitement à ses pensées, Nick se força à les ramener à l'instant présent.

— Heureux de vous rencontrer, dit-il à l'adresse de Clay. Nous cherchons à former un détachement spécial de six hommes, dont nous trois, vous-même, et deux autres membres de vos services.

— Clay, je vous laisse décider des deux gars avec lesquels vous souhaitez travailler, affirma Glen. Peut-être Collins et Sheller, ou bien Cavannaugh et Winter.

— Pas Sheller, objecta Clay d'un ton déterminé. Collins, plutôt, et Winter, feront tous deux très bien l'affaire.

— Parfait. Je vous laisse travailler comme vous l'entendez, concéda Glen. Mais n'oubliez pas que je veux un rapport quotidien de l'avancement de vos recherches.

Sur ces mots, le responsable de la police locale tourna les talons et disparut dans le couloir.

— Votre chef nous a montré la salle que nous occuperons. Voulez-vous réunir vos hommes et nous y retrouver d'ici une dizaine de minutes ? proposa Nick. Nous aimerions nous mettre au travail au plus vite.

Clay hocha la tête en signe d'acquiescement.

— Je vais les chercher. Rendez-vous là-bas dans dix minutes.

Ils sortirent tous. Bud et Tony suivirent Nick le long du couloir jusqu'à la sortie du commissariat.

— Allons chercher notre équipement et installons-le, après quoi nous passerons l'après-midi à parcourir ensemble les différents dossiers, suggéra Nick.

Opinant du chef, ses deux coéquipiers se dirigèrent vers leur véhicule. Nick prit la caisse contenant son ordinateur portable et sa mallette sur le siège arrière du sien, qu'il emporta dans la salle qui leur avait été attribuée.

Une fois arrivé, la première chose qu'il fit fut de déplacer une longue table rectangulaire jusqu'au milieu de la petite salle. Ce serait le centre nerveux de la pièce — là où les six hommes passeraient dans les jours à venir le plus clair de leur temps, à étudier les faits, émettre des hypothèses, et échanger leurs conclusions.

Il cala une autre table contre le mur du fond, afin d'accueillir les ordinateurs qui, une fois branchés, seraient reliés à des systèmes répertoriant tous les meurtres similaires éventuellement perpétrés sur le territoire américain, ainsi que le passé des suspects potentiels.

Nick avait tout juste commencé à afficher les photographies des victimes lorsque Clay et ses deux hommes entrèrent. Ce dernier lui présenta Simon Collins, un grand type souriant au teint pâle et aux cheveux blond cendré, et John Winter, dont les traits moins avenants que ceux de Collins mais dénotant une réserve amicale, révélaient des origines indiennes.

Bud et Tony arrivèrent à leur tour, et une fois les présentations effectuées, ils se mirent tous au travail. A midi, ils avaient transformé la pièce en une sorte de Q.G. militaire. Le panneau de liège était recouvert de diverses photographies des quatre victimes, ainsi que de celles des scènes de leurs meurtres. Les ordinateurs étaient tous branchés et prêts à fonctionner, et les deux lignes mises à leur disposition respectivement connectées au téléphone et au fax.

Nick regarda autour de lui avec satisfaction. Ils étaient enfin prêts à se lancer à la recherche du meurtrier qui terrorisait Cherokee Corners. Assis autour de la table, ses cinq coéquipiers le dévisageaient d'un air interrogateur.

— Il est essentiel, dit-il d'abord, que nous travaillions tous en bonne intelligence. Nos ego ne doivent pas venir entraver la progression de notre enquête. Nous travaillons en équipe, et c'est en équipe que nous résoudrons cette affaire.

Il sentit que les autres étaient tous satisfaits de son intervention. Tant mieux. Il avait dirigé suffisamment de cellules de crise pour savoir que les fortes têtes n'y avaient pas leur place. Les individus qui, pour atteindre leurs objectifs personnels, travaillaient dans leur propre intérêt au lieu de se dévouer à la cause commune, l'insupportaient au plus haut point.

— Chacun des hommes assis à cette table possède des talents et des lacunes, poursuivit-il. Clay, John et Simon, vous détenez par exemple l'avantage de connaître cette ville dans ses moindres recoins, ainsi que ses habitants — ce qui est vital, surtout dans le cas où le meurtrier serait un membre de votre communauté.

Durant les heures qui suivirent, les six hommes examinèrent en détail chacun des meurtres. Ils discutèrent de la personnalité des victimes, des circonstances entourant leur mort, et étudièrent les rares indices trouvés sur les lieux des crimes.

Lorsqu'ils clorent la réunion, il était 5 heures.

— Nous finissons tôt aujourd'hui, déclara Nick. Mais vous devez avertir votre femme, votre petite amie, ou la personne chère à votre cœur qu'à partir de demain, vous serez en mission vingt-quatre heures sur vingt-quatre. Nous ferons de longues journées, et je veux que chacun de vous se munisse d'un téléphone portable afin de pouvoir être contacté à toute heure du jour et de la nuit.

Tandis que les hommes réunissaient leurs fiches et se préparaient à partir, Nick se tourna vers Clay.

— Puis-je vous offrir un verre ?

Encourager la bonne volonté d'un coéquipier dont les qualités s'avéreraient sans doute précieuses pour l'équipe ne coûtait rien, se dit Nick.

— Avec plaisir, assura Clay. Une bière me ferait le plus grand bien.

Les deux hommes sortirent ensemble du bâtiment de police.

— Je vais avoir besoin de votre aide pour choisir un bar. Depuis mon arrivée ici, le seul endroit où je sois entré est le restaurant Chez Ruby, et je n'ai pas remarqué la présence de bière dans le menu.

Clay sourit.

— Ils n'en servent pas. Le meilleur bar pour siroter une bonne bière en discutant tranquillement est le Sanford. C'est juste après ce pâté de maisons. Nous pouvons y aller à pied.

Ils marchèrent un moment en silence. Nick avait déjà jaugé Clay comme un garçon intelligent, doué d'un talent particulier pour dénicher des indices là où on avait pris soin de n'en laisser aucun. En revanche, il avait le sentiment que Clay ne s'était pas encore fait sa propre idée le concernant.

D'ailleurs, cela lui convenait. Il ne se fiait pas trop aux gens qui se satisfaisaient de conclusions trop hâtives.

— J'ai entendu dire que votre famille avait traversé une épreuve particulièrement traumatisante ces derniers temps, dit-il.

Clay le considéra avec surprise.

— D'où tenez-vous cette information ?

— C'est l'inspecteur en chef Cleberg qui m'en a fait part lorsqu'il m'a contacté. Il m'a expliqué que votre mère avait été enlevée, et que sans votre acharnement elle n'aurait peut-être jamais été arrachée aux griffes de son ravisseur.

— Dieu merci, nous l'avons retrouvée avant qu'elle ne subisse de réels sévices physiques, répliqua Clay.

— Comment va-t-elle, à présent ?

La bouche de Clay se releva en un sourire.

— Il faut connaître ma mère pour savoir que c'est une survivante. Elle se comporte exactement comme avant son enlèvement… en profitant à fond de la vie et de sa famille.

— Tant mieux, approuva Nick comme ils pénétraient dans la salle obscure du Sanford.

C'était une taverne de province typique, avec des tables de billard à l'arrière, une épaisse couche de fumée suspendue dans l'atmosphère et un comptoir de bois sur lequel s'étaient appuyés au fil du temps des milliers de coudes.

Clay se dirigea vers le bar et ils se hissèrent sur deux tabourets voisins avant de commander leurs verres à un barman corpulent, qui se révéla assumer le double emploi de videur.

— Vous séjournez dans un motel ? demanda Clay.

— Non, je dors au Redbud, la maison d'hôtes qui se trouve sur la place principale, répliqua Nick.

— Ah, elle appartient à ma cousine.

Nick dévisagea Clay avec surprise.

— Alyssa Whitefeather est votre cousine ?

— Ma cousine germaine, oui. Mais ma mère l'a recueillie à l'âge de onze ans, après la mort de sa grand-mère, et l'a élevée avec nous, ce qui fait qu'elle est plutôt comme une sœur pour moi.

— J'en déduis que ses parents ont également disparu, hasarda Nick.

— En effet, répondit Clay. Nick, ajouta-t-il, je veux que vous sachiez que j'ai l'intention de consacrer l'intégralité de mon temps et de mon énergie à trouver le salaud qui décime un à un les hommes de cette ville. Mais je dois en premier lieu vous demander de me libérer samedi… parce que je me marie.

— Vous vous mariez ? Et vous ne demandez qu'une journée de congé ?

— Tamara, ma fiancée, sait à quel point cette affaire est importante pour moi, et je lui ai promis une vraie lune de miel dès que nous aurons arrêté ce meurtrier.

Clay enroula ses mains autour de son verre de bière.

— La majorité de la ville va assister à ce mariage. Vous devriez peut-être vous joindre à nous, en profiter pour observer et vous faire une première impression des habitants d'ici.

— Je ne veux pas m'immiscer dans une cérémonie aussi personnelle, protesta Nick.

— Faites-moi confiance, ce ne sera pas une intrusion, mais si vous n'osez pas venir seul, je m'arrangerai pour qu'Alyssa vous y escorte.

A cette pensée, Nick sentit une poussée d'adrénaline affluer en lui, même s'il lutta pour écarter de sa voix l'enthousiasme que cette perspective éveillait en lui.

— N'a-t-elle pas déjà un compagnon pour l'escorter ?

— Alyssa ? Non, elle ne sort jamais avec personne. Je suis certain qu'elle a prévu de venir seule.

— Dans ce cas, ce serait formidable. Je pourrais, dans la mesure où je serais accompagné d'un membre de votre famille, observer la foule sans m'y sentir trop déplacé.

— Considérez l'affaire comme conclue. J'appellerai Alyssa dès ce soir et organiserai cela avec elle.

— Alyssa…, demanda Nick à brûle pourpoint, suit-elle un traitement pour son épilepsie ?

La stupéfaction qu'il lut dans le regard de Clay était manifeste.

— Son épilepsie ? répéta lentement ce dernier, comme si ce terme était étranger à son vocabulaire.

— Oui, hier soir, je l'ai trouvée dans ma chambre, dans une sorte de transe. Je lui ai demandé si elle souffrait d'épilepsie, et elle acquiescé.

— Elle vous a donc confié qu'elle était épileptique ? Mais non, ajouta Clay, elle ne suit pour l'instant aucun traitement.

Il porta son verre à ses lèvres, son regard fuyant le sien.

A cet instant, Nick suspecta Alyssa de n'avoir jamais souffert d'épilepsie... ni d'aucune pathologie approchante. Elle lui avait menti, et Clay s'efforçait simplement de couvrir son mensonge. Intéressant, se dit-il.

Si elle n'était pas épileptique... si ce n'était pas une de ces crises dont elle avait été victime lorsqu'il l'avait vue, tétanisée la veille au soir devant son lit, que faisait-elle, alors ? Pourquoi lui avait-elle semblé en pleine transe... comme arrachée au monde réel ainsi qu'à son environnement immédiat ?

La première réponse à cette question était qu'Alyssa Whitefeather lui dissimulait quelque chose. Mais quoi ? Et pour quelle raison ?

4.

Livide de rage, et passablement étreinte par la peur… c'était la description qu'Alyssa aurait pu fournir des émotions qui l'habitaient, tandis qu'elle s'habillait en ce samedi matin pour le mariage de Clay et de Tamara.

Elle n'arrivait pas à croire que son cousin Clay ait réussi à la manipuler afin qu'elle y escorte Nick. Elle ne voulait pas de la présence de cet homme à son côté, et ne souhaitait passer aucun moment en sa compagnie. Elle refusait d'avoir quoi que ce soit à faire avec lui.

Il était suffisamment dommageable qu'il se soit levé depuis deux jours avant tous ses autres pensionnaires, la contraignant chaque matin à l'affronter sans aucun intermédiaire. A ces occasions, elle s'était montrée aimable, sans encourager pour autant le bavardage.

Sa réserve ne l'avait pas empêchée de percevoir avec une nerveuse acuité, tandis qu'elle lui servait son petit déjeuner, le moindre des mouvements de Nick. S'il avait dit ne jamais déjeuner le matin, il semblait s'être régalé des mets qu'elle déposait chaque jour devant lui. Il mangeait avec délicatesse, et laissait toujours la table impeccable derrière lui.

Délicat ou non, en ce qui la concernait, il était vital qu'elle conserve autant de distance que possible avec cet homme. Aujourd'hui, elle projetait donc de le guider jusqu'au lieu du mariage, de le présenter à un certain nombre de personnes, puis de l'abandonner jusqu'à la fin des festivités.

Tout en se brossant les cheveux, Alyssa comprit qu'il lui serait difficile, en une telle occasion, de s'accrocher à sa mauvaise humeur. Il était rare qu'elle s'octroie un jour de congé, et plus rare encore qu'elle ait la chance de participer à une de ces émouvantes cérémonies traditionnelles en compagnie de tous ceux qu'elle aimait.

Mary avait accepté de venir assurer à sa place la préparation et le service du petit déjeuner, et de tenir le soir la boutique de glaces, la laissant libre de profiter pleinement du mariage de sa meilleure amie, Tamara Greystone, avec son cousin Clay.

Alyssa acheva de relever sa chevelure et se planta devant le miroir, observant son reflet d'un œil critique. Elle avait pensé revêtir une tenue cherokee, mais avait changé d'avis à la dernière minute.

De nombreux invités arboreraient aujourd'hui des costumes traditionnels. Pour sa part, elle avait finalement opté pour une robe courte de mousseline vert menthe. De délicats anneaux blancs pendaient à ses oreilles, et de fines sandales du même ton complétaient sa tenue.

Elle consulta sa montre. Il était presque 8 heures. C'était le moment d'y aller. Nick avait paru surpris lorsqu'elle lui avait annoncé la veille au soir qu'elle quitterait la maison aux alentours de 8 heures du matin.

Il n'avait sans doute jamais participé à un mariage cherokee, et semblait n'avoir aucune idée de ce qui l'attendait. En ce qui la concernait, rien n'était plus beau, plus spirituel, plus convivial, ni aussi empreint d'un profond sens de la communauté qu'une telle noce.

Jetant un nouveau coup d'œil à sa montre, Alyssa se dit qu'elle ne pouvait retarder son départ. Il était temps de quitter ses appartements et de retrouver Nick.

Il l'attendait dans l'entrée de l'hôtel, l'allure décontractée, et beaucoup trop séduisant dans son costume de lin beige qui mettait en valeur ses yeux bleus et ses cheveux bruns.

— Vous êtes prêt ? demanda-t-elle vivement.

Il parcourut sa silhouette du regard, de ses cheveux à ses sandales, et un sourire appréciateur releva sa bouche en un sourire sensuel.

— Je vais être l'homme le plus envié de la journée, assura-t-il avec un sourire enjôleur.

Malgré ses réticences, Alyssa sentit une rougeur agréable envahir ses joues.

— Merci, murmura-t-elle.

— Je conduirai, si vous m'indiquez la route jusqu'à l'église.

Il sortit ses clés de sa poche.

— D'accord, mais nous n'allons pas à l'église.

Il s'effaça pour la laisser franchir avant lui la porte de la maison d'hôtes, et ils gagnèrent la voiture de Nick, garée sur le petit parking aménagé à l'arrière de l'établissement.

— Ah bon. Où allons-nous, dans ce cas ? demanda Nick.

— Au centre culturel cherokee. Clay et Tamara se sont finalement décidés pour une cérémonie traditionnelle.

Elle s'efforça de ne pas se figer lorsqu'il s'approcha d'elle pour ouvrir la portière à son intention — de si près, qu'elle sentit l'effluve subtile de son eau de toilette, mais pas assez toutefois pour que leurs corps se frôlent.

De toute façon, elle ne voulait surtout pas qu'il la touche, de crainte que le moindre contact physique entre eux n'amène une nouvelle vision. Rien ne devait venir entacher le bonheur de cette journée.

Alyssa se glissa sur le siège passager et regarda Nick contourner la voiture jusqu'au sien, non sans remarquer à quel point son costume beige pâle épousait à la perfection ses larges épaules et ses hanches étroites.

Elle attacha sa ceinture en se disant qu'un homme aussi séduisant que celui-ci était forcément marié. Sans doute avait-il une épouse et deux ou trois enfants qui l'attendaient chez lui. Lorsqu'il partait en mission, il devait flirter avec toutes les femmes qu'il croisait et s'offrir de nombreuses aventures.

Le temps que Nick se glisse derrière le volant, elle avait érigé un véritable plaidoyer contre lui, s'efforçant d'établir une distance aussi bien mentale que physique entre eux.

— Prête ? demanda-t-il en attachant sa ceinture.

Alyssa hocha la tête.

— Prenez la rue principale en direction du Nord.

— Vous avez dit que Clay et sa fiancée avaient décidé de se marier selon la tradition cherokee. Qu'est-ce que cela signifie ? demanda Nick après avoir engagé son véhicule dans la rue principale.

— Il s'agit d'une très belle cérémonie, précédée de nombreux préliminaires, répondit Alyssa. Le lieu en est béni quotidiennement sept jours durant. Un feu sacré y brûle en permanence, et la cérémonie proprement dite débute par une bénédiction de tous les participants.

— Cela a l'air fascinant.

Ce qu'Alyssa trouvait fascinant, c'était l'odeur qui émanait de lui et qui emplissait l'habitacle. Un parfum distinctement masculin, celui de sa peau mêlé à celui de son eau de toilette et de sa crème après-rasage.

— Je dois vous avertir, dit-elle. La journée sera longue. Après la cérémonie, il y aura des chants, des danses, et nous festoierons jusque tard dans la nuit. Si vous souhaitiez repartir tôt, ne vous inquiétez pas pour moi. De nombreuses autres personnes pourront me raccompagner.

Nick lui décocha un regard en biais avant de repartir d'un ton taquin :

— Nous n'y sommes même pas, et vous essayez déjà de vous débarrasser de moi. Vous parlez d'un rendez-vous galant !

De nouveau, et à sa grande consternation, Alyssa sentit une rougeur envahir sa nuque, et le rythme de son pouls s'accélérer légèrement.

— Il ne s'agit pas d'un rendez-vous galant, protesta-t-elle, mais d'une faveur que je fais à Clay, ainsi que de ma contribution à l'arrestation du meurtrier qui sévit dans cette ville.

— Clay m'a dit que vous ne sortiez jamais avec personne.

— Je n'en ai pas le temps, répondit Alyssa avec brusquerie.

Le fait que Clay et Nick aient discuté de ses habitudes amoureuses — ou plutôt, en l'occurrence, de leur inexistence — l'irritait au plus haut point.

— Si vous ne sortez jamais, comment comptez-vous rencontrer l'homme de votre vie ?

Malgré l'innocence badine de cette question, Alyssa sentit à ces mots une vague de désenchantement la traverser. Elle avait vingt-neuf ans et n'avait nullement le temps de trouver un partenaire, que ce soit pour une simple aventure ou pour la vie. De plus, elle savait depuis son plus jeune âge qu'il n'y aurait jamais d'homme dans son existence, et que son destin était de demeurer seule jusqu'à la fin de ses jours.

— Qu'est-ce qui vous pousse à croire que cela pourrait m'intéresser ? finit-elle par demander.

Nick haussa ses larges épaules.

— Je pensais que c'était le rêve de chaque femme.

— C'est la réflexion la plus machiste que j'aie jamais entendue, riposta Alyssa.

Il éclata de rire — d'un rire profond et agréable, qui remua quelque chose à l'intérieur d'elle, et accéléra une fois de plus la course de son cœur dans sa poitrine.

— Pas spécialement, objecta Nick, car je pense que c'est également le cas des hommes. Tout ce que nous désirons nous aussi, c'est trouver l'amour d'une femme qui veuille rester à nos côtés.

Elle le dévisagea avec curiosité.

— Et vous, Nick, l'avez-vous trouvé ? Etes-vous marié ?

— Non, se contenta-t-il de répondre.

Mais Alyssa eut l'impression de voir ses mains se crisper sur le volant. Sans doute était-il divorcé. D'après sa réaction, il avait dû s'agir d'une séparation pénible, se dit-elle, soulagée d'apercevoir au loin le toit du centre culturel.

— Clay ne plaisantait pas lorsqu'il disait que la ville entière assisterait à ce mariage, remarqua Nick en engageant un instant plus tard son véhicule dans l'une des dernières places de parking disponibles.

— Les habitants de Cherokee Corners adorent faire la fête, répliqua Alyssa.

A la seconde où Nick immobilisa sa voiture, elle détacha sa ceinture et en descendit, sans attendre qu'il vienne ouvrir sa portière.

Lorsqu'il fut sorti à son tour et qu'ils marchèrent en direction du bâtiment, elle se tint suffisamment éloignée de lui pour qu'il ne puisse lui prendre le bras ni la toucher d'aucune manière.

— N'aurais-je pas mis suffisamment de déodorant ce matin ? demanda soudain Nick, remarquant de toute évidence la barrière physique qu'elle dressait entre eux.

— Non, vous sentez très bon.

Raidissant ses muscles, Alyssa se rapprocha de lui. Il était probable qu'à un moment ou à un autre de la journée, leurs épaules ou leurs mains finiraient par se frôler… elle devait simplement se préparer à pareille éventualité.

Le bruit lointain des rires et des bavardages emplissait l'atmosphère. C'était un jour de grande célébration, se rappela Alyssa. Aujourd'hui, Tamara et Clay allaient unir à jamais leurs existences. La plupart des habitants de la ville étaient venus assister à ce joyeux événement, et elle refusait de laisser la moindre vision macabre lui gâcher cette journée.

Sur une impulsion, et comme pour tester sa force intérieure, elle tendit la main vers celle de Nick et la prit dans la sienne.

— Venez, dit-elle, je vais vous faire visiter le bâtiment avant de rejoindre la foule des convives.

— D'accord, acquiesça Nick.

Ses doigts vigoureux se refermèrent autour de la main d'Alyssa, et elle émit un soupir de soulagement.

Elle ne sentait pour l'instant aucune obscurité l'envahir, aucune migraine s'insinuer sournoisement dans sa tête. Elle ne sentait rien d'autre que la chaleur troublante qui l'envahissait tout entière au contact de cette main.

En pénétrant dans le bâtiment, Alyssa rompit cet échange physique avec Nick. Elle ignorait pourquoi, mais le simple fait de le toucher était pour elle presque aussi troublant que l'effet perturbant de ses visions.

Il avait commencé à croire qu'Alyssa Whitefeather n'avait aucun sens de l'humour, et que ses lèvres sensuelles ne s'offraient jamais le luxe d'un sourire.

Mais il s'était trompé, constata Nick. Car après une visite du centre, aussi brève qu'éducative, lorsqu'ils avaient rejoint les membres de sa famille sur la vaste pelouse aménagée à l'arrière du bâtiment, il avait eu l'immédiate impression que quelqu'un avait tourné un bouton à l'intérieur d'Alyssa. Le visage illuminé par un sourire radieux, elle lui avait présenté Thomas et Rita James, Savannah et Riley Frazier, Breanna et Adam Spencer, ainsi qu'une fillette de six ans au charme dévastateur, prénommée Maggie.

Tandis que s'échangeaient les poignées de mains et les banalités de circonstance, la joie de vivre qui se dégageait soudain d'elle le sidéra.

Si elle lui avait jusque-là paru jolie, il la trouvait à présent belle à couper le souffle. Elle l'attirait, comprit-il, comme aucune autre femme depuis Dorrie.

Alyssa avait incarné à ses yeux une sorte de beauté sombre et mystérieuse, mais son rire cristallin et la lueur chaleureuse qui pétillait au fond de ses yeux bleu foncé la transformaient soudain en un astre éblouissant dont le rayonnement le réchauffait jusqu'à l'âme.

Depuis l'instant où il avait posé son regard sur elle, il avait senti une étrange connexion entre eux. Il avait aussitôt su, que d'une manière ou d'une autre, Alyssa jouerait auprès de lui un rôle important durant son séjour à Cherokee Corners.

Aux alentours de 10 heures, le nombre d'invités avait pris d'impressionnantes proportions. A regret, Nick se sépara d'Alyssa pour se mêler à la foule et y traquer du coin de l'œil quiconque serait susceptible d'être le meurtrier qu'il recherchait.

Il se présenta à tous comme un ami d'Alyssa, s'immisçant dans les conversations, prenant mentalement note de noms et de visages qui pourraient être ceux du tueur, ou au contraire, d'une éventuelle prochaine victime.

Si l'assassin n'était pas un habitant de Cherokee Corners, leur tâche s'avérerait plus difficile encore. Car durant les mois d'été, des centaines de touristes aux traits inconnus venaient en gonfler la population.

Lorsque la cérémonie sembla sur le point de commencer, Nick rejoignit Alyssa. Malgré la chaleur estivale, un immense feu brûlait au centre de la cour. Un vieux Cherokee apparut, et un silence religieux gagna l'assemblée.

— C'est le prêtre de la réserve, lui expliqua Alyssa.

Au centre du cercle formé par les participants se tenaient Clay James et sa fiancée.

Clay avait fière allure, dans son pantalon de cuir et sa chemise de coton entrelacée de rubans dans les tons turquoise et corail. Tamara était vêtue d'une robe traditionnelle, elle-même ornée de triangles brodés de perles de turquoise et de corail autour du col et de l'ourlet.

Rita James se tenait derrière eux. Ainsi que le lui expliqua Alyssa, la transmission de la lignée s'effectuait dans la société cherokee par la mère. Sa tante représentait donc en la circonstance la matriarche du clan.

Le prêtre parcourut le cercle des participants, les bénissant un à un, puis il revint vers Clay et Tamara, qu'il recommanda à leur tour aux dieux, avant de les recouvrir respectivement d'une couverture bleue.

Les convives entonnèrent alors une série de chants traditionnels, dont Nick apprécia la poignante beauté.

— Les deux couvertures représentent leurs deux existences individuelles avant le mariage, dit doucement Alyssa.

Le prêtre ôta les deux couvertures bleues, pour les remplacer par une unique couverture blanche dont il recouvrit le couple. De nouveau, il chanta dans cette superbe langue cherokee.

— Cette couverture blanche représente le début de leur vie ensemble, commenta Alyssa.

Nick remarqua alors la brillance de son regard embué de larmes, et s'en émut.

Lorsque le prêtre retira la couverture, la foule acclama à l'unisson l'union de Clay et de Tamara. La jeune femme leva les yeux vers son époux et malgré la distance qui le séparait du couple, Nick vit la lueur qui étincelait dans ses yeux… indiquant clairement que Clay était son seul et unique amour.

Il se souvint de ce regard particulier — des sentiments qui l'accompagnaient… la joie, l'émerveillement d'avoir trouvé l'amour, un amour réciproque, glorifié par cet engagement pour l'éternité.

Il se rappela ce que c'était que d'aimer quelqu'un plus que tout au monde, de vouloir le choyer, le rendre heureux, et partager pour toujours son univers. C'était un sentiment vertigineux, et c'était ce qui lui avait le plus cruellement manqué depuis la mort de Dorrie.

Murphy n'avait pas fait que prendre la vie de sa compagne, il lui avait pris bien plus que cela encore, et tôt ou tard, Nick savait qu'il retrouverait cet homme, et le ferait payer pour son crime.

Une nouvelle fois, il se rappela qu'il n'était pas à Cherokee Corners pour traquer Murphy, mais un autre meurtrier — quelqu'un qui assassinait la nuit des hommes jeunes et vigoureux avant de les abandonner nus, à la vue de tous, au détour d'un parc.

Suite à la cérémonie proprement dite, les danses et les festivités commencèrent. Nick se mêla alors à la foule, sans oublier un seul instant les raisons de sa présence ici, même s'il aurait été facile de se laisser entraîner par la liesse ambiante et par la gaieté communicative d'Alyssa.

Il consomma de la nourriture qu'il n'avait jamais goûtée auparavant, s'entretint avec des gens qu'il n'avait jamais rencontrés, tout en pensant en permanence aux quatre victimes qui n'étaient plus là pour célébrer ce mariage en compagnie de leurs concitoyens.

Greg Maxwell. Sam McLane. Tim O'Brien. Jonathon Blackbird. Quatre hommes dans la force de l'âge, tous morts, et dont les voix réclamaient justice à ses oreilles.

Mais qu'il soit absorbé ou non dans ses réflexions ou une quelconque conversation, tout au long de la journée, son regard chercha Alyssa.

Il la regarda exécuter une série de danses traditionnelles en compagnie d'autres Cherokees. Elle avait lâché ses cheveux et jeté ses sandales au loin pour suivre le rythme entraînant des tambours.

A la voir rire ainsi à gorge déployée, sa chevelure ondoyant sauvagement autour de sa tête, il eut envie d'être auprès d'elle, de danser à la façon de son peuple, de partager tout entier son allégresse.

Il ne pouvait pas non plus s'empêcher de remarquer à quel point sa robe épousait parfaitement ses formes, accentuant la rondeur de ses seins et la minceur de sa taille. Le désir s'était allumé en lui dès l'instant où il avait posé son regard sur elle, mais aujourd'hui, ce feu brûlait avec une intensité accrue.

C'était d'autant plus étrange, pensa Nick, qu'il n'avait éprouvé aucun désir pour quiconque depuis très longtemps. D'autant plus étrange que la femme qui ranimait en lui cette part morte de son être s'était montrée si peu invitante à son égard.

Ce qui l'intriguait également, c'était le fait qu'Alyssa ne s'éloignât à aucun moment des membres de sa famille. Quand elle ne se trouvait pas près d'une de ses sœurs d'adoption, elle se tenait au côté de l'autre, ou encore de Rita.

Le crépuscule approchait quand elle vint vers lui alors qu'il discutait avec deux policiers. Une minute lui avait suffi, après avoir rencontré Jason, pour comprendre pourquoi Clay n'avait pas souhaité que Sheller fasse partie de leur détachement spécial.

Le jeune homme parlait trop, en faisait trop, et une impatience désespérée émanait de sa personne. L'autre policier, Fred Tarleton, paraissait plutôt sympathique, mais ne semblait pas posséder l'intelligence des deux enquêteurs que Clay avait choisis pour compléter l'équipe.

Nick regarda Alyssa s'approcher. Ses pieds étaient poussiéreux, ses cheveux en désordre, mais ses traits irradiaient de bonheur. S'excusant auprès de ses interlocuteurs, il se tourna vers elle.

— Personnellement, je suis prête à partir, annonça-t-elle.

Elle fronça légèrement les sourcils.

— Mais si vous préférez rester, je peux rentrer avec d'autres amis.

Nick sourit.

— Ce matin, vous m'avez dit que si je souhaitais m'éclipser plus tôt, vous pourriez repartir avec quelqu'un d'autre. A présent, vous me proposez de rester, et c'est vous qui voulez rentrer. Chercheriez-vous par hasard à me déstabiliser ?

Pour la première fois de la journée, le sourire éblouissant d'Alyssa s'adressa directement à lui, et il l'accueillit avec la violence d'un coup de poing.

— Seriez-vous si facilement déstabilisé ?

Il eut envie de répondre « oui», car son sourire et son ton moqueur le perturbaient au plus haut point.

— Pas en temps habituel, objecta Nick.

D'un ton taquin, il ajouta :

— Et je suis moi aussi prêt à rentrer.

Ils quittèrent ensemble le centre culturel. Tandis qu'ils regagnaient sa voiture, un groupe d'enfants leur courut après.

— A-tsa-s-gi-li ! hurla l'un des petits garçons.

Les autres s'esclaffèrent, et ils s'enfuirent ensemble à toutes jambes.

— Qu'a-t-il dit ? demanda Nick.

— Rien, répondit Alyssa… des trucs de gosses.

— Qu'est-ce que cela signifiait ?

Il ouvrit la portière du passager à son intention.

— Sorcière. En langue cherokee, a-tsa-s-gi-li signifie « sorcière ».

Elle s'engouffra vivement dans l'habitacle.

Nick referma la portière, contourna le véhicule et se glissa à son tour derrière le volant.

— Pourquoi vous appellent-ils ainsi ? s'enquit-il avec curiosité.

— Ce ne sont que des enfants qui font les singes. Alors, demanda Alyssa, changeant de sujet, quelle impression vous a laissée ce mariage ?

— Vous aviez raison. C'est une très belle cérémonie.

— Ç'a été une merveilleuse journée, convint-elle. C'était si agréable de voir ma famille réunie au complet, et si heureuse !

Elle était plus détendue et plus ouverte qu'elle ne l'avait jamais été depuis le bref laps de temps qu'il la connaissait.

— Vous semblez avoir une famille formidable.

— C'est ma famille par défaut. Ils m'ont recueillie à l'âge de onze ans.

— Oui, Clay m'a expliqué que vous aviez perdu vos parents alors que vous étiez très jeune, et que votre tante Rita et votre oncle James vous considéraient comme leur propre enfant.

Un doux sourire ourla les lèvres d'Alyssa.

— Je les considère moi aussi comme mes parents.

— Je n'avais pas compris que Clay et ses deux sœurs n'étaient que pour moitié cherokee, hasarda Nick en espérant ne pas se montrer politiquement incorrect.

Alyssa éclata de rire.

— Oncle Thomas ne leur laisse pas le temps d'oublier le fier sang irlandais qui coule dans leurs veines, mais ils ressemblent tous tellement à tante Rita qu'on les croit aisément cent pour cent Cherokee.

— Et vous ? demanda Nick.

— Je suis pour ma part cent pour cent amérindienne.

— Je me posais la question, à cause de vos yeux bleus. Ce doit être assez inhabituel.

Elle sourit.

— Notre lignée n'est sans doute pas aussi pure que mes ancêtres le prétendaient. Et vous, de quelle origine êtes-vous ?

— Oh, moi, je suis le résultat de multiples mélanges. Une sorte de bâtard, si vous voulez.

Nick se rendit compte qu'il conduisait plus lentement, appréciant leur conversation, même si d'aucuns l'auraient jugée un peu creuse.

— On dit que les bâtards font les meilleurs chiens, mais j'ignore si l'adage vaut pour les hommes.

Il lui jeta un regard en biais, surpris de voir pareil amusement briller dans son regard. Alyssa avait décidé de le taquiner, et il adorait cela.

— Si on se fie à la théorie relative à la race canine, cela ferait de moi un homme intelligent, facile à mâter, et soucieux de plaire.

— Mais si c'était le cas, vous auriez déjà un foyer, riposta Alyssa.

Malheureusement, ils arrivaient déjà devant la maison d'hôtes. S'il avait eu le choix, il aurait continué sa route, afin de profiter de l'humeur conviviale d'Alyssa durant encore des centaines… des milliers de kilomètres.

Il avait envie de continuer à plaisanter avec elle, envie de voir de nouveau cette lueur malicieuse briller dans son regard. Il voulait savourer ces moments de détente en sa compagnie, car il avait le sentiment que dès le lendemain,

Alyssa endosserait de nouveau à son égard le même masque de froideur distante.

Nick se gara sur le parking aménagé à l'arrière du bâtiment et coupa le moteur.

— Je suis navré que cette journée s'achève.

Alyssa sourit.

— Moi aussi. Je me suis beaucoup amusée.

Elle tourna son regard vers l'hôtel.

— Mais il est temps, à présent, de redescendre sur terre.

— Sans doute.

Il ôta ses clés du naiman et descendit de voiture. Alyssa l'imita. Comme ils se dirigeaient vers l'hôtel, Nick la saisit par le coude pour l'inciter à ralentir son pas.

— Alyssa, je sais que vous avez été contrainte par votre cousin Clay de m'emmener à ce mariage. Mais je tenais à vous dire à quel point j'ai apprécié que vous le fassiez.

Elle le regarda fixement… non, ce n'était pas lui qu'elle regardait… mais à travers lui. Elle était parfaitement immobile, aussi figée qu'une statue de pierre.

— Alyssa ?

Il l'appela d'une voix douce, hésitant sur la conduite à adopter. Elle devait être victime d'une de ces crises dont personne ne semblait connaître l'origine.

Que devait-il faire ? Crier son nom ? La secouer ? Tenter de l'arracher à sa transe ? A moins que cela ne soit dangereux ? Devait-il plutôt attendre que les symptômes passent ?

Avant qu'il n'ait eu le temps de se décider, Alyssa émit un petit gémissement, puis ses paupières battirent et se fermèrent, et soudain, ses genoux cédèrent sous son poids.

Nick parvint à la retenir avant qu'elle ne percute le sol en béton. Il la souleva dans ses bras, puis tâtonna à l'intérieur de sa poche à la recherche de ses clés.

Une fois à l'intérieur de l'hôtel, il s'immobilisa dans le vestibule, hésitant à transporter Alyssa dans sa chambre, ou dans les appartements privés qu'elle occupait au rez-de-chaussée. Comme il n'en détenait pas la clé, sa décision fut vite prise, et il gravit rapidement l'escalier, portant Alyssa dans ses bras jusqu'à la chambre bleue.

Une fois là, il la déposa doucement sur le lit. Elle semblait inconsciente. Devait-il appeler un médecin ? Nick considéra le téléphone posé sur sa table de chevet, avant de reporter son regard sur la jeune femme. Il avait eu le temps de comprendre qu'elle était une personne plutôt secrète. Devait-il ou non alerter quelqu'un ? se demanda-t-il, incertain.

Décidant qu'il ne pouvait pas rester là à la regarder sans rien faire, il tendit la main vers le téléphone, à l'instant où, prenant une longue inspiration, Alyssa ouvrait les yeux.

Comme parcourue par une décharge électrique, elle se redressa brusquement et le dévisagea un long moment en silence avant d'éclater en sanglots.

— Hé… hé.

Nick s'assit au bord du lit et prit les mains d'Alyssa dans les siennes.

— Alyssa. Que vous arrive-t-il ?

— Je suis navrée… tellement navrée.

Secouée de sanglots, elle enfouit son visage dans ses mains.

— Voyons, s'exclama Nick. Vous n'avez aucune raison de l'être.

Rien ne justifiait à ses yeux pareille honte ni pareil embarras. Il éprouva soudain une terrible envie de la prendre dans ses bras, d'interrompre ses larmes à tout prix.

— Alyssa, je vous en prie, ne pleurez pas… ce n'est pas grave. Vous avez eu une petite absence, c'est tout. Vous n'avez pas à vous sentir embarrassée pour autant.

Alyssa écarta ses mains de son visage. Ses beaux yeux bleu indigo étaient noyés de larmes.

— Ce n'est pas pour moi que je pleure, Nick, mais pour vous. A cause de l'épouvantable tragédie qui vous a frappé.

Nick fronça les sourcils, soudain désorienté.

— De quoi parlez-vous ? A quelle tragédie faites-vous allusion ?

Elle essuya ses larmes et secoua la tête avec lassitude.

— Je parle de votre femme… Dorrie.

Nick se figea et la dévisagea avec stupéfaction. Durant un moment, il n'entendit plus que son propre sang battre à ses tempes de façon assourdissante.

Alyssa se leva. Les joues encore trempées de larmes, elle le regarda comme si elle attendait une réponse de sa part.

Nick se débattit parmi le flot de souvenirs que le prénom de Dorrie avait éveillés en lui. La rage qui les accompagnait se dirigea immédiatement contre la femme qui venait de prononcer ce nom.

Se levant d'un bond, il se dressa devant Alyssa.

— Comment connaissez-vous l'existence de Dorrie ?

Une lueur de frayeur s'immisça dans le regard d'Alyssa, mais Nick s'en moqua. Elle pouvait avoir peur. Il ignorait quel jeu elle jouait, mais il avait la ferme intention de le savoir sans attendre.

— Alors… parlez, bon sang !

Il l'empoigna brutalement par les épaules.

— Que savez-vous concernant Dorrie ?

5.

Alyssa lut la confusion dans les yeux de Nick. Elle sentit la colère resserrer l'étreinte de ses doigts autour de ses épaules.

Elle aurait dû ne rien lui dire, mais cette nouvelle vision l'avait assaillie de manière si inattendue, elle l'avait emplie d'un chagrin tel, qu'à l'instant où elle avait recouvré ses esprits, elle avait été incapable de retenir ses propos.

La détente que lui avait procuré cette fabuleuse journée lui avait fait baisser sa garde, au point de la laisser sans défense face aux démons qui peuplaient ses visions. A présent, elle payait le prix de son imprudence.

Le regard de Nick exigeait des explications, qu'Alyssa s'efforça de lui fournir à contrecœur.

— Je l'ai vue… votre femme… étendue sur un lit. Je vous ai vu en train de sangloter à son côté, de hurler son nom.

Elle s'interrompit, voulant échapper à la prise d'acier de Nick.

— Nick… je vous en prie… vous me faites mal.

Il relâcha un peu la pression de ses doigts, sans la libérer toutefois complètement.

— Vous l'avez *vue* ? Enfin, que voulez-vous dire ? De quoi parlez-vous ?

Une violente colère brillait toujours dans ses yeux, et Alyssa sentait la chaleur brûlante de son souffle sur son visage. Il ne ressemblait plus en rien à l'homme brisé par la douleur apparu un instant plus tôt dans sa vision.

Arrachant son regard au sien, Alyssa fixa le sol.

— Je ne suis pas épileptique, Nick. Je ne souffre pas de ce type de pathologie. Je… je vois des choses.

Elle sentit son regard peser sur elle durant un long moment, puis les mains de Nick lâchèrent ses épaules. Il s'écarta d'un pas, et Alyssa osa enfin lever les yeux vers lui.

— Que voulez-vous dire ? Je ne comprends pas.

— Je suis victime de visions.

Prenant une longue inspiration, elle lutta contre l'envie d'enrouler ses doigts autour de ses cheveux, une manie dont elle tentait de se débarrasser.

— Des visions ?

Nick la considérait comme si elle avait parlé chinois.

Alyssa soupira. Elle n'avait jamais eu l'intention de lui parler de ses visions. C'était une partie d'elle qu'elle s'efforçait de tenir secrète. Il allait dorénavant la prendre pour une folle, comme la moitié de la population de cette ville. Sachant à quoi s'attendre, elle affronta son regard avec résignation.

— Je ne sais trop comment vous l'expliquer. Je ne le comprends pas moi-même. J'ai ces visions depuis que je suis enfant.

Nick se laissa tomber sur le lit, la colère se dissipant peu à peu dans son regard tandis que la perplexité crispait son front.

— Des visions, dites-vous ?

Il tapota doucement la surface du matelas.

— Venez, suggéra-t-il avec douceur, asseyez-vous, et racontez-moi ce que vous venez de voir dans le détail.

Non sans hésitation, Alyssa s'exécuta, s'attachant à garder une distance physique entre eux, même si elle savait que ses chances d'expérimenter une nouvelle vision aussi rapprochée de la précédente étaient minces.

— J'ai vu une femme allongée sur un lit.

Elle ferma les yeux, cherchant à rappeler à elle non pas son épouvantable cauchemar, mais simplement son souvenir.

— Elle a les cheveux blonds… blonds comme les blés. Elle… elle est nue… et il est évident qu'elle est morte. Il y a du sang… beaucoup de sang… sur son cou… sur le mur derrière elle.

L'horreur de la scène fit s'interrompre Alyssa. Elle avala sa salive pour combattre la boule dans sa gorge qui menaçait de l'étrangler.

— Vous êtes là, continua Alyssa, vous hurlez son nom… Dorrie… Dorrie. Ensuite, je vois une pierre tombale… une inscription : Doreen Marie Mead… ainsi que les dates de sa naissance et de sa mort.

Alyssa ouvrit les yeux et refoula les larmes qui lui brûlaient les paupières, traversée par de violentes vagues d'émotions… non pas les siennes, mais celles qui avaient étreint Nick au moment de cette scène.

Elle vit l'incrédulité faire place dans son regard à la stupeur, à l'horreur, puis à un chagrin si profond qu'il lui retourna l'estomac.

Enroulant ses bras autour de son ventre, Alyssa affirma :

— Je sais, Nick… j'ai tout vu. Je sais que votre femme a été assassinée il y a presque trois ans, et je suis navrée pour vous… tellement navrée.

La même stupeur se lisait toujours dans les yeux de Nick… ses yeux bleu vif dont elle n'aurait jamais cru qu'ils pourraient s'assombrir à ce point. Elle le regarda et attendit sa réaction.

Elle avait envie de le prendre dans ses bras, de le serrer contre elle, et de lui répéter combien elle était triste pour lui.

Elle avait envie de s'excuser d'avoir pensé un seul instant qu'il était un homme à femmes, un séducteur de bas étage, alors qu'il avait subi une perte si douloureuse, celle de son épouse, vicieusement assassinée.

— Vous auriez pu trouver ces informations dans un article de journal, objecta Nick, une once d'agressivité dans la voix.

— C'est exact, répliqua Alyssa d'un ton égal. Mais ce n'est pas le cas. Jusqu'à cette vision, j'ignorais jusqu'au fait que vous ayez été marié.

Elle fronça les sourcils. Une nouvelle image venait de se réintroduire dans son esprit.

— Il y avait autre chose… une marque étrange inscrite en rouge sur sa poitrine… qui… ressemblait à un M majuscule.

Nick étouffa un cri et se leva d'un bond, comme si on lui avait tiré dessus à bout portant. Il considéra Alyssa avec stupéfaction.

— Comment pouvez-vous connaître ce détail sordide alors qu'il n'a jamais été divulgué dans la presse ?

— Je vous dis que je l'ai vu.

Alyssa saisit une mèche de ses cheveux entre ses doigts et l'enroula nerveusement autour de son index.

— Tout à l'heure, vous m'avez demandé pourquoi les enfants m'appelaient A-tsa-s-gi-li. C'est à cause de mes visions.

Elle dressa le menton en signe de défi.

— La moitié de cette ville me prend pour une sorcière. L'autre me trouve juste bizarre. Dans lequel de ces deux groupes vous positionnez-vous ?

Nick passa une main dans ses cheveux et prit une profonde inspiration.

— Dans aucun des deux.

Il se rassit sur le lit.

— Si je comprends bien, vous pensez détenir des pouvoirs métapsychiques.

Alyssa haussa les épaules.

— Je ne pense rien. Il m'arrive simplement de voir des choses… des choses appartenant soit au passé… soit à l'avenir… et d'autres qui ne sont jamais advenues, et n'adviendront jamais. Je n'ai aucun moyen de savoir si une vision se réalisera ou non, j'ignore ce qui les provoque, comme la manière dont elles vont m'affecter. Parfois je m'évanouis, parfois non.

— Alyssa, j'ai vu, au cours de mon existence et au long de mon expérience de profiler, beaucoup de choses. Je ne suis pas complètement fermé à l'existence de ces phénomènes.

A ces mots, Alyssa sentit un terrible poids se soulever de ses épaules.

— Vraiment ?

— Vraiment.

Nick approcha sa main et prit la sienne. Elle se raidit aussitôt, craignant que ce contact ne provoque une autre vision, mais rien ne se passa.

— Je ne suis pas totalement incrédule, mais je possède néanmoins une bonne dose de scepticisme.

— Ce qui est naturel, assura Alyssa, qui avait un peu de mal à se concentrer alors que la main chaude et puissante de Nick retenait la sienne.

— Ces visions… sont-elles toujours aussi précises que celle que vous venez de me décrire… celle qui concernait Dorrie ? demanda Nick.

— Non. Celle-ci était particulièrement limpide. Elles sont parfois incomplètes, ou a priori tout à fait dénuées de sens. Il m'arrive de les interpréter après coup, le jour où ce que présageait ma vision se réalise.

Alyssa sentit l'étreinte de Nick se resserrer autour de sa main, et il plongea son regard dans le sien.

— Ce doit être absolument effrayant pour vous.

Une fois de plus, elle eut l'impression que ses épaules se soulageaient d'un poids. Nick Mead semblait avoir deviné en un clin d'œil ce que tant de gens ne comprenaient pas.

— Oui, répondit-elle dans un souffle. Ma grand-mère était elle aussi victime de visions. J'ai vécu avec elle jusqu'à l'âge de onze ans, et elle m'a avertie du fait que je ferais peur aux gens, qu'ils se moqueraient de moi, ou m'envieraient. Elle a tout fait pour me rendre forte. Je pense qu'elle savait quel lourd fardeau ce don représenterait pour moi.

— Mais votre oncle et votre tante vous comprennent, eux, affirma Nick.

— Tante Rita et oncle Thomas ont toujours été formidables avec moi, ainsi que mes trois cousins, Savannah, Breanna et Clay. Ils ne comprennent pas vraiment ce qui m'arrive, mais ils l'acceptent, un peu comme si j'étais sujette à l'épilepsie, justement.

Elle lui décocha un sourire piteux.

— A ce propos, je suis désolée de vous avoir menti. J'ai dû apprendre à me protéger.

Nick lui rendit son sourire et Alyssa sentit une vague de chaleur la parcourir.

— Clay est très protecteur à votre égard, assura-t-il. Lorsque je lui ai demandé si vous étiez traitée pour vos crises d'épilepsie, il a savamment éludé ma question et a réussi à ne pas trahir votre secret.

Alyssa éclata de rire.

— Vous n'imaginez pas combien de garçons Clay a été forcé de corriger à cause de moi, lorsque nous étions enfants.

— Tout le monde dans cette ville est donc au courant de ces visions ?

Elle ne parvint pas à retenir un sourire d'amertume.

— Cherokee Corners est un gros bourg, mais les rumeurs s'y répandent comme dans un village, Nick. Les gens ne savent pas tous que je suis victime de visions, mais la plupart d'entre eux ont conscience du fait que je suis un peu étrange. Chacun a entendu certains commérages me concernant, qui les font se tenir à distance de moi. Bien sûr, il y a des exceptions… comme Mary, qui travaille avec moi, ou Tamara, la femme de Clay, qui est devenue ma meilleure amie.

Alyssa libéra sa main de celle de Nick, trouvant son contact beaucoup trop agréable.

— Je dois y aller, dit-elle brusquement.

Elle était épuisée, d'abord par les longues festivités de la journée, mais aussi par la tension provoquée en elle par cette nouvelle vision, ainsi que par l'intensité de leur conversation.

Comme elle se levait, Nick l'imita et la suivit jusqu'à la porte.

— Je préparerai mon lit moi-même, ce soir.

— Merci.

Alyssa s'immobilisa sur le seuil.

— Et merci, Nick, de ne pas m'avoir traitée comme un monstre.

Il tendit la main pour saisir entre ses doigts la mèche de cheveux qu'elle avait commencé à torturer entre les siens. Sa soudaine proximité fit manquer un battement au cœur d'Alyssa. Il était près… beaucoup trop près d'elle… et cette fois, ce n'était pas le contenu de ses visions qui la rendaient nerveuse, mais plutôt la lueur de séduction qui irradiait du regard de Nick.

— Vous êtes tout sauf un monstre. Vous êtes au contraire une femme merveilleuse.

Avant qu'elle ne devine ses intentions, il se pencha vers elle et posa ses lèvres sur les siennes.

C'était si inattendu qu'Alyssa ne bougea pas, ne s'écarta pas de lui. Au lieu de cela, elle sentit une boule de feu exploser dans son ventre.

Les bras de Nick l'enlacèrent tandis que la profondeur de son baiser s'intensifiait, et que sa langue, d'abord hésitante, épousait la sienne.

L'espace d'une seconde, Alyssa s'abandonna à ce baiser, à la domination savante de ces lèvres sur les siennes.

Oui, savante… car elles étaient douces, mais pressantes, chaudes, aucunement menaçantes.

Elle était enveloppée par son odeur. Une odeur qu'elle trouva terriblement agréable — de soleil, de fumée de bois, mêlée d'une pointe subtile d'eau de toilette.

Le torse de Nick, contre sa poitrine, était dur, musclé, et elle en voulut plus… elle eut envie de le sentir dénudé contre elle, de sentir sa bouche explorer chaque centimètre de son corps.

A cet instant, la vision qui la torturait depuis plus d'un mois explosa dans sa tête. Elle faisait l'amour avec Nick… puis tout à coup, elle le poignardait… il y avait du sang partout… son sang. S'arrachant violemment à lui, Alyssa se rua hors de la chambre, les jambes vacillantes.

Elle l'entendit vaguement l'appeler, mais fut incapable d'arrêter sa course avant d'avoir dévalé l'escalier et refermé à clé la porte de ses appartements derrière elle.

Ses lèvres brûlaient encore de l'empreinte de sa bouche, mais son plaisir s'était transformé en terreur au moment où cette vision d'épouvante s'était une fois de plus imposée à son esprit.

Alyssa s'effondra sur le sofa écru de son petit salon, et passa un index tremblant sur ses lèvres. Elle était un peu superstitieuse, et même si cela semblait fou, elle avait eu peur de raconter à

Nick le contenu de cette vision si troublante — peur qu'en lui en parlant, cette dernière ne se réalise un jour.

Décidément, elle ne voulait plus jamais embrasser Nick, elle ne voulait plus encourager aucune relation entre eux, d'aucune nature. De crainte de libérer certaines forces capables de transformer cette vision en réalité.

— Donc, le profil que nous recherchons est celui d'un individu de sexe masculin, de type caucasien, âgé de vingt-cinq à trente-cinq ans. Il est méthodique, intelligent, et a apparemment une certaine connaissance de nos techniques scientifiques. Ce qui explique pourquoi nous avons trouvé très peu d'indices sur les lieux des crimes.

Nick se détourna des membres de son détachement spécial pour noter ces informations sur le tableau noir placé derrière lui.

— En plus de connaître nos techniques, j'ai l'impression qu'il prend plaisir à jouer avec nous, affirma Clay.

— Que voulez-vous dire ?

Nick se tourna vers lui. Malgré la fatigue qui se lisait sur son visage, le jeune marié s'était montré au cours de la matinée d'une intelligence aussi acérée que de coutume. Il ne laissait apparemment pas les effets des festivités de la veille ni ceux de sa nuit de noces entraver le processus de ses pensées.

— J'ai analysé l'empreinte relevée sur les lieux du troisième meurtre, expliqua Clay. Elle semble appartenir à un homme chaussant du quarante-quatre, mais sa taille ne correspond pas au poids du corps évalué d'après son incrustation dans le sol.

— Qu'est-ce que cela signifie en clair, pour nous, simples soldats ? demanda Simon Collins.

— Que si nous corrélons ces deux indices, nous devrions rechercher un homme d'environ un mètre quatre-vingt-cinq, et pesant dans les quarante-cinq kilos.

— Quarante-cinq kilos ?

Bud fronça les sourcils d'un air pensif.

— Vous voulez dire que nous recherchons… un squelette ?

— Je pense en fait que nous avons affaire à quelqu'un de très astucieux, répliqua Clay.

— Vous croyez qu'il aurait maquillé la scène ? demanda Nick, soucieux.

— C'est possible.

Bon sang. Cette empreinte, pensa Nick, était le seul indice dont ils disposaient. S'il s'agissait d'un leurre laissé par le meurtrier dans le but de brouiller leurs pistes, ils n'en détiendraient plus aucune vers laquelle se tourner.

— Je pense que nous allons devoir réexaminer chacune des scènes des meurtres, affirma-t-il, interroger une nouvelle fois les familles des victimes et glaner tout ce que nous pourrons les concernant. Je vous assigne une victime à chacun. Je veux connaître tout ce qui les concerne — les clauses de leur contrat de mariage, l'état de leurs finances, la nature de leurs relations avec leurs collègues de travail. Je veux savoir ce qu'ils prenaient chaque matin pour leur petit déjeuner, où ils effectuaient leurs courses, où ils se faisaient couper les cheveux… tout.

Nick s'interrompit, s'attendant à entendre un gémissement passer sur les lèvres des trois policiers de Cherokee Corners qui avaient déjà enquêté sur cette affaire, mais aucun d'eux ne protesta. Tant mieux. Il avait besoin d'hommes prêts à faire le boulot, à recommencer, puis à enquêter de nouveau une troisième fois si nécessaire.

— Au cours des deux jours qui vont suivre, je veux que vous réunissiez toutes les informations possibles. Préparez-vous à en fournir un rapport exhaustif. Je suis certain que ces quatre meurtres sont liés. Nous n'avons pas encore réussi à déterminer le lien existant entre ces différents hommes, mais nous devrons à tout prix le découvrir.

Il marcha jusqu'au panneau de liège où étaient affichées les photos des victimes.

— Bud, vous prendrez Greg Maxwell. Simon, vous vous occuperez de Sam McClane. John, de Tim O'Brien, et Tony, de Jonathon Blackbird, le dernier mort. Si l'on se réfère aux dates respectives de ces quatre assassinats, nous risquons d'avoir une nouvelle victime sur les bras d'ici à une dizaine de jours.

Il accorda quelques minutes à ses hommes pour discuter ensemble avant de déclarer :

— Clay, j'aimerais que vous passiez la journée de demain à réexaminer tous les indices que vous avez pu dénicher sur les scènes des crimes.

Clay opina d'un hochement de tête.

— Cela ne prendra hélas guère de temps.

Une profonde frustration perçait dans sa voix. Nick connaissait ce sentiment — un sentiment qui l'étreignait depuis trois ans, chaque fois que le nom de Murphy lui traversait l'esprit.

— Bien, dit-il. Je crois que ce sera tout pour aujourd'hui.

Il était plus de 17 heures, et même s'il savait que Clay travaillerait aussi longtemps qu'il l'exigerait, Nick n'oubliait pas non plus que ce dernier était jeune marié.

D'autant qu'ayant une ou deux questions à lui poser, il avait l'intention de le retenir quelques instants de plus que les autres.

— Clay, pourrais-je vous parler une minute ? demanda-t-il. Je promets de ne pas vous garder trop longtemps.

— Bien sûr, acquiesça Clay en calant sa hanche sur le plateau de la table avant de le regarder d'un air interrogateur.

Nick attendit que les autres hommes aient quitté la pièce.

— Je suis au courant pour les visions d'Alyssa, dit-il sans préambule.

Aucune émotion ne traversa les yeux noirs de Clay.

— C'est Alyssa qui vous en a parlé ?

Nick opina de la tête.

— Hier soir. Je me demandais juste ce que vous en pensiez.

— Vous voulez savoir si Alyssa est réellement victime de visions prémonitoires ?

Clay fronça les sourcils d'un air pensif.

— A vrai dire, je ne sais que croire. Je peux juste vous dire qu'il lui arrive effectivement de voir certaines choses tout à fait irrationnelles, et d'avoir la connaissance de choses elles aussi parfaitement irrationnelles.

Il quitta son appui sur la table pour prendre la chaise faisant face à Nick.

— J'ignore l'étendue de ce qu'Alyssa vous a confié, mais il y a deux mois de cela, par exemple, un cher banquier de nos amis s'est introduit chez mes parents. Il a assommé mon père, drogué ma mère, qu'il a transportée jusqu'à sa voiture après l'avoir enroulée dans le dessus-de-lit de sa chambre. Après quoi il est revenu dans la maison, a recouvert le lit d'un tissu en tout point identique au premier, a rempli une valise des vêtements et effets personnels de ma mère, et est reparti en l'enlevant.

Nick avait en effet entendu dire que Rita avait été la victime d'un kidnapping, mais il ignorait les détails de cette affaire.

— Ce cher banquier, ainsi que vous l'appelez, a visiblement cherché à faire croire que votre mère avait assommé son époux avant de boucler sa valise et de fuir le domicile conjugal.

— Exactement. Quoi qu'il en soit, suite à sa disparition, Alyssa a été assaillie par la vision récurrente de Rita, assise seule dans son lit. Lorsqu'elle m'en a parlé, j'ai écarté ses propos, car nous savions tous que notre mère n'était hélas pas dans sa chambre.

Nick n'interrompit pas Clay. Devinant que ce dernier avait une bonne raison de lui raconter cette histoire saugrenue, il attendit patiemment de découvrir ce dont il retournait.

— Nous avons fini par la retrouver, enfermée dans une cave décorée à dessein exactement comme sa chambre. La vision d'Alyssa, qui nous avait jusqu'alors paru incohérente, a pris à ce moment-là tout son sens à nos yeux.

Clay soupira.

— Je peux vous citer une bonne dizaine d'occasions où les visions d'Alyssa se sont avérées justes, au cheveu près. Je peux aussi vous en énumérer une autre dizaine qui ne se sont jamais réalisées. Je dirai ceci… J'y crois suffisamment pour ne pas négliger ce qu'elle me raconte, mais j'accueille toujours ces informations avec des pincettes.

Nick hocha la tête.

— Merci, Clay. Je voulais juste connaître votre impression à ce sujet. A présent, partez vite rejoindre cette superbe femme qui est la vôtre.

— A demain, dit Clay en se levant de sa chaise.

Nick le regarda partir, luttant contre l'envie de le rappeler et de lui poser de nouvelles questions concernant Alyssa. Mais celles dont il aurait souhaité connaître la réponse avaient plus à voir avec la sphère de sa vie privée qu'avec la teneur de ses visions.

Elle n'avait pas quitté ses pensées de la journée. Il avait été incapable d'effacer un seul instant le goût de ses lèvres de son souvenir, pas plus que le bref mais ardent consentement qu'elle avait offert à son baiser.

Comme il lui avait été impossible d'oublier la violence avec laquelle elle l'avait soudain repoussé. C'était de la peur qu'il avait alors lue dans ses yeux bleus, et il s'était aussitôt demandé ce qu'elle lui avait dissimulé.

Mais ce matin, il ne l'avait pas vue. S'étant réveillé plus tardivement que d'habitude, il avait quitté la maison d'hôtes sans même prendre le temps d'avaler un café.

Nick referma sa mallette et quitta le commissariat avec l'intention de dîner cher Ruby et d'y attendre qu'Alyssa ferme sa boutique de glaces pour tenter de lui demander des explications concernant son étrange réaction de la veille.

Ruby proposait à son menu un délicieux pain de viande accompagné de frites et d'un assortiment de légumes, et la plantureuse restauratrice lui offrit sa compagnie tandis qu'il s'attardait après son repas au comptoir devant un café. Elle s'assit à côté de lui, l'étourdissant de son parfum capiteux et sucré. Mais il trouvait charmants son sourire enjôleur et ses yeux pétillant de malice.

— Il paraît qu'on vous a vu escortant galamment Alyssa Whitefeather au mariage de Clay, déclara la restauratrice avec un rictus espiègle.

Nick sourit.

— Alyssa rejetterait en bloc la nuance de galanterie à laquelle vous faites allusion. Clay lui a demandé de m'accompagner au mariage, et elle a simplement accepté à contrecœur.

Ruby secoua la tête.

— Je me demande vraiment ce que cette fille a dans le ventre. Si vous m'aviez escortée où que ce soit, j'aurais crié au monde entier qu'il s'agissait d'un rendez-vous, *tout ce qu'il y a de plus galant !*

Nick rit de bon cœur.

— J'ai l'impression que ce genre de rendez-vous n'intéresse pas Alyssa.

— Cette fille passe son temps à s'occuper de parfaits inconnus, sans jamais prendre soin d'elle. Son affaire est en train de la bouffer vivante, et elle ne s'en rend même pas compte. Je lui ai proposé des dizaines de fois de la lui racheter.

Ruby lui glissa un clin d'œil complice.

— Je me voyais déjà en train de raconter à mes clients que cet hôtel était la maison close ayant appartenu à mon arrière-grand-mère. Je vous parie ce que vous voudrez qu'il aurait alors été bondé à longueur d'année.

Il sourit.

— Ah, Ruby, ce n'est pas seulement le cœur d'une incorrigible romantique, mais également celui d'une terrible femme d'affaires qui bat dans votre poitrine.

— Me voilà percée à jour, s'esclaffa Ruby avant de le dévisager un long moment en silence.

— Je sais, dit-elle enfin, que vous ne resterez à Cherokee Corners que le temps d'attraper le type qui poignarde dans les parages les hommes de cette ville. Mais en attendant, rien ne vous empêche de prendre celui d'être un peu gentil avec Alyssa. C'est une fille bien, qui n'est pas toujours traitée comme elle le mérite.

— A cause de ses visions, voulez-vous dire ?

— Ah, je vois que vous connaissez la vérité la concernant. Alyssa a en effet un don de double vue, mais certains abrutis ne voient pas cela comme un talent. Ils sont incapables de comprendre à quel point Alyssa est quelqu'un d'exceptionnel.

Nick savait qu'Alyssa était exceptionnelle, mais cela avait dans son esprit peu à voir avec ses visions. Il l'avait su à l'instant où il avait posé ses lèvres sur les siennes. Car elle l'avait ramené à la vie, quand il pensait que personne n'y parviendrait plus jamais.

— Merci de vos conseils, Ruby. Vous êtes une femme pleine de sagesse, répliqua-t-il. A présent, il est temps que je rentre.

Il consulta sa montre. Il était 20 h 30, et il savait qu'Alyssa fermait sa boutique aux alentours de 21 heures.

Le fait d'avoir parlé d'elle et de repenser au baiser trop bref qu'ils avaient échangé lui donnait soudain envie d'être avec elle… de s'asseoir sur un tabouret, et de la regarder simplement vaquer à ses activités.

Il se leva et Ruby l'imita.

— Comme d'habitude, le repas était délicieux, assura Nick comme ils s'approchaient de la caisse.

— Vous êtes un type facile à satisfaire, estima Ruby avec un sourire. J'espère vous revoir demain soir, ajouta-t-elle en lui tendant sa monnaie.

Nick opina de la tête.

— Bonne nuit, Ruby.

L'air nocturne était chaud et humide. Nick se débarrassa de la cravate qu'il avait portée toute la journée, qu'il glissa dans la poche de son pantalon, puis ouvrit les deux premiers boutons de sa chemise dont il enroula les manches.

Au lieu de contourner la place, il coupa à travers le petit parc. Etait-ce là, se demanda-t-il, assis sur un de ces bancs dans l'obscurité de ces grands arbres, que le meurtrier guettait ses victimes, avant de les entraîner en direction d'un buisson pour les assassiner et laisser sur place leurs cadavres dénudés ?

Il ne parvenait toujours pas à cerner la personnalité du tueur. Il n'arrivait pas non plus à déterminer pourquoi ce dernier s'était attaqué à ces quatre hommes en particulier, comment il les avait attirés jusqu'au lieu de leur mort, ni pourquoi on les y avait retrouvés entièrement dévêtus.

Devant lui, les lumières de la boutique de glaces scintillaient dans la pénombre du crépuscule. En cet instant, il lui sembla soudain tout aussi important de parvenir à cerner la personnalité d'Alyssa, ainsi que de découvrir en quoi un simple baiser de sa part avait pu éveiller en elle pareille terreur.

6.

Le carillon de la porte résonna dans la boutique. Bien qu'elle ait le dos tourné, Alyssa devina que c'était Nick qui entrait. Elle ignorait comment, mais elle en était persuadée.

Lorsqu'elle se retourna, il s'avançait d'un pas décidé vers le comptoir, le regard brillant d'une intensité qui n'augurait rien de bon.

— Il faut que nous parlions, dit-il en se hissant sur un des tabourets.

— J'ai des clients, répliqua-t-elle, soulagée que deux familles soient encore installées autour des tables rondes.

— J'attendrai, en dégustant un de ces « délices glacés au brownie. »

Elle se détourna en silence et commença à préparer ce que Nick venait de commander, s'efforçant de ralentir le rythme de son cœur qui s'était accéléré depuis l'instant où il était entré.

Ce matin, elle lui avait été reconnaissante de n'apparaître ni dans sa cuisine ni dans la salle à manger de l'hôtel.

Elle avait passé la nuit précédente à se retourner dans son lit, revivant sans répit le souvenir de ce baiser qui l'avait embrasée jusqu'à l'âme. Un souvenir accompagné par les images obsédantes qui la torturaient depuis un mois.

Au fur et à mesure de la journée, il lui avait été de plus en plus difficile de dissocier ces deux sentiments l'un de l'autre — le plaisir absolu que lui avait procuré la brève étreinte de Nick, et l'horreur indicible que lui inspirait sa vision le concernant.

Alyssa acheva sa préparation et se tourna vers lui. Elle n'avait aucune envie d'affronter la conversation qu'il souhaitait apparemment entamer.

Elle aurait encore préféré effacer à jamais de son esprit toute réminiscence de ce baiser.

— Vous avez l'air fatiguée, dit-il.

— Je le suis.

Saisissant un chiffon humide, Alyssa essuya le comptoir d'une main nerveuse.

— Ruby pense que cet établissement est en train de vous dévorer vivante.

Elle sourit.

— Ruby est bien gentille, mais elle aimerait surtout que je lui vende mon hôtel.

— Elle m'en a en effet parlé. Elle le ferait passer pour la maison close ayant jadis appartenu à son arrière-grand-mère, et est convaincue qu'il afficherait complet à longueur d'année.

Malgré sa détermination à se montrer distante, Alyssa ne put retenir un éclat de rire.

— C'est Ruby tout craché… elle va toujours droit au but.

— Connaissez-vous personnellement l'histoire de sa vie ? demanda Nick en plongeant sa cuillère dans sa coupe de glace. A-t-elle jamais été mariée ?

Alyssa se détendit un peu. Nick ne lui demandait pas, pour l'instant, d'explication concernant la nuit passée.

— La rumeur veut qu'elle ait fréquenté dans sa jeunesse un jeune texan fortuné. A ce qu'on dit, elle était folle de lui, et pensait que leur aventure était sérieuse, jusqu'au jour où son amant s'est fiancé à une jeune fille de la haute bourgeoisie de Houston. Cette histoire lui a brisé le cœur, au point qu'elle a décidé de ne plus jamais compter sur un homme. C'est à ce moment-là qu'elle se serait mise en tête de devenir la femme d'affaires la plus prospère de l'Oklahoma.

— Y a-t-elle réussi ?

Nick lécha sa cuillère, et ce geste rappela à Alyssa la douce caresse de sa langue sur la sienne. Elle se détourna afin de rincer son éponge, s'accordant un moment pour effacer ce souvenir troublant de son esprit.

— De l'Oklahoma peut-être pas, répondit-elle, mais elle serait la deuxième fortune de Cherokee Corners. Ruby possède de nombreux terrains, ainsi que des parts financières dans la moitié des affaires qui se trouvent autour de cette place. Je dirais en tout cas qu'elle s'en est plutôt bien sortie.

Alyssa se tourna de nouveau vers Nick. Une première famille quitta alors l'établissement, laissant une seule table de clients empêcher une conversation plus sérieuse entre eux.

— On dit que c'est une réaction très féminine… que de se venger d'un chagrin d'amour par la réussite sociale.

— Je n'en sais rien. Je n'ai jamais eu de chagrin d'amour.

Dès qu'elle eut prononcé ces mots, Alyssa prit conscience de la tristesse de cette remarque… à l'idée affligeante d'avoir atteint l'âge de vingt-neuf ans sans avoir jamais senti son cœur se briser.

— Vraiment ?

Un sourcil haussé par la surprise, Nick la dévisagea avec curiosité.

— Je pensais que tout le monde en avait au moins un ou deux à son actif.

— Pas moi.

Elle eut envie de reprendre son éponge ou de trouver quelque chose à faire au lieu de demeurer offerte de la sorte à l'insistance de son regard.

— J'ai pour ma part reçu quelques bleus à l'âme, avoua Nick, mais on ne m'a encore jamais brisé le cœur de manière irrémédiable.

Alyssa regarda partir les derniers clients en sachant que d'une façon ou d'une autre, le ton de leur échange n'allait pas tarder à se durcir.

— J'ignore de quoi vous voulez que nous discutions, dit-elle alors, mais fermer la boutique va me prendre un moment. Nous pourrions peut-être remettre cette conversation à demain matin.

Si elle parvenait à repousser l'échéance au lendemain, elle s'imaginait pouvoir y échapper pour de bon.

— Attendre ne me dérange pas. En fait, je peux même vous aider.

Sur ces mots, Nick se leva et marcha jusqu'à la porte dont il retourna le panneau, indiquant que l'établissement était fermé, et poussa d'autorité le verrou.

Alyssa émit un soupir de défaite.

— La meilleure façon de m'aider serait de ne pas rester dans mes jambes et de me laisser faire.

L'estomac de plus en plus serré, elle lava les dernières coupes souillées dans l'évier et nettoya les tables.

Pendant ce temps, Nick l'observait en silence, et Alyssa sentit croître la tension qui l'habitait dans d'effrayantes proportions. Elle avait espéré qu'ils ne reparleraient pas de ce baiser, ni de l'étrange réaction qui avait été la sienne. Elle avait espéré que, se contentant de la ranger dans la catégorie des filles frigides et coincées, Nick se serait désintéressé d'elle.

Mais elle aurait bien sûr dû se douter du contraire — surtout après s'être confiée à lui si intimement concernant son don de clairvoyance. Elle n'avait à présent plus aucun moyen d'échapper aux questions qu'il lui réservait. Il lui faudrait donc simplement lui fournir des réponses rationnelles, afin d'éviter à tout prix de lui révéler le contenu de son effrayante vision.

Une fois l'intégralité de ses tâches accomplies, Alyssa n'eut plus d'autre choix que de se tourner vers Nick.

— Nick, si c'est d'hier soir que vous voulez que nous parlions… et de ce baiser…

Elle rougit et s'interrompit.

— Ne pourrions-nous pas en discuter ailleurs ? suggéra Nick. Là où je n'aurai pas l'impression que la ville entière nous observe.

Il désigna la vitrine de la main, et Alyssa se rendit compte qu'il avait raison. Avec les lumières ainsi allumées dans la boutique, tout le monde pouvait les contempler à loisir depuis l'obscurité de la rue.

— Vous voulez que nous montions dans ma chambre ? proposa-t-il.

— Non, allons plutôt dans la mienne, s'empressa de répondra la jeune femme.

L'épouvantable vision qui la hantait se déroulait toujours dans la chambre bleue, où dormait Nick. C'était bien le dernier endroit où elle souhaitait se rendre.

Elle poussa la porte accédant à ses appartements et l'invita à entrer dans son petit salon. Les portes menant à sa chambre et à la salle de bains étaient fermées.

— Asseyez-vous.

Alyssa lui désigna le canapé flanqué de coussins aux tons vifs.

— Voulez-vous une tasse de thé ? Je vais m'en faire une. A moins que vous ne préfériez un soda ou une bière ?

— Un thé sera parfait.

Nick s'installa sur le canapé et, l'estomac toujours aussi noué, Alyssa alla mettre de l'eau à chauffer dans la kitchenette aménagée le long d'un des murs de la pièce.

— J'ai des infusions à la camomille, à la citronnelle, à la lavande, ou du thé normal.

— Je préfère que le café ait le goût du café, et le thé celui du thé. Un thé normal, s'il vous plaît.

Tandis qu'elle attendait que l'eau bouille dans la casserole, elle vit Nick se diriger vers sa bibliothèque encombrée de livres, de bibelots divers et de paniers d'osier.

— Ils sont magnifiques, s'extasia-t-il en désignant l'un des ouvrages aux savants motifs colorés.

— Ma grand-mère les tressait, répondit Alyssa. C'était un véritable maître dans l'art de la vannerie. Elle a gagné sa vie en vendant ses paniers dans tout le pays, et a tenté de m'enseigner sa technique, mais j'étais trop maladroite.

— Accomplir un aussi beau travail exige sans doute un savoir-faire extraordinaire, répliqua Nick.

Alyssa acheva de préparer le thé, puis en porta deux tasses sur un plateau jusqu'à la table basse, accompagnées de crème et de sucre. Nick la rejoignit et ils s'assirent côte à côte sur le sofa.

— Dorrie adorait l'art amérindien, assura-t-il, la poterie, la vannerie… ce genre de choses. Elle s'y est intéressée dès l'instant où nous avons déménagé de Chicago pour l'Oklahoma.

Alyssa fut surprise par le naturel avec lequel Nick mentionnait sa défunte épouse… comme s'il avait réussi à se mettre en paix avec cette perte douloureuse.

— Parlez-moi d'elle, suggéra-t-elle avec douceur. Comment vous êtes-vous rencontrés ?

— Par l'intermédiaire d'amis communs. Il s'agissait d'un complot de leur part, un genre d'arrangement matrimonial.

Je ne voulais pas y aller, et j'ai ensuite découvert que Dorrie y avait elle aussi répugné.

Ces souvenirs visiblement agréables avaient soudain adouci le bleu de ses yeux. Il reposa sa tasse sur la table et se laissa aller contre les coussins.

— Dès que je l'ai vue, j'ai eu du mal à croire qu'un homme ne l'avait pas déjà épousée. Dorrie était belle, intelligente et drôle. Elle exerçait le métier d'infirmière, et comprenait par conséquent ce qu'était le stress. Or, au moment de notre rencontre, j'en subissais une bonne dose.

Le regard de Nick s'assombrit tout à coup. Il prit une longue inspiration et se redressa, après quoi il reprit sa tasse et but plusieurs gorgées de thé, tandis qu'Alyssa cherchait désespérément quelque chose à dire.

Manifestement déterminé à repousser les pensées qui avaient à ce point obscurci le bleu de ses yeux, Nick déclara :

— Vous savez, je n'ai jamais compris pourquoi les hommes qui perdaient une épouse se détournaient par la suite si souvent du mariage.

— En imaginant qu'il s'agissait d'une union difficile, ils ont peut-être peur de répéter la même erreur, répondit Alyssa.

— De nos jours, si un mariage est raté, on n'est plus contraint d'attendre le décès d'un conjoint pour s'en libérer.

Alyssa acquiesça d'un hochement de tête.

— C'est exact, mais alors peut-être ces hommes avaient-ils au contraire une femme merveilleuse, et ont-ils peur après l'avoir perdue de ne plus jamais retrouver pareil bonheur.

— On ne vit jamais deux fois la même expérience, assura Nick. Chaque nouveau partenaire amène avec lui un autre type de relation, mais cela ne signifie pas qu'une union sera moins idyllique que la précédente.

— Je suis étonnée d'entendre un homme vanter ainsi les vertus du mariage, énonça Alyssa d'un ton moqueur.

Nick la dévisagea avec chaleur et sourit. De ce mince sourire sensuel qui avait le don de la faire fondre.

— J'adorais Dorrie, mais le temps qu'a duré notre mariage, j'ai aussi compris que j'aimais vivre en couple.

Il prit une autre gorgée de thé avant d'ajouter :

— J'adorais cette impression d'être la moitié d'un tout — me battre pour obtenir le dernier morceau de gâteau, faire des compromis à propos de sujets importants. J'aimais le fait d'avoir nuit après nuit la même femme dans mon lit, de partager tout avec elle, tant sur un plan physique qu'émotionnel. Alors, me direz-vous enfin ce qui vous a fait si peur hier soir ?

Elle s'était si bien laissé bercer par la conversation que la brusquerie de cette question prit Alyssa de cours, même si elle s'était doutée que Nick finirait par l'aborder.

Détournant le regard, elle fixa sa tasse, toujours posée sur le plateau.

— Je n'ai pas eu peur…, mentit-elle. Je n'ai simplement pas apprécié ce baiser.

Elle saisit une mèche de ses cheveux noirs entre ses doigts.

— Alyssa…

La voix de Nick était si douce, presque enjôleuse, qu'elle osa lever les yeux vers lui et affronter son regard.

— L'entraînement que j'ai suivi en ma qualité d'agent du FBI fait que j'ai une sorte de détecteur de mensonges intégré en permanence dans mon cerveau. Or, lorsque vous vous êtes enfuie hier soir, ce n'était ni de la répulsion ni du dégoût que j'ai lu dans vos yeux, mais de la crainte… pour ne pas dire de la terreur. Et je veux savoir de quoi il retourne.

Il approcha sa main et la priva de la mèche de cheveux qu'elle torturait entre ses doigts.

— Parlez-moi, Alyssa.

A cet instant, et pour la première fois, Alyssa comprit qu'elle devait le lui dire. Elle avait pensé qu'en se taisant elle empêcherait d'une certaine façon sa vision de se réaliser. Mais elle voyait à présent que la connaissance était source de pouvoir. Si elle se confiait à Nick, il pourrait au contraire participer activement à empêcher ce cauchemar de se transformer en réalité.

Elle leva la main pour reprendre la mèche de cheveux qu'il avait écartée, mais Nick emprisonna ses doigts entre les siens. Alyssa prit alors une profonde inspiration avant d'avouer :

— Pendant le mois qui a précédé votre arrivée à Cherokee Corners, j'ai eu d'incessantes visions vous concernant.

Le regard de Nick s'intensifia et, sans lâcher sa main, il se rapprocha d'elle.

— Etes-vous sûre qu'il s'agissait de moi ?

— Certaine. C'était exactement votre visage… vos yeux, vos cheveux, votre mâchoire carrée, votre menton obstiné.

— Volontaire, pas obstiné, corrigea Nick avec un mince sourire.

Mais son rictus s'évanouit promptement.

— Qu'est-ce que je faisais, dans cette vision ? s'enquit-il.

Même si elle s'était crue prête à lui en raconter l'intégralité, Alyssa comprit qu'elle n'était pas suffisamment préparée à en partager avec lui les détails les plus intimes. Elle sentit son cou, puis ses joues, s'empourprer.

— A vous voir rougir ainsi, je crois en deviner la teneur, assura Nick.

La jeune femme arracha sa main à la sienne, éprouvant soudain le besoin de se tenir à distance de lui — de sa chaleur, de son odeur — pour pouvoir relater les images qui l'obsédaient.

— Au début, commença-t-elle, nous faisons l'amour dans la chambre où vous séjournez.

A mesure qu'elle prononçait ces mots, les sensations que cette vision provoquait chaque fois en elle la submergèrent.

Les bouts de ses seins se durcirent, comme si les mains de Nick les avaient caressés. Une onde de chaleur envahit sa gorge, comme si ses lèvres y avaient couru.

— Nous faisons l'amour… fougueusement… avec passion… et puis, soudain, je vous frappe de plusieurs coups de couteau, et je vous tue.

Nick cligna des yeux comme s'il avait été brutalement arraché à un rêve agréable.

— Vous me frappez de plusieurs coups de couteau et vous me tuez ? répéta-t-il avant de passer une main dans ses cheveux.

— Quand je fais l'amour avec une femme, j'aime à penser que je lui inspire de violentes émotions, mais certainement pas de pareilles.

— Ce n'est pas drôle, Nick, s'exclama Alyssa tandis qu'à son grand dam, les larmes commençaient à brûler sous ses paupières. Cette vision est atroce, épouvantable, et le jour où vous êtes entré dans mon établissement, j'ai éprouvé la pire terreur que j'aie jamais ressentie.

Les larmes inondaient à présent ses joues. Comment lui faire comprendre l'horreur dont l'emplissait chaque fois cette expérience ?

Avec la lenteur souple d'un félin, Nick se leva, l'attira à lui et la tint serrée un long moment sur sa poitrine.

— Vous avez raison, ce n'est pas drôle. Tout ce qui peut vous faire pleurer n'a absolument rien de drôle.

Il caressa ses cheveux, et la douceur de ses propos libéra le flot d'émotions retenues en elle depuis trop longtemps.

De profonds et déchirants sanglots la secouèrent. Nick n'essaya pas de lui parler. Il n'entreprit rien pour tenter d'apaiser ses larmes. Il fit la seule chose dont elle avait besoin en cet instant.

La tenir en silence dans ses bras pendant qu'elle pleurait.

Tout en laissant libre cours à ses larmes, Alyssa comprit qu'elle ne les versait pas seulement à cause de la vision qui la traumatisait depuis plus d'un mois, mais qu'elle déchargeait également les tensions accumulées en elle lors du récent enlèvement de sa tante Rita. Celles causées dans le passé par la mort de sa mère, puis de sa grand-mère. Ainsi que celles résultant d'une vie faite de solitude et d'isolement. Elle pleurait sur elle-même, et elle pleurait pour Nick, qui avait aimé si profondément et avait subi une perte aussi cruelle.

Lorsque ses sanglots cessèrent enfin, Alyssa leva son visage vers Nick et plongea son regard dans ses yeux dont le bleu éclatant lui coupa le souffle.

Elle prit pour la première fois conscience de la puissance de son torse contre sa poitrine, de la chaleur de ses mains qui caressaient son dos et ses cheveux. Elle sentit la solidité de ses hanches contre elle, ainsi que… la ferme et virile manifestation de son désir contre son ventre.

S'essuyant vivement les yeux, Alyssa s'arracha à son étreinte tout en luttant contre la dangereuse sensation de vertige qui venait de l'envahir à ce dernier contact.

— Je suis désolée, balbutia-t-elle avec maladresse, je ne voulais pas craquer de la sorte.

— Et moi je m'excuse d'avoir cherché à plaisanter concernant votre vision, répliqua Nick. Venez, asseyez-vous et parlons-en tranquillement.

Il n'affichait plus aucun signe du désir qu'elle avait perçu chez lui un instant plus tôt.

Ils regagnèrent le canapé où ils s'assirent côte à côte. Alyssa prit sa tasse de thé, qui était glacé, mais qu'elle but jusqu'à la dernière goutte, s'efforçant de recouvrer son sang-froid.

— A présent, racontez-moi cette vision en détail.

Il avait dû percevoir le désarroi qui, suite à cette suggestion, l'avait étreinte, car Nick sourit gentiment.

— Vous pouvez passer sur les détails sexuels, concéda-t-il.

Alyssa sentit aussitôt une vague de soulagement la parcourir.

— Il n'y a pas grand-chose à dire de plus, affirma-t-elle. Comme je vous l'ai raconté, d'abord, nous faisons l'amour sur votre lit, puis la scène se transforme, et nous nous retrouvons sous un arbre aux branches déformées par la tempête, je crois.

Elle fronça les sourcils, se concentrant sur la forme de cet arbre. Pourquoi ce dernier lui semblait-il aussi familier ? Où diable l'avait-elle vu auparavant ?

— Et c'est à ce moment-là que vous me poignardez ?

Tout en luttant contre la nouvelle vague de désespoir qui la traversait, Alyssa hocha la tête avec gravité avant de préciser :

— Avec un très long couteau, que je vous plante sauvagement, et à de multiples reprises, dans le cœur… Je vois du sang… du sang partout, puis tout devient noir.

Elle ne lui décrivit pas l'immense et vertigineux sentiment de toute puissance qui déferlait en elle chaque fois qu'elle enfonçait la lame dans sa chair. La part la plus terrifiante de sa vision.

— Alyssa.

Pour la deuxième fois ce soir, Nick prit sa main dans la sienne.

— Imaginez-vous quoi que ce soit, ou quiconque, capable de vous inciter à tuer un jour un de vos semblables ? Une seule raison susceptible de vous pousser à vous emparer d'un couteau et à tuer un autre être humain ?

— Bien sûr que non, répondit Alyssa sans hésitation. Je ne suis pas un assassin. Je serais incapable d'ôter la vie à qui que ce soit.

— Dans ce cas, de quoi avez-vous peur ? demanda doucement Nick.

De quoi avait-elle peur ? Cette question fit affluer de nombreuses pensées dans son esprit, des pensées qu'elle ne pouvait partager avec personne et qu'elle n'avait jamais confiées à quiconque.

Elle avait peur que la gestion de son établissement ne finisse par la dévorer vivante. Tout comme elle craignait qu'il ne lui reste en revanche rien d'autre à vivre si elle décidait de cesser son activité.

Elle avait peur de s'impliquer de trop près dans une relation, persuadée que ses visions finiraient par faire fuir la personne concernée. Peur d'aimer, et de voir son cœur se briser, sans plus jamais parvenir à en recoller les fragments épars.

Et elle avait peur, une peur irraisonnée, de cette vision.

— Je ne sais pas, dit-elle. Même si je pense en être incapable, je crains que quelque chose ne change en moi, et que je ne vous fasse un jour du mal. C'est pourquoi je me suis montrée si désagréable à votre égard depuis votre arrivée, et me suis efforcée de garder mes distances. Ces deux scènes s'imposent avec une telle vivacité, une telle précision, à mon esprit… or, celles qui se réalisent sont souvent les visions qui m'atteignent avec le plus de clarté.

Nick exerça une pression supplémentaire sur sa main et Alyssa sentit une chaleur remonter le long de son bras jusque dans sa poitrine.

— A mon avis, il n'y a qu'un seul moyen de vous démontrer que cette vision ne se transformera jamais en réalité.

— Lequel ?

Une lueur taquine brilla dans le regard de Nick, sous laquelle elle décela le feu d'un autre sentiment.

— Je pense que je devrais vous soulever dans mes bras, vous porter jusqu'à ma chambre et vous y faire follement et passionnément l'amour. Je peux alors vous promettre que vous serez dans l'incapacité de me planter un couteau dans le cœur, tant vous serez anéantie par le plaisir.

Malgré ses inquiétudes, un bref éclat de rire franchit les lèvres d'Alyssa, tandis qu'une spirale de feu s'installait au centre de son être.

— Vous êtes sacrément sûr de vous, répliqua-t-elle. Qu'arriverait-il si j'en sortais insatisfaite, au contraire, et rendue agressive par la frustration ?

Du bout de l'index, il traça une ligne délicate le long de sa joue avant de suivre la courbe pleine de sa lèvre supérieure.

— Je vous garantis que cela n'arrivera pas.

Prisonnière de sa caresse, Alyssa demeura figée sur place, incapable de bouger tandis que le doigt de Nick continuait de dessiner la ligne de ses lèvres.

Bien sûr, elle n'était pas vierge. Elle avait eu, s'avouait-elle, une brève liaison deux ans auparavant, qui n'avait duré que trois semaines — après quoi son compagnon et elle avaient rompu en toute amitié, demeurant en dépit de cet échec très proches l'un de l'autre.

Mais rien, rien, durant ces trois semaines ne l'avait préparée à la violente réaction que lui inspirait cette simple caresse.

Alyssa sentit son ventre tressaillir, et un feu s'insinuer dans chacune de ses terminaisons nerveuses. Elle eut envie de saisir le doigt de Nick et de l'introduire dans sa bouche afin d'en goûter la saveur, envie d'enrouler vivement ses bras autour de son cou, de presser son corps contre le sien, envie de sentir de nouveau contre son ventre la manifestation de son désir pour elle.

— A moins que nous ne fassions l'amour ici, tout de suite, avant de monter ensuite dans ma chambre pour une deuxième performance, murmura Nick en se penchant vers elle.

Ses lèvres brûlantes se posèrent sur les siennes, allumant en elle un incendie avant même que la langue de Nick ne pénètre sa bouche.

Alyssa s'abandonna tout entière à ce baiser. Enlaçant son cou, elle répondit avec une ardeur belliqueuse aux assauts de Nick, tout en pensant de manière confuse que s'il faisait l'amour aussi bien qu'il embrassait, aucune femme ne pourrait s'arracher insatisfaite à son étreinte.

D'une main, il la força doucement à s'étendre sur le canapé, jetant de l'autre les coussins décoratifs au sol. Sans que sa bouche ne quitte la sienne, il s'étendit alors sur elle. Le poids de ce corps — si chaud, si masculin — sur le sien était une sensation paradisiaque…

Nick ne s'arracha à ses lèvres que pour tracer de sa bouche un sillon de feu derrière son oreille et le long de sa gorge. Puis il fit remonter ses mains le long de son ventre jusqu'à sa poitrine, et Alyssa laissa échapper un gémissement.

Elle sentit les bouts de ses seins devenir aussi durs que la pierre sous la soie de son soutien-gorge.

— J'ai eu envie de vous avant même de vous avoir rencontré, avoua-t-elle d'une voix rendue rauque par le désir, alors que vous n'étiez encore pour moi que le sujet d'une vision.

Une fois de plus, la bouche de Nick s'empara de la sienne, prenant possession non seulement de ses lèvres, mais également de chacun de ses sens, soulevés un à un par la tempête du désir.

La terreur que lui avait inspirée sa vision lui paraissait soudain très lointaine. La seule chose qui lui importait en cet instant, c'était le goût de la bouche de Nick, l'incendie que la caresse de ses mains allumait en elle.

Toc, toc !

Alyssa mit un moment à comprendre que ce bruit n'était pas celui des battements sourds de son cœur, mais un coup frappé à la porte de son appartement.

Nick poussa un bougonnement et s'écarta à contrecœur.

— Etes-vous vraiment obligée de répondre ? demanda-t-il avec douceur.

— Oui.

— Vous en êtes certaine ?

Malgré le désir qui montait en elle, Alyssa répondit avec un petit rire :

— Bien sûr que j'y suis obligée. Je suis seule responsable de ce qui arrive dans cet établissement.

Se redressant en ronchonnant, Nick ramena doucement Alyssa en position assise à son côté. Après quoi il passa une main dans ses cheveux et émit un soupir de frustration.

— Une minute, je vous prie, s'écria Alyssa.

Elle avait besoin d'un peu de répit pour reprendre le contrôle d'elle-même, arrêter la course folle de son cœur dans sa poitrine et basculer de l'abandon total à un semblant d'efficacité professionnelle. Elle se leva, les jambes aussi molles que du coton et le corps brûlant comme si elle avait eu la fièvre.

Après avoir vivement lissé ses cheveux, elle ouvrit la porte pour découvrir Michael Stanmeyer debout dans le couloir obscur.

— Michael… entrez.

La haute et maigre silhouette de Michael se glissa avec hésitation dans l'encadrement de la porte, telle celle d'un spectre doutant de l'accueil qu'on lui réserverait. Lorsqu'il vit Nick, ses yeux s'agrandirent légèrement, et il fit un pas en arrière comme pour repartir.

— Vous êtes occupée… je peux revenir plus tard.

— Pas du tout.

Agrippant Michael par un bras, Alyssa le propulsa d'autorité au milieu du petit salon et en direction de Nick.

— Nick, je ne crois pas que vous ayez rencontré Michael. Michael, voici Nick, qui séjourne en ce moment dans la chambre bleue.

Michael eut un petit hochement de tête. Le regard rivé au sol plutôt que sur son interlocuteur, il ne lui tendit pas la main en guise de salut.

— Ravi de vous rencontrer, se contenta-t-il de marmonner.

— Moi de même, répliqua Nick.

Alyssa vit son regard acéré examiner longuement son pensionnaire.

— De quoi aviez-vous besoin, Michael ? demanda-t-elle.

— De serviettes. Je suis navré de vous déranger, mais j'ai besoin de serviettes propres.

— Je vais vous en chercher.

Alyssa laissa Michael maladroitement planté au centre de la pièce tandis qu'elle partait en quête de linge de toilette dans la buanderie.

Lorsqu'elle revint, il était clair qu'aucun des deux hommes n'avait ouvert la bouche durant sa courte absence. Michael continuait à fixer ses pieds, et Nick s'était simplement rassis sur le canapé.

Elle remit les serviettes à son malheureux client, qui murmura un remerciement avant de se ruer hors de la pièce et de disparaître dans l'obscurité du couloir.

— Quelle est donc l'histoire de sa vie ? demanda Nick dès qu'elle eut refermé la porte derrière Michael Stanmeyer.

Alyssa décida de ne pas le rejoindre sur le canapé. Même si elle sentait encore l'effet de ses baisers et de ses caresses, l'incontrôlable désir qui l'avait étreinte tout à l'heure avait disparu, et elle n'était pas prête à jouer les répétitions.

— Je ne sais pas grand-chose de lui, affirma-t-elle. A part qu'il semble toucher une quelconque pension d'invalidité et qu'il est d'une timidité maladive. Je peux néanmoins vous dire qu'il tient sa chambre de façon impeccable, n'est jamais source d'aucun problème et paie toujours son loyer en temps et en heure. Pourquoi ?

Le regard de Nick était sombre… pensif.

— Son apparence physique pourrait correspondre au profil que nous avons établi du tueur.

Alyssa le dévisagea avec surprise.

— Le profil du tueur ?

— Nous pensons, à partir des maigres indices dont nous disposons, que le meurtrier sévissant à Cherokee Corners est grand et d'une maigreur à priori extrême. De plus, Michael est chauve, ce qui expliquerait pourquoi nous n'avons jamais trouvé de cheveux sur aucun des lieux des crimes.

— Michael ne ferait pas de mal à une mouche, protesta vivement Alyssa.

Mais en prononçant ces mots, elle prit conscience que, même s'il résidait depuis presque deux ans dans son établissement, elle ne savait pratiquement rien de Michael Stanmeyer ni de son passé.

Nick se leva et vint vers elle. Il posa ses mains sur ses épaules et la dévisagea avec intensité.

— A compter d'aujourd'hui, je ne veux plus que vous l'autorisiez à entrer ici lorsque vous y serez seule. Je me fiche qu'il soit à la recherche de serviettes, de savon ou de biscuits tout droit sortis du four.

— Voyons, Nick, je ne suis pas personnellement en danger, objecta Alyssa. Les quatre victimes du tueur étaient toutes des hommes.

— Jusqu'à présent.

Il lâcha ses épaules avant de laisser ses mains retomber le long de son corps.

— A ce jour, nous n'avons aucune idée de la personnalité de ce meurtrier. Nous ignorons par conséquent s'il peut ou non s'intéresser à un autre type de victimes, et se mettre à tuer des femmes ou des enfants. Alors, je vous en prie, faites-moi plaisir à ce sujet.

— D'accord, concéda Alyssa, étreinte par le malaise.

— Bien. Nous avons vous et moi certaines affaires à conclure, mais vous avez l'air fatiguée, et je pense que ce dont vous avez le plus besoin est d'une bonne nuit de sommeil. Allez donc vous coucher, Alyssa, et faites de beaux rêves.

— Je suis épuisée, en effet, avoua-t-elle.

Les émotions de cette soirée l'avaient entièrement vidée de ses forces.

Nick lui sourit puis, se penchant vers elle, il déposa un baiser sur son front, laissant ses lèvres brûlantes s'y attarder un moment.

— Bonne nuit, dit-il avant de s'éclipser.

Alyssa resta debout un long moment, à attendre que la chaleur imprimée par ce dernier baiser sur sa peau s'estompe. Dès que ce fut le cas, un frisson ne tarda pas à la parcourir au souvenir des avertissements de Nick concernant Michael Stanmeyer. Etait-il possible, se demanda-t-elle avec horreur, que durant deux longues années un tueur sanguinaire ait logé sous son toit sans qu'elle n'ait jamais rien soupçonné ?

7.

Un parfum d'arrière salle de fast-food régnait désormais dans la salle de travail mise à leur disposition. La corbeille à papier débordait d'emballages de hamburgers et de cartons de frites gras. Une moitié de pizza oubliée dans son emballage traînait sur l'une des tables, ainsi que les reliefs d'une portion de poisson pané commandée la veille par l'un des enquêteurs.

Même s'il se rendait compte que l'endroit commençait à ressembler à un dépotoir, tandis qu'il écoutait ses hommes fournir leur rapport respectif, Nick avait d'autres soucis en tête.

Il était satisfait par la somme de travail qu'ils avaient accomplie depuis les dernières vingt-quatre heures. Les familles et les proches des quatre victimes avaient tous été interrogés une nouvelle fois, les dossiers relus et réexaminés. Il était clair à ses yeux que chaque membre de ce détachement se faisait une absolue priorité de résoudre cette affaire… ainsi qu'il devrait en être tant qu'ils n'auraient pas attrapé le meurtrier.

Seule Virginia Maxwell n'avait pas été réinterrogée. Nick annonça qu'il s'en chargerait personnellement, puisque la jeune veuve séjournait comme lui au Redbud.

— Bon. En résumé, nous avons quatre victimes. Gregory Maxwell, âgé de trente-deux ans… Sam McClane, trente-cinq ans, Tim O'Brien, trente-huit, et Jonathon Blackbird, qui avait trente-trois ans.

Nick récapitula brièvement les faits dans leur ensemble.

— Gregory Maxwell était marié, et son union avec Virginia semble avoir été stable. Sam et Tim avaient pour leur part la réputation d'être coureurs, bien qu'ils aient tous deux été mariés, et Jonathon était célibataire. Ils ont tous été retrouvés morts, poignardés et entièrement dévêtus, aux alentours du même parc. Aucun d'entre eux ne semblait rencontrer de difficultés financières, et leurs familles respectives sont dans l'incapacité d'affirmer qu'ils auraient eu des ennemis.

— Sauf que nous savons qu'au cours des semaines qui ont précédé leur mort, Billy Thunder avait menacé Sam McLane et Tim O'Brien de les tuer, intervint Clay.

Nick fronça les sourcils.

— Je ne me rappelle pas avoir lu cela dans aucun des rapports.

— Si je m'en souviens bien, c'est Jason Sheller qui avait pris leur déposition, mais j'ignore s'il y a donné suite.

Le ton de Clay, remarqua Nick, indiquait avec clarté qu'il n'appréciait pas particulièrement Sheller.

Depuis qu'il fréquentait les locaux de la police de Cherokee Corners, il en était lui-même arrivé à considérer le jeune et très séduisant policier comme un élément nuisible, cherchant en permanence à s'immiscer dans leur travail.

— Clay, demanda-t-il, avez-vous l'adresse de Billy Thunder ? J'aimerais pouvoir l'interroger dès ce soir.

Clay hésita un instant avant de hocher la tête.

— Je vous la communiquerai, mais je vous suggère de vous faire accompagner d'Alyssa. La maison de Billy est isolée, et plutôt difficile à trouver en suivant de simples indications. De plus, Billy n'est pas spécialement affable, mais Alyssa et lui sont bons amis.

Alyssa. Il s'était jusque-là efforcé de l'écarter de ses pensées, mais maintenant que Clay avait prononcé son nom, son image s'imposa de nouveau à l'esprit de Nick.

Tandis que les autres continuaient à discuter, il ne réussit pas à repousser plus longtemps le souvenir des instants où il l'avait tenue dans ses bras la nuit dernière.

Lorsqu'elle lui avait décrit celle de ses visions dont il l'était l'acteur involontaire, il avait bien sûr éprouvé un choc, mais il l'avait crue. Sans prétendre pour autant comprendre la cause ni la signification de ce phénomène.

Tout ce qu'il savait, c'était que le jour où il avait poussé pour la première fois la porte de son établissement, Alyssa l'avait en effet considéré comme si elle avait vu un fantôme.

D'autre part, il savait également que, quelle que soit la teneur macabre de sa vision, jamais elle ne lui ferait intentionnellement le moindre mal.

Mais ce n'était pas ces images meurtrières qu'il s'était efforcé à chasser de son esprit pour se concentrer sur son travail et sur le rapport de ses collègues. C'était l'odeur d'Alyssa. Le goût de ses lèvres.

C'était le souvenir de sa peau soyeuse, qu'il s'était contraint à reléguer aux confins de sa mémoire. Celui de ses courbes féminines, contre la dureté ferme de son propre corps.

La seule évocation de son prénom avait rappelé à sa conscience le battement rapide de son cœur contre le sien… la réponse de ses seins sous ses doigts et l'appétit féroce qui l'avait alors étreint…

Sans la brusque interruption de Michael, ils auraient fait l'amour sur ce canapé. Cette pensée, telle une douche froide, ramena Nick à l'instant présent et à la tâche qui lui incombait.

— L'un de vous possède-t-il des renseignements concernant Michael Stanmeyer, qui loge au Redbud ? demanda-t-il.

— Je l'ai croisé à une ou deux occasions, la nuit le plus souvent.

Simon fronça les sourcils d'un air pensif avant d'ajouter :

— A par le fait qu'il est grand, aussi maigre qu'un clou, et plutôt étrange — ce qui pourrait à priori correspondre au profil de notre tueur — nous ne savons rien de lui... nous ignorons tout de son passé, ou ce qu'il fait pour vivre. Je me charge de vérifier.

— Bon. Tout autre individu présentant ce type d'apparence devra également être interrogé. Simon et John, vous qui connaissez la plupart des habitants de cette ville... Y a-t-il quelqu'un qui vous vienne à l'esprit, ressemblant à cette description ?

Les deux hommes échangèrent un regard.

— Nous devrons y réfléchir un petit moment, déclara John. Nous en dresserons une liste, passerons l'après-midi à contacter ces personnes et à vérifier leurs alibis les nuits des meurtres.

— Parfait. Bud, pendant ce temps, Tony et vous pourriez interroger l'ordinateur central afin de savoir si des crimes similaires ont été perpétrés dans d'autres parties du territoire américain.

Nick reporta son attention sur Clay.

— Pourriez-vous faire accélérer l'obtention des résultats du labo pour le meurtre de Jonathon Blackbird ?

— Je peux passer quelques coups de fil, et tenter de remuer un peu les choses à Oklahoma City.

Nick se doutait qu'en sa qualité d'agent du FBI il serait en mesure de tirer de plus grosses ficelles et d'obtenir de plus prompts résultats, mais il n'ignorait pas l'importance de conserver au sein de l'équipe une délimitation claire des tâches. Or la spécialité de Clay était l'analyse scientifique des indices.

— L'assassin connaissait personnellement chacun de ces quatre hommes, affirma-t-il. Je ne crois pas qu'aucun d'eux ait été frappé au hasard.

Nick s'interrompit un instant afin de rassembler ses pensées.

— Je peux me tromper, mais la rage reflétée par ces actes me fait penser que ces quatre victimes ont été soigneusement choisies. Ce que nous devons à présent découvrir, c'est le lien existant entre ces hommes et le meurtrier.

— Nous y travaillons, patron, affirma Bud.

— Je sais. Et vous avez tous du pain sur la planche, alors filez d'ici. Nous nous verrons demain matin.

Il attendit que tout le monde soit sorti pour s'avancer vers le grand panneau de liège où étaient affichés les clichés des scènes des crimes — une exposition macabre de la laideur accompagnant toute mort violente. Quatre hommes fauchés en pleine force de l'âge, sauvagement poignardés à plusieurs reprises, et laissés nus dans un parc.

Nick savait que son travail consistait à se glisser dans la peau et dans le cerveau du tueur — une tâche qu'il accomplissait généralement avec succès. Même en ce qui concernait l'insaisissable Murphy, il avait réussi à comprendre son fonctionnement. Il avait deviné quel genre d'homme il était, et quelle sorte de passé avait pu faire de lui un tel monstre. Mais la personnalité du meurtrier de Cherokee Corners continuait en revanche à lui échapper.

Se détournant du tableau, Nick entreprit de se lancer dans le nettoyage approximatif des lieux. Il jeta les divers gobelets en plastique ou en carton disséminés dans la pièce, ainsi que les reliefs de trop nombreux repas consommés sur place. Il refermait un grand sac-poubelle noir lorsque Glen Cleberg entra.

— Je vous avais proposé que notre employé se charge du ménage, protesta ce dernier comme Nick posait le sac par terre.

— Je sais, et j'apprécie votre offre.

Nick désigna les deux tableaux de la main.

— Mais certaines des informations exposées ici sont sensibles. Je préfère me charger moi-même des poubelles et limiter l'accès de cette salle aux personnes directement concernées par cette affaire.

Pour l'instant, seuls trois hommes possédaient les clés de cet endroit. Nick, Clay, et l'inspecteur en chef Cleberg.

— Avez-vous déniché le début d'une piste ?

Une ride d'anxiété barrait le front de Glen.

Nick aurait aimé pouvoir fournir un minimum d'éléments positifs au responsable de la sécurité de Cherokee Corners. Malheureusement, il n'en détenait aucun.

— Ce genre d'enquête prend du temps, inspecteur.

— Je sais… je sais.

Le sillon sur le front de Cleberg se creusa un peu plus.

— Le problème est que si le tueur s'en tient à son précédent agenda, nous risquons d'avoir un nouveau crime sur les bras d'ici peu, non ? Il s'est chaque fois écoulé environ trois semaines entre les meurtres.

— Nous faisons tout ce qui est en notre pouvoir pour l'empêcher.

— Je tâche de faire tourner des patrouilles supplémentaires aux alentours de la place. Mais le nombre de nos forces de police est limité. Je ne peux priver le reste de la ville de notre présence, dans l'hypothèse aléatoire que nous nous trouverions au bon endroit au bon moment afin d'arrêter ce meurtrier.

Le chef de la police émit un soupir de frustration.

— Vous faites tout ce qui est en votre pouvoir, lui assura Nick.

— Ce serait plus facile si la saison touristique ne battait pas son plein, se lamenta Cleberg. Nous avons trop d'étrangers ici, encourant les mêmes risques que chacun d'entre nous.

— Je sais, convint Nick.

Après une pause, il demanda :

— Accepteriez-vous de faire quelque chose de plus pour moi ?

— Quoi donc ?

— Dresser une liste des officiers de police qui ont démissionné pour une raison ou une autre au cours des deux dernières années, ou qui ont été renvoyés. Je souhaiterais également obtenir celle de toutes les personnes travaillant actuellement pour vos services.

Le regard de Glen s'agrandit.

— Vous ne pensez tout de même pas qu'un membre de notre police locale puisse être responsable de ces meurtres ?

— A ce stade de l'enquête, nous n'écartons aucun suspect, répliqua Nick.

— Qu'est-ce qui vous fait penser qu'il pourrait s'agir d'un flic ?

— Rien de spécial, en dehors du fait que l'assassin semble particulièrement doué pour ne laisser aucun indice derrière lui, ce qui me fait penser qu'il est peut-être plus renseigné que le commun des mortels sur l'efficacité de nos techniques scientifiques.

Nick aurait cru que le front de Glen ne pouvait se marquer plus profondément, mais ce fut toutefois le cas, tandis que des rides d'anxiété venaient de surcroît encadrer sa bouche.

— Les listes que vous me réclamez seront prêtes demain matin à la première heure.

Glen s'en alla et Nick le suivit. Il ferma la porte de la salle à clé, puis porta le sac-poubelle jusqu'au container déposé à l'arrière du bâtiment. Il n'était que 15 heures, et sa journée était en fait loin d'être terminée. Il voulait encore interroger Virginia Maxwell, et voir si Alyssa serait en mesure de l'accompagner chez Billy Thunder.

Alyssa. Tout au long de la journée, il avait lutté pour éloigner son image de son esprit. Mais tandis qu'il montait dans sa voiture et prenait la direction de la maison d'hôtes, le souvenir des sensations qu'il avait éprouvées alors qu'il la tenait dans ses bras explosa en lui.

Lorsque, blottie contre lui, elle s'était laissée aller à son chagrin, il avait senti émaner d'elle à son égard une confiance inattendue. Par la suite, tandis qu'ils s'embrassaient et qu'elle l'autorisait à l'enlacer et à la caresser, il avait su à quel point elle s'abandonnait à lui. A quel point, également, elle était vulnérable.

Cette pensée le ravissait et l'effrayait en même temps. Car cela faisait bientôt trois ans qu'il n'avait pas senti une femme s'ouvrir ainsi à lui, non seulement charnellement, mais également sur un plan mental et émotionnel.

Or il ignorait ce que lui réservait l'avenir, ni vers quels horizons la traque de Murphy l'entraînerait. Surtout, il ignorait quel prix Alyssa aurait à payer avant que le meurtrier qui sévissait à Cherokee Corners ne soit arrêté. Il ne pouvait en effet oublier que la dernière femme qu'il avait aimée avait été retrouvée morte dans une chambre de motel.

Alyssa changeait les draps de la chambre verte. Le couple de Kansas City qui y avait séjourné, Cindy et Dave, était reparti ce matin, et de nouveaux hôtes devaient arriver le lendemain.

Bien qu'elle ait le dos tourné à la porte, elle devina la présence silencieuse de Nick derrière elle. Le parfum de son onéreuse eau de toilette, mêlé à son odeur masculine, emplit délicatement l'air, et Alyssa sentit chacune de ses terminaisons nerveuses se mettre en alerte. Elle se retourna pour le découvrir, sur le seuil de la porte.

— Alors, agent Mead, on fait l'école buissonnière ? plaisanta-t-elle.

Elle était sidérée par l'aisance naturelle dont elle faisait désormais preuve en sa présence — comme si le fait de lui avoir confié le contenu de sa vision et de l'avoir entendu la rassurer à ce sujet la désinhibait à son contact, plus qu'elle n'y était jamais parvenue avec quiconque.

— Si vous ne voulez pas avoir à refaire ce lit une fois de plus quand j'en aurai fini avec vous, vous devriez cesser de me regarder ainsi, suggéra Nick.

Alyssa se mit à rire, le souffle légèrement coupé par cette allusion sexuelle éhontée comme par l'inflexion enjôleuse de la voix de Nick.

— Et comment est-ce que je vous regarde ?

Il fit un pas à l'intérieur de la pièce.

— Avec une lueur dans le regard qui m'invite à vous renverser au plus vite sur ce lit.

Un mince sourire, si sensuel, ourla ses lèvres.

— Malheureusement, je ne peux honorer votre requête pour l'instant. Je vais être obligé de vous glisser dans mon emploi du temps à un autre moment.

Alyssa lui jeta un oreiller au visage, qu'il rattrapa et lui renvoya en riant.

— Qu'est ce qui vous fait croire que je souhaite y figurer ? riposta-t-elle, feignant l'indignation. J'ai bien assez de mon propre agenda à respecter.

Le sourire taquin de Nick disparut.

— En réalité, je me demandais si vous pourriez justement me consacrer un peu de votre temps, plus tard dans l'après-midi.

Elle vit à son expression qu'il ne plaisantait plus.

— Que puis-je faire pour vous ? demanda Alyssa.

— Je dois interroger Billy Thunder, et Clay m'a conseillé de vous demander de m'accompagner. Vous serait-il possible de trouver quelqu'un pour tenir l'établissement à votre place, l'espace d'une heure ou deux ?

— Pourquoi voulez-vous interroger Billy ? s'enquit aussitôt Alyssa, elle-même surprise par sa loyauté envers ce dernier, comme par sa prompte agressivité à défendre l'homme qui avait été son seul et unique amant et qu'elle considérait encore aujourd'hui comme un ami cher.

— J'ai simplement besoin de lui parler, répliqua Nick d'un ton qui lui parut délibérément évasif.

— Trouver quelqu'un pour me remplacer risque de prendre un petit moment.

— Ce n'est pas un problème. Je dois également interroger Virginia. Est-elle là ?

— Je crois qu'elle se repose dans sa chambre. C'est habituellement l'heure de sa sieste.

— Eh bien, je vais être contraint de l'interrompre. Je reviendrai plus tard vers vous, pour voir si vous pouvez m'accompagner chez Billy.

Alyssa regarda Nick disparaître dans le couloir et l'entendit frapper à la porte fermée de Virginia.

Ainsi qu'elle la trouvait la plupart du temps, celle de Michael Stanmeyer l'était aussi, avait-elle noté tout à l'heure en la dépassant. Elle ne se rappelait plus la dernière fois qu'elle était entrée dans cette pièce. Michael se chargeait toujours de changer ses draps lui-même. Il ne prenait jamais aucun retard dans l'acquittement de son loyer et était peu exigeant. Elle l'avait donc toujours considéré comme le pensionnaire idéal… jusqu'à ce que Nick lui dise la veille au soir que son apparence correspondait au profil présumé du tueur.

Elle avait depuis lors passé la matinée à se demander ce qui pouvait se dissimuler dans la chambre de Michael, qu'il ne souhaitât pas qu'elle voie. Une collection de couteaux ? Des vêtements souillés de sang ? Certains souvenirs macabres de ses tueries ?

Légalement, elle avait le droit de pénétrer dans sa chambre comme dans les autres à tout moment, mais elle ne voulait pas tenter de l'inspecter tant qu'il s'y trouverait, or il la quittait rarement avant le soir.

Alyssa acheva de finir le lit qu'elle faisait à l'arrivée de Nick, après quoi elle nettoya la chambre et la salle de bains. Quand elle eut terminé, Nick était toujours avec Virginia.

Elle redescendit au rez-de-chaussée et appela Mary pour la prier de venir travailler une heure ou deux cet après-midi. Son amie promit d'être là d'ici une vingtaine de minutes. Alyssa se servit alors un verre de limonade qu'elle transporta sous la véranda afin d'attendre son arrivée et la fin de la conversation de Nick avec Virginia.

Le soleil frappait la véranda avec une intensité implacable, mais l'ombre qu'elle offrait rendait le lieu supportable. Elle but sa limonade à petites gorgées en s'interrogeant sur les raisons qui pouvaient pousser Nick à vouloir interroger Billy.

Le mauvais caractère de Billy était légendaire, mais ce n'était pas un meurtrier. Si Nick pensait avoir découvert une piste en sa personne, il allait être déçu.

Alyssa but une autre gorgée de limonade et laissa aller sa tête contre le dossier de son rocking-chair. Elle avait mieux dormi la nuit dernière que depuis bien des années.

C'était comme si le fait d'avoir raconté la vision qui la hantait à Nick l'avait soulagée d'une part de son fardeau, et d'une part de la frayeur et du trouble que ces images lui inspiraient.

Un jour ou l'autre, Nick et elle feraient l'amour. C'était — depuis l'instant où il avait passé la porte de son établissement — aussi inévitable que le fait que le soleil se levait à l'Est et se couchait à l'Ouest.

Derrière la terreur que lui avait inspiré sa première apparition, elle avait immédiatement ressenti en le voyant un excitant frisson de désir. Car même si elle l'avait alors vu pour la première fois en chair et en os, elle le connaissait déjà de manière très intime, pour l'avoir côtoyé un mois durant à travers ses visions — comme une femme connaît un homme avec qui elle a fait l'amour à maintes reprises.

Depuis lors, chaque jour, et à chaque instant qu'elle avait passé auprès de lui, son corps avait réclamé le désir d'expérimenter dans la réalité ce qu'elle avait vécu en esprit.

Elle ne se faisait aucune illusion quant à la pérennité d'une quelconque relation avec Nick. Il était ici en mission, et une fois cette mission accomplie, il retournerait à Tulsa, où il reprendrait le cours habituel de son existence.

Mais elle savait également ce que lui réservait l'avenir. C'était un avenir fait de solitude. Depuis longtemps déjà, elle s'était mise en paix avec cette idée.

— Vous avez l'air détendue, assura Nick en s'avançant sous la véranda.

Alyssa leva les yeux vers lui avant de répondre :

— Et vous, plutôt crispé.

C'était vrai. Les muscles de sa mâchoire étaient contractés et un profond sillon creusait son front.

Nick prit une inspiration puis relâcha lentement l'air de ses poumons, et la tension de ses traits disparut. Il se laissa tomber sur la chaise à côté d'elle.

— Discuter avec Virginia Maxwell est une expérience vraiment éprouvante.

Alyssa sourit.

— Elle peut en effet se montrer fatigante. Mais je suis si triste pour elle, néanmoins. Je ne peux imaginer aimer quelqu'un, partager sa vie, et le voir un jour assassiné. Je préférerais encore ne jamais avoir aimé.

Prenant soudain conscience de ce qu'elle venait de dire, Alyssa porta une main à sa bouche.

— Oh, Nick, je suis désolée. C'était très indélicat de ma part.

— Ne vous excusez pas. C'est vrai, perdre de cette manière un être aimé est horrible, et je pense que le caractère névrosé ainsi que les exigences un peu maniaques de Virginia font sans doute partie de son processus de deuil. Elle a besoin de tout contrôler. A propos, avez-vous trouvé quelqu'un pour vous remplacer ?

Alyssa cligna des yeux, le temps d'assimiler la rapidité avec laquelle Nick avait rebondi sur un autre sujet.

— Oui. Mary devrait arriver d'un instant à l'autre, après quoi nous pourrons y aller. Billy demeure à une vingtaine de minutes d'ici en voiture. C'est assez difficile à trouver.

— Je conduirai, et vous m'indiquerez la route.

A cet instant, Mary apparut dans l'allée. Un quart d'heure plus tard, ils étaient tous deux assis dans la voiture de Nick.

— Vous vous trompez, déclara-t-il à brûle-pourpoint, en quittant l'autoroute pour une route poussiéreuse en direction du Sud.

— A quel sujet ?

— En disant qu'il vaudrait mieux n'avoir jamais aimé plutôt que de devoir perdre un jour un être cher. Aussi annihilante qu'ait pu être la mort de Dorrie, la véritable tragédie pour moi aurait été de ne jamais avoir connu les quatre années d'amour que nous avons partagées.

— Pourquoi l'a-t-on tuée, Nick. Et qui ?

Ces questions lui brûlaient les lèvres depuis qu'elle avait visionné en esprit la scène du meurtre de Dorrie.

Voyant les doigts de Nick se resserrer autour du volant, Alyssa s'en voulut néanmoins aussitôt de les avoir posées. Lorsqu'il entreprit d'y répondre, sa voix était douce, cependant, parfaitement contrôlée.

— Tout a commencé il y cinq ans de cela, à Chicago. Un cinglé avait assassiné plusieurs femmes, sur la poitrine desquelles il gravait post mortem un M majuscule de la pointe de son couteau. Dès l'instant où on m'a assigné cette affaire, j'ai été comme obsédé par elle. Ce meurtrier me fascinait. Ses victimes étaient toutes jeunes, brunes et jolies. On les retrouvait dans des chambres d'hôtel, la gorge tranchée de part en part, cette mystérieuse signature inscrite sur leurs seins.

Nick emprunta la route qu'elle lui indiquait avant de poursuivre :

— On ne relevait jamais aucun signe d'abus sexuel, si bien qu'un jour j'ai lâché à un journaliste l'évidence selon laquelle le tueur utilisait son couteau en remplacement de son pénis. La victime suivante a été violée avant de mourir, et le meurtrier a laissé un message persifleur à mon intention.

— Oh, Nick.

Alyssa posa sa main sur le bras de Nick et sentit la raideur anormale de ses muscles sous ses doigts.

— Se réjouissant pour sa part du fait qu'au travers de cette provocation j'aie réussi à établir un contact personnel avec le meurtrier que nous recherchions, mon chef m'a encouragé à poursuivre le dialogue avec lui par l'intermédiaire des journalistes. Après chaque interview que je donnais, Murphy, ainsi qu'il se faisait appeler, me contactait par lettre ou par téléphone. Sans que nous puissions bien sûr jamais localiser l'appel. Nous espérions qu'au cours de ces conversations il nous dévoilerait une information susceptible de nous mener jusqu'à lui, ajouta Nick avec un soupir.

— Mais il n'en fit rien, énonça doucement Alyssa en retirant sa main de son bras.

Nick secoua la tête.

— Non. Au lieu de cela, ces conversations avec moi semblaient l'inciter à tuer plus de femmes encore, à intervalles plus rapprochés. Si bien que j'ai exigé d'interrompre toute communication avec lui, et me suis empressé de faire machine arrière. C'est à ce moment-là que la possibilité d'une mutation à Tulsa s'est présentée. Dorrie pensait que je m'étais beaucoup trop investi dans cette affaire. Elle m'a supplié d'accepter. J'ai fini par céder, et nous avons déménagé à Tulsa, en tentant d'oublier l'existence de Murphy.

Une fois de plus, Alyssa remarqua la blancheur des articulations de Nick autour du volant, et regretta de l'avoir interrogé, d'avoir rappelé cette terrible tragédie à son souvenir.

— Nick, si vous ne le souhaitez pas, vous n'êtes pas obligé d'en dire plus.

Il lui sourit avec gravité.

— Non, ça va.

Elle vit l'étreinte de ses mains se relâcher légèrement.

— Nous n'étions à Tulsa que depuis quelques mois lorsque Dorrie a été assassinée à son tour — avec les compliments de Murphy, signé de sa main.

A ces mots, Alyssa sentit un frisson glacé la parcourir.

— Et vous n'avez jamais réussi à le retrouver ?

— Non, soupira Nick.

— A-t-il de nouveau fait parler de lui depuis lors ?

— Non. Après le meurtre de Dorrie, il n'y a plus jamais eu dans ce pays aucun meurtre marqué de sa signature, et je n'ai jamais plus eu le moindre contact avec lui, qu'il soit écrit ou téléphonique. Mais cela ne signifie pas que j'en aie fini avec Murphy. Je continue de le traquer depuis des années, et je ne trouverai vraiment la paix que lorsqu'il sera enfermé derrière des barreaux.

— Peut-être est-il déjà en prison, ou est-il mort, affirma Alyssa. Puisque personne n'a plus eu de ses nouvelles, cela signifie peut-être qu'il a disparu pour de bon.

— Peut-être, convint Nick, avec un sentiment de détente évident. Pour ma part, j'espère qu'il brûle en enfer à l'instant où nous parlons.

— C'est certainement ce qu'il mérite, s'exclama Alyssa, avant de désigner du doigt une épaisse zone boisée.

— Prenez le prochain chemin à droite, à travers ces bois.

Nick s'éclaircit la gorge et lui adressa un sourire, moins triste cette fois que le précédent.

— Merci de m'avoir accompagné. Je n'aurais jamais trouvé mon chemin, seul.

— Je vous en prie. C'est une occasion plutôt agréable pour moi de sortir de l'hôtel. A propos, j'ai repensé à ce que vous m'avez dit hier soir concernant Michael Stanmeyer…

— Eh bien ?

La voie de terre battue qu'ils venaient d'emprunter se rétrécissant, Nick ralentit l'allure de son véhicule.

— Je pensais devoir vous dire qu'il sort souvent tard le soir, bien que j'ignore à quelle heure il rentre. Et cela fait des mois que je n'ai pas mis un pied dans sa chambre.

— Vraiment ? Comment Michael en est-il venu à s'installer dans votre hôtel ?

— Il est apparu soudain, il y a presque deux ans de cela, et m'a demandé si je louais des chambres à l'année. Je venais alors d'investir la totalité de mes économies dans les dernières rénovations de l'hôtel, et cette perspective m'a réjouie. Depuis son arrivé, Michael s'est toujours montré très discret, et il paye toujours son loyer en temps et en heure. Mais après avoir discuté avec vous, je me suis soudain rendu compte que je ne savais strictement rien de lui.

— L'un de mes hommes est en train de se renseigner à son sujet, et si votre pensionnaire sort, plus tard dans la soirée, nous pourrions envisager d'entrer dans sa chambre afin d'en inspecter le contenu. Quant à Virginia, dit Nick, elle semble avoir l'intention de quitter la ville un jour ou l'autre.

— C'est ce qu'elle m'a fait comprendre, répondit Alyssa. Elle espère que sa maison se vendra, et se dit incapable en attendant de retourner vivre là où Greg et elles ont été si heureux.

— Vous a-t-elle précisé où elle comptait aller ?

— Pas vraiment. Je crois qu'elle a de la famille dans l'Est. Peut-être va-t-elle vouloir se rapprocher d'eux.

Ils sortirent du bois, et la maison de Billy Thunder apparut. C'était une jolie construction de plain pied aux dimensions modestes, jouxtée par un grand corral vide.

Nick immobilisa son véhicule, dont il sortit avant qu'Alyssa n'ait eu le temps d'ouvrir sa portière.

Il avait fait deux pas lorsqu'une explosion déchira l'air. Au même instant, Alyssa vit la poussière se soulever aux pieds de Nick.

Elle le vit s'emparer d'un revolver attaché par un holster à sa cheville, et ramper à l'abri de la voiture.

— Ne sortez pas, s'écria-t-il à son adresse, et baissez-vous… ce cinglé m'a tiré dessus.

8.

Nick sentit l'adrénaline monter en flèche en lui tandis qu'il observait par-dessus le capot arrière de sa voiture la maison d'où avaient été tirés les coups de feu. Il vit la portière d'Alyssa s'ouvrir, et ses jambes se poser sur la terre battue.

— Restez dans la voiture, ordonna-t-il. Ce type a essayé de me tuer.

— S'il avait essayé de vous tuer, vous seriez déjà mort. Billy ne manque jamais son coup.

Ignorant ses protestations, Alyssa sortit du véhicule et se dressa sur ses pieds au centre de la cour. Dans sa robe d'été rouge vif, elle faisait une cible idéale.

— Billy, c'est moi, Alyssa.

— Qui est avec toi ? gronda une voix grave et masculine depuis la pénombre de la véranda.

— Un ami à moi. Il veut te parler.

Le doigt sur la détente, l'adrénaline pulsant encore dans ses veines, Nick ne bougeait pas. Que se passait-il ici ? Ce type était-il vraiment cinglé ?

— Venez, Nick. Si vous êtes avec moi, Billy ne vous tirera pas dessus, assura Alyssa d'une voix dont la légèreté démentait le sérieux de la situation.

— Je me demande ce qui l'a mis dans cet état, ajouta-t-elle, plus pour elle-même, lui sembla-t-il, qu'à son adresse.

Comme elle avançait vers la maison, Nick se hâta de la rejoindre, et accorda son pas sur le sien, son revolver baissé, mais toujours fermement serré dans sa main.

Ils étaient à mi-chemin du porche quand Billy sortit de l'ombre. Nick avait imaginé qu'il était lui aussi d'origine indienne, mais de toute évidence, il s'était trompé. L'homme qui, avec la grâce d'un félin, s'avançait vers eux, avait en fait les yeux clairs et des cheveux blonds en bataille, décolorés par le soleil.

Ses épaules étaient larges, mais le reste de son corps était d'une maigreur extrême. Il s'immobilisa au pied des marches.

— Qui est cet ami, Alyssa ? demanda-t-il, son regard vert soutenant celui de Nick en une confrontation silencieuse.

— Mon nom est Nick Mead. Je suis agent du FBI.

Nick se pencha en avant et rangea son revolver dans son holster.

— Je suis à Cherokee Corners pour rechercher un meurtrier, dit-il.

— Et bien sûr, votre enquête vous mène jusqu'à moi.

Billy abaissa son arme et poussa un soupir.

— Entrez. Ce ne devrait pas être long, mais autant s'abriter de cette chaleur.

— Qu'est-ce que c'est que cette manière d'accueillir les gens à coups de fusil ? demanda Alyssa tandis qu'ils gravissaient ensemble les marches menant à la véranda.

Billy ouvrit la porte, qu'il retint à leur intention.

— Un taré a inscrit le nom et l'adresse de Cheri dans les toilettes de plusieurs bars routiers entre ici et Tulsa. Ce qui fait que j'ai reçu cette semaine la visite d'une demi-douzaine de types qui cherchaient à se donner un peu de bon temps.

— Oh, Billy, je suis désolée.

Alyssa posa une main sur son bras, une marque d'intimité qui éveilla aussitôt en Nick une pointe de jalousie.

— Cheri, c'est votre épouse ? demanda-t-il comme Billy leur faisait signe de s'asseoir dans un petit salon aussi austère qu'impeccable.

— Non, c'est ma sœur. Je ne suis pas marié.

Dommage, pensa Nick. Il aurait certainement préféré savoir que Billy avait une femme splendide qui l'attendait chaque soir dans son lit.

Il s'assit sur le canapé, mais Alyssa resta debout.

— Cheri est dans sa chambre ? demanda-t-elle.

Billy hocha la tête.

— Je vais lui rendre visite pendant que vous discutez.

Billy considéra Alyssa avec chaleur et elle lui sourit, d'un sourire dont la tendre complicité provoqua de nouveau en Nick une réaction déplaisante. La jalousie… il n'avait plus éprouvé pareil sentiment depuis longtemps, mais il le reconnaissait comme étant exactement ce qu'il ressentait en cet instant.

Alyssa disparut en direction du couloir, et Nick sortit un bloc et un stylo de sa poche. Ressentir de la jalousie était stupide de sa part. Alyssa avait passé sa vie à Cherokee Corners. Elle y avait forcément des amis… masculins, aussi bien que féminins. Or, la façon dont Billy et Alyssa s'étaient regardés l'incitait à les soupçonner d'avoir été amants par le passé.

— Je me demandais combien de temps cela prendrait avant que quelqu'un ne se décide à venir m'interroger, affirma Billy.

Il s'assit sur une chaise proche du canapé, une impression de nervosité se dégageant de lui.

— Je vais vous faire gagner du temps et économiser votre salive, monsieur Mead. Oui, j'ai menacé Sam McLane et Tim O'Brien… je leur ai dit à tous deux que je les abattrais comme des chiens s'ils continuaient à tourner autour de ma sœur. C'est ce qu'ils étaient, des chiens en rut, s'attaquant de préférence à des êtres faibles et sans défense. Je les ai menacés, mais je ne les ai pas tués.

Billy s'interrompit et continua à soutenir son regard sans ciller.

— Vous rappelez-vous où vous étiez, les nuits où ils ont été assassinés ?

— Je peux vous dire où je passe toutes mes soirées… ici, avec ma sœur. Je ne la laisse jamais seule.

— Votre sœur… quel âge a-t-elle ?

— Vingt-deux ans.

— Elle peut donc corroborer vos déclarations ?

— Non.

Nick dévisagea son interlocuteur avec surprise.

— Pour quelle raison ?

Billy détourna le regard et passa une main dans ses cheveux en soupirant.

— Mieux vaudrait que vous le compreniez par vous-même.

Il se leva.

— Venez donc rencontrer ma sœur Cheri.

Sa curiosité piquée, Nick suivit Billy le long du couloir jusqu'à une porte fermée, que ce dernier ouvrit sur une chambre de petite fille.

Il eut alors l'impression d'avoir pénétré dans un monde de conte de fées. Il remarqua le lit à baldaquin recouvert de peluches, la télévision posée sur un bureau, qui diffusait en silence un dessin animé, et les étagères peintes en blanc accueillant un amoncellement de livres d'enfants et de jouets.

Alyssa était assise par terre près de la fenêtre en compagnie d'une jeune femme aux longs cheveux blonds. Chacune tenait une poupée Barbie à la main. La jeune femme leva les yeux vers Nick, et l'esthétique de ses traits lui coupa le souffle.

Il reconnut en elle une de ces beautés classiques au teint de porcelaine, à la peau de pêche, et aux yeux d'un bleu aussi pur que celui d'un ciel d'été. Elle leur sourit, de sa parfaite bouche de chérubin.

— Regarde, Billy… Alyssa joue à la poupée avec moi.

Une candeur enfantine irradiait de ses yeux splendides, et Nick comprit aussitôt le fardeau qui pesait sur les épaules de Billy Thunder.

Alyssa leur sourit à son tour.

— Cheri assure que je joue beaucoup mieux que Billy.

Billy renifla avec une indulgence mêlée d'embarras.

— Vous êtes un ami de Billy ? demanda Cheri.

— En fait, répondit Nick, je suis un ami d'Alyssa.

— Vous êtes beau. Vous voulez jouer avec moi ? proposa Cheri.

— Je ne le peux pas pour l'instant, s'excusa Nick. J'ai à discuter avec votre frère.

Il consulta Billy du regard, et ils se retirèrent tous deux en direction du salon.

— Cheri a été privée d'oxygène à la naissance, expliqua Billy avant que Nick n'ait le temps de l'interroger à ce sujet. Comme vous avez pu le voir, elle est très belle, mais son intelligence ne sera jamais supérieure à celle d'une enfant de sept ans. Mes parents l'adoraient, et ont passé leur vie à l'entourer et à la protéger.

Billy se réinstalla dans son fauteuil, et Nick regagna le canapé.

— Ils sont morts il y a bientôt deux ans dans un accident de voiture. Depuis, je m'efforce d'entourer Cheri et de la protéger à mon tour. Malheureusement, en dépit de mes efforts, je n'arrive pas à lui faire comprendre que tout le monde n'est pas beau ni gentil.

— Vous pensez à des gens comme Sam McLane ou Tim O'Brien ?

Le regard de Billy se durcit, et sa mâchoire se contracta.

— Cheri, dit-il, ignore tout des hommes ; elle ne comprend rien à la sexualité. Avec son extraordinaire beauté et son esprit d'enfant de sept ans, elle fait une victime idéale. Le jour où j'ai menacé Sam McLane, nous étions elle et moi allés faire des courses en ville. Cheri s'est éloignée sans que je m'en rende compte pendant que je payais à la caisse de l'épicerie. Je l'ai retrouvée dans l'impasse à l'arrière du bâtiment en compagnie de Sam. Il l'avait acculée contre un mur et lui enseignait l'art du baiser avec la langue. Je lui ai fait un peu saigner la bouche, et l'ai averti que la prochaine fois qu'il approcherait ma sœur, je le tuerais.

— Et le même genre d'incident s'est produit avec Tim O'Brien ? demanda Nick.

Il lui était très difficile de juger un homme qui avait réagi exactement ainsi qu'il l'aurait fait en pareille situation.

Billy hocha la tête.

— Les circonstances étaient autres, mais vaguement similaires. De toute façon, aucun de ces quatre types ne savait tenir sa braguette fermée.

Nick se redressa vivement sur le canapé.

— A qui faites-vous allusion ? Aux quatre victimes du tueur ? Nous savons que Sam McLane était un tricheur... qu'il avait à la fois une femme et une maîtresse. Et personne en ville n'ignore que Tim O'Brien trompait régulièrement son épouse. Mais d'après les renseignements que nous avons, Greg Maxwell était un époux dévoué et loyal, et Jonathon Blackbird a pour sa part toujours été célibataire.

— Dans ce cas, en ce qui concerne Maxwell pour commencer, vous n'avez pas creusé assez profondément, assura Billy. Greg et moi sommes allés à l'école ensemble. Il passait à l'occasion boire une bière chez moi.

— Et il vous a avoué avoir une liaison ?

— Pas exactement… je veux dire, pas une aventure sérieuse. Mais il m'a dit fréquenter des femmes à droite à gauche lorsqu'il s'absentait pour affaires. Il m'a expliqué qu'il était malheureux avec Virginia et qu'il envisageait le divorce.

— Savez-vous s'il avait parlé de tout cela à Virginia ?

Billy fronça les sourcils d'un air pensif.

— Je l'ignore… mais j'en doute. Greg était un type particulièrement gentil… il détestait les confrontations. S'il avait annoncé à Virginia qu'il la quittait, il serait parti aussitôt, et d'après ce que je sais, ils étaient toujours mariés lorsqu'il est mort.

— Et Jonathon Blackbird ?

— Quant à Jonathon, renchérit Billy, c'était un véritable chat de gouttière. Il pourchassait les jupons l'un après l'autre.

Nick s'efforça d'assimiler les informations que venait de lui fournir son interlocuteur. Une chose était sûre. Il doutait fortement que ce dernier soit impliqué d'aucune manière dans les récents meurtres. Même si ses alibis ne pouvaient être corroborés, il n'imaginait pas un homme capable de prendre pareil soin d'une sœur fragilisée par la maladie, tuer aussi bestialement quatre hommes de sang-froid.

— Vous n'avez jamais eu de prise de bec particulière avec Greg ou Jonathon ? demanda-t-il par acquis de conscience, même s'il connaissait déjà la réponse à sa question.

— Non, comme je vous le disais, Greg et moi étions amis. Il n'aurait jamais fait de mal à Cheri. Quant à Jonathon, il ne m'a jamais posé de problème non plus.

— Je crois que nous en avons fini, affirma Nick en se levant. Je vous remercie d'avoir accepté de me parler. Ainsi que d'avoir manqué votre cible à mon arrivée. Alyssa m'a assuré que si vous l'aviez voulu, vous m'auriez abattu sans difficulté.

Billy sourit.

— Elle a raison. J'ai suivi un entraînement de sniper dans l'armée, et je suis champion de tir dans quatre comtés depuis cinq ans.

Il se leva à son tour, son expression indiquant qu'il souhaitait dire autre chose.

— Qu'y a-t-il ? demanda Nick.

Son interlocuteur hésita un instant avant de s'exprimer :

— Ce n'est pas mon affaire, mais j'ai vu la façon dont vous la regardiez, et celle dont *elle* vous a regardé. J'ignore ce qui se passe entre vous, mais j'éprouve une affection particulière pour Alyssa. Alors tâchez de ne pas lui briser le cœur, voulez-vous ?

— Je n'en ai nullement l'intention, Billy, je vous assure. Dites-lui que je l'attends dans la voiture.

Nick sortit de la maison, regagna son véhicule et se glissa derrière le volant, une question s'imposant à son esprit. Son désir pour Alyssa était-il donc si visible ?

Il en sentait les effets à chaque instant qu'il passait avec elle… Les effets d'un désir qui devenait presque douloureux, et refusait de se taire, d'un désir qui allait grandissant, et menaçait de le dévorer vivant.

Il voulait désespérément attraper le meurtrier qui terrorisait la ville de Cherokee Corners. Mais il commençait également à éprouver une autre forme de désespoir — un désespoir insensé — en ce qui concernait Alyssa.

Alyssa se tourna vers Billy, qui l'avait raccompagnée jusqu'à la véranda.

— Tu fréquentes des types plutôt coriaces, en ce moment, fit remarquer son ami. Où l'as-tu rencontré ?

Elle sourit et porta son regard vers la voiture à l'intérieur de laquelle Nick l'attendait.

— Nick séjourne dans mon établissement. Tu as de la chance qu'il ne t'ait pas arrêté sur-le-champ pour lui avoir tiré dessus.

— Il a l'air d'un type réglo.

— Je l'aime bien.

Des mots si simples pour décrire des sentiments aussi compliqués ! pensa Alyssa.

— Je sais. Je l'ai vu.

Billy lui sourit.

— Ton regard ne s'est jamais éclairé pour moi comme il le fait quand tu le regardes. Prends bien soin de ce petit cœur qui est le tien, Alyssa. Je ne voudrais pas le voir meurtri.

Alyssa se hissa sur la pointe des pieds et embrassa son camarade sur la joue.

— Ne t'inquiète pas pour moi, Billy. Prends également soin de toi et de Cheri, et tâche de ne pas t'attirer trop d'ennuis.

Elle vit les paupières de Billy battre légèrement.

— Je m'y efforce, mais ils semblent venir à moi d'eux-mêmes.

Ils murmurèrent un adieu, puis Alyssa descendit les marches de la véranda et se dirigea vers la voiture de Nick. Tout en avançant, elle voyait son regard braqué sur elle. Il rivalisait de chaleur avec celle du soleil, lui donnant une conscience aiguë du balancement de ses hanches, de la plénitude de ses seins contre le coton de sa robe, et du souvenir de ses lèvres sur les siennes.

Elle se glissa sur le siège passager en se demandant s'il avait la moindre idée du pouvoir animal qu'il exerçait sur elle. Peut-être était-ce parce qu'au travers de ses folles visions, elle avait déjà fait l'amour avec lui une bonne dizaine de fois, et que de manière sidérante, elle percevait sa présence comme celle d'un amant.

— Détenez-vous les renseignements que vous recherchiez concernant Billy ? demanda-t-elle en bouclant sa ceinture.

— Oui.

Nick démarra et fit demi-tour avant de s'engager sur la route.

— Vous et Billy…, s'enquit-il alors. Clay m'a dit que vous étiez bons amis ?

Une certaine inflexion dans sa voix indiqua à Alyssa que Nick se moquait de savoir si Billy était son ami, mais qu'il cherchait plutôt à connaître la nature exacte de leur relation.

— Billy et moi nous connaissons depuis le lycée. Nous étions tous deux un peu isolés des autres… moi, parce que mes camarades avaient déjà commencé à m'identifier comme différente d'eux… un peu étrange, et Billy, parce qu'il s'attirait toujours des ennuis.

— De quelle manière ?

— En se bagarrant. Il y avait toujours quelqu'un pour se moquer de sa sœur, et Billy passait son temps à distribuer des coups de poing. Après le lycée, nous sommes restés amis, et il y a deux ans de cela, nous avons tenté de franchir un cap supplémentaire. Billy a été mon… mon unique et premier amant.

Alyssa émit un rire embarrassé avant de poursuivre, trouvant soudain étrange de parler de cela avec Nick.

— Notre relation physique a duré quelques semaines. Nous savions que nous faisions une erreur, que nous avions violé une frontière que nous n'aurions jamais dû franchir. J'aimais Billy, mais pas de cette manière. D'un commun accord, nous avons décidé de revenir à ce que nous possédions déjà… une amitié profonde, mais dénuée de sentiments amoureux.

— Peu de gens sont capables de demeurer proches après avoir partagé un lien physique qui n'a pas fonctionné, approuva Nick.

— Je tenais à conserver mon affection à Billy, en particulier à cause du fait qu'il a dû s'occuper de Cheri après la mort de ses parents. Au long de ces deux dernières années, il a réellement eu besoin d'une amie.

— La route va continuer d'être dure pour lui, convint Nick. Sa sœur est en tout cas d'une extraordinaire beauté.

— Non seulement cela, mais elle a également le plus agréable des caractères. Cheri est merveilleuse. La terreur de Billy est qu'un homme parvienne un jour à abuser d'elle.

— Il existe en effet des salauds prêts à s'attaquer à des proies aussi vulnérables qu'elle.

Nick fronça les sourcils avant de demander :

— Alyssa, certaines rumeurs vous seraient-elles jamais venues aux oreilles concernant Greg Maxwell et son souhait de quitter Virginia ?

Alyssa le dévisagea avec surprise.

— Non, aucune. C'est Billy qui vous a parlé de cela ?

En guise de réponse, Nick hocha la tête.

— Je sais que Greg et Billy étaient amis, convint Alyssa. Si ce qu'il vous a dit est vrai, je doute néanmoins que Virginia ait été mise au courant des intentions de son époux. En quoi, dites-moi, cette information aiderait-elle votre enquête ?

— Je l'ignore. Mais Billy vient de désigner du doigt un éventuel lien entre les quatre victimes, dont nous échouions tous à découvrir la nature.

— Lequel ?

Nick lui lança un bref regard.

— Vous n'allez pas avoir envie de l'entendre.

— Bien sûr que si, répliqua Alyssa. Il s'agit de crimes perpétrés dans ma ville, sur des hommes que je connaissais personnellement.

« Et vous semblez pour votre part avoir envie d'en parler, ce qui rend cette conversation encore plus importante à mes yeux. » Elle n'énonça pas ces propos à haute voix, mais son profond désir de partager les pensées de Nick la surprit.

— Nous nous sommes tous creusés les méninges pour trouver ce que pouvaient avoir en commun ces quatre victimes — pour découvrir le fil conducteur qui les reliait l'une à l'autre. Je crois que Billy vient de nous le tendre.

— Quel est-il ?

— Chacun de ces quatre hommes peut en fait avoir été considéré comme un coureur de jupons. Ce point commun ne nous était jusque-là pas apparu, parce que nous pensions que le mariage de Greg et de Virginia avait été heureux et uni. Mais Billy m'a confié que Greg voyait souvent d'autres femmes lorsqu'il voyageait pour affaires.

Alyssa sentit croître en elle sa surprise.

— Je n'ai jamais entendu le moindre commérage concernant une prétendue infidélité de Greg envers Virginia. Mais si c'est la raison de sa mort, cela signifie que quelqu'un était au courant de ses frasques… en dehors de Billy Thunder.

— En effet. Je n'ai plus qu'à découvrir qui aurait pu le savoir, et tenter de déterminer si cela aurait en l'occurrence pu être un mobile de meurtre.

— Et si ce n'est pas le cas ?

Nick lui décocha un bref sourire.

— Ne rendez pas mon travail plus difficile qu'il ne l'est, voulez-vous ?

Alyssa lui retourna son sourire.

— Jamais je ne me permettrais une chose pareille.

— Vous le faites déjà.

Cette fois, lorsqu'il la regarda, une lueur particulière irradiait du regard de Nick, une lueur qui lui était devenue familière, et qui comme chaque fois, diffusa une chaleur intense dans tout son être.

— Et de quelle manière ? demanda Alyssa, le souffle soudain court.

— En portant ce parfum fleuri qui s'attarde dans mon esprit, en ayant des lèvres qui semblent supplier qu'on les embrasse, en emplissant ma tête de visions qui me sont propres, et dans lesquelles moi aussi, je vous fais l'amour.

Sa voix était basse, emplie de séduction, même lorsqu'il se mit à rire.

— Alyssa, vous n'avez pas idée de l'importance avec laquelle vous me compliquez la tâche.

Alyssa était heureuse d'être assise. Sinon, ses genoux auraient à coup sûr cédé sous son poids, tandis que les propos de Nick insufflaient dans ses veines une chaleur pareille à celle du métal en fusion.

— J'ai la vague impression que vous tentez de me séduire, murmura-t-elle.

— Tant mieux, parce que c'est en effet ce à quoi je m'efforce. Malheureusement, à moins que je ne lâche ce volant, cet effort ne pourra être que verbal.

— Tant que la voiture roule, je préfère que vous laissiez vos mains où elles sont.

Le sourire si sensuel de Nick ourla ses lèvres.

— Je pourrais m'arrêter, bien sûr.

— Continuez à conduire, ordonna Alyssa avec une sévérité affectée.

Elle sentait la même énergie sexuelle que celle qui emplissait l'habitacle pulser en elle. Une énergie débridée, qui menaçait d'entrer en éruption d'un instant à l'autre.

Même s'ils continuèrent de discuter et de plaisanter durant le reste du trajet, la tension qui s'était immiscée entre eux ne se désamorça plus.

La nuit tombait lorsqu'ils descendirent de voiture et qu'ils pénétrèrent par la porte de derrière dans la maison d'hôtes.

— Je crains de devoir aller directement à la boutique afin de libérer Mary, annonça Alyssa.

Nick saisit son bras à l'instant où elle s'éloignait de lui.

— Elle n'a pas besoin de savoir que nous sommes déjà de retour, affirma-t-il en la prenant dans ses bras.

Bien qu'elle ait eu la ferme intention de se remettre au travail, au moment où Nick l'attira contre lui et où ses lèvres couvrirent les siennes en un baiser brûlant, exigeant, Alyssa comprit qu'elle n'irait pas dans la boutique.

Elle n'irait nulle part, nulle part ailleurs que dans la chambre de Nick, afin de connaître dans la réalité les étreintes passionnées qu'elle n'avait, jusqu'à ce jour, expérimentées qu'à travers une vision de son esprit.

9.

Ce baiser la laissa sans souffle et comme privée de ses forces. Si bien que lorsque Nick lui prit la main pour la guider le long de l'escalier jusqu'au premier étage, l'idée de protester ou de feindre l'effarouchement ne traversa pas un instant son esprit. Après tout, n'était-elle pas consentante, pleinement consentante… n'avait-elle pas, avant même de rencontrer cet homme, ardemment désiré ce qui arrivait ?

Ils entrèrent dans la chambre bleue, que la lumière du crépuscule avait peinte en une multitude de tons or. Nick referma la porte à clé derrière eux, puis il l'attira de nouveau dans ses bras.

Alyssa s'y abandonna alors avec un sentiment de parfaite congruence — comme si ce moment avait été décidé à l'avance par les voies impénétrables du destin, et que ni eux ni personne n'aurait pu l'empêcher.

La bouche de Nick réclama une nouvelle fois la sienne, et elle répondit à sa requête avec une ardeur similaire. Ce deuxième baiser sembla durer une éternité, mêlant leurs langues et leurs souffles en un long prélude érotique. Lorsque Nick s'y arracha, ce fut pour faire lentement courir ses lèvres le long de sa gorge, lui arrachant de délicieuses vagues de frissons successifs.

Enroulant ses bras autour du cou de Nick, Alyssa épousa de ses formes son corps musclé et emmêla ses doigts dans ses cheveux drus. Elle ne comprenait absolument pas le sens de la vision qui la hantait le concernant, mais elle savait que quoi qu'il advienne, rien ne pourrait jamais la pousser à tuer un être humain — Nick moins qu'aucun autre. A présent débarrassée de cette crainte et de son appréhension, elle se sentait enfin libre de faire l'amour avec lui sans plus d'inhibitions.

Il entoura son visage de ses mains et plongea son regard dans le sien.

— Vous me faites un effet à couper le souffle, mademoiselle Whitefeather.

Alyssa se délecta de la mélodie rauque de sa voix, tendue par le désir.

Saisissant les poignets de Nick, elle écarta doucement ses mains de son visage. Puis, pleinement consciente de son regard sur elle, elle recula jusqu'au lit, dont elle ôta la courtepointe qui glissa au sol, dévoilant les draps bleu pastel.

— Voilà ce que j'appelle un service de couverture, affirma Nick d'un ton bourru.

Il sortit son téléphone portable de sa poche, le déposa sur la commode, puis détacha le holster de sa cheville et coucha son revolver à côté du téléphone avant de venir la rejoindre près du lit.

— Quand je vous ai aperçue pour la première fois, dit-il, vêtue de cette robe d'été bleue, j'ai pensé que cette teinte vous seyait à merveille.

Tout en parlant à voix basse, une voix vibrante de séduction, Nick défit lentement le bouton supérieur de sa robe.

— Puis, le jour du mariage de Clay, je vous ai vue dans une tenue vert menthe, et j'ai pensé que c'était vraiment votre couleur.

Ses doigts se posèrent sur le second bouton qu'il libéra avec une lenteur méthodique. Alyssa sentit le souffle lui manquer. Dans sa vision, pensa-t-elle confusément, ils auraient déjà été sur le lit, en pleine action.

Celle-ci n'avait en effet évoqué aucun de ces préliminaires. Elle n'avait pas prédit à quel point le regard de Nick serait magnétique, ni à quel point la moindre de ses caresses serait magnifiquement douloureuse. Elle ne l'avait pas préparée à la troublante sensualité de ses assauts.

Tout en détachant un à un les boutons de sa robe rouge, les doigts de Nick frôlaient au passage chaque triangle de peau nouvellement exposé. Alyssa sentit le rythme de son cœur s'accélérer comme jamais auparavant… et ses battements affolés résonner jusque dans chacune de ses cellules.

— J'adore ce rouge sur vous, poursuivit Nick dans un murmure en défaisant le bouton de nacre qui retenait sa robe à la taille. Mais je crois que je vais vous aimer plus encore enroulée dans ces draps bleus entre mes bras.

Traversée de nouveaux frissons, Alyssa fit glisser sa robe de ses épaules jusqu'à ses pieds.

Etait-ce la fraîcheur de la pièce, ou plutôt le feu dans le regard de Nick qui tendait ainsi le bout de ses seins contre la soie de son soutien-gorge ?

Elle éleva ses mains jusqu'au premier bouton de la chemise de Nick, qu'elle défit avec une légère maladresse.

— J'adorerais moi aussi m'enrouler entre vos bras dans ces draps bleus, dit-elle dans un souffle.

Comme elle pressait ses lèvres sur les muscles durs de son torse, elle sentit qu'il retenait sa respiration. La cadence de ses doigts s'accéléra pour libérer les boutons restants. Quand elle eut fini, Nick s'y arracha vivement à sa chemise comme si son contact lui avait soudain brûlé la peau, et ôta son pantalon qu'il repoussa du pied.

Jamais elle n'avait imaginé qu'un slip blanc puisse paraître aussi sexy sur un homme. Mais sur le corps mince, musclé, et tendu par le désir de Nick, l'effet était époustouflant. Alyssa eut à peine le temps de savourer ce spectacle qu'il la renversait avec lui sur le lit.

Il se pencha au-dessus d'elle et prit sa bouche. Sa peau contre la sienne était aussi chaude que s'il avait eu de la fièvre.

Redressant soudain la tête, Nick la regarda et sourit.

— C'est bien ce que j'avais soupçonné. Tu es plus belle que jamais.

Sidérée par la chaleur pénétrante de son regard, Alyssa murmura, en un tutoiement aussi spontané que le sien :

— Lorsque tu me regardes de cette façon, tu me fais me sentir plus belle que je ne l'aurais jamais cru.

Abaissant de nouveau son visage vers elle, Nick emprisonna ses lèvres. Il glissa une main dans son dos et dégrafa son soutien-gorge, qu'il fit glisser le long de ses bras, tandis qu'il couvrait sa poitrine dénudée de l'autre.

A cet instant, Alyssa laissa échapper un doux gémissement. La bouche de Nick n'abandonna la sienne que pour tracer un sillon brûlant le long de sa gorge avant de prendre entre ses lèvres le bout durci d'un sein.

Tandis qu'il les caressait l'un après l'autre avec sa langue, elle fit frénétiquement courir ses mains le long de son dos musclé, savourant la souplesse ferme de sa peau sous ses doigts.

Elle enroula ses jambes autour de Nick, pressa ses hanches contre les siennes, et sentit sa virilité pulser contre son ventre.

Avec l'envie de le caresser, elle fit alors descendre sa main le long de son torse, mais Nick l'emprisonna vivement dans la sienne. Il redressa la tête et la regarda. La pénombre qui commençait à emplir la pièce conférait à ses yeux une couleur presque argentée.

— Alyssa, murmura-t-il, cela fait trois ans que je n'ai pas approché une femme. Si tu me caresses, j'ai peur que tout ne s'achève bien avant que nous ne le souhaitions.

— J'ai tellement envie de te donner du plaisir, protesta Alyssa, le souffle court.

— Tu me donnes un plaisir infini. Mais je t'en prie, laisse-moi encore attiser le tien avant de te posséder tout à fait.

Tout en reprenant sa bouche, Nick fit lentement glisser sa main droite le long de son ventre. Ses doigts s'attardèrent un moment aux creux soyeux de l'aine, le long de l'élastique de son slip.

Le corps tremblant sous l'assaut de sensations nouvelles pour elle, Alyssa retint son souffle à l'instant où il les posa un peu plus bas… au cœur de sa féminité, et commença à la caresser à travers le fin tissu de son slip.

Elle émit un nouveau gémissement, plus sonore que le précédent. Incapable de rester immobile plus longtemps et de simplement accueillir cette caresse, une tension insoutenable montant en elle, Alyssa sentit ses hanches se mettre à bouger au rythme de celui des doigts de Nick.

A mesure que la pression s'intensifiait à l'intérieur de son corps, elle fut transportée vers une région de son esprit où toute pensée était rendue impossible. Il n'y avait plus de place en elle pour aucune réflexion ni aucune vision. Il n'y avait plus de place en elle que pour Nick.

Il accéléra la cadence de ses doigts, et elle sentit l'énergie accumulée en elle exploser. Elle hurla, soulevée par les vagues successives d'un plaisir sans cesse croissant.

Les mains de Nick tremblaient déjà légèrement en faisant glisser le slip d'Alyssa le long de ses hanches jusqu'à ses chevilles. Mais lorsqu'elle repoussa du bout du pied le triangle de soie hors du lit, il fut contraint de lutter pour conserver le contrôle de lui-même. Son désir de la posséder l'enserrait entre ses griffes avec la violence d'un animal sauvage — avec une fougue qu'il avait cru ne plus jamais éprouver.

Elle était si belle, étendue sur ces draps bleus pâle — avec ses longs cheveux de jais déployés autour d'elle comme une corolle, sa peau bistrée et soyeuse, et son regard mystérieux, plus bleu que jamais.

Depuis l'instant où il l'avait renversée sur ce lit, l'intensité primitive de ce désir avait fait rage en lui — au point que tout en caressant Alyssa afin qu'elle s'abandonne totalement au sien, il lui avait fallu se concentrer pour conserver son sang-froid. C'avait été un peu comme de marcher sur une corde raide.

Le plaisir qu'il venait de lui arracher l'avait électrisé, et il savait que s'il ne lui faisait pas l'amour tout de suite, il serait trop tard.

Nick se débarrassa donc de son slip qu'il envoya valser d'un coup de pied, puis il couvrit Alyssa de son corps. Les yeux mi-clos, elle lui ouvrit ses cuisses sensuelles, et dans un doux gémissement, il pénétra sa féminité resserrée et humide.

Enfoui en elle, il demeura complètement immobile un long moment, de crainte que le moindre mouvement ne lui fasse ignorer la frontière qu'il refusait — pour l'instant — de franchir. Leur étreinte, décida-t-il, ne pouvait s'interrompre aussi vite.

Les doigts d'Alyssa s'enfoncèrent dans son dos, pas assez profondément pour que ce soit douloureux, mais avec une force terriblement érotique.

— Nick, murmura-t-elle d'une voix suppliante.

Il couvrit sa bouche brûlante de la sienne, et accédant à sa requête, il commença à bouger ses hanches, donnant le départ de leur danse amoureuse.

Dès le premier coup de reins, il sentit le cœur d'Alyssa battre la chamade contre le sien. L'ardeur avec laquelle elle répondit à chacun de ses assauts libéra en lui un flot d'émotions dont l'intensité fit vaciller ses sens.

En même temps que les ombres du crépuscule avançaient, dévorant les réminiscences du jour, le mouvement de leurs corps s'accéléra. Nick était perdu… perdu dans la splendeur d'Alyssa.

Ce ne fut qu'à l'instant où elle hurla son nom et se raidit sous son étreinte, que, comprenant qu'il l'avait amenée aux confins du plaisir, il atteignit enfin le sien.

Ce ne fut qu'à l'instant où il se déversa en elle, que la question de la contraception s'imposa à son esprit. Oh, il ne craignait pas un risque de contamination — l'excès de promiscuité sexuelle ne pouvant être imputée ni à Alyssa ni à lui-même. Mais il n'était pas non plus prêt à devenir père.

Certes, il s'était épris d'Alyssa, qui avait sans nul doute su réveiller une part de son être, morte depuis longtemps. Mais il était suffisamment réaliste pour savoir que le temps qui leur était imparti ensemble était compté. Elle avait son travail, sa vie ici — et lui, la sienne à Tulsa.

Nick demeura immobile un long moment, laissant son cœur et son souffle retrouver un rythme normal. Puis se dressant sur un coude, il contempla Alyssa, sidéré de constater que malgré son épuisement, et même s'il se sentait totalement comblé, le seul fait de la regarder ravivait aussitôt son désir pour elle.

Il écarta une longue mèche de cheveux de ses yeux bleu foncé.

— Je n'ai pas l'habitude de me montrer aussi irresponsable, commença-t-il.

— Ne t'inquiète pas, répondit Alyssa. Je prends la pilule depuis un an suite à un dérèglement hormonal, et je t'ai cru, lorsque tu m'as dit que tu n'avais aimé aucune femme depuis trois ans.

Il sourit.

— Comme je t'ai crue lorsque tu as dit que tu avais eu un seul amant avant moi.

— Maintenant que nous avons écarté ce souci, je ferais mieux de me lever et de courir libérer Mary.

Mais Nick l'emprisonna un peu plus entre ses bras.

— Pas encore. Ne sais-tu pas que les instants qui suivent l'amour sont tout aussi importants que l'étreinte qui les a précédés ?

— Je m'étonne de rencontrer un homme capable de partager ce sentiment, rétorqua Alyssa d'un ton taquin.

Ses yeux brillaient, et il fut heureux d'être celui qui y avait allumé cette étincelle.

— Je croyais que les hommes étaient toujours les premiers à bondir hors du lit ou à s'endormir afin d'éviter toute intimité émotionnelle.

— C'est encore une légende, protesta Nick. Nous autres hommes apprécions autant que vous les conversations sur l'oreiller.

Il lui était impossible de rester si près d'elle sans la toucher. Il fit donc courir son index le long de sa joue, savourant le contact de sa peau soyeuse.

— Je n'ai jamais eu ce genre de conversation… De quoi les gens parlent-ils ?

L'authentique innocence d'Alyssa, en dépit du fait qu'elle avait presque trente ans, et était la victime de visions terrorisantes et macabres, sidéra Nick. Une immense envie de la protéger gonfla alors sa poitrine.

— Ils parlent de toutes sortes de choses…, répondit-il. De leur journée, de ce qu'ils ont envie de manger pour le dîner, de l'avenir auquel ils aspirent.

Alyssa émit un rire grave, rauque, qui attisa de nouveau son désir.

— Alors, dis-moi, si tu pouvais choisir un plat entre tous, que voudrais-tu pour dîner ?

— Un repas de Noël, répondit Nick sans hésiter, bien que j'ignore si leur qualité ne tient pas plus à l'ambiance de magie qui s'en dégage qu'à la nourriture qu'on y consomme.

Il roula sur le dos et croisa ses bras sous sa tête.

— Oui, un repas de Noël. De la dinde farcie aux marrons, de la purée de pommes de terre noyée sous la sauce… et la compagnie des gens que j'aime.

— Tu as une grande famille ? s'enquit Alyssa en se redressant sur un coude, son autre main posée délicatement sur son torse.

— Pas vraiment. Elle se limite à présent à mes parents et à ma sœur, Judy. Ils demeurent tous trois à Chicago. Judy est professeur, divorcée et sans enfants. De son vivant, c'était Dorrie qui organisait le dîner du réveillon. Elle réunissait toujours tout le monde — famille, amis, collègues.

Il lui sourit, espérant ne pas l'avoir offensée en ramenant le souvenir de Dorrie au centre de la conversation.

— Et toi ? demanda-t-il, curieux d'en savoir plus à son sujet. Qu'est-ce qui t'a incitée à ouvrir cette maison d'hôtes ?

Il restait juste assez de lumière dans la chambre pour qu'il discerne les traits d'Alyssa. Il la vit froncer les sourcils tandis qu'elle emmêlait lentement ses doigts dans la fine toison de son torse.

— Je ne sais pas. J'avais déjà décidé de ne pas fréquenter l'université. J'aimais bien cuisiner, faire le ménage ne me dérange pas, et j'ai pensé que tenir un hôtel était un bon moyen de gagner ma vie et d'être indépendante.

L'air pensif, elle interrompit le mouvement de ses doigts. Tout en lissant du plat de la main les poils dont elle venait de déranger l'ordre, elle expliqua :

— Mon oncle et ma tante avaient investi pour moi l'assurance-vie de mes parents, si bien que j'ai pu l'utiliser pour acheter cette maison et la remettre en état.

— Et ce travail te rend-il heureuse ?

Sa question sembla la désarçonner. La main d'Alyssa s'immobilisa, et ses beaux yeux bleus se troublèrent.

— Je ne sais pas… je suppose que oui. J'ai rarement le temps de m'interroger à ce sujet.

— Tu dois rencontrer toutes sortes de gens intéressants.

Le corps d'Alyssa contre le sien était si chaud, la caresse involontaire de ses cheveux sur son torse, si sensuelle, que, malgré ses efforts, Nick avait de plus en de mal à se concentrer sur leurs propos.

— J'accueille toutes sortes de personnes, dit-elle. Certaines très agréables, d'autres beaucoup moins. Mais mes hôtes restent rarement plus d'un jour ou deux, après quoi ils repartent.

Elle fronça de nouveau les sourcils.

— Tamara, la femme de Clay, prétend que c'est la raison pour laquelle j'ai choisi de monter ce genre d'affaire — pour n'avoir à entretenir avec personne des relations autres que superficielles.

— Est-ce vrai ?

Même s'il était distrait par la proximité troublante d'Alyssa, ce détour de la conversation piqua de nouveau l'intérêt de Nick.

— Je ne sais pas…, balbutia-t-elle, peut-être.

Elle s'interrompit pour saisir une mèche de ses cheveux qu'elle enroula autour de son doigt.

— J'ai toujours conservé une certaine distance entre les autres et moi.

— A cause de tes visions ?

Alyssa opina de la tête.

— Personne ne semble comprendre l'effet qu'elles ont sur moi, ni à quel point j'ai peur de m'ouvrir complètement à quiconque à cause d'elles.

— Je ne peux prétendre deviner l'impact de ces visions sur toi, affirma Nick. Mais Tamara a raison. Si tu refuses de t'ouvrir aux autres, tu ne connaîtras jamais ni amitié profonde ni véritable amour. Toutes tes relations seront comme celles que tu entretiens avec tes hôtes… brèves et superficielles.

Alyssa ne répondit pas. Au lieu de cela, elle reposa sa tête sur l'oreiller et émit un petit soupir. Durant un moment, ils demeurèrent tous deux immobiles et silencieux.

Lui-même surpris de découvrir à quel point il s'inquiétait de connaître les pensées qui pouvaient la tourmenter, Nick se demandait à quoi songeait Alyssa. Avant même qu'elle n'ait bougé, il perçut son impatience. Un instant plus tard, elle poussa un autre soupir et se redressa.

— Il faut que je m'habille et que je descende, dit-elle.

— Pourquoi ? Mary ne sait-elle pas fermer la boutique seule ?

Nick comprit alors que ce qu'il désirait vraiment, c'était s'endormir dans ce lit, avec Alyssa lovée contre lui. Et il avait le sentiment qu'en cet instant, c'était également ce dont elle avait le plus besoin… que quelqu'un la tienne dans ses bras pendant les heures solitaires de la nuit.

— Bien sûr qu'elle sait le faire, répliqua Alyssa.

— Alors reste.

Il la prit par le bras et l'attira contre lui.

— Qu'as-tu besoin de faire qui ne puisse attendre demain ? demanda-t-il en caressant ses cheveux tandis qu'il enfouissait le visage d'Alyssa dans son cou.

Lorsque Nick comprit qu'elle n'irait nulle part, une immense sensation de paix le gagna. Un apaisement bientôt suivi par un profond épuisement, tandis que les levers matinaux et les couchers tardifs des deux derniers jours le rattrapaient.

Alyssa semblait quant à elle souffrir d'une fatigue bien plus profonde que celle occasionnée par une simple journée de travail, car en l'espace de quelques minutes elle s'était assoupie. Elle dormait comme un tout petit enfant, sans bruit, formant un silencieux cocon de chaleur contre lui.

Le sommeil fut pour lui plus insaisissable. Il regarda la nuit prendre complètement possession de la chambre, et plonger peu à peu la pièce dans l'obscurité — à part pour la faible lueur du réveil, et celle de son téléphone portable sur la commode.

Avoir fait l'amour avec Alyssa était le premier acte qui, depuis longtemps, lui ait semblé empreint d'une parfaite justesse. Toutefois, il était suffisamment intelligent pour savoir que l'attirance d'Alyssa à son égard avait pour origine un fantasme, une vision qu'elle avait eue avant même de le rencontrer.

Il savait également que les circonstances qui les réunissaient n'étaient pas tout à fait normales — et il ignorait si les sentiments qu'ils pensaient éprouver l'un pour l'autre étaient réels. Il n'était même pas certain de la nature des siens à l'égard de la jeune femme.

Certes, il la désirait. Elle l'attirait avec une force qu'il ne pouvait démentir. Elle l'intriguait également… ses visions, la tristesse qu'il voyait parfois s'insinuer dans son regard, la soif de quelque chose d'autre qu'il percevait en elle l'étonnaient.

Mais cela ne signifiait pas que ce qui se passait entre eux durerait après l'arrestation du meurtrier — ni après que la vision d'Alyssa aurait enfin cessé de la tourmenter. Par bonheur, pensa Nick en sentant le sommeil approcher, il ne lui faudrait pas démêler ce soir les nœuds de ce problème.

Il savait qu'il rêvait… parce que la scène était en noir et blanc. Depuis la mort de Dorrie, la couleur avait disparu de ses songes. Il errait sur la place centrale de Cherokee Corners. Les rues étaient désertes, et les boutiques fermées pour la soirée. Rien ni personne ne venait briser le silence de la nuit… mais les morts, eux, étaient là.

Adossé à la porte de la bibliothèque municipale, Greg Maxwell le salua sur son passage. Sam McLane fit à son intention un geste de la main depuis le bureau de poste devant lequel il se tenait. Tim O'Brien, assis sur un banc face à la quincaillerie, lui sourit, soulevant un couvre-chef imaginaire. Et Nick aperçut Jonathon Blackbird juché sur une des branches de l'arbre sous lequel on avait découvert son cadavre.

Puis soudain, il se retrouva au cœur d'un bosquet en compagnie d'Alyssa, et des myriades de couleurs explosèrent devant ses yeux… le bleu saisissant des yeux d'Alyssa, le vert éclatant des feuilles, le jaune agressif de la couverture étalée sous eux.

La violence inattendue de ces couleurs manquant de l'aveugler, Nick étreignit Alyssa, noyé dans cette magnificence visuelle comme dans l'extase qu'il éprouvait à faire l'amour avec elle.

Ils roulèrent alors sur eux-mêmes jusqu'à ce qu'elle soit au-dessus de lui. Ses yeux qui, un instant plus tôt, brillaient de plaisir, s'assombrirent… jusqu'à devenir aussi noirs que du charbon. Un sourire moqueur, sarcastique, ourla ses lèvres. Elle éleva les bras au-dessus de sa tête, et il vit le couteau entre ses mains.

Une douleur dont l'intensité lui était inconnue le transperça, au moment où Alyssa plongeait la lame dans son cœur. Le sang gicla, si rouge que le regarder lui fit mal. Avec un rire jubilatoire, elle enfonça de nouveau le couteau dans sa chair…

une troisième fois… puis une autre, le plaisir de tuer étincelant dans son regard.

Nick se redressa brusquement, le cœur battant de terreur, désorienté. Il avala sa salive et jeta un coup d'œil au réveil. Presque 2 heures. La sonnerie de son téléphone portable retentit dans la chambre, et il comprit que c'était elle qui l'avait arraché à cet affreux cauchemar.

S'efforçant de ne pas réveiller Alyssa, il se glissa hors du lit, traversa la pièce, et s'empara de l'appareil posé sur la commode. A l'instant où il prit l'appel, la lampe de chevet s'alluma, et Alyssa s'assit dans le lit, son regard braqué sur lui.

Nick écouta un moment la voix grave de son interlocuteur avant de répondre sèchement :

— J'arrive tout de suite.

— Qu'y a-t-il, s'enquit Alyssa. Nick, que s'est-il passé ?

— C'était la police. Nous n'aurons hélas plus à soupçonner Michael Stanmeyer d'être notre tueur en série, assura-t-il en se penchant pour ramasser ses vêtements.

— Pourquoi ?

Les yeux agrandis par l'inquiétude, elle serrait le drap contre sa poitrine.

— Une patrouille de nuit vient de le découvrir, poignardé à son tour dans le parc.

Il entendit Alyssa retenir vivement son souffle.

— Est-il… est-il mort ?

— Il était vivant lorsqu'ils l'ont trouvé.

Nick attacha vivement son holster autour de sa cheville et enfila son pantalon. Il avait un pressentiment… un étrange et sombre pressentiment.

Etait-ce à cause de la troublante synchronisation de son cauchemar avec l'annonce sinistre qui venait de lui être faite ? Quoi qu'il en soit, lorsque son regard rencontra celui d'Alyssa, une pensée qui ne l'avait jamais effleuré auparavant le traversa.

Depuis le début de l'été, pensa Nick, on assassinait les hommes de cette ville à coups de couteau. Or voilà plus d'un mois qu'Alyssa était victime de visions au cours desquelles elle poignardait elle-même un individu de sexe masculin.

Pouvait-il exister une sorte de connexion entre ces deux phénomènes ? se demanda-t-il. Se pouvait-il qu'Alyssa soit reliée à son insu à une énergie particulière dont elle ne comprenait ni l'origine ni la nature ?

Il n'avait pour l'instant pas le temps d'en discuter, mais même s'il comprenait à quel point ces visions étaient pénibles et douloureuses pour elle, ils allaient devoir explorer l'étendue de ses talents métapsychiques sans tarder, décida Nick.

Car il commençait à croire que l'esprit d'Alyssa recelait peut-être la seule et unique clé susceptible de les mener jusqu'au meurtrier.

10.

— Je n’arrive pas à le croire. Je n’arrive simplement pas à croire que le bizarre Michael soit mort.

Virginia se pencha par-dessus la table pour se servir un autre muffin aux myrtilles.

— Je préférerais que vous n’utilisiez pas ce qualificatif pour désigner Michael, protesta Alyssa, désertée par la patience dont elle usait la plupart du temps avec la jolie veuve. Surtout maintenant qu’il est décédé, ajouta-t-elle. Vous devez respecter la mémoire des morts.

Elles étaient toutes deux seules dans la salle à manger, et son irritation à l’égard de la jeune veuve montait depuis l’instant où Virginia avait fait sa première apparition ce matin. A ce moment-là, aucune d’elle n’avait encore appris la funèbre nouvelle concernant Michael.

Pendant que Virginia déjeunait, elle était aussitôt montée nettoyer sa chambre, pour découvrir que cette dernière avait renversé du dissolvant sur le plateau de la table de chevet, dont le vernis et le travail de marqueterie étaient fichus.

Depuis le début de son séjour au Redbud, Virginia s’était révélée être une très mauvaise pensionnaire, mais après ce que la jeune femme avait traversé, Alyssa répugnait à lui demander de partir.

Elle avait achevé le nettoyage de la chambre, puis s'était précipitée au rez-de-chaussée pour répondre à la sonnerie du téléphone. Avant qu'elle n'ait atteint l'appareil, Virginia avait décroché, ce qui avait ajouté à son agacement. En reposant le combiné, la jeune femme lui avait annoncé que Michael était mort des suites de ses blessures avant son arrivée à l'hôpital.

— Vous avez raison, concéda Virginia, ce qualificatif n'est pas très charitable de ma part. Mais en toute honnêteté, Alyssa, reconnaissez que Michael *était* bizarre.

— Il était simplement d'une timidité maladive, rétorqua Alyssa, une boule se formant dans sa gorge au souvenir de son malheureux pensionnaire. Virginia, je viens d'autre part de remarquer que vous aviez renversé quelque chose sur la table de nuit de votre chambre…

Elle n'avait pas eu la réelle intention d'en parler à la jeune femme, mais son irrévérence à l'égard de Michael l'avait soudain poussée à bout.

— C'est du dissolvant. Je suis désolée.

Virginia ébaucha une moue en signe d'excuse.

— Je vous la rembourserai.

Elle déposa son muffin sur l'assiette placée devant elle, les yeux soudain emplis de larmes.

— Greg adorait que je porte du vernis à ongles. Il trouvait ça terriblement sexy.

Elle fixa ses mains, dont les ongles aujourd'hui sans vernis étaient impeccablement manucurés.

— Je m'efforce de continuer à en mettre. Je fais une main, puis je me mets à penser à Greg et… et… je n'arrive pas à terminer.

Un petit sanglot lui échappa, et Alyssa s'en voulut d'avoir mentionné les dégâts occasionnés à la table de nuit.

— Ne vous inquiétez pas pour le meuble, assura-t-elle. Je pense en avoir un de rechange dans le grenier.

Virginia tamponna ses yeux avec sa serviette, puis elle reprit son muffin.

— N'attendiez-vous pas de nouveaux hôtes, ce matin ?

Surprise par son brusque changement d'humeur, comme par ce détour abrupt de la conversation, Alyssa répondit :

— Si, mais ils ont appelé pour annuler leur réservation.

Tout compte fait, il était sans doute heureux que ce couple de Des Moines ait repoussé leur séjour, car la police ne tarderait sans doute pas à envahir l'hôtel pour inspecter la chambre de Michael.

Ses pensées concentrées sur le grand garçon maigre et réservé qu'avait été son pensionnaire, Alyssa laissa Virginia assise seule à la table de la salle à manger.

Et dire que deux nuits plus tôtNick et elle envisageaient l'hypothèse que Michael soit le tueur qui sévissait à Cherokee Corners ! Or voilà qu'il se révélait à son tour être la victime d'une funeste tragédie.

Elle n'avait jamais pris le temps de bien connaître Michael. Elle ignorait même s'il avait de la famille — qu'il aurait fallu prévenir — et si sa présence sur cette terre manquerait seulement à quelqu'un. Mais Alyssa sentait son cœur se briser à la pensée qu'il avait été poignardé lui aussi, et abandonné nu à un détour du parc. Pauvre Michael !

Après s'être servie une tasse de café, elle s'assit devant le comptoir de la cuisine, ses pensées se détournant du mort pour se porter sur Nick… ainsi que sur les instants qu'ils avaient passés ensemble.

Ce n'était nullement des regrets rétrospectifs qui pesaient sur elle, mais plutôt la pensée circonspecte que — quelque merveilleuse qu'ait pu être cette nuit d'amour — elle ne se reproduirait pas.

Car Nick commençait à s'immiscer jusque dans des zones de son être qu'elle n'avait jamais ouvertes à quiconque, et cela l'effrayait un peu. Son instinct, un instinct qui lui avait si bien servi sa vie entière, lui disait de faire machine arrière et de se protéger.

Qu'il ait résolu ou non les meurtres perpétrés à Cherokee Corners, pensa-t-elle, Nick s'en irait un jour. Tandis qu'elle resterait là, en compagnie de ses visions, à entretenir des relations superficielles avec les hôtes de passage qui fréquenteraient son établissement.

Des années auparavant, sa grand-mère l'avait avisée du fait qu'elle vivrait probablement seule tout au long de son existence, lui suggérant de se réconcilier au plus tôt avec cette pensée.

Après sa mort, lorsque la famille James l'avait recueillie — et même s'ils l'avaient chaleureusement entourée de leur soutien et de leur amour — elle avait alors ressenti la solitude dont lui avait parlé son aïeule. Par la suite, elle n'avait jamais tout à fait réussi à s'intégrer nulle part, ses visions la condamnant à une certaine étrangeté aux yeux des autres, à une forme d'isolement permanent.

La seule fois de sa vie où elle n'avait pas éprouvé ce sentiment, c'était la nuit dernière, dans les bras de Nick. Mais à présent la lumière du jour envahissait la cuisine, et elle savait que leur brève aventure cesserait dès qu'il aurait quitté Cherokee Corners.

D'autant qu'elle ne représentait probablement qu'une simple transition dans son existence — elle était la première femme à avoir réveillé une flamme éteinte en lui depuis le décès de Dorrie. Peut-être, se dit Alyssa, son rôle envers Nick était-il destiné à se limiter à celui-ci.

Sur les genoux de sa grand-mère, elle avait appris à ne jamais questionner, ni tenter de combattre la providence ; à accepter avec la force et la dignité cherokee, ce que la vie lui offrait.

— Alyssa ?

Virginia passa sa tête dans l'entrebâillement de la porte de la cuisine.

— Je monte me reposer. Toutes ces émotions m'ont retournée, et je commence à avoir la migraine. Je voulais vous en avertir, afin que vous puissiez débarrasser la table du petit déjeuner.

Alyssa hocha la tête, accompagnant son geste d'un bref signe de la main à l'adresse de la jeune femme. Virginia n'était pas la seule à souffrir d'une migraine. Elle en combattait elle-même les symptômes depuis l'instant où elle avait ouvert les yeux au milieu de la nuit pour apprendre que Michael avait été poignardé.

Après le départ de Nick, elle n'avait pas pu se rendormir. Bien qu'elle ait déserté la chambre bleue pour regagner la sienne, le sommeil avait obstinément refusé de lui rendre visite. Alyssa termina lentement son café, avant de s'arracher avec lassitude à son tabouret.

Il était presque 11 heures — elle venait de finir de ranger la salle à manger et la cuisine — lorsque Nick franchit la porte d'entrée en compagnie de deux autres hommes.

Il la présenta succinctement à ses coéquipiers des bureaux du FBI de Tulsa, Bud Johnson et Tony Marcelli.

— Nous venons te demander de nous ouvrir la chambre de Michael Stanmeyer afin d'examiner les lieux, dit-il.

Alyssa hocha silencieusement la tête, en dépit des multiples questions qu'elle avait envie de lui poser… Michael avait-il dit quelque chose avant de mourir ? Détenaient-ils un quelconque indice concernant l'identité de son meurtrier ?

Malgré son désir de le savoir, elle était consciente que ce n'était ni le lieu ni l'heure pour interroger Nick. Les lignes amères qui encadraient sa bouche et les ombres habitant son regard lui signifièrent qu'il était tout entier absorbé par la mission de profiler qui lui incombait.

Elle sortit donc sans mot dire son passe de la poche de sa robe et guida les trois hommes jusqu'à la porte de Michael. Se rendant compte que son intrusion pourrait compromettre l'enquête, elle s'était jusque-là interdite, après la nouvelle de son décès, d'entrer dans la chambre de son pensionnaire.

Si elle s'était attendue à y trouver des choses étranges et déconcertantes, elle aurait en tout cas été déçue. La pièce, remarqua Alyssa, était aussi propre et impeccable que le jour où elle l'avait montrée pour la première fois à Michael.

Depuis le pas de la porte, elle regarda Nick et ses partenaires commencer à l'inspecter dans ses moindres recoins. Bud se dirigea vers la penderie pour fouiller les poches des rares vêtements qui y étaient suspendus. Tony inspecta longuement le dessous du lit avant de disparaître dans la salle de bains, tandis que Nick s'intéressait à l'ordinateur portable posé sur la table à côté d'une épaisse rame de papier blanc.

— Sais-tu si Michael avait de la famille ?

Il souleva le couvercle de l'appareil, qu'il mit sous tension.

— Non, avoua amèrement Alyssa. Il ne m'en a jamais parlé.

— Recevait-il du courrier ?

— Pas ici, mais il avait peut-être une boîte aux lettres à la poste.

— Il n'y a rien dans cette pièce, annonça Tony depuis la salle de bains.

— Vérifie le contenu de tous les tiroirs de la chambre. Il doit bien exister quelqu'un, quelque part, qui soit concerné par la disparition de ce type.

La froideur professionnelle qui tendait la voix de Nick fit entrevoir à Alyssa un aspect de lui qu'elle n'avait jusqu'alors jamais rencontré. Le charmeur sensuel et malicieux qu'elle avait appris à connaître faisait soudain place à l'agent du FBI — au profiler en quête d'indices capables de le guider à l'intérieur du cerveau d'un meurtrier.

— D'après les renseignements que nous avons réunis, Michael aurait été professeur d'anglais en Californie, lui expliqua Nick tandis que ses doigts actionnaient les commandes de la souris informatique.

— Professeur d'anglais ?

Alyssa fit un pas à l'intérieur de la chambre.

— Je me demande ce qui l'a amené jusqu'ici…

— Il a fait il y a trois ans une demande d'invalidité auprès de la sécurité sociale, à cause de sévères accès de panique qui lui rendaient son travail impossible. Une pension mensuelle lui a finalement été allouée, suite à quoi il a annoncé à ses collègues qu'il déménageait dans une petite ville et allait s'efforcer d'écrire un livre.

A cette évocation, une vague de tristesse traversa Alyssa, l'image du discret Michael, puis celle de son cadavre dénudé gisant à un détour du parc s'imposant douloureusement à son esprit. Nick sembla avoir deviné ses sentiments.

— Ça ne s'est pas passé exactement comme pour les autres, précisa-t-il avec douceur. Michael a lui aussi été poignardé, mais contrairement aux précédentes victimes, il n'avait pas été dépouillé de ses vêtements.

Alyssa ignorait pourquoi, mais l'idée que le corps de Michael n'avait pas été offert dans sa nudité à la vue de tous rendait la pensée de sa mort moins cruelle.

— Mais, demanda-t-elle d'une voix anxieuse, la police pense-t-elle qu'il s'agit du même meurtrier ?

— Nous n'en savons rien pour l'instant. Nous attendons les résultats de l'autopsie.

Laissant les trois agents du FBI poursuivre seuls leur investigation, Alyssa redescendit dans la cuisine, vidée du peu d'énergie qui l'avait tant bien que mal soutenue depuis son réveil.

La sonnerie du téléphone ne tarda pas à retentir à plusieurs reprises dans l'hôtel. Elle reçut les appels successifs de sa tante Rita, de ses « sœurs », Breanna et Savannah, et de sa meilleure amie et nouvelle belle-sœur, Tamara. Elle répondit également à certains curieux en quête d'informations fraîches concernant le meurtre de Michael.

Nick et son équipe demeurèrent à l'étage durant environ une heure et demie, puis ils repartirent, non sans lui avoir signifié que son établissement serait temporairement fermé.

— La chambre de Michael est sous scellés, avait déclaré Nick. Virginia Maxwell peut rester, mais n'accepte aucun nouveau client pour l'instant, et ne laisse personne d'autre pénétrer dans l'hôtel.

Alyssa avait opiné silencieusement de la tête. Avant de passer la porte, Nick lui avait demandé d'un ton radouci :

— Comment te sens-tu ?

— Ça va, avait-elle répondu… je suis simplement triste.

— Personnellement, avait-il répliqué, j'ai dépassé le stade de la tristesse pour celui de la colère.

Sur ces mots, il s'était détourné et avait disparu.

Le silence de la maison avait résonné autour d'elle, et Alyssa avait regagné la cuisine, s'efforçant de savoir si elle refaisait un pot de café ou non.

Elle finit par rejeter cette idée. Elle avait déjà consommé trop de caféine depuis ce matin, et il était plus de midi.

Un coup frappé à la porte d'entrée la ramena dans le hall de l'hôtel.

Elle l'ouvrit et découvrit Scott Moberly sur le seuil, la curiosité irradiant de sa face parsemée de tâches de rousseur. Dans le but d'éviter une discussion avec le trop zélé journaliste,

Alyssa envisagea un instant de lui fermer la porte au nez. Mais elle avait, à l'occasion de la disparition de sa tante, appris à connaître son incontournable ténacité.

— Bonjour, Alyssa.

Comme elle s'avançait sous la véranda, Moberly lui décocha un sourire radieux.

— Que voulez-vous, Scott ?

Ses sentiments à l'égard du reporter étaient mitigés. Il était une des rares personnes en ville à connaître avec certitude la nature prémonitoire de ses visions.

Quelques années auparavant, un enfant disparu avait par bonheur été retrouvé grâce à l'une d'entre elles. Elle l'avait vu en songe, perdu, se réfugier et s'endormir dans une cabane abandonnée des environs.

Alors chargé de couvrir l'événement pour son journal, Scott avait surpris la dispute qui l'avait d'abord opposée à l'inspecteur chargé de cette affaire, lorsque ce dernier avait a priori repoussé ses déclarations comme il l'aurait fait des divagations d'une folle.

A la suite de cela, il lui avait fallu supplier Moberly à genoux pour qu'il ne mentionne dans ses articles ni son nom ni son rôle dans la résolution de cette disparition. Par bonheur, le besoin de faire plaisir qui habitait Scott entravait parfois sa tâche de journaliste, si bien qu'il avait fini par accepter de ne pas la citer dans ses textes.

— Ce que je veux ? s'exclama Scott. Bon sang, Alyssa, que croyez-vous que je veuille ? Un agent du FBI venu traquer le meurtrier qui sévit à Cherokee Corners séjourne chez vous — ainsi que l'épouse d'un des hommes assassinés dans le parc qui se trouve en face. Et voilà que votre plus vieux pensionnaire se révèle être la cinquième victime du meurtrier.

Il tenait à la main un bloc-notes et un stylo prêts à l'emploi.

— Alors pouvez-vous me communiquer vos impressions sur ce sujet ?

— Je n'ai aucun commentaire à faire, répliqua Alyssa.

Scott fronça les sourcils avec consternation.

— Allons, Alyssa, ne soyez pas si dure. N'auriez-vous pas *vu* quelque chose… vous comprenez de quoi je parle ?

— Non, Scott, répliqua Alyssa avec un soupir de lassitude. Je n'ai rien à vous dire, rien qui puisse alimenter un article juteux.

Le sourire de Scott s'évanouit.

— Vous avez bien quelques renseignements à me fournir concernant Michael Stanmeyer ?

Alyssa secoua la tête.

— Non, franchement, Scott, si j'avais connaissance de quoi que ce soit, je vous en ferais la confidence. Mais vous en savez certainement plus que moi concernant ces meurtres.

— Guère plus, sans doute, grommela Scott, visiblement découragé. Depuis l'arrivée du FBI à Cherokee Corners, plus personne n'accepte de me parler. La police locale elle-même est muette comme une carpe.

— Je suis désolée, Scott. Je ne peux rien vous dire de plus.

— D'accord… eh bien, merci tout de même, Alyssa.

Elle regarda le journaliste redescendre les marches de la véranda pour se diriger vers le restaurant de Ruby. Sans doute espérait-il y glaner une ou deux histoires croustillantes au hasard des conversations du déjeuner.

Tandis qu'elle le suivait des yeux, son regard se porta jusqu'au petit parc qui se trouvait de l'autre côté de la rue. Elle avait salué avec enthousiasme la décision de la municipalité de conserver dans son état naturel cet ancien espace boisé, dont aucune nouvelle construction ne viendrait alors dénaturer la beauté.

Mais de sombres secrets semblaient à présent grouiller sous l'ombre de ces arbres. L'obscurité du parc abritait un meurtrier qui pouvait y rencontrer et y désigner à loisir ses victimes. C'était devenu le lieu où des objectifs diaboliques pouvaient voir le jour et se réaliser.

Durant un long moment, Alyssa scruta la cime des arbres du regard, cherchant des yeux celui qui hantait sa vision — mais aucune de ces frondaisons n'évoquait les branchages torturés qu'elle voyait en songe.

Elle rentra dans l'hôtel et regagna son appartement. Là, elle se laissa tomber sur le petit canapé et prit une longue inspiration, luttant contre la migraine qui pulsait depuis le matin à ses tempes.

La douleur s'était dangereusement intensifiée au cours de la dernière heure. Elle ne connaissait que trop bien ce symptôme. Un symptôme qui annonçait une de ces visions. Celui qui indiquait que l'une d'elles cherchait à se faire connaître, à s'imposer à son esprit.

A cet instant, Alyssa se rendit également compte qu'elle n'aurait pas la force de la combattre. Elle était trop fatiguée, la matinée avait été source de trop nombreuses émotions pour qu'elle trouve l'énergie susceptible de repousser le voile qui, déjà, brouillait sa perception visuelle.

Avec un soupir de résignation, elle se laissa sombrer à l'intérieur du tunnel obscur, jusqu'à l'autre côté du miroir, où étaient tapies les images qui la tourmentaient depuis plus d'un mois.

L'intensité passionnée de son étreinte avec Nick amena aussitôt des larmes de plaisir sous ses paupières. La caresse de ses mains, la chaleur imaginaire de ses baisers, provoqua en elle une extase qu'elle savait vouloir revivre à l'infini.

Ses larmes s'asséchèrent brusquement, à l'instant où elle fut agenouillée au-dessus de lui, sous les branches difformes de l'arbre, avec le contact familier du couteau dans sa main.

Elle plongea la lame dans son cœur, comme chaque fois. Le sang coula, et les yeux de Nick s'emplirent d'une terreur qui fit jaillir en elle un extraordinaire sentiment de puissance.

Recroquevillée sur le canapé, haletante, son cœur battant frénétiquement dans sa poitrine, Alyssa revint peu à peu à elle, avec dans sa bouche l'arrière-goût d'une jubilation perverse.

Elle se redressa et prit plusieurs longues inspirations afin de s'arracher tout à fait aux images cauchemardesques qui venaient de s'imposer à son esprit.

Les jambes tremblantes, elle se leva, étreinte par un sentiment d'horreur grandissant. Elle avait espéré qu'en faisant l'amour avec Nick, cette vision d'épouvante disparaîtrait à jamais.

C'était ce qui s'était toujours passé auparavant — lorsqu'un de ses songes devenait réalité, il cessait aussitôt de la poursuivre.

Elle s'était *vue,* faisant passionnément l'amour avec un inconnu. Cet homme était à présent à Cherokee Corners, et elle avait *réellement* fait l'amour avec lui. Alors pourquoi, pourquoi cette vision macabre dont il l'était l'acteur continuait-elle à la hanter ?

Jamais, elle le savait, elle ne pourrait tuer Nick. Pourtant, c'était cette scène meurtrière que ressassait inlassablement sa vision.

Elle allait donc se produire, pensa Alyssa, traversée par l'épouvante. Non pas de sa propre main, comprit-elle, mais un jour, quelqu'un armé d'un couteau s'attaquerait sauvagement à Nick. Sa soudaine certitude quant à la réalité de cet effrayant scénario l'emplit d'une terreur glacée. Tôt ou tard, elle en était sûre à présent, Nick mourrait poignardé.

11.

Il était plus de 20 heures lorsque Nick regagna la maison d'hôtes. Il fut surpris de voir la boutique de glaces plongée dans l'obscurité, sa pancarte retournée indiquant qu'elle était fermée.

Lorsqu'il avait enjoint à Alyssa l'ordre de refuser l'accès de son établissement à tout nouveau client, il ne faisait pas allusion à son magasin. Il gara son véhicule sur le parking désert à l'arrière du bâtiment, coupa le moteur, mais ne sortit pas tout de suite.

Il passa une main lasse dans ses cheveux et poussa un profond soupir. Cette enquête le rendait fou. Un seul individu lui avait jusqu'alors donné pareil fil à retordre pour parvenir à cerner sa personnalité. C'était Murphy.

Il sentait la défaite peser sur ses épaules avec la même intensité qu'au long des semaines qui avaient suivi l'assassinat de Dorrie.

Sauf que cette fois, ils ne détenaient aucun suspect. C'était aussi simple que cela. Lorsque Greg Maxwell avait été assassiné, la police avait d'abord soupçonné Virginia, son épouse — comme c'est toujours le cas pour les proches du défunt. Mais la mort de Sam McLane avait aussitôt orienté leurs investigations dans d'autres directions. Bon sang, tempêta Nick en son for intérieur, il n'avait jamais enquêté sur une affaire où les indices étaient aussi maigres, et les suspects aussi rares.

Son déjeuner s'étant limité à une part de pizza avalée à la hâte, il avait pensé s'arrêter chez Ruby afin d'y manger un morceau. Pour finir, il n'avait pas eu le courage d'affronter la cohue du restaurant, les regards curieux des autres clients, ni leurs éventuelles questions concernant le dernier meurtre perpétré dans leur ville.

S'arrachant à son siège, il sortit de sa voiture et se traîna plutôt qu'il ne marcha jusqu'à la porte de service. Alyssa l'attendait dans le vestibule et, malgré sa fatigue, Nick sentit son cœur s'accélérer agréablement en la voyant apparaître.

Elle avait lâché ses cheveux et était serrée dans une robe blanche qui accentuait la couleur bistrée de son teint et les courbes parfaites de son corps. Ce ne fut que lorsqu'il plongea son regard dans le sien que son plaisir de la voir fit soudain place en Nick à de l'inquiétude.

— Qu'y a-t-il ?

Ses yeux avaient la tonalité grise d'un ciel d'orage, et quelque chose dans son regard le troubla.

— Il faut que nous parlions, affirma Alyssa en prenant son bras et en le guidant jusqu'à son appartement.

— Alyssa, il s'est passé quelque chose ? demanda Nick.

Se contentant de secouer la tête, elle demeura silencieuse jusqu'à ce qu'ils soient assis dans son petit salon. Elle s'installa sur le canapé et l'attira près d'elle.

— J'ai peur pour toi, dit-elle.

L'émotion accentuait sa voix.

— Oh, Nick, j'ai si peur pour toi.

Il prit ses deux mains dans les siennes… elles étaient glacées.

— Que t'arrive-t-il, Alyssa ? De quoi as-tu peur ?

Elle resserra l'étreinte de ses doigts autour de ses mains, comme si elle voulait s'imprégner de la chaleur de sa peau.

— J'avais cru qu'une fois que nous aurions fait l'amour, une fois que nous l'aurions mise en acte, ma vision cesserait de me tourmenter. C'est ce qui est toujours advenu par le passé… Le fait qu'elles se réalisent semble chaque fois miraculeusement dissoudre mes visions, et elles disparaissent.

— Mais pas celle qui me concerne ? déclara Nick.

Alyssa eut un hochement de tête dont l'angle incongru et la raideur maladroite révélaient à eux seuls l'extrême tension qui l'habitait. Elle ôta ses mains des siennes, se leva vivement et commença à arpenter la surface du tapis d'un pas nerveux.

— Je l'ai encore eue ce matin… exactement la même vision.

— Je détesterais penser que tu aies fait l'amour avec moi à la seule fin de te débarrasser de cette vision, plaisanta Nick, s'efforçant d'alléger l'atmosphère.

Elle s'immobilisa et le dévisagea avec de grands yeux.

— Ce n'est bien entendu pas la raison pour laquelle j'ai couché avec toi.

Ses joues s'empourprèrent légèrement.

— Je l'ai fait parce que j'en avais envie… j'avais désespérément envie de faire l'amour avec toi, Nick.

Alyssa éleva sa main comme pour saisir une mèche de cheveux entre ses doigts, mais au lieu de cela, elle la laissa retomber le long de son corps et recommença à marcher.

— Elle ne s'est pas *encore* réalisée… voilà ce qui m'effraie.

— Qu'est-ce qui ne s'est pas réalisé ?

— La vision ! Elle ne s'est pas encore réalisée.

Alyssa émit un soupir de frustration.

— Avant de te rencontrer, et tout de suite après ton arrivée, j'avais peur d'être un jour responsable de ta mort.

— Mais tu sais à présent que cela n'arrivera pas.

Nick fronça les sourcils, cherchant à deviner ce qui perturbait tant Alyssa.

— Alyssa, pourrais-tu cesser d'arpenter le sol devant moi, t'asseoir à mon côté et me dire ce qui se passe dans ta jolie tête ?

— Ton meurtre, voilà ce qui se déroule dans ma tête.

Elle ne s'assit pas, mais s'effondra plutôt à côté de lui sur le petit canapé.

Cette fois, ce furent ses mains à elle qui cherchèrent les siennes. Elle les serra un long moment entre ses doigts.

— Je t'ai cru hors de danger, parce que je savais que, quoi qu'il arrive, je serais incapable de te plonger un couteau dans le cœur. Mais aujourd'hui, j'ai compris que les mains que j'aperçois dans ma vision, celles qui tiennent ce couteau et te tuent, ne sont peut-être pas les miennes.

— Tu veux dire, s'exclama Nick, qu'elles appartiendraient au meurtrier ?

La nuit passée, déjà, il s'était demandé si l'identité du tueur ne pouvait pas être ensevelie dans les profondeurs obscures de la vision d'Alyssa. Mais happé par les événements de la journée, il avait relégué cette hypothèse dans un recoin de sa mémoire. A présent, cette pensée… l'espoir que cette vision puisse les mener au meurtrier, l'électrisait.

— Il y a quelque chose que je ne t'ai pas dit, ajouta Alyssa.

Elle détourna son regard du sien et fixa le tapis à ses pieds. Une ride alarmante creusa son front. Avec toute la patience dont il était capable, Nick attendit qu'elle continue.

Ses mains étaient moins froides à présent, comme si le simple fait de lui parler avait dissipé une part de la terreur qui les avait glacées à ce point.

— Dans ma vision..., dit-elle enfin... à chaque coup de couteau... j'éprouve... j'éprouve une sensation qui m'épouvante.

— Que veux-tu dire par là ?

— Je ressens en moi une force immense, une force enivrante. Je suis en fait submergée par un sentiment de toute puissance, comme étreinte par la jubilation d'avoir exercé mon pouvoir.

Elle lui décocha un regard sombre, puis fixa de nouveau le sol à ses pieds.

— Le pire est que tandis qu'une part de moi pense que c'est abominable, l'autre se délecte de cette indicible impression de domination.

A ces mots, Nick sentit l'adrénaline affluer dans ses veines.

— As-tu jamais essayé d'appeler consciemment une de tes visions ? demanda-t-il d'un ton brusque.

Alyssa leva la tête et le dévisagea avec surprise.

— Non. D'habitude, je m'efforce au contraire de les repousser.

— Mais penses-tu que tu pourrais y parvenir ?

— Je... je ne sais pas. Je n'ai jamais essayé. Pourquoi ?

— De manière inexplicable, je crois que ton esprit est mystérieusement relié à celui du meurtrier. Et que la clé de cette affaire se trouve peut-être au cœur de cette vision qui te tourmente.

Il avait pensé la choquer par ces propos, mais Alyssa se contenta de hocher la tête, comme si elle était déjà arrivée seule à cette même conclusion.

— Alors que veux-tu que je fasse ?

Nick libéra ses mains et soutint son regard.

— J'aimerais que tu essayes d'amener cette vision à toi, et que tu cherches un moyen de me la faire partager.

— Que veux-tu dire ? demanda Alyssa, intriguée. Comment cela serait-il possible ?

— Si tu réussis à appeler ces images, j'espère pouvoir te parler à ce moment-là…

Nick s'interrompit, étreint par la frustration.

— J'ignore si tu seras en mesure de m'entendre ou non. Ni si tu pourras répondre à mes questions. Mais je crois sincèrement que nous devrions essayer. Qu'en penses-tu ?

Voyant une lueur de frayeur assombrir le regard d'Alyssa, Nick enroula son bras autour de ses épaules et l'attira à lui. Elle se laissa aller contre son buste, un immense sentiment de vulnérabilité allié à un cruel désir de protection luttant en elle contre son sens du devoir.

— Je sais que ces visions sont terrifiantes pour toi. Mais je serai tout près de toi. Je m'assurerai à tout instant que tout va bien.

— Je veux vraiment me rendre utile… mais j'ai très peur.

— Je ne laisserai rien t'arriver, assura Nick, tout en redoutant que sa promesse ne soit creuse, en dépit de ses meilleures intentions.

Il n'avait aucune idée du prix qu'aurait à payer Alyssa pour vouloir fouiller les abysses de sa vision en quête d'indices — et connecter peut-être ainsi directement son esprit à celui du meurtrier.

— Après réflexion, ce n'est peut-être pas une bonne idée, affirma-t-il. Tu n'as pas à le faire.

— Mais je *veux* le faire, protesta-t-elle. Je n'ai aucune envie de revivre cette vision, ni les sentiments qu'elle m'inspire, mais je dois le faire. S'il existe la plus petite chance pour qu'elle dissimule la clé de cette affaire, je dois la trouver.

— En es-tu certaine ?

Alyssa hocha fermement la tête, tandis que ses doigts tremblants cherchaient une mèche de ses cheveux.

— Nous devons essayer, Nick. Ne serait-ce que dans l'espoir de te sauver la vie.

Cette dernière assertion le bouleversa malgré lui. Même s'il ne parvenait pas à s'imaginer à la merci d'un meurtrier armé d'un couteau, la certitude apeurée qu'il lut dans le regard d'Alyssa fit courir un frisson glacé le long de son dos.

— Comment veux-tu t'installer ? Tu préfères t'allonger ? demanda Nick en se levant vivement du canapé comme pour repousser cette sensation désagréable.

Elle sourit avant de secouer la tête d'un air piteux.

— Je n'ai jamais tenté ce genre d'expérience. J'ignore si je dois m'allonger ou non. Mes visions peuvent survenir que je sois assise, debout ou couchée. Ma posture n'a aucune incidence. Ce qui compte, c'est que mon esprit soit ouvert, que mon cerveau baisse suffisamment sa garde.

— Je préférerais tout de même que tu t'allonges, affirma Nick. N'oublie pas que la dernière fois, tu t'es évanouie. Tu serais tombée sur le sol en béton si je ne t'avais retenue à temps.

— Tu as raison, convint Alyssa. Je ferais sans doute mieux de m'étendre.

Elle s'installa sur le canapé, duquel Nick rapprocha une chaise afin d'être assis le plus près possible d'elle. Il ignorait lequel des deux était le plus nerveux. Ils allaient oser une expérience à laquelle Alyssa ne s'était jamais essayée… appeler non seulement à elle une vision de manière délibérée, mais s'efforcer en même temps d'établir entre eux une forme d'interaction. Lui-même n'avait certainement jamais rien entrepris d'aussi peu orthodoxe.

Alyssa ferma les yeux et prit plusieurs inspirations, relâchant chaque fois lentement l'air de ses poumons.

— Il faut que j'arrive à vider mon esprit, à abaisser mes défenses, murmura-t-elle plus pour elle-même, comprit Nick, qu'à son intention.

Il s'assit si près d'elle qu'il sentait le parfum frais et légèrement sucré qu'il avait appris à lui associer chatouiller ses narines. Son regard parcourut ses traits, s'attardant sur les longs cils, les pommettes hautes, le nez droit, et les lèvres pleines de la jeune femme qui, même en cet instant, semblaient supplier qu'il les embrasse.

Une douce chaleur se concentra alors dans son ventre, pour se diffuser aussitôt le long de ses veines. Ce n'était pas la brûlure du désir, toutefois, mais plutôt un sentiment fait de bienveillance, du souci de la protéger… qui, fragilement, rappelait l'amour.

Alyssa rouvrit les yeux, un sourire d'excuse aux lèvres.

— Cela peut prendre un certain temps, dit-elle. Je suis si accoutumée à garder mon esprit occupé pour me préserver du voile qui annonce mes visions que j'ai du mal à laisser mes pensées se relâcher.

— Nous ne sommes pas pressés. Prends ton temps, et si cela ne marche pas, tant pis.

Nick ponctua ses propos d'un sourire, pour faire savoir à Alyssa que si cette folle entreprise ne fonctionnait pas, ce ne serait pas grave.

Elle ferma de nouveau les yeux, et il combattit son envie de lui dire d'oublier ce projet insensé — qu'il devait exister d'autres moyens de retrouver le meurtrier.

Les secondes, les minutes, s'égrainèrent… pendant lesquelles Nick sentit le stress et l'appréhension faire battre frénétiquement son cœur. Alyssa était silencieuse, et si immobile qu'elle paraissait assoupie. Mais son souffle était trop rapide, trop irrégulier, pour qu'elle se soit endormie.

Il s'attendait qu'elle ouvre les yeux à tout moment en déclarant que c'était inutile, qu'elle ne pouvait pas attirer délibérément une vision à elle.

Prêt à abandonner cette tentative s'il la pensait en danger, Nick observait ses traits avec anxiété, en quête du moindre signe de détresse ou d'inconfort.

Le mouvement incontrôlé des yeux d'Alyssa sous ses paupières lui indiqua le premier que quelque chose se passait dans son cerveau. Il se pencha vers elle, tout en prenant garde de ne pas la frôler. Si elle avait réussi à rappeler sa vision, il ne voulait surtout pas l'y arracher, mais souhaitait au contraire y participer activement.

— Alyssa, tu m'entends ?

— Oui…

Ce bref acquiescement avait franchi ses lèvres comme le souffle d'une brise d'été.

— Où es-tu ? Que vois-tu ?

— Nous.

Un sourire ourla les lèvres d'Alyssa, un sourire extatique, qui réchauffa le cœur de Nick.

— Nous faisons l'amour.

Tandis qu'une part de lui se réjouissait du premier succès de l'opération, une autre sentit une vague de désir l'envahir malgré lui.

Il se força à repousser cette sensation, sachant combien il était important qu'il demeure concentré sur leur objectif.

Alyssa prit alors une vive inspiration, et Nick vit ses traits se crisper sous l'effet de la peur. Il devina que la scène qui se déroulait jusque-là dans son esprit venait de laisser la place à un autre tableau.

— Alyssa, parle-moi. Dis-moi où tu es, ce que tu vois.

Les muscles tendus, il sentit la peur qui émanait d'elle l'envahir à son tour.

— Alyssa… où es-tu ?

— Sous un arbre… avec toi.

— Décris-moi cet arbre. A quoi ressemble-t-il ?

Tout en l'interrogeant, Nick se demanda si Alyssa parviendrait à ralentir le déroulement des images dans sa tête pour se concentrer, ainsi qu'il le lui demandait, sur un détail.

— Ses branches sont noueuses, difformes, comme torturées par le vent… je l'ai déjà vu auparavant…

— Où ? Où l'as-tu vu ? Dans le parc ? Chez quelqu'un ?

— Non… pas dans le parc… je… je n'arrive pas à m'en souvenir… je ne sais pas. Oh, aide-moi… maintenant, je suis agenouillée au-dessus de toi, et je sens le couteau dans ma main.

— Ce couteau, décris-le moi, la pressa Nick tandis qu'Alyssa s'agitait sur le lit, sa tête se balançant d'avant en arrière comme si elle voulait repousser la vision.

— Alyssa… le couteau. Concentre-toi sur le couteau, juste sur le couteau.

Alyssa se figea, une ride verticale creusant son front.

— Le couteau, répéta-t-elle d'une voix douce. Son manche est comme sculpté… il est noir, je crois… non, bleu… bleu foncé.

Elle recommença à remuer la tête.

— Non, s'écria-t-elle.

— Regarde les mains qui tiennent le couteau, insista Nick. Comment sont-elles, Alyssa ? A qui appartiennent-elles ?

— Rouge. Je vois du rouge.

Un violent sanglot la secoua.

— Le couteau s'enfonce dans ta poitrine… il s'enfonce, et il y a du sang partout… tellement de sang. Nick… oh, Nick, tu es mort. Tu es mort. Espèce de salaud, c'est ce que tu méritais… comme tous les autres.

Assenée d'une voix dure, emplie de rage, la phrase qui venait de franchir les lèvres d'Alyssa semblait avoir été prononcée par quelqu'un d'autre. Comprenant soudain qu'il venait d'entendre en direct les pensées du meurtrier, Nick sentit un frisson parcourir sa colonne vertébrale.

Sous le choc, il se rejeta contre le dossier de sa chaise.

— Alyssa ?

Il s'éclaircit la gorge pour chasser la pointe de frayeur qu'il percevait dans sa propre voix.

— Alyssa… où es-tu maintenant ?

Alyssa ne répondit pas. Elle ne bougeait plus. Nick l'appela de nouveau, sans plus de succès. Elle semblait avoir perdu conscience, errant dans les limbes mystérieux qui suivaient ses visions.

Sachant qu'elle mettrait quelques minutes à refaire surface, et ne voulant surtout pas l'arracher de force à sa transe, Nick se leva, trop excité après ce qu'il venait d'expérimenter… et ce qu'il venait d'entendre, pour demeurer assis.

Mais qu'avait-il appris ? se demanda-t-il en arpentant la pièce d'un bout à l'autre. Que si la vision d'Alyssa se réalisait, il trouverait la mort au bout de la lame d'un couteau dont le manche était bleu, sous un arbre aux branches tordues par le vent.

Il ne pouvait croire qu'Alyssa brandirait l'arme qui le tuerait, mais qui, dans ce cas, le ferait à sa place ? Et pourquoi ne le voyait-elle pas s'emparer de son revolver, ni tenter de se défendre ? Pourquoi se montrerait-il à ce point vulnérable, et laisserait-il un dangereux meurtrier l'approcher d'aussi près ?

Il devait exister une explication au-delà de ce qu'Alyssa voyait, une autre interprétation de ces événements, décida Nick, rongé par la frustration.

Il aurait dû se féliciter du fait qu'elle avait réussi à communiquer avec lui au cours de sa vision. C'était déjà un premier succès.

Au lieu de cela, il se sentait plus frustré encore qu'auparavant — parce qu'il n'avait obtenu aucune information substantielle concernant l'identité du tueur.

S'immobilisant au centre du petit salon, Nick considéra Alyssa avec une inquiétude grandissante. La dernière fois, elle était revenue à elle beaucoup plus vite, pensa-t-il, mais les minutes défilaient à présent de manière angoissante sans qu'elle rouvre les yeux.

« Espèce de salaud, c'est ce que tu méritais. »

Cette phrase résonna dans son esprit — avec une force et une malveillance qui firent courir en lui un frisson dont il ne parvint pas à chasser tout à fait l'effet.

Qu'est-ce qui pourrait pousser quelqu'un à croire qu'il méritait d'être poignardé à mort ? se demanda Nick, cette même question s'appliquant aux cinq autres victimes.

Il reporta son regard sur Alyssa, de plus en plus anxieux de la voir aussi immobile. Elle mettait trop de temps à recouvrer ses esprits… se pouvait-il que leur petite expérience l'ait entraînée si loin qu'elle ne parvenait tout simplement plus à revenir à elle ?

Il n'avaient, l'un comme l'autre, aucune idée de comment son corps et son cerveau allaient réagir à ce type de sollicitation. Réveille-toi, Alyssa, supplia Nick en silence, lui intimant mentalement d'ouvrir les yeux et de lui sourire.

De plus, se dit-il avec une pointe de colère, loin d'avoir apporté une réponse concrète à ses interrogations, cette folle tentative en avait amené d'autres.

Alyssa poussa alors un petit gémissement, et Nick se précipita à son côté.

— Alyssa, tu vas bien ?

Il vit ses paupières battre, puis se soulever complètement. Mais son regard, comme hanté, paraissait avoir retenu toute l'horreur de sa vision. Elle se redressa et des larmes jaillirent aussitôt de ses yeux. Nick se glissa à son côté pour la prendre dans ses bras, et Alyssa jeta les siens autour de son cou, s'agrippant à lui comme à une planche de salut.

Sa peau était moite et glacée, ses traits pâles, et son cœur battait comme celui d'un oiseau apeuré qu'on tient au creux de ses mains.

Elle ne laissa que brièvement libre cours à ses larmes, s'arrachant bientôt à son étreinte comme si elle se reprochait cette passagère manifestation de faiblesse.

— Comment te sens-tu ? s'enquit Nick avec inquiétude comme elle se levait.

Alyssa hocha la tête.

— Bien.

Elle lui paraissait au contraire ne pas aller bien du tout. D'une pâleur toujours aussi inhabituelle, elle avait l'air profondément ébranlé.

— Te souviens-tu de ce qui vient de se passer ?

Avant de répondre, Alyssa saisit une mèche de ses cheveux entre ses doigts.

— Oui, je m'en souviens. C'était étrange. J'avais l'impression de vivre ma vision, et en même temps celle d'être étendue près de toi, et de te parler. Ce que je t'ai raconté t'a-t-il aidé ?

Alyssa s'appuya faiblement au dossier du canapé, et Nick sentit croître son inquiétude. Elle semblait entièrement dépouillée de son énergie, comme si cette vision l'avait vidée de son sang. Il ne se rappelait pas l'avoir vue aussi affaiblie les deux autres fois, ni aussi épuisée.

— Que dirais-tu d'aller chez Ruby manger un morceau ? proposa-t-il, pensant que l'air frais et le fait de se sustenter lui feraient peut-être du bien.

— Oh, je ne sais pas… Il faut que je…

Alyssa fronça les sourcils avec perplexité, comme quelqu'un qui n'arrive pas à croire qu'il n'a rien d'urgent à faire.

Nick la sentit alors se replier sur elle-même, comme si elle se préparait à installer une distance physique et émotionnelle entre eux. Après ce qu'elle venait de traverser, il devait à tout prix l'en empêcher.

— Tu n'as rien d'autre à faire, assura-t-il, que de venir dîner tardivement en ma compagnie.

Sur ces mots, il la prit par le coude et la poussa avec douceur en direction de la porte.

Alyssa résista un bref instant avant de se laisser fléchir, après quoi ils quittèrent ensemble la maison d'hôtes. De l'autre côté de la place, les néons du restaurant brillaient à travers les frondaisons du parc, mais au lieu de couper par le petit espace boisé, ils demeurèrent sur le trottoir qui longeait les bâtiments.

Nick régla son pas sur celui d'Alyssa. Elle marchait lentement, laborieusement, comme si elle avait été encore éreintée par ce qu'elle venait d'expérimenter.

Il savait à quel point cette vision l'affectait. Jamais, se dit-il, il n'aurait dû l'encourager à l'inviter dans son esprit, se maudissant de l'avoir poussée à le faire.

— Je suis désolé, assura-t-il.

— A quel propos ?

— Je suis désolé de t'avoir contrainte à faire ça.

Les lèvres d'Alyssa sourirent, mais son sourire n'atteignit pas ses yeux.

— Tu me m'as contrainte à rien. C'est moi qui l'avais décidé. Tu n'as aucune raison de t'en vouloir. Je suis simplement navrée que cette expérience ne t'ait pas été plus utile.

— Elle se révèlera peut-être utile plus tard, à force de repasser dans ma tête la scène que tu m'as décrite.

Comme ils arrivaient devant le restaurant, Nick s'interrompit.

Malgré l'heure tardive, le lieu était étonnamment animé. Deux tables avaient été rassemblées au centre de la salle afin d'accueillir un groupe de personnes âgées qui semblaient sorties tout droit d'un concours de quadrille. Les hommes étaient vêtus de jeans et de chemises de cow-boys, et les dames portaient des robes aux couleurs vives sur de longs jupons.

Nick et Alyssa choisirent une table à l'écart du groupe tapageur. Manifestement ravie de les voir ensemble, Ruby prit leur commande en personne.

— Es-tu sûre que ça va ? s'inquiéta Nick dès qu'elle les laissa seuls.

— Oui.

Mais le regard sombre et comme hanté d'Alyssa démentait son acquiescement.

— C'est juste… qu'il m'est de plus en plus difficile après une vision de revenir à la réalité.

— En as-tu déjà eu de semblables à celle-ci — aussi récurrentes, et qui te laissent à ce point vidée de tes forces ?

— Non, et c'est ce qui m'inquiète.

Comme Alyssa jouait à déplacer la salière et le poivrier, posés au centre de la table, Nick remarqua le léger tremblement de ses mains.

— As-tu découvert de nouveaux indices concernant le meurtre de Michael ? demanda-t-elle. En quoi cet assassinat diffère-t-il des autres, comme tu me l'as dit ce matin ?

— La nuance tient au fait qu'il était habillé, mais le médecin légiste affirme qu'il a été tué par le même genre d'arme que les précédentes victimes trouvées dans ce parc.

— Qu'est-ce que cela pourrait bien signifier, à ton sens ?

Nick comprit qu'Alyssa cherchait à éloigner les réminiscences de sa vision de son esprit. Il n'était pas certain que le choix de ce sujet soit idéal, mais c'était le sien. Il répondit donc :

— Nous l'ignorons. Il est possible que le meurtrier ait été interrompu avant d'avoir eu le temps de lui arracher ses vêtements. Ou encore que Michael ait été éliminé pour une raison différente. Le niveau de violence différait également de celui des précédents meurtres : contrairement aux autres victimes, sur lesquelles l'assassin s'est chaque fois acharné, Michael n'a été poignardé qu'à deux reprises. Une fois de plus, le meurtrier peut avoir été dérangé dans sa tâche.

Ruby revint à leur table avec leurs assiettes, et Nick s'interrompit de nouveau. La plantureuse femme discuta quelques instants avec eux avant de les laisser tranquillement consommer leur repas.

Ils mangèrent en silence durant quelques minutes, au cours desquelles Nick se surprit à faire de nouveau défiler dans son esprit la scène du meurtre dont Alyssa lui avait fait le récit en direct.

— L'arbre que tu vois dans ta vision, hasarda-t-il soudain, tu as déclaré tout à l'heure qu'il te semblait familier. Saurais-tu, à présent, dire où tu l'aurais aperçu ?

— Non. J'y ai réfléchi des dizaines de fois, mais je n'arrive pas à m'en souvenir.

Elle retira une à une les rondelles d'oignon de son hamburger avec la pointe de sa fourchette.

— Crois-tu que cet arbre ait une signification particulière ?

— Je ne sais pas, répliqua Nick. Peut-être se trouve-t-il dans le jardin du meurtrier, ou a-t-il pour lui une importance que tu perçois sans la comprendre.

Alyssa acheva de reconstituer son hamburger, dont elle prit une bouchée qu'elle mâcha pensivement, avant de poser sur lui un regard toujours aussi angoissé. Sa détresse lui donna l'envie immédiate de la prendre dans ses bras.

— Tu crois que mon esprit est, à un certain niveau, relié à celui du meurtrier, n'est-ce pas ?

— Je le pense.

Les sourcils froncés, elle enfouit une frite dans sa bouche.

— Ce que je me demande, c'est pourquoi ce dernier jugerait que tu mérites de mourir, et pourquoi il l'a également pensé de ses autres victimes.

— Nous avions imaginé qu'il pourrait s'agir d'une sorte d'action punitive contre des individus dont les trois premiers avaient la réputation d'être des coureurs de jupons, et dont le quatrième trompait sa femme en secret. Mais même avec un puissant effort d'imagination, rien ne peut me ranger dans cette catégorie, affirma Nick. Et Michael moins encore.

— Je regrette vraiment de ne pas m'être montrée plus utile. Quand nous rentrerons à l'hôtel, peut-être pourrions-nous réessayer.

— Non. Je refuse de recommencer. De plus, tu m'as peut-être déjà aidé plus que tu ne le crois. Si, ainsi que nous le soupçonnons, ton cerveau est réellement connecté à celui du tueur, je sais déjà à quoi ressemble l'arme du crime.

— Tu sais que son manche est bleu.

Nick hocha la tête.

— Et un autre détail que tu as mentionné continue de me tarauder.

— Lequel ?

— Quand je t'ai demandé de te concentrer sur ses mains, tu as dit voir du rouge — avant même que tu ne parles du couteau, ni du sang. Ce qui signifie que tu as aperçu du rouge avant de me poignarder et de voir le sang gicler.

— En effet, je m'en souviens.

Alyssa mangea une autre frite, son regard rivé sur un point au centre de la table.

— Mais je ne comprends pas ce que cela pourrait signifier. Que les mains qui tenaient le couteau étaient rouges ?

Nick opina de la tête.

— Peut-être étaient-elles simplement gercées, ou usées par le travail.

Ils demeurèrent silencieux pour se concentrer sur leur repas. Nick fut heureux de voir la couleur revenir peu à peu aux joues d'Alyssa, et constata après un moment qu'elle avait presque terminé ce qui se trouvait dans son assiette.

Elle finit par l'écarter, et le regarda.

— Tu fais ça tout le temps, n'est-ce pas ?

— Quoi donc ?

— T'efforcer de t'immiscer dans le cerveau d'un assassin.

— C'est mon boulot, ce pour quoi j'ai été formé, rétorqua Nick.

— Comment fais-tu ? Comment fais-tu pour t'introduire à longueur de temps dans l'esprit d'un meurtrier, et demeurer néanmoins sain d'esprit ?

Nick prit une dernière frite et s'essuya les lèvres à l'aide de sa serviette en papier avant de répondre.

— En démarrant ma carrière de profiler, j'ai reçu un très précieux conseil de la part d'un de mes supérieurs.

— Lequel ? demanda Alyssa.

— Pour chaque instant que je consacrerais à fouiller les méandres obscurs du cerveau d'un meurtrier, il m'a suggéré de passer la même somme de temps dans un endroit lumineux, un lieu sain et salubre, où je me sentirais heureux.

Il posa sa main sur la table et prit la sienne.

— Depuis mon arrivée ici, ce lieu lumineux, où je me sens heureux, c'est ici, avec toi, Alyssa.

L'expression qu'il lut alors dans le regard de la jeune femme était un curieux mélange de chagrin et de plaisir. Elle resserra l'étreinte de ses doigts autour des siens.

— Alors, partons, Nick. Car ce soir, j'ai moi aussi besoin de me réfugier dans un endroit où je me sente heureuse.

12.

« Ce lieu où je me sens heureux, c'est ici, avec toi. »

Personne, pensa Alyssa, ne lui avait jamais rien dit d'aussi merveilleux que ce que lui avait déclaré Nick un instant plus tôt. Elle savait, tandis qu'ils regagnaient main dans la main la maison d'hôtes, qu'ils allaient faire de nouveau l'amour.

Elle le devinait à la chaleur de la main de Nick autour de la sienne, à l'expression de son regard lorsqu'il le posait sur elle. Ils allaient faire l'amour et, ce soir, lui aussi la comblerait.

« A cause de ce don, tu vivras seule », lui avait prédit sa grand-mère. « Tu devras apprendre à accepter ta solitude et ton isolement. »

Tandis qu'ils marchaient, ce terrible présage tournoyait impitoyablement dans sa tête. Mais elle n'avait aucune envie de l'entendre.

Demain, v-gi-li-si… demain, grand-mère, je vivrai solitaire. La semaine, l'an prochain, peut-être… Mais ce soir, elle serait dans les bras de Nick. Ce soir, elle ne serait pas seule.

Ils pénétrèrent dans le vestibule de l'hôtel par la porte de service, et se trouvèrent aussitôt nez à nez avec Virginia.

— Ah, vous voilà ! s'exclama cette dernière. Je me demandais où tout le monde était parti.

La jeune veuve enroula frileusement ses bras autour de sa poitrine.

— Je commençais à avoir peur, toute seule ici.

— Nous avons juste été manger un morceau chez Ruby, expliqua Nick.

— Oh…

Le regard légèrement agrandi de Virginia alla de l'un à l'autre avant de revenir se poser avec insistance sur Alyssa. Sa pensionnaire, comprit-elle alors, venait de deviner que ses rapports avec Nick ne se limitaient peut-être pas à une relation client-hôtelière.

— Eh bien, conclut Virginia, maintenant que je ne suis plus seule, je vais pouvoir remonter dans ma chambre et dormir en paix. Bonne nuit à vous deux, dit-elle.

Ils attendirent qu'elle ait gravi l'escalier et disparu dans sa chambre pour monter à sa suite jusqu'à celle de Nick.

Ils ne parlèrent pas. Les mots étaient inutiles. Au lieu de cela, ils se déshabillèrent, puis se glissèrent sous les draps, pour s'enrouler aussitôt l'un dans l'autre, leurs deux bouches se cherchant avec la même impatience fiévreuse.

Comme chaque fois, la saveur des lèvres de Nick électrisa Alyssa, et le contact de sa peau contre la sienne accéléra le rythme de son cœur, soulevant en elle une gigantesque vague de désir.

Les restes de terreur qui, au long du dîner, s'était attardés dans son esprit n'auraient pu survivre à l'étreinte puissante des bras de Nick. Sous la domination de sensations délicieuses, son baiser passionné chassa tout à fait l'horreur qui l'avait habitée suite à sa vision.

Il n'y avait plus de place dans ce lit pour aucune histoire de meurtre. Il n'y avait de place que pour Nick. Tandis que ses mains descendaient jusqu'à sa poitrine, Alyssa poussa un gémissement, s'abandonnant tout entière à lui, non seulement physiquement, mais aussi mentalement et émotionnellement.

Les caresses de Nick envoyaient du feu dans tout son être, réchauffant chacune des parcelles de son corps tout à l'heure transies par la crainte. Il suivit avec sa bouche le parcours de ses doigts, jusqu'à prendre tour à tour le bout de ses seins durcis entre ses lèvres.

Alyssa emmêla alors frénétiquement ses doigts dans ses cheveux drus, cherchant à l'attirer toujours plus près d'elle… jusqu'à ce qu'ils ne fassent qu'un.

Elle laissa tomber chacune de ses défenses, sachant intimement qu'elle pouvait lui faire confiance plus qu'à quiconque. Nick fit descendre sa main plus bas, et elle hurla son nom, désormais incapable de la moindre pensée tandis qu'il l'entraînait lentement vers l'orgasme.

Lorsque les vagues du plaisir la submergèrent, Alyssa se raidit et gémit. Au même instant, Nick vint sur elle, prit sa bouche, et déroba le dernier souffle d'air qui lui restait.

Lorsqu'il la pénétra, elle chevauchait encore la lame de fond qui l'avait soulevée un instant plus tôt. Dans un long et doux coup de reins, il raviva son désir, pour toujours plus d'extase.

Alyssa commença à bouger ses hanches, s'arc-boutant désespérément à la rencontre de Nick. Nick… Nick… son nom, son être tout entier, envahissaient son corps, sa tête et son cœur.

— Alyssa, murmura-t-il, s'enfonçant plus profondément encore en elle. Tu me rends fou.

— Oui.

Ce fut le seul mot qu'elle parvint à prononcer, tandis que les brumes du plaisir l'enveloppaient, assombrissant tout le reste autour d'elle.

La première fois qu'ils avaient fait l'amour, ils l'avaient fait avec lenteur, de manière contrôlée. Ce soir, c'était différent.

Nick la prenait avec un appétit désespéré, qui éveillait en elle un désir non moins frénétique.

Ils bougeaient de plus en plus vite, leurs doux gémissements emplissant la chambre illuminée par le clair de lune.

Aux battements du cœur de Nick, qui s'accélérèrent contre le sien, et à la tension langoureuse de ses muscles, Alyssa reconnut l'instant où il allait perdre le contrôle de lui-même. Elle resserra l'étreinte de ses jambes autour de lui, l'attirant plus profondément en elle. Dans un long grognement rauque, il se figea et libéra son plaisir, dont l'extraordinaire écho l'engloutit à son tour.

Ils demeurèrent ensuite enlacés un long moment, leurs bras et leurs jambes tendrement emmêlés sous la douce protection des draps. Alyssa sentait la main de Nick lui caresser les cheveux. Elle ne se rappelait pas avoir jamais éprouvé pareil sentiment de paix, ni savouré pareille détente.

Mais Nick ne connaissait pas le même apaisement qu'elle. Elle le devinait à la tension qui émanait de lui, démentant la douce caresse de sa main dans ses cheveux.

Elle savait que, même s'il était allongé dans ce lit à son côté, son esprit était ailleurs. Il avait déjà abandonné le lieu où il se sentait heureux pour regagner l'obscurité de ses pensées.

Alyssa posa une main sur le cœur de Nick, dont elle sentit sous la chaleur de sa peau les battements réguliers.

— Où es-tu ? demanda-t-elle avec douceur.

Un long soupir souleva la poitrine de Nick.

— Perdu je ne sais où, répondit-il, une pointe de frustration dans la voix.

Elle changea de position, posa ses mains sur son torse, y appuya son menton, et le regarda. La lune éclaboussait ses traits, soulignant les lignes acérées de son beau visage. Elle savait où il s'était égaré… dans des conjectures relatives aux cinq meurtres qu'il ne parvenait pas à résoudre.

— Veux-tu que je réessaye ? Que j'appelle de nouveau ma vision, afin de voir si nous pouvons en apprendre plus ?

— Certainement pas, affirma Nick d'un ton péremptoire.

Il enroula son bras autour de ses épaules, comme pour la protéger d'elle-même et de l'offre qu'elle venait de lui faire.

— Alors parle-moi, insista Alyssa. Dis-moi à quoi tu songes.

Nick sourit avec amertume.

— Je doute, crois-moi, que tu aies envie de partager mes pensées.

— Tu te trompes, protesta-t-elle.

Elle voulait au contraire les connaître, et saisir au passage chaque parcelle de son être avant qu'il ne sorte de sa vie pour de bon.

Il éleva un bras au-dessus de sa tête, les lignes autour de ses yeux creusées par la barre anxieuse qui plissait son front.

— Je pensais à notre meurtrier.

— Un homme qui aurait apparemment les mains rouges.

— Si tu as raison sur ce point, il travaillerait alors en extérieur, reprit Nick pensivement.

— Cela ne réduit guère le champ de tes recherches. La plupart des hommes d'ici sont fermiers ou éleveurs. Ils ont probablement tous les mains rougies par le travail.

La poitrine de Nick se gonfla une fois de plus et il soupira.

— Un autre détail m'intrigue, énonça-t-il, c'est le fait qu'on n'ait jamais décelé aucune marque de lutte sur les victimes. Qu'en déduirais-tu ?

— La même chose que toi, probablement. Que soit ces hommes connaissaient leur assassin, de sorte qu'ils ne se sont pas inquiétés du danger qui les guettait, soit ils ne l'ont pas vu les attaquer.

— Ils l'ont forcément vu. Je pense plutôt qu'il s'agit de quelqu'un qui ne représente en apparence aucune menace physique.

Alyssa fit courir un moment ses doigts dans la fine toison de son torse avant de faire remarquer :

— Cela me fait penser à Ted Bundy, ce tueur en série qui feignait d'avoir une jambe cassée afin d'aborder ses victimes sans les alarmer.

Nick la dévisagea avec surprise.

— Bravo, s'exclama-t-il. Excellent rapprochement. Alors connais-tu quelqu'un dans cette ville avec une jambe cassée, ou dont une quelconque déficience physique pourrait le faire passer pour inoffensif ?

— Non, personne qui me vienne à l'esprit.

— Bien sûr, c'aurait été trop simple.

Il passa délicatement son index sur ses lèvres.

— Quand tout cela sera terminé, pourquoi ne laisserais-tu pas tout tomber pour venir t'installer à Tulsa avec moi ?

Même si elle sentit à ces mots son cœur s'accélérer dans sa poitrine, Alyssa eut la sagesse de ne pas s'abandonner au fantasme qui semblait avoir saisi Nick, tandis qu'elle reposait sa peau nue contre la sienne.

Elle émit un petit rire.

— Je ne suis pas sûre d'être prête à laisser Ruby arriver à ses fins et me prendre mon affaire, rétorqua-t-elle d'un ton léger, feignant d'accueillir sa proposition comme une boutade.

Nick l'attira plus près de lui, et Alyssa posa sa tête sur son torse, aussitôt apaisée par les battements réguliers de son cœur. Comme il caressait de nouveau ses cheveux, elle ferma les yeux.

Seule, murmurait à son oreille la voix de sa grand-mère. *Le destin de ceux qui ont des visions et des dons de clairvoyance est de rester seuls jusqu'à la fin de leurs jours.*

Comme celles d'une berceuse aux accents cruels, ces paroles continuèrent de résonner dans sa tête et dans son cœur tandis qu'Alyssa glissait lentement vers les abysses du sommeil.

Assise sur un tabouret devant le comptoir de sa cuisine, Alyssa buvait lentement un thé glacé tout en examinant l'état déplorable de ses finances. Cela faisait trois semaines que Michael avait été assassiné — trois semaines durant lesquelles elle n'avait accepté aucun nouvel hôte.

La police avait mis plusieurs jours avant de lui autoriser l'accès et l'usage de sa chambre. Emballer ensuite les effets personnels de Michael, puis les expédier en Californie à un parent du malheureux garçon lui en avait pris deux de plus.

Nick lui avait alors signalé qu'elle pouvait reprendre son activité normale, mais elle avait néanmoins annulé toutes les réservations du mois prochain et demandé à Mary de tenir la boutique de glaces à sa place le soir.

Depuis ces trois dernières semaines, son existence avait pris une nouvelle orientation, se concentrant essentiellement sur Nick et sur cette sordide affaire de meurtres.

La police commençait à redouter l'imminence d'un autre assassinat — la fréquence des crimes précédents l'incitant à penser que le meurtrier frapperait bientôt une nouvelle fois.

Elle passait ses journées à bricoler dans la maison, accomplissant des corvées et des tâches dont elle n'avait jamais le temps de se charger d'habitude. Puis, chaque soir, malgré la répugnance de Nick à ce qu'elle s'y contraigne, elle appelait consciemment sa vision — qui, elle le sentait, recelait la clé de l'identité du tueur.

Chaque fois, Nick s'asseyait auprès d'elle. Il l'interrogeait, l'aidant à creuser plus avant les brumes de son cerveau en quête d'un indice. Après quoi ils allaient dîner chez Ruby avant de regagner ensemble la chambre de Nick.

Elle ne s'accordait pas le temps de se demander si elle était folle ou non de se donner ainsi à lui nuit après nuit, alors qu'il n'existait aucun avenir pour eux. Elle accueillait simplement chaque instant passé avec Nick comme un cadeau du ciel.

Un coup bref frappé à la porte d'entrée l'arracha à son thé glacé. Alyssa traversa le vestibule et alla ouvrir, pour découvrir sa tante Rita et ses cousines Savannah, et Breanna toutes trois sous sa véranda.

— Qu'est-ce que c'est ? Une réunion de famille ? s'enquit-elle avec un sourire, avant de les étreindre longuement dans ses bras l'une après l'autre.

— Nous avons simplement décidé qu'il était temps que nous te rendions visite, déclara Savannah tandis qu'elle les poussait doucement en direction de la cuisine.

— Je suis si heureuse que vous l'ayez fait ! Asseyez-vous. Thé glacé pour tout le monde ?

— Excellente idée, approuva Rita tout en s'éventant le visage de la main. Personne ne devrait sortir par cette chaleur, s'exclama-t-elle.

Elle sourit à Alyssa qui posait un verre de thé devant elle.

— Merci, ma chérie.

Il n'y avait plus trace sur son visage du traumatisme causé par son récent kidnapping ni par sa séquestration dans la cave de Jacob Kincaid. Ses cheveux courts, impeccablement coiffés, brillaient de santé, et ses yeux noirs irradiaient son habituel et illimité amour de la vie.

— Breanna, tu es absolument superbe, affirma Alyssa en se tournant vers cette dernière.

— J'ai grossi, protesta Breanna.

Tout en plaçant un verre plein devant elle, Alyssa pressa l'épaule de sa cousine.

— Mais c'est la plus belle manière de grossir… c'est de la jolie graisse de bébé.

Breanna caressa son ventre rond, et son sourire de complète satisfaction souleva une vague de mélancolie en Alyssa.

A quoi pouvait donc ressembler la sensation de porter dans son ventre l'enfant de l'homme que l'on aimait ? se demanda-t-elle.

Jamais elle ne le saurait, car son destin serait la solitude, sans mari, ni aucun enfant.

— Si tu voyais Adam, intervint Savannah en passant une main dans ses cheveux de jais coupés court, qui soulignaient la hauteur de ses pommettes et la beauté de ses yeux en amande. Il se comporte comme s'il était le premier homme sur cette terre à avoir conçu un enfant.

— Il se conduit exactement comme *ton* Riley, protesta Breanna.

Elles rirent de concert, et une tristesse inattendue amena soudain des larmes dans les yeux d'Alyssa. Horrifiée, elle les essuya d'un geste vif, mais pas assez vite cependant pour que Rita ne s'en aperçoive pas.

— Qu'as-tu, ma petite chérie ?

Attirant une chaise contre la sienne, Rita força Alyssa à s'y asseoir avant d'enrouler un bras autour de ses épaules.

— Rien… je… je ne sais pas, bredouilla Alyssa.

Un petit rire embarrassé s'échappa de ses lèvres.

— Je suis juste si heureuse que vous soyez toutes là.

— Quand je t'ai appelée, hier soir, tu m'as semblé terriblement stressée. Jamais je ne t'avais entendue aussi angoissée. Nous sommes donc venues nous assurer que tu allais bien, affirma Rita.

— Je vais bien.

Alyssa força un sourire sur ses lèvres afin de les rassurer. Elle savait précisément ce qui lui avait fait monter les larmes aux yeux. C'était le fait que ses deux cousines aient trouvé l'amour, qu'elles commencent toutes deux à fonder une famille et à vivre une existence qu'elle ne connaîtrait jamais.

— Allons, Alyssa, ce n'est pas vrai, tu ne vas pas bien. Que se passe-t-il ? demanda Savannah. Est-ce encore ces visions ?

Alyssa n'avait jusqu'à ce jour raconté à aucun membre de sa famille sa récurrente vision concernant Nick. Elle le fit alors, même si elle garda pour elle la scène où ils faisaient l'amour. Mais elle leur décrivit l'arbre, le couteau, et l'horreur qu'elle éprouvait à se voir chaque fois poignarder un homme avec une telle sauvagerie.

— Nick et moi avons tenté d'interroger ma vision, expliqua-t-elle. J'ai appelé volontairement ces images dans mon esprit, et me suis efforcée de les disséquer afin de découvrir un indice capable de nous aider à identifier le meurtrier.

— Oh, Alyssa… cela m'inquiète, protesta Savannah. Je n'aime pas l'idée que tu te forces à expérimenter ces visions.

— L'assassin laisse très peu d'indices derrière lui. Il faut bien mettre d'une manière ou d'une autre un terme à ces meurtres odieux.

— J'ai entendu dire que tu passais pas mal de temps avec Nick, affirma Rita, son regard acéré rivé sur sa jeune nièce qu'elle avait élevée comme ses propres filles. Vous avez été vus chez Ruby, dînant presque tous les soirs en tête à tête.

— Je t'ai dit que je l'aidais dans son enquête.

Alyssa éleva machinalement sa main à la recherche d'une mèche de ses cheveux. Puis, prenant conscience de ce qu'elle faisait, elle la reposa sur ses genoux.

— Il s'agit donc d'une relation strictement professionnelle, ironisa Breanna avec un sourire mutin.

Alyssa sentit ses joues s'empourprer.

— Nick est un homme charmant.

Cette justification lui parut si creuse qu'elle rougit de plus belle.

— Ce travail d'enquêteur semble néanmoins te réussir, fit remarquer Rita en examinant ses traits avec insistance. Je ne t'ai jamais vue aussi ardente.

— Ce doit être le stress, prétexta Alyssa.

— Mmm, marmonna Rita en guise de réponse avec un petit sourire.

Elles discutèrent durant un peu plus d'une heure de sujets plus anodins, qui détendirent peu à peu Alyssa.

Breanna parla de sa fille de six ans, Maggie, qui leur racontait à tous des histoires à mourir de rire. Savannah relata sa nouvelle vie à Sycamore Ridge, une ville à une heure de voiture de Cherokee Corners, et Rita mentionna le festival d'automne, qui débuterait deux jours plus tard au centre culturel cherokee.

Cette conversation offrit à Alyssa un répit à l'obscurité qui semblait, depuis deux semaines, l'envelopper chaque minute un peu plus.

La compagnie de sa tante et de ses cousines lui rappela également que, quoi qu'il advienne, elle ne serait jamais tout à fait seule — qu'elle jouirait toujours de l'amour et du soutien de sa famille. Cette pensée l'emplit d'un regain de force intérieure.

Elle se sentait mieux, comme ragaillardie, lorsque le moment vint de leur faire ses adieux. Savannah et Breanna regagnèrent leur voiture, mais sa tante s'attarda un instant auprès d'elle.

— Tu as monté une superbe petite affaire, Alyssa, dit-elle tandis qu'elles se tenaient toutes deux sous le porche de sa maison d'hôtes. Ton oncle Thomas et moi sommes très fiers de toi.

— Merci. Votre fierté est si importante à mes yeux, assura Alyssa. C'est le seul moyen que j'aie de vous remercier de tout ce que vous avez fait pour moi au moment où j'en avais si cruellement besoin.

Rita sourit chaleureusement.

— Tu as été une enfant facile à aimer, ma chérie, mais maintenant que tu es adulte, tu dois chercher hors de ta famille une autre forme d'amour.

— Je…

Les protestations d'Alyssa furent réduites au silence par l'index que Rita appliqua sur ses lèvres.

— Ne dis rien, intima cette dernière. Contente-toi de m'écouter. Si cet homme, ce Nick, te satisfait en tant que femme, alors fais confiance à ton cœur, et non aux visions qui pourraient peupler ton esprit.

Elle laissa retomber son doigt et soupira.

— J'ai eu amplement le temps de réfléchir alors que j'étais enfermée dans la cave de Jacob Kincaid. J'ai affronté toutes les peurs qui étreignent une mère se sentant proche de la mort. L'une d'elles était que mes enfants ne connaissent pas le genre d'amour que j'ai trouvé auprès de ton oncle Thomas. Au bout du compte, l'amour est le seul héritage que nous laissons derrière nous.

Sans attendre sa réponse, Rita se détourna et descendit les marches de la véranda pour retrouver ses filles qui l'attendaient dans la voiture.

Alyssa regarda sa famille s'éloigner, les propos de sa tante continuant de résonner à ses oreilles. Ce fut alors qu'elle s'avoua tout à fait être amoureuse de Nick.

Elle ignorait l'instant où c'était arrivé, ni comment elle avait pu le laisser se frayer ainsi un passage jusqu'à son cœur, jusqu'à son âme meurtrie. Mais il s'y était peu à peu immiscé, emplissant les espaces jusqu'alors vides de son être, acceptant ses visions sans peur ni jugement, simplement comme faisant part intégrante d'elle.

Toutefois, quelle que soit la profondeur avec laquelle Nick s'était introduit dans son cœur, elle ignorait la place qu'elle occupait dans le sien. Chaque nuit, ils creusaient les abysses obscurs de sa vision, puis cherchaient la lumière dans les bras l'un de l'autre en faisant passionnément l'amour, comme pour chasser à jamais les ombres qui les hantaient.

Elle savait qu'elle ne lui était pas indifférente, qu'il la désirait intensément. Mais il n'avait plus jamais mentionné le projet qu'elle quitte un jour Cherokee Corners pour Tulsa. Ensemble ils parlaient de tout, sauf de leur avenir.

Non pas qu'elle se soit attendue à en avoir un avec lui — même un homme aussi séduisant, aussi prévenant que Nick, ne pouvait aiguiller autrement les voies de la destinée qui était la sienne. Un chemin qu'elle savait devoir parcourir seule.

Alyssa prit une profonde inspiration. Une tempête approchait. Elle le pressentait dans l'air dense et humide, et à la pointe tangible d'électricité qui emplissait l'atmosphère. Malgré la chaleur oppressante, elle sentit un frisson inexplicable parcourir sa colonne vertébrale. Elle se retourna vers la maison, rentra en hâte et referma prudemment la porte à clé derrière elle.

13.

— Ce Jason Sheller… ? demanda Nick avant d'étudier attentivement la réaction de Clay.

Les autres membres du détachement étaient partis un moment plus tôt, et ils étaient demeurés tous deux seuls dans la salle du commissariat qui leur était réservée.

— Eh bien, que voulez-vous savoir ? demanda Clay.

— Que savez-vous le concernant ?

Clay haussa les épaules.

— Il a été muté ici il y a quatre ans… il arrivait de quelque part au Texas. Pourquoi ?

— De Dallas. Il venait de Dallas.

Nick fronça les sourcils en regardant le document posé devant lui, puis reporta son attention sur Clay.

— Que savez-vous d'autre à son sujet ?

— Pas grand-chose. Ce n'est pas un mauvais flic, bien qu'il navigue un peu en solitaire. J'ai l'impression qu'à Dallas il était un petit poisson dans l'océan, et qu'il espérait en devenir un plus gros dans la mare de Cherokee Corners.

— A votre avis, il serait donc ambitieux ?

— Certainement. Mais pourquoi me posez-vous ces questions ?

Nick poussa un soupir et referma le dossier qu'il venait de consulter.

— Je ne sais pas. Je vais simplement à la pêche. Sheller me fait une impression désagréable. Chaque fois que je me retourne, j'ai l'impression de le trouver là, planté sous mon nez.

Clay se mit à rire.

— Jason peut en effet se montrer fatiguant. Je pense qu'il rêvait de faire partie de ce détachement. Sans doute voyait-il cette enquête comme un tremplin avantageux pour sa carrière, mais en dehors de cela, je doute qu'il dissimule quelque secret inavouable.

— Qui, alors ?

Nick passa une main lasse dans ses cheveux.

— Cela fait un mois que nous nous attelons à cette affaire, et nous ne sommes pas plus près d'attraper le meurtrier que le jour de notre arrivée.

— Ce qui ne prouve pas pour autant notre incompétence, fit remarquer Clay, mais plutôt l'habileté du tueur.

Nick lui décocha un bref sourire.

— Merci, Clay, j'avais besoin d'entendre quelqu'un dire que nous n'étions pas tout à fait nuls.

— Nous ne sommes hélas pas meilleurs que les indices laissés à notre disposition ne nous le permettent, or ce type ne nous offre pas grand-chose à nous mettre sous la dent.

Nick reconnut dans l'inflexion de la voix de Clay l'écho de sa propre frustration. En ce qui concernait ce meurtrier, ils sentaient tous le poids amer de la défaite peser péniblement sur eux.

Pour tout arranger, le festival d'automne attirait en ville depuis deux jours une foule compacte de visiteurs.

La police locale était sur les dents — et l'inspecteur en chef Cleberg, terrifié à l'idée que la prochaine victime puisse être un de ces malheureux touristes.

— Je suppose que nous pouvons nous en tenir là pour ce soir, déclara Nick à contrecœur. Nous n'avançons guère, de toute façon.

— Il finira par faire une erreur, Nick.

Clay se leva de la table à laquelle ils étaient assis.

— Tôt ou tard, ce taré commettra une erreur. C'est juste une affaire de temps.

— D'accord, mais combien d'autres victimes frappera-t-il avant cela ?

C'était bien sûr une pure question rhétorique, à laquelle Clay ne s'efforça pas de répondre.

— J'ai un ou deux détails à vérifier dans mon laboratoire, dit-il au lieu de cela en se dirigeant vers la porte. Je suppose que vous allez rentrer. Je vous verrai demain matin.

Nick hocha la tête, mais demeura après le départ de Clay assis seul à la table. Il frotta son front sous lequel, depuis une heure, pulsait une migraine.

Il fallait que quelque chose se passe… qu'une brèche cède. Il se leva, se dirigea vers l'unique fenêtre de la pièce, et observa la nuit, tombée inhabituellement tôt ce soir. A l'Ouest, un orage approchant déchirait le ciel d'éclairs occasionnels.

Tant mieux. La pluie offrirait un répit providentiel à la sécheresse persistante. Elle amènerait également avec elle des températures plus fraîches. Nick consulta sa montre. 20 heures passées. Si Alyssa n'avait pas encore dîné, il l'emmènerait chez Ruby.

Alyssa. Jamais une femme ne l'avait à ce point désorienté. Sa relation avec Dorrie avait été si simple ! Ils s'étaient rencontrés, étaient tombés amoureux l'un de l'autre et s'étaient mariés. Avec Alyssa, rien n'était simple, ni facile, même si sa liaison avec elle résonnait en lui avec une parfaite justesse.

Il s'était épris d'elle. Par moments, il se réjouissait des sentiments qu'il lui portait, mais à d'autres, il désespérait.

Car malgré la multitude de fois où ils avaient fait l'amour, malgré la profondeur des pensées qu'ils avaient échangées et celle des sentiments qu'ils avaient partagés, il percevait toujours chez elle une certaine retenue.

De manière égoïste, il avait envie de s'introduire de force dans cet espace privé, de bousculer les défenses d'Alyssa et de détruire ce mur qu'elle continuait de dresser entre eux.

D'un autre côté, il se demandait s'il existait au monde deux êtres ayant à ce point intérêt à ne pas associer leurs existences. A cause des visions qui la hantaient, une obscurité résidait en effet en Alyssa, dont l'esprit était malgré lui étroitement relié aux forces du mal.

Quant à lui, il œuvrait dans l'exercice de ses fonctions en la compagnie quotidienne de ces forces, qui l'enveloppaient comme d'une seconde peau — et le faisaient ramener chaque soir chez lui une part de cette même obscurité.

Etait-il juste de sa part de vouloir faire partager pareille existence à Alyssa ? En sachant qu'à travers son métier, il provoquerait en elle de nouvelles et horrifiantes visions de mort ?

Il l'aimait. Il l'aimait assez pour faire ce qu'il faudrait, même si cela impliquait de se détourner d'elle et de la laisser poursuivre ses jours sans lui, dans une paix relative.

La pensée de son avenir privé d'Alyssa lui était douloureuse. Toutefois, si en restant à son côté, il ne lui apportait que plus de tourment, il apprendrait alors à continuer sans elle.

Mais il n'était pas encore sorti de sa vie, et soudain, Nick eut hâte de rentrer à l'hôtel et de voir son beau visage, de lui parler de tout et de rien.

Ce soir, il insisterait pour qu'elle n'appelle pas sa vision, pour qu'elle n'impose pas à son esprit la torture que lui infligeait cette scène effrayante. Ce soir, ils ne parleraient ni de meurtre ni d'assassin.

A présent pressé de partir, Nick verrouilla la porte de la salle et longea le couloir vers la sortie du commissariat. S'il se dépêchait, Alyssa et lui auraient le temps d'aller dîner chez Ruby et d'être rentrés avant que l'orage n'éclate.

— Agent Mead.

Le policier posté à l'accueil l'arrêta à l'instant où il franchissait la porte du bâtiment.

— J'ai quelque chose pour vous.

L'homme lui tendit une enveloppe carrée.

— Qu'est-ce que c'est ? demanda Nick en revenant vers lui et en la lui prenant des mains.

— Je l'ignore. Je dirais que ça ressemble à une carte d'invitation.

L'officier de police Sinclair sourit.

— Je connais plus d'une célibataire en ville capable d'organiser une soirée dans le seul but de vous y convier, plaisanta-t-il.

Nick déchira l'enveloppe. Il en sortit une carte pliée en son centre, représentant un chat au sourire satisfait, sous lequel était imprimée cette phrase : *Je pense à toi*. Ce n'était pas une invitation, se dit-il, sentant une onde de chaleur se diffuser en lui, mais un message d'Alyssa, qu'elle avait dû déposer à son intention à un quelconque moment de la journée.

Il ouvrit la carte, et le plaisir qui l'avait momentanément envahi se changea dans ses veines en un flux glacé. Son regard alla de l'inepte message pré-imprimé à celui inscrit à la main à l'intérieur du papier cartonné, qui disait : *Heureux de te revoir, Nick*. Suivait, en guise de signature, une simple initiale. Un M majuscule.

Murphy. Ce nom retentit dans son esprit avec la force d'un cri.

— Qui a déposé ça ? s'enquit Nick auprès de l'agent Sinclair tout en promenant vivement son regard autour du hall.

— Je ne sais pas. Elle était là quand j'ai pris mon service, il y a déjà un moment.

— Il faut que je sache comment cette enveloppe est arrivée ici… qui l'a apportée.

Nick frappa le plateau du comptoir d'un poing furieux.

— Bon sang, s'exclama-t-il, quelqu'un doit bien le savoir. Je veux une réponse, et tout de suite ! J'emporte ça au labo et je reviens.

La peur et la rage rugissant à ses oreilles, Nick se rua jusqu'au laboratoire dans lequel Clay travaillait toujours.

— J'ai besoin que vous analysiez immédiatement les empreintes laissées sur cette carte et cette enveloppe.

Il les lui tendit entre deux doigts, se maudissant d'y avoir si imprudemment déposé les siennes.

Clay enfila une paire de gants avant de s'emparer des éléments à examiner.

— Cela a-t-il quelque chose à voir avec notre affaire ?

— Avec une vieille affaire, rétorqua sèchement Nick.

Il se sentait en complète déroute, tandis que d'un œil impatient et les poings serrés contre ses cuisses, il regardait Clay saupoudrer la carte et l'enveloppe de produit révélateur.

Le choc qui l'avait ébranlé à la vue de cette simple initiale continuait de l'habiter. Murphy. Murphy était ici. Il l'avait espéré mort, ou du moins en prison. Au lieu de cela, l'homme qu'il recherchait si désespérément était là… à Cherokee Corners.

— Que se passe-t-il ?

L'inspecteur Cleberg apparut sur le seuil de la porte.

— L'agent Sinclair m'a dit que vous aviez un souci ?

— On a déposé une enveloppe à l'accueil à mon intention. Cette enveloppe contenait un message écrit, provenant de l'assassin de ma femme. Je veux savoir comment elle est arrivée ici, qui en a assuré l'acheminement, et si quelqu'un a vu l'individu qui a apporté cette enveloppe.

Les mots surgissaient hors de sa bouche avec la violence de coups de fouets.

— Je ne vois rien ici, à part sans doute vos propres empreintes, affirma Clay en détachant son regard de l'objet de son étude pour le lever vers lui.

Nick sentit la frustration l'étreindre, même s'il s'était exactement attendu que Clay venait de lui dire. Murphy était bien sûr trop malin pour laisser ses empreintes sur une lettre ou l'enveloppe qui la contenait.

— Je vais me renseigner afin de savoir si quelqu'un a remarqué l'individu qui a apporté ce message, assura Cleberg. Mais nous avons connu une activité intense, aujourd'hui… il y a eu un va-et-vient incessant dans le commissariat. J'ai déjà interrogé l'agent Bledlow, qui gardait l'entrée avant Sinclair. Il ne se souvient pas avoir réceptionné cette enveloppe. Elle a dû être déposée au moment où son changement de service s'effectuait.

Nick hocha la tête avec amertume, sachant que l'homme qu'il traquait depuis trois ans avait sans doute payé quelqu'un pour déposer ce message à sa place.

Des images vinrent percuter son esprit… celle du corps sans vie de Dorrie dans cette chambre de motel. Celle du tableau sur le mur, éclaboussé de son sang. Celle du M, gravé au couteau sur sa poitrine.

La souffrance… le chagrin… la rage bouillonnèrent alors en lui avec la même violence que si ces sentiments l'avaient habité pour la première fois de son existence.

— Nick… ça ne va pas ?

La voix de Clay perça le brouillard venu envelopper sa conscience.

— Si… si, ça va, répondit Nick d'une voix inégale.

Ses souvenirs continuaient de l'assaillir… des souvenirs qu'il aurait espéré avoir oubliés pour toujours. L'odeur métallique, reconnaissable entre toutes, du sang… les cheveux blonds de Dorrie déployés sur l'oreiller… l'expression horrifiée de ses collègues.

Soudain, une autre image s'imposa à lui… celle d'Alyssa, elle aussi couchée dans une chambre d'hôtel, sa chevelure d'ébène lâchée en corolle autour de sa tête… ses yeux bleu foncé fixant aveuglément l'espace devant elle.

Alyssa !

La pensée qu'elle puisse être en danger propulsa dans ses veines une puissante poussée d'adrénaline.

— Il faut que je parte, déclara Nick d'un ton sec à l'adresse des deux policiers qui continuaient à le regarder.

Il ne perdit pas une minute en explications. Il avait pour seul objectif de retrouver Alyssa… de la retrouver tout de suite… Il se rua hors de la pièce et le long du couloir en direction de la sortie du commissariat.

Surgissant dans la nuit dont le parfum annonçait un orage imminent, Nick sentit un vent chaud tournoyer autour de lui tandis qu'il courait vers sa voiture, la panique faisant cogner son cœur dans sa poitrine.

Une sauvagerie latente vibrait dans l'atmosphère chargée d'électricité. Mais rien n'aurait pu égaler la fureur qui l'étreignait.

Murphy lui avait une fois pris la femme qu'il aimait. Il était déterminé à ne pas lui en abandonner une autre. Nick démarra le moteur de sa voiture, enclencha une vitesse et appuya sur l'accélérateur, laissant un demi-centimètre de ses pneus sur l'asphalte tandis qu'il s'arrachait à sa place de parking et fonçait vers la place principale.

Où était donc ce salaud ? Où était Murphy ? Dans une voiture, derrière lui ? En train de le suivre jusqu'à l'hôtel d'Alyssa ? Depuis quand ce malade était-il à Cherokee Corners ? Avait-il eu le temps d'apprendre qui étaient ses amis, ici ?

Connaissait-il l'existence d'Alyssa ?

Ainsi, se demanda Nick avec anxiété, que la nature de ses sentiments pour elle ?

Arrivé devant la maison d'hôtes, il immobilisa son véhicule dans la rue et courut jusqu'à la porte d'entrée. Elle était fermée à clé. Il y cogna avec vigueur, espérant qu'Alyssa viendrait lui ouvrir.

Au troisième coup sans réponse, tout en fouillant ses poches à la recherche de ses clés, Nick contourna le bâtiment au pas de course. Il ouvrit la porte de service et se rua à l'intérieur du vestibule.

— Alyssa !

Elle ne répondait toujours pas. La frustration venant s'ajouter en lui à la crainte, Nick frappa à la porte de son appartement. Sans plus de succès. Où pouvait-elle être ?

— Alyssa ?

Cette fois, il hurla son nom en direction du premier étage, avant de gravir l'escalier quatre à quatre. La porte de la chambre de Virginia était fermée, et Alyssa ne se trouvait dans aucune des autres pièces.

D'un poing furieux, Nick heurta le panneau de bois à travers lequel s'échappait une musique assourdissante.

— Entrez, cria Virginia.

Il s'exécuta, pour la découvrir assise près de sa fenêtre en train de se peindre les ongles, une minuscule chaîne stéréo hurlant à tue-tête les derniers tubes d'un groupe de country.

— Nick ! s'exclama la jeune femme en bondissant vivement de sa chaise et en soufflant sur ses ongles incarnats. Je pensais que c'était Alyssa. Que se passe-t-il ?

— Rien. Rien du tout. Savez-vous où se trouve Alyssa ?

Malgré ses efforts pour faire disparaître de sa voix toute inquiétude, Nick y perçut les accents aigus de la panique.

— Elle est allée manger un morceau chez Ruby. Allez-vous m'expliquer ce qui se passe ? s'enquit Virginia avec impatience.

— Je vous l'ai dit. Rien.

Il n'avait ni le temps de s'expliquer, ni celui de discuter avec Virginia. Tout en se détournant pour repartir, il la vit tendre la main vers son sac, et entendit ensuite son pas derrière lui dans l'escalier.

Pressé d'arriver chez Ruby, Nick coupa à travers le parc. Il voyait les néons du restaurant briller entre les frondaisons des arbres malmenées par la tempête imminente. Un éclair déchira le ciel, immédiatement suivi par un coup de tonnerre.

Il fallait qu'elle soit là, pensa-t-il avec angoisse tout en hâtant le pas en direction du restaurant. Il fallait qu'Alyssa soit là, saine et sauve. Et à ce moment-là, il devrait envisager ce qu'il ferait ensuite.

Peut-être Murphy n'était-il arrivé qu'aujourd'hui. Peut-être, se dit une fois encore Nick, une lueur d'espoir au cœur, n'avait-il pas eu le temps de se renseigner sur les détails de sa vie privée, ni sur les liens qu'il avait pu tisser avec la population de Cherokee Corners depuis son arrivée.

Il n'avait peut-être pas pris connaissance de celui qui l'attachait à Alyssa. Un lien, décida-t-il, qu'il allait devoir interrompre immédiatement.

Car ce geste pourrait lui sauver la vie.

Dès qu'il arriva au bout du sentier boisé, Nick repéra Alyssa par la baie vitrée du restaurant, assise à une table à l'arrière de la salle. Il traversa la rue, envahi par une vague de soulagement, mais ce sentiment fut de courte durée.

Alyssa allait bien… pour l'instant. Mais il devait trouver le moyen de s'assurer qu'elle continuerait à l'avenir à bien se porter. Tout en poussant la porte du restaurant, Nick eut la vague impression d'entendre le pas saccadé de Virginia à la sortie du sentier qui débouchait du parc.

Il semblait décidément être parvenu à piquer sa curiosité, au point d'arracher la jeune femme à son ouvrage de manucure et de la faire sortir de sa chambre. Eh bien, qu'à cela ne tienne, elle n'avait qu'à contempler elle aussi le spectacle qu'il s'apprêtait à donner. Plus grand serait son auditoire, mieux ce serait. Les commérages d'une petite ville ne lui seraient jamais plus utiles qu'aujourd'hui.

L'expression de plaisir qui s'empara des traits d'Alyssa lorsqu'elle l'aperçut l'emplit d'une chaleur bienfaisante — qui ne suffit pas à bannir la crainte que la vision de ce simple M avait fait naître en lui.

Il savait que son plan était boiteux, mais pour le moment, c'était le seul qui lui soit venu à l'esprit. Il espérait simplement qu'Alyssa lui pardonnerait plus tard ce qu'il s'apprêtait à faire.

— Salut, beau brun, s'exclama Ruby lorsqu'il entra, un sourire chaleureux aux lèvres.

— Hé, Ruby, comment ça va ?

Nick se força à s'exprimer avec naturel tandis que son regard enregistrait en hâte les traits de chacun des clients du restaurant. Ils étaient peu nombreux, et Dieu merci, il ne remarqua dans la salle aucun visage étranger à la ville.

— Vous avez bien fait de ne pas venir plus tôt, assura Ruby. Nous avons reçu plus de monde ce soir que je n'en ai jamais servi ici. Des hordes de touristes affamés ont pris la salle d'assaut. Ah, s'exclama-t-elle avec extase, je les adore. Quant à vous, vous feriez mieux de filer la rejoindre.

La restauratrice pointa un pouce en direction d'Alyssa.

— Elle vous attend.

Nick se raidit en approchant du box à l'intérieur duquel Alyssa était installée. « C'est une idée stupide, Mead », murmura une voix dans sa tête. Mais le désespoir contraint parfois un homme à prendre des mesures drastiques. Or, jamais il ne s'était senti aussi désespéré.

Il ne pouvait pas la prévenir, ni lui expliquer à l'avance ce qu'il entendait faire. Il fallait avant tout que son jeu ait l'air vrai… indubitablement authentique.

— Salut, dit-il en s'immobilisant devant elle.

— Salut, répliqua Alyssa d'un ton léger. L'orage m'a rendue un peu nerveuse, alors j'ai décidé de venir attendre que les vents te poussent jusqu'ici.

Pourquoi fallait-il qu'elle soit si jolie — avec ses longs cheveux noirs retombant le long de son dos, dans lesquels il avait envie de s'enrouler et de se perdre ? se demanda Nick. Le mariage du fond beige de sa robe avec le bleu soutenu des fleurs qui y étaient brodées rehaussait encore la beauté de son teint, intensifiant la couleur profonde de ses yeux… des yeux emplis pour l'instant d'un bonheur paisible, qu'il s'apprêtait à briser en mille morceaux.

— Tu ne t'assieds pas ? s'étonna Alyssa.

— Non, je venais simplement te dire que je quitte ton hôtel ce soir.

Un profond sillon creusa le front d'Alyssa tandis qu'elle le dévisageait, stupéfaite.

— Tu quittes l'hôtel ? Que veux-tu dire ? Il s'est passé quelque chose ? Qu'est-ce qui ne va pas ?

Incapable d'affronter son regard, Nick fixa un point à un centimètre au-dessus de sa tête.

— Il ne s'est rien passé. Je me sens juste un peu claustrophobe, c'est tout.

Il parlait à voix très haute, sachant qu'il avait attiré sur eux l'attention de toutes les personnes présentes dans la salle.

— Claustrophobe ?

L'inquiétude fronça un peu plus les sourcils d'Alyssa.

— Je… je ne comprends pas.

— Ecoute, Alyssa, nous avons passé du bon temps ensemble, seulement je ne suis pas homme à m'attarder trop longtemps où que ce soit. J'ai connu des moments agréables avec toi, mais ces instant n'ont jamais été supposés durer.

Si son plan ne fonctionnait pas comme il l'avait prévu, pensa alors Nick avec anxiété, il ignorait le nombre d'années qu'il lui faudrait pour oublier l'expression gravée en cet instant sur les traits d'Alyssa.

14.

Alyssa dévisagea Nick avec perplexité, s'efforçant de donner un sens aux propos qui venaient de passer ses lèvres. Quelque chose ne collait pas. Ce n'était pas Nick qu'elle avait en face d'elle. Cet homme lui ressemblait, il avait son visage et sa voix, mais ce n'était certainement pas celui qu'elle côtoyait depuis près d'un mois.

Consciente des regards curieux braqués sur eux, elle sentit l'embarras enflammer ses joues.

— Nick, je t'en prie, assieds-toi et discutons de cela tranquillement.

— Et voilà ! C'est exactement ce que je veux dire. Il vous suffit de coucher une ou deux fois avec une fille pour qu'elle pense que vous lui appartenez !

Il parlait toujours aussi fort. Beaucoup trop fort.

Avec l'impression d'avoir été giflée en pleine face, Alyssa sentit les larmes affleurer à ses yeux.

Nick promena son regard autour de la salle de restaurant et se mit à rire.

— Ah, ces petites provinciales… elles prennent tout tellement au sérieux ! Ecoute, ma belle, nous avons passé de charmants instants ensemble, mais je crains que tu ne te soies fait des idées à notre sujet. Je veux dire, bon sang, je me suis bien amusé avec toi, mais il est temps pour moi de passer à autre chose.

L'embarras qui étreignait Alyssa n'était rien à côté de la souffrance que lui infligeait la cruauté des propos de Nick. Se pouvait-il qu'elle se soit méprise à ce point sur cet homme, comme sur la qualité de leur relation ? Elle avait l'impression d'évoluer en plein cauchemar. Sauf qu'elle ne se réveillait pas.

La brûlure des larmes s'intensifia sous ses paupières. Sachant qu'elle mourrait de honte si elle les laissait jaillir ainsi en public, Alyssa avala douloureusement sa salive pour les refouler. Elle se leva, les épaules tendues, le menton dressé.

— Eh bien, sois libéré de tes craintes, Nick. Car je vois clair, à présent, assura-t-elle. Ta facture sera prête à ton retour à l'hôtel.

— Merci, ma jolie, répliqua Nick. Tu me fais plaisir.

Sans un mot de plus, Alyssa se détourna et marcha avec raideur jusqu'à la porte du restaurant. Elle avait vaguement conscience du regard de compassion que Ruby posait sur elle depuis sa caisse, mais ne s'y arrêta pas pour payer son repas. Elle en réglerait l'addition le lendemain. Ruby comprendrait.

Il fallait à tout prix qu'elle sorte d'ici, qu'elle échappe enfin aux dizaines de regards qui la suivaient, qu'elle s'éloigne de Nick avant de perdre totalement son sang-froid et de s'effondrer sous leurs yeux à tous.

Seule, tu vivras seule toute ta vie. Le présage de sa grand-mère résonnait en échos menaçants dans sa tête tandis qu'elle passait la porte et s'engouffrait dans la nuit.

Même si elle s'était crue préparée à ce que Nick disparaisse un jour de sa vie, elle ne s'était certainement pas attendue qu'il le fasse de pareille manière. Rien n'aurait pu la préparer à subir un reniement aussi cruel, à ce point dénué d'émotion.

Alyssa courut droit devant elle, empruntant le sentier boisé qui traversait le parc afin de rejoindre au plus vite son hôtel. Elle avait besoin de l'intimité de son appartement, besoin de pleurer sans témoins la perte d'un homme qu'elle avait de toute évidence méjugé.

Le vent tordait la ramure des arbres en une sorte de danse macabre. Aveuglée par les larmes, Alyssa dépassa un banc baigné dans la flaque lumineuse d'un lampadaire.

Des éclairs illuminaient la nuit comme les flashes d'un appareil photo détraqué. Un violent coup de tonnerre éclata au-dessus d'elle, mais elle eut le temps d'entendre avant cela la voix de Nick l'appeler.

Comme malgré elle, Alyssa ralentit sa course et tourna la tête dans sa direction. Ce qu'il venait de lui dire était abject, d'autant qu'il lui avait infligé cette cuisante humiliation en public.

Mais ce n'était pas Nick qui venait de s'adresser à elle, lui criait son cœur. Ce n'était pas l'homme qu'elle avait appris à connaître, à aimer, ni en qui elle avait placé sa confiance. C'était un inconnu — d'ailleurs son regard, son attitude, dans ce restaurant, avaient été ceux d'un inconnu.

Elle l'aperçut alors, qui atteignait le banc qu'elle venait de dépasser. Puis elle vit Virginia arriver sur ses talons.

Alyssa fronça les sourcils. Que faisait-elle là ? Elle vit la jeune femme agripper le bras de Nick comme pour le forcer à s'arrêter.

Déchirée entre son besoin urgent de se réfugier dans la solitude et sa curiosité soudain piquée, Alyssa se figea pour observer leur échange. Elle n'était pas très loin d'eux. Elle distinguait donc clairement leurs silhouettes, même si le rugissement du vent dans les arbres l'empêchait de discerner leurs propos.

Tandis que, dissimulée sous l'ombre des frondaisons, elle épiait la scène, elle sentit un terrible pressentiment l'envahir.

Tout, ce soir, lui semblait étrangement incongru. La violence inhabituelle du vent, la pesanteur électrique de l'atmosphère, le rythme disloqué de son cœur dans sa poitrine — c'était soudain comme si une vision avait cherché à établir un contact avec elle, tout en refusant de prendre possession de son esprit.

L'attitude de Nick tout à l'heure avait elle aussi sonné faux à ses oreilles. Dans sa tête, dans son cœur, elle savait qu'il n'avait pas voulu dire les mots qu'il avait prononcés.

Tandis qu'elle le fixait du regard, debout au milieu du parc désert en compagnie de Virginia, un mystérieux avertissement résonna dans sa tête. La présence de cette dernière, remarqua Alyssa, n'y était pas moins étrange que le reste. Que faisaient-ils tous les trois ici, au cœur de cette tempête ?

Nick semblait s'efforcer d'échapper à la jeune femme, mais cette dernière refusait apparemment de lâcher son bras.

Il parvint à s'arracher à son étreinte, et Alyssa vit alors Virginia ouvrir son sac.

Un éclair déchira la nuit, et les ongles incarnats de Virginia Maxwell étincelèrent dans la lumière blanche.

Etrange ! Etrange, continuait de hurler une voix dans la tête d'Alyssa.

Des mains… l'image de mains étreignant un couteau s'imposa à elle… des mains rouges… non… c'était le vernis qui était rouge. Elle vit un très long couteau serré entre de fines mains de femme… des mains aux ongles vernis de rouge.

— Nick ! hurla-t-elle avec frénésie.

Le cri arraché à sa gorge par la terreur fut étouffé par un coup de tonnerre assourdissant.

Mais Nick se tourna néanmoins vers elle. Alyssa vit alors le bras de Virginia s'élever au-dessus de sa tête, et un objet métallique briller dans sa main… avant qu'elle ne s'abatte avec violence sur le dos de Nick.

Tout se passa si vite.

Nick chancela et heurta le banc.

— Non !

Il s'effondra sur le sol. Alyssa poussa un hurlement et Virginia brandit une nouvelle fois son arme.

Catapultée par la peur, Alyssa se rua dans leur direction. Nick ! Elle ignorait s'il était vivant ou mort, mais elle ne laisserait pas Virginia le frapper de nouveau à l'aide de ce couteau.

A l'instant où la jeune veuve s'agenouillait vivement au-dessus du corps inanimé de Nick, Alyssa se propulsa de toutes ses forces contre elle. Elles roulèrent toutes deux en une lutte sans merci sur la terre battue.

Alyssa parvint à saisir les poignets de Virginia et à cogner à plusieurs reprises sa main contre le sol afin de la contraindre à lâcher son arme.

— Pourquoi ? Pourquoi ? haleta-t-elle en même temps qu'elle bataillait pour arracher le poignard à Virginia.

— Il l'avait mérité, vociféra cette dernière en guise de réponse, ses jolis traits déformés par une rage insoupçonnée. Je l'ai fait pour vous ! Je l'ai fait pour toutes les femmes que les hommes utilisent, hurla Virginia en libérant tout à coup sa main.

Dans un rugissement de fureur, Alyssa la repoussa d'une violente ruade, et roula à quelques mètres de son adversaire.

Virginia se releva, le couteau toujours serré dans sa main.

— Vous auriez mieux fait de courir vous réfugier dans le petit univers rassurant de vos appartements, Alyssa.

Virginia tournait autour d'elle, se rapprochant lentement, avec dans le regard une lueur aussi inquiétante que la brillance de la lame dans sa main.

— Je ne peux plus vous laisser repartir, à présent, dit-elle. Vous serez la première femme victime du Tueur Intrépide.

Sur ces mots, son assaillante bondit sur elle. Pour se figer dans son élan avec une expression de profonde stupeur, en même temps que du rouge explosait sur sa cuisse. Dans un cri de douleur, Virginia lâcha le couteau et s'effondra au sol.

Alyssa vit alors Nick, à demi redressé contre le banc, le visage aussi pâle que la mort, et un revolver au poing.

Ce n'était pas le tonnerre, qui venait une fois de plus de déchirer l'atmosphère, comprit-elle, mais un coup de feu.

— Nick !

Elle courut s'agenouiller à son côté, étouffée par les sanglots qui montaient dans sa gorge. Son arme retomba de la main de Nick comme s'il n'avait pas eu l'énergie de la tenir une seconde de plus.

— Ne bouge pas, Nick, je vais chercher de l'aide, s'écria Alyssa.

Du sang. Il y avait tellement de sang.

Il empoigna son bras, le regard opacifié par la douleur.

— … une idée stupide…, haleta-t-il.

— Ne parle pas… garde tes forces. A l'aide ! hurla Alyssa, dans l'espoir que quelqu'un, n'importe qui, les entendrait.

— Ecoute-moi !

Nick pressa son bras.

— Ce n'était pas pour elle…

— Nick, je t'en supplie, ne dis rien, l'implora Alyssa, les joues inondées de larmes. Pitié, hurla-t-elle encore. A l'aide. Au secours !

Elle avança une main tremblante jusqu'au dos de Nick et la pressa de toutes ses forces contre la blessure dont s'écoulait son sang. Beaucoup trop de sang.

A cet instant, Virginia émit un grognement sourd.

— Aidez-moi, gémit-elle en se tordant de douleur. Je me vide de mon sang. J'ai mal. J'ai si mal.

C'était Nick qui se vidait de son sang, pensa Alyssa. Elle appela de nouveau à l'aide, laissant échapper un sanglot de soulagement lorsque quelqu'un lui répondit enfin.

— Nous sommes là, s'époumona Alyssa. Prévenez la police. Appelez une ambulance ! Tiens bon, Nick… je t'en supplie.

C'était sa vision qu'elle vivait en cet instant… l'orage, le couteau, Nick qui mourait, baignant dans son sang.

— Reste avec moi, Nick, implora-t-elle. Je t'en supplie, ne laisse pas ma vision se réaliser.

La pluie tomba enfin pendant que Nick était en salle de réanimation. Debout devant la fenêtre de la salle d'attente de l'hôpital, Alyssa la regarda se déverser sur la ville.

Elle avait vécu ces dernières heures un authentique cauchemar. Par bonheur, quelqu'un avait pu avertir la police à temps, et Nick avait pu être sauvé, tandis qu'on s'occupait dans une autre chambre de Virginia. Bien qu'on ait pris soin de sa blessure, cette dernière avait été arrêtée et mise sous étroite surveillance.

Le temps que les secours arrivent, Nick avait perdu connaissance, et lorsqu'elle l'avait vu pour la dernière fois, lorsqu'on l'avait hissé dans l'ambulance pour le transporter à l'hôpital, il n'avait toujours pas recouvré ses esprits.

— Quelle nuit diabolique !

Alyssa se retourna et vit l'inspecteur en chef Cleberg pénétrer dans la pièce.

— Oui, convint-elle dans un souffle en quittant la fenêtre pour s'asseoir sur la chaise la plus proche.

— On m'a raconté la scène qui s'est déroulée chez Ruby.

L'inspecteur se laissa tomber sur un siège à côté du sien.

— Je dois dire que Nick s'est surpassé, affirma-t-il, pour parvenir à pousser ainsi Virginia hors de ses gonds. Je me demande comment il a deviné que cette dispute entre vous ferait à ce point éclater sa colère.

— Oui, il s'est surpassé, renchérit Alyssa, le cœur soulagé par la certitude de ne pas s'être trompée en ce qui concernait Nick. Elle va s'en sortir ? s'enquit-elle, même si, après les meurtres sanguinaires qu'avait perpétrés Virginia, la santé de cette dernière lui était, au fond, indifférente.

— Oh, elle s'en sortira très bien, et pourra ainsi passer le reste de ses jours en parfaite santé derrière des barreaux.

Glen émit un profond soupir.

— Quant à nous, ajouta-t-il, nous avons du pain sur la planche.

Un profond sillon creusa son front.

— Nous allons devoir essayer de comprendre à quel endroit nous avons perdu le fil, et comment Virginia Maxwell est parvenue à écarter nos soupçons pendant si longtemps. Et vous, Alyssa, comment vous sentez-vous ?

Alyssa eut un petit hochement de tête.

— Ça va. J'ai simplement du mal à réaliser tout ce qui est arrivé. A penser que la jeune veuve éplorée que j'ai chaleureusement accueillie sous mon toit était en réalité le meurtrier qui terrorisait notre communauté.

L'inspecteur se leva pesamment.

— Vous devriez rentrer chez vous, Alyssa. Nick a reçu les transfusions de sang nécessaires, sa blessure a été soigneusement recousue, et le médecin assure qu'il va sans doute dormir jusqu'à demain matin. Il sera alors heureux de vous voir fraîche et pimpante à son chevet. Je vais demander à un de mes hommes de vous raccompagner.

Elle répugnait à l'idée de partir sans avoir revu Nick, sans s'assurer de ses propres yeux qu'il était tranquillement assoupi et hors de danger. Mais elle savait que Glen avait raison. Elle allait rentrer, prendre elle aussi un peu de repos, et elle serait là le lendemain, lorsque Nick se réveillerait.

— Merci, répondit-elle à l'intention de l'inspecteur, je veux bien.

Quelques minutes plus tard, Alyssa était confortablement assise à l'arrière d'un véhicule de police. La pluie s'était réduite à une petite bruine. Le tonnerre et les éclairs qui avaient tout à l'heure animé les cieux avaient disparu.

— Quand je pense qu'au moment où c'est arrivé, je distribuais des amendes pour excès de vitesse sur l'autoroute, grommela avec un dépit manifeste Jason Sheller, son chauffeur. Si je m'étais trouvé aux abords du parc, j'aurais peut-être pu éviter à Nick de se faire poignarder.

— J'aurais moi même aimé que vous vous y trouviez, répliqua Alyssa. C'était horrible.

— D'après ce qu'on m'a dit, si vous n'aviez pas été là, à l'heure qu'il est, Nick serait mort. Vous êtes une femme courageuse, la félicita Jason.

— J'ai fait ce que j'ai pu.

Elle regarda par la fenêtre.

La tornade était passée et sa vision s'était réalisée. Elle aurait dû se sentir soulagée. Le songe qui l'obsédait nuit et jour s'était déroulé de bout en bout dans la réalité, et Nick n'était pas mort. Mais plutôt que du soulagement, Alyssa sentait une étrange appréhension bouillonner dans ses veines.

« Je me sentirai mieux demain, quand je le verrai, se dit-elle. Quand j'entendrai sa voix, et que je verrai son regard briller. »

Comme Jason se garait devant la maison d'hôtes, Alyssa eut soudain envie de lui demander de la ramener à l'hôpital, de dire qu'elle dormirait dans un fauteuil afin d'être là lorsque Nick ouvrirait les yeux.

Mais elle se raisonna, prenant conscience que lorsqu'il referait surface, les premières personnes autorisées à lui parler seraient sans doute Glen Cleberg et les cinq membres de son détachement.

— Merci de m'avoir raccompagnée, énonça-t-elle à l'adresse de Jason. C'est très gentil de votre part.

Sur ces mots, Alyssa descendit du véhicule et courut jusqu'à la porte d'entrée tout en fouillant sa poche à la recherche de ses clés.

Lorsqu'elle pénétra dans le vestibule de l'hôtel, ses yeux étaient brûlant de fatigue. Mais l'inquiétude impatiente qui s'était immiscée en elle dans la voiture de police ne l'avait toujours pas quittée.

Peut-être le fait de boire une tasse de thé la détendrait-elle assez pour qu'elle se couche et parvienne à s'endormir ? Elle alla directement à son appartement et mit une tasse d'eau à chauffer dans le four à micro-ondes. Après quoi elle s'assit à la petite table en attendant qu'elle soit prête.

En fait, se dit Alyssa, il n'y avait rien d'étonnant à ce qu'elle se sente aussi anxieuse. Elle avait traversé une épreuve effrayante. Une épreuve trop grande et trop récente pour que son cerveau l'appréhende dans son ensemble. A cette pensée, des images vinrent s'entrechoquer avec violence dans son esprit. Elle revit la scène qui s'était déroulée chez Ruby, et celle, cauchemardesque, du parc. Elle revécut la peur qu'elle avait éprouvée pour Nick à l'instant où elle avait compris que Virginia était l'assassin qui tyrannisait Cherokee Corners.

Elle n'était plus étonnée, à présent, d'être parvenue à s'immiscer aussi profondément dans les pensées intimes du tueur…

alors qu'il résidait depuis le début de l'été sous son toit, en la personne de Virginia. Alyssa tenta de se rappeler ce que lui avait confié la veuve de son passé — avant qu'elle n'arrive à Cherokee Corners au bras de Greg, qu'elle avait peu avant cela rencontré dans le Texas. Mais elle prit conscience qu'en ce qui concernait sa vie privée, sa pensionnaire lui avait en fait fourni très peu de détails.

La sonnerie du four se déclencha. Un instant plus tard, Alyssa se rassit devant une tasse de thé, les images des récents événements continuant à tournoyer impitoyablement dans sa tête.

« Ce n'était pas pour elle. »

Elle fronça les sourcils en buvant une première gorgée de thé. N'était-ce pas ce que Nick lui avait dit, tandis qu'il gisait ensanglanté entre ses bras ? Ces propos n'avaient aucun sens. Mais suite à l'impressionnante quantité de sang qu'il avait perdue, estima Alyssa, sans doute avait-il déjà commencé à délirer à l'instant où il les avait prononcés.

Elle termina son thé, rinça sa tasse dans l'évier puis étira ses bras au-dessus de sa tête. A présent, peut-être pourrait-elle dormir un peu, en attendant d'aller retrouver Nick le lendemain à la première heure.

Durant un moment, Alyssa pensa monter jusqu'à sa chambre, se glisser entre les draps qui avaient retenu son odeur et dormir dans le lit où ils avaient de si nombreuses fois fait l'amour. Mais elle se ravisa.

Dès qu'il serait rétabli, elle savait que Nick quitterait Cherokee Corners. Sa mission ici était à présent terminée.

Elle changerait les draps de son lit, dont elle chasserait à jamais le parfum en les lavant, et elle préparerait la chambre pour de prochains hôtes, tandis que Nick poursuivrait de son côté son existence à Tulsa.

En cet instant, elle avait la tête trop pleine pour imaginer à quel point son absence serait douloureuse. C'était une souffrance à laquelle elle s'abandonnerait plus tard, lorsque la solitude de ses nuits lui ramènerait le souvenir des merveilleux instants qu'ils avaient partagés ensemble.

Alyssa ouvrit la porte de sa chambre et appuya sur l'interrupteur qui commandait la lampe de chevet. Son attention fut alors aussitôt attirée par le tableau suspendu au-dessus de son lit, et elle se figea — avant de faire deux pas hésitants pour s'en rapprocher.

L'arbre. A l'arrière-plan de la toile, elle reconnut l'arbre aux branches torturées qui hantait sa vision. Comment avait-elle pu ne pas le remarquer plus tôt ? s'étonna-t-elle. N'était-il pas également étrange qu'il ait chaque fois occupé une place aussi proéminente dans cette vision macabre ?

Soudain, un craquement derrière elle la fit sursauter. Mais avant qu'elle n'ait le temps de se retourner, Alyssa sentit une main se plaquer sur sa bouche, une autre enserrer sa taille, et elle fut brutalement attirée en arrière contre le corps dur et musclé d'un homme.

Etreinte par la terreur, elle tenta de s'arracher à la puissante emprise de ses mains.

— Arrêtez de bouger ! ordonna une voix impérieuse.

Alyssa obtempéra et s'immobilisa, comprenant que ses efforts pour se dégager étaient vains. La bouche de l'homme s'approcha à quelques millimètres de son oreille. Elle sentait son souffle brûlant dans son cou… la prise d'acier de son bras autour d'elle… celle de ses doigts s'enfonçant dans la chair de son visage… et le goût âcre de la peur dans sa bouche.

— Nous n'avons pas encore été officiellement présentés, affirma son agresseur, mais je suis un ami de Nick. Peut-être vous a-t-il parlé de moi. Mon nom est Murphy.

A ces mots, Alyssa sentit l'horreur déferler dans son être. Sa vision, comprit-elle en cet instant, n'avait pas seulement concerné Nick. Elle n'avait pas uniquement prédit la scène qui s'était déroulée dans le parc avec Virginia. Elle était en fait un condensé de ce qui s'était passé plus tôt dans la nuit… et de ce qui arrivait maintenant.

Tout devenait clair, à présent. Elle savait désormais que c'était *elle* qui allait mourir sous les branches difformes de cet arbre.

15.

Nick émergea des abysses de l'inconscience pour s'éveiller à un monde de souffrance — celle, en premier lieu, qui pulsait au cœur de son omoplate droite et lui transperçait la poitrine de part en part. Une sensation qu'il accueillit presque avec bonheur. Elle indiquait qu'il était vivant.

Il ouvrit alors les yeux sur une chambre d'hôpital plongée dans la pénombre et distingua la perfusion plantée dans une des veines de sa main droite. Comme il s'efforçait de se redresser, une douleur fulgurante le traversa, qu'il s'efforça d'ignorer afin de concentrer son esprit sur ce qui s'était passé.

Ses souvenirs s'imposèrent alors à lui sous la forme de brefs flashes successifs. Il revit la scène du parc… Virginia qui l'empêchait de rejoindre Alyssa et lui empoignait le bras en exigeant de savoir pourquoi il s'était montré aussi cruel à son égard. Il se vit, se libérant de son étreinte, se détourner de Virginia pour tenter de rattraper Alyssa.

Il avait d'abord brièvement pensé que son assaillante lui avait assené un violent coup de poing dans le dos — avant de comprendre dès la première inspiration que sa blessure était beaucoup plus sérieuse.

C'était, se souvint Nick, comme si Virginia Maxwell avait délibérément ouvert une valve par laquelle toute son énergie, toute sa force, avaient commencé à s'échapper de son corps. Et la douleur… il se rappela la souffrance infernale qui, pendant un long moment, l'avait empêché de réfléchir.

Sans l'intervention d'Alyssa… Alyssa ! Son prénom se répercuta dans son esprit avec la puissance d'un cri, aussitôt suivi d'un autre : Murphy. Nom de Dieu, se rappela soudain Nick, paniqué, il n'avait pas pu prévenir Alyssa. Il s'était évanoui avant de pouvoir avertir qui que ce soit.

Il se redressa et s'assit dans son lit avec un cri de souffrance. Aussitôt assailli par un vertige, il prit une grande inspiration afin de repousser l'alliance pénible de ces deux sensations.

Il fallait qu'il sorte d'ici. Qu'il rejoigne Alyssa au plus vite.

Il arracha la perfusion de sa veine, jeta ses jambes hors du lit, et fut contraint d'attendre qu'un nouveau vertige passe. Après quoi, tout en se dressant maladroitement sur ses pieds, il pressa le bouton d'appel. Il venait d'ôter sa blouse d'hôpital et d'enfiler son jean lorsqu'une jeune infirmière à l'air affairé fit irruption dans la chambre.

En le voyant lutter pour enfiler ses chaussures, l'horreur agrandit ses yeux bleus.

— Monsieur Mead, qu'est-ce que vous faites ? Retournez donc vous coucher. Oh, mon Dieu, vous avez arraché votre perfusion.

La jeune femme le considéra en se tordant les mains, avec un sentiment d'impuissance manifeste.

— L'inspecteur en chef Cleberg est-il ici ? s'enquit Nick en s'efforçant de repousser la douleur lancinante qui lui vrillait l'épaule, ainsi que la terreur qui l'envahissait concernant Alyssa.

— Non, répondit l'infirmière. Le chirurgien a conseillé à tout le monde de rentrer chez soi. Je vous en prie, monsieur Mead, retournez dans votre lit. Vous ne devez pas vous lever.

— Quel est votre prénom ?

— Marianne… mais…

— Marianne, écoutez-moi, j'ai besoin de vos clés de voiture, affirma Nick. C'est une question de vie ou de mort.

— Mais… je…

Nick empoigna la jeune femme par l'épaule, la faisant sursauter.

— Marianne, je n'ai pas le temps de vous fournir des explications. Mais je vous en prie, laissez-moi emprunter votre véhicule et je vous promets qu'il vous sera restitué dès que possible.

Comme hypnotisée, l'infirmière enfonça sa main dans la poche de sa blouse blanche, dont elle sortit un trousseau de clés.

— Je vais être renvoyée, gémit-elle… c'est le break bleu foncé, garé sur le parking du personnel.

— Merci.

Nick lâcha son épaule et se rua en direction de la porte avec une seule idée en tête : retrouver Alyssa.

Il arriva devant le break, haletant de douleur et maudissant le fait de ne pas porter son revolver. Une vague de nausée lui souleva l'estomac. Dédaignant son effet, il monta en hâte dans le véhicule et démarra.

Peut-être Murphy ignorait-il encore l'existence d'Alyssa, espéra Nick, ainsi que la profondeur de ses sentiments à son égard ? Pourvu que ce soit vrai, supplia-t-il en son for intérieur.

Mais il ne pouvait s'empêcher de penser que sans Virginia dans l'hôtel et hors sa propre présence en ces lieux, Alyssa était seule… et d'autant plus vulnérable, pensa-t-il, qu'elle ignorait que son passé, venu le rattraper jusqu'ici, pourrait bientôt interférer brutalement avec sa propre existence.

Nick conduisait comme un fou, hanté par la pensée qu'il n'avait pu ni la prévenir du danger qui la guettait, ni lui expliquer qu'il n'avait pas pensé un seul des propos qu'il lui avait assenés chez Ruby.

Jamais il n'oublierait la souffrance qui avait alors assombri son regard. Même si ces propos humiliants l'avaient sidérée, elle y avait en tout cas réagi avec une extraordinaire dignité, et était sortie du restaurant le dos raide et la tête haute.

Pourvu qu'elle soit tranquillement en train de dormir, implora-t-il. Pourvu que Murphy soit pour sa part assoupi quelque part, loin, très loin d'Alyssa. Il ne pouvait pas la perdre. Il *refusait* de la perdre.

Plus il approchait de la maison d'hôtes, plus il recouvrait ses forces — des forces nées de la rage qui l'étreignait. Car même s'il tentait de repousser le souvenir de Dorrie étendue sans vie sur ce lit, ces images hideuses défilaient dans son esprit, fouettant sa colère jusqu'à la fièvre.

Il avait aimé Dorrie… et il aimait aujourd'hui Alyssa. Il n'allait pas laisser Murphy la lui prendre à son tour. Il ferait au contraire tout ce qui était en son pouvoir pour la protéger.

Si cela exigeait qu'il demeure à son côté chaque heure de la journée, il le ferait. S'il devait au contraire retourner à Tulsa et ne plus jamais la revoir, il s'en acquitterait également. N'importe quoi, du moment qu'il l'éloigne du danger que représentait Murphy.

Nick gara son véhicule sur le parking de l'hôtel. Il en descendit, la douleur et la frustration lui faisant aspirer un peu d'air entre ses dents serrées. Il n'avait pas ses clés !

Il se refusa néanmoins à frapper et à attirer ainsi l'attention sur lui. Si Alyssa dormait, il surveillerait la porte de sa chambre le reste de la nuit sans la réveiller. Et si Murphy se trouvait déjà à l'intérieur, il souhaitait encore moins pousser le meurtrier à un geste qui pourrait s'avérer fatal.

Sachant qu'il ne parviendrait à entrer par aucune des deux portes de l'hôtel, toutes deux verrouillées, Nick chercha un accès par une des fenêtres.

Celle de la salle à manger s'ouvrit facilement, et il y grimpa prestement, au mépris de la douleur qui lui déchira le dos. L'adrénaline pulsait dans ses veines, et malgré la fraîcheur apportée par la pluie, un filet de sueur dégoulinait le long de son visage.

Une fois à l'intérieur, Nick s'immobilisa et tendit l'oreille.

Il ne perçut pas le moindre bruit. Ni cri… ni hurlement… ni aucun son indiquant que quiconque fût dans la maison. Cette pensée aurait dû l'apaiser, mais il n'en fut rien. Murphy avait tué Dorrie dans une chambre de motel dont les deux pièces adjacentes étaient occupées, sans que personne n'entende rien.

Les seuls sons qu'il percevait étaient le ronronnement étouffé de la climatisation et les battements accélérés de son cœur dans sa cage thoracique.

Sans son revolver, il se sentait nu. Sachant que si Murphy se trouvait déjà à l'intérieur de l'hôtel, il lui faudrait une arme pour se défendre, Nick se faufila jusqu'à la cuisine. Aidé par la veilleuse branchée dans une prise, il repéra sur la paillasse le bloc de bois contenant des couteaux de toutes tailles… des couteaux d'office, et plusieurs couteaux de boucher.

Il s'empara de celui avec lequel il avait vu Alyssa trancher un jambon entier sans effort. Ce dernier, en cas de nécessité, ferait une arme à peu près convenable.

Avec un peu de chance, pensa Nick, il n'aurait pas à s'en servir. Avec un peu de chance, il trouverait Alyssa endormie dans sa chambre. Il avança à pas feutrés jusqu'à la porte de son appartement. Ainsi qu'il s'y était attendu, elle était fermée.

Si elle l'avait verrouillée — ce qui n'aurait pas été étonnant, pensa-t-il, compte tenu du pouvoir traumatisant des récents événements — il lui faudrait alors trouver un autre moyen de pénétrer chez elle.

Le couteau fermement serré dans sa main droite, il saisit la poignée de l'autre, et poussa un soupir de soulagement lorsqu'elle tourna sans difficulté entre ses doigts.

La porte s'ouvrit silencieusement.

Depuis le seuil de l'appartement, Nick vit celle, ouverte, de la chambre d'Alyssa… il distingua aussitôt la silhouette masculine arc-boutée sur le lit…

Perdant tout contrôle, il laissa alors éclater la rage qui couvait en lui depuis trois longues années.

Il se rua aveuglément en direction de Murphy, sans avoir conscience de produire le moindre son. Mais il avait dû émettre un rugissement de fureur, car avant même qu'il ne l'atteigne, le meurtrier tourna vers lui un visage empli de stupeur.

Nick se jeta sur lui et ils basculèrent tous deux en direction du sol. Il eut néanmoins le temps d'apercevoir Alyssa. Un épais morceau de ruban adhésif scotché sur la bouche, elle avait les poignets et les chevilles attachés au montant du lit par des cordes. Ses yeux agrandis par la terreur indiquaient qu'elle était en vie, mais sa jolie robe beige était souillée de sang frais.

A ce spectacle, Nick vit rouge. Murphy et lui roulèrent séparément sur le parquet, pour se relever sur une même impulsion et se faire face.

— Agent Mead ! Je crains, ironisa le meurtrier, que vous ne soyez arrivé à un moment très inopportun. Je commençais juste à faire connaissance avec votre amie ici présente.

Nick décrivit un arc de cercle avec son couteau afin de faire reculer Murphy et de se positionner entre Alyssa et lui.

— C'est fini pour toi, salopard, gronda-t-il entre ses dents.

Avec le temps, le spectre du tueur avait acquis dans son esprit une forme aux proportions surhumaines — quasi monstrueuses. Mais ce n'était pas un monstre qui, un couteau à la main, se dressait devant lui.

L'homme qui avait terrorisé Chicago sous le pseudonyme de Murphy était au contraire petit, avec des traits fins, presque féminins, et des yeux bleus aussi rusés que ceux d'un renard.

— C'est loin d'être fini, objecta ce dernier. Tu vas d'abord rejoindre ton ex-femme dans la mort, Mead. Ce que tu as dit à la presse à mon sujet n'était pas très gentil. Et les mauvais garçons payent toujours pour leurs actes.

Murphy fendit l'air de son couteau, forçant Nick à reculer d'un bond pour éviter le métal tranchant de la lame. Nick était plus grand et plus costaud que son attaquant, mais Murphy était rapide. Il ne vit pas le couteau revenir sur lui et lui entailler le bras.

— Première éraflure, coassa Murphy avec jubilation.

Nick lui assena alors un violent coup de pied au niveau du poignet. Un geste auquel son adversaire ne s'était pas attendu, car son arme vola aussitôt dans les airs.

Nick n'attendit pas qu'il se reprenne et chargea, tête baissée. Il percuta Murphy au niveau du plexus, lui coupant momentanément le souffle, après quoi ils roulèrent une nouvelle fois tous deux à terre.

Les points de suture de son omoplate s'étaient rouverts. Il sentait le sang tiède couler le long de son dos, mais cela ne l'arrêta pas.

Rampant furieusement au-dessus de son ennemi, Nick le plaqua dos au sol, avant d'appliquer la lame de son couteau sur son cou.

— Peu importe de savoir qui inflige la première éraflure, s'écria-t-il. Ce qui compte, c'est de connaître celui qui porte le dernier coup.

Il avait envie de lui trancher la gorge, d'ôter la vie à Murphy, comme ce dernier l'avait fait à Dorrie et s'apprêtait à le faire à Alyssa. La soif de vengeance fit trembler sa main, et l'assassin lut son désir dans son regard.

— Fais-le, le défia-t-il. Vas-y, fais-le. A moins que tu ne soies trop lâche pour ça ?

Oh, Dieu savait qu'il en mourait d'envie. Mais sous sa rage, sa conscience lui disait qu'il ne pouvait laisser libre cours à sa haine sans devenir lui-même, et au même titre que le meurtrier qu'il s'efforçait de maîtriser, un monstre.

Enfonçant légèrement la pointe du couteau dans la chair de son cou, Nick amena une goutte de sang à la surface de sa peau avant de rétorquer :

— Ce serait trop facile.

Au même instant, il entendit le hurlement d'une sirène au loin et imagina que Marianne, la jeune infirmière, avait sans doute prévenu la police.

Jetant son arme hors de portée, Nick empoigna alors les deux bras de Murphy, qu'il riva impitoyablement au sol au-dessus de sa tête. Puis il leva en hâte son regard vers Alyssa. Les yeux emplis de larmes, elle hocha la tête à son adresse, comme pour lui faire savoir qu'elle allait bien.

Mais comment aurait-elle pu aller bien ? se demanda Nick avec anxiété, alors que le devant de sa robe était taché de sang et qu'il ignorait ce qui s'était passé dans cette maudite chambre avant son arrivée.

— Ouvrez ! vociféra soudain la voix de Glen Cleberg depuis la porte d'entrée. Alyssa… Nick ! Vous êtes là ?

L'inspecteur en chef cogna puissamment le panneau de bois.

— Nous sommes ici, hurla Nick.

Il n'allait certainement pas lâcher son adversaire pour descendre ouvrir aux autorités. Ils n'avaient qu'à enfoncer la porte, si nécessaire, mais jamais il ne desserrerait sa prise autour de Murphy.

Un bruit de verre cassé lui indiqua que les policiers avaient brisé le panneau vitré de la porte et qu'ils seraient à l'intérieur de l'hôtel d'ici quelques secondes. Tant mieux, apprécia Nick en son for intérieur, car à chaque battement de son cœur, il sentait qu'il perdait plus de sang, et plus de forces.

— Nous le tenons.

Glen Cleberg, qui venait de surgir dans la pièce, se pencha vers lui et lui toucha le bras.

— Vous pouvez le lâcher, Nick. Nous le tenons.

Nick obtempéra, relâchant vivement son étreinte autour du meurtrier pour se redresser et se précipiter en direction d'Alyssa. Avec autant de douceur que possible, il arracha l'épais morceau de scotch qui obstruait sa bouche, tandis que deux policiers détachaient ses chevilles et ses poignets.

— Elle saigne, s'écria-t-il. Elle a besoin de soins.

— Ce n'est rien, objecta Alyssa. Je vais bien.

Sur ces mots, elle jeta ses bras autour du cou de Nick et éclata en sanglots.

Il referma les siens sur elle et la tint serrée un long moment contre sa poitrine. Jusqu'à cet instant, il ne s'était pas autorisé à laisser sa peur pour elle le submerger, mais cette dernière déferlait à présent en lui avec la puissance d'une lame de fond.

Une terreur rétrospective enfonça sauvagement ses griffes dans son cœur, tandis qu'il comprenait à quel point il avait été près de perdre Alyssa. Il l'aurait ainsi tenue contre lui la nuit entière, mais il devinait qu'il n'en serait pas capable.

Déjà sa vision commençait à se brouiller et il sentit l'obscurité à laquelle il s'était arraché une demi-heure plus tôt chercher à l'engloutir une nouvelle fois.

Il s'efforça de la combattre, désireux de demeurer auprès d'Alyssa et de la réconforter jusqu'au bout de la nuit. Mais s'il s'était montré plus fort que Murphy tout à l'heure, il ne l'était plus assez pour surmonter la soudaine faiblesse de son propre corps.

— Nick !

Nick entendit le hurlement d'Alyssa, après quoi il sombra une nouvelle fois dans l'inconscience.

Depuis la fenêtre de la chambre d'hôpital de Nick, elle avait vu une heure plus tôt les lumières de l'aube strier le ciel. Elle avait regardé le soleil pointer à l'horizon, puis se lever tout à fait, en la promesse d'une autre journée torride.

Alyssa jeta un regard en direction de Nick, qui dormait toujours, avant de reporter son attention sur la fenêtre. Elle l'avait accompagné dans l'ambulance qui le transportait à l'hôpital, et n'avait quitté son chevet que pour laisser le chirurgien suturer son omoplate et son avant-bras, et l'infirmière réinstaller sa perfusion.

Les images de cette nuit d'épouvante commençaient à s'estomper lentement. Elle avait pu se doucher afin d'ôter le souvenir inscrit dans sa chair des mains de Murphy, et revêtir un short et un T-shirt propres prêtés par une infirmière. La plaie superficielle que son agresseur avait — de la pointe de son couteau — infligée à sa poitrine avait été désinfectée et pansée.

— Quelle nuit infernale !

Alyssa se détourna de la fenêtre pour découvrir Nick lui souriant de ce beau sourire sensuel qu'elle aimait tant.

— Vous devez être épuisé, agent Mead, dit-elle en venant s'asseoir sur la chaise placée près de son lit. Ce n'est pas toutes les nuits qu'on arrête non pas un, mais deux tueurs en série.

— Murphy ? demanda Nick.

— Il est en prison. J'ai expliqué à l'inspecteur Cleberg ce qu'il avait fait à ta femme, et lui ai également parlé des meurtres qu'il avait perpétrés à Chicago. Il n'ira nulle part.

La main de Nick se tendit vers la sienne, et Alyssa accueillit avec bonheur la chaleur de ses doigts autour des siens.

— Alyssa… à propos d'hier soir… je ne pensais pas un instant ce que je t'ai dit chez Ruby.

— Ne t'inquiète pas. Je sais que tu cherchais simplement à faire sortir Virginia de ses gonds.

— Pas du tout. Sa réaction a été un excellent bonus, mais j'avais préparé cette scène à l'intention de Murphy.

Il pressa un bouton pour redresser le dossier de son lit d'hôpital, une légère grimace traversant ses traits lorsque le système fonctionna.

— L'idée était stupide, je l'avoue, mais c'est la seule qui me soit venue à l'esprit. Elle consistait, afin de l'éloigner de toi, à imposer au plus vite une distance entre nous, et ce de la manière la plus officielle possible.

Serrant sa main dans la sienne, il plongea son regard dans celui d'Alyssa.

— Alyssa, as-tu été blessée ? Il ne t'a pas fait de mal ?

Devinant à l'inquiétude qu'elle lisait dans ses yeux ce qu'il voulait savoir, Alyssa s'empressa de secouer la tête.

— Non, il ne m'a pas touchée. Il m'a terrorisée, mais il ne m'a pas vraiment violentée. Il m'a juste piqué la poitrine avec la pointe de son couteau.

Nick ferma les yeux, comme si son soulagement était trop intense pour être supportable.

— C'est moi qui l'ai amené jusqu'à toi, murmura-t-il.

Sa voix était alourdie par le remords et la culpabilité.

Alyssa se pencha vers lui et posa une main sur son cœur.

— Oui, mais ensuite, objecta-t-elle doucement, tu es venu à mon secours. Et maintenant, c'est fini... ma vision, les meurtres. Tout est fini, Nick.

Il ouvrit les paupières et parut se détendre.

— Oui, tout est fini. Je suis libéré de Murphy, Cherokee Corners de Virginia, et toi des visions qui te hantaient.

Détachant sa main libre de la sienne, il caressa doucement sa joue.

— Malheureusement, soupira-t-il, je ne suis pas libéré de toi.

Sur ces mots, Nick laissa retomber sa main et ferma une nouvelle fois les yeux.

Alyssa se tint immobile sur sa chaise attendant qu'il poursuive. Elle commençait à penser qu'il s'était rendormi lorsqu'il les rouvrit.

— Je n'ai pas le droit de te demander cela... pas après ce que je t'ai fait traverser cette nuit. Mais quand je partirai d'ici, j'aimerais que tu viennes avec moi, Alyssa. Je t'aime, et je ne peux imaginer vivre sans toi.

Elle s'était attendue à tout, sauf à entendre en cet instant les propos qui venaient de franchir les lèvres de Nick. Ils l'emplirent d'allégresse, mais sa joie fut de courte durée.

Nick était bourré d'analgésiques et de calmants, pensa-t-elle. Ils avaient tous deux passé une nuit terrifiante, et leurs émotions affleuraient à la surface de leur peau plus que de coutume.

Elle sentait la laideur des instants passés avec Murphy continuer de souiller son esprit. Les limbes obscurs de sa vision ne s'étaient pas encore tout à fait estompés. Ce n'était pas le moment de parler d'amour.

— Nick...

Ne sachant pas très bien ce qu'elle allait dire, Alyssa fut soulagée de voir la main de Nick se lever en signe d'apaisement.

— Ne me réponds pas tout de suite, suggéra-t-il. Accorde-toi le temps d'y réfléchir. Je t'aime, Alyssa, et je veux passer le reste de mes jours avec toi, mais tu sais ce que je fais pour subsister, et tu es seule en mesure de décider si tu pourras vivre avec un homme qui exerce un tel métier.

Nick se fatiguait visiblement de plus en plus, et elle savait qu'il avait besoin de dormir... tandis qu'elle, avait besoin de réfléchir, de synthétiser la série d'événements survenus en un si bref laps de temps.

— Rentre chez toi, Alyssa, dit doucement Nick. Rentre chez toi, dors, et choisis tranquillement l'avenir auquel tu aspires.

Ses paupières battirent, puis se fermèrent, et Alyssa comprit que l'effet des drogues l'avait fait se rendormir.

Elle demeura un long moment à le regarder, des larmes brûlantes se pressant sous ses paupières. Il l'aimait. Il voulait passer le reste de son existence avec elle.

Tu vivras seule toute ta vie, mon pauvre ange. L'avertissement de sa grand-mère résonnait dans son esprit tandis que Jason Sheller la raccompagnait chez elle pour la deuxième fois en moins de vingt-quatre heures.

— Il faut que nous cessions de nous rencontrer aussi souvent, plaisanta aimablement le policier en quittant le parking de l'hôpital.

— Rien ne me ferait plus plaisir, croyez-moi, répliqua Alyssa avec lassitude.

Elle laissa aller sa tête contre le dossier de la banquette arrière, ferma les yeux et prit une longue inspiration. Des images fragmentées tourbillonnaient dans sa tête… celle de Virginia poignardant Nick… Murphy lui promettant une mort douloureuse… la confession amoureuse de Nick.

C'était trop… vraiment trop — et elle était également trop fatiguée pour donner un sens à tout cela. « Il m'aime. » La magie de ces mots fit bondir son cœur dans sa poitrine, mais sous sa joie était tapi le souvenir de ceux prononcés des années auparavant par sa grand-mère.

Tu vivras seule tout au long de ton existence.

A cette pensée, Alyssa sentit les larmes affleurer de nouveau à ses yeux. Nick l'aimait. Il voulait construire un avenir avec elle, passer sa vie à la choyer. Mais ignorer la prédiction de son aïeule la terrorisait.

Elle craignait que Nick ne l'aime que temporairement, qu'il finisse par se fatiguer de ses visions, de ses absences, de sa folie, et qu'il ne la quitte. Elle se retrouverait alors de nouveau seule. Sauf que cette fois, elle n'aurait plus d'hôtel, plus de clients de passage — rien pour remplir le vide qui l'entourerait.

Ne jamais recevoir l'amour de Nick serait moins dur à vivre que de devoir le perdre un jour. Elle ne pouvait pas supporter l'idée de construire une existence avec lui — des semaines, des mois durant — pour la voir s'effondrer brusquement sur ses fondations.

Mieux valait demeurer seule… mieux valait respecter la vision que sa grand-mère avait partagée avec elle.

— Voulez-vous que j'appelle quelqu'un pour vous ? offrit Jason en garant son véhicule devant la maison d'hôtes.

— Non, il est trop tôt pour déranger qui que ce soit, répondit Alyssa. Ça va aller.

Pour l'instant, elle n'avait envie de voir personne. Pas tant que son cœur serait aussi lourd.

Elle fut simplement reconnaissante de parvenir, avant que ses larmes ne jaillissent vraiment, à gravir l'escalier jusqu'à la chambre dans laquelle Nick et elle s'étaient aimés.

16.

— Ma parole, on se croirait chez le fleuriste, ici.

Avec un sourire, l'inspecteur Cleberg s'approcha d'un des volumineux bouquets de fleurs, afin de lire le compliment qui l'accompagnait.

— Oui, convint Nick avec un sourire gêné, elles ont commencé à arriver hier, et depuis, ça n'a plus arrêté.

Il s'assit sur le bord de son lit d'hôpital pour enfiler ses chaussures.

— Ces fleurs ne font qu'exprimer à quel point la ville entière vous est reconnaissante, Nick.

Un sillon creusant son front, Glen Cleberg enfouit nerveusement ses mains dans ses poches avant d'affirmer :

— Nous aurions dû arrêter Virginia Maxwell il y a un mois, après le meurtre de Greg. Nous aurions dû fouiller dans son passé dès ce moment-là.

Nick se leva.

— Qu'avez-vous découvert à son sujet ? s'enquit-il, sa curiosité piquée.

— Qu'elle a été mariée auparavant, et que son époux est lui aussi décédé dans des circonstances suspectes. Elle a touché une coquette assurance-vie qu'elle s'est empressée de dépenser avant de mettre le grappin sur Greg. Avant ces deux-là, Mme Maxwell aurait également eu un précédent mari — un renseignement que nous sommes en train de vérifier.

— Vous semblez avoir affaire à une de ces authentiques veuves noires, assura Nick. Lorsque vous aurez réuni toutes les informations la concernant, j'espère que vous me les ferez parvenir à Tulsa.

Cette femme les avait tous leurrés avec son apparente vulnérabilité et sa propension enfantine aux larmes. Si elle avait d'abord assassiné ses deux époux par cupidité, Virginia Maxwell avait ensuite continué à tuer par pur plaisir. Parce qu'elle aimait le sentiment de toute puissance qu'elle en tirait.

— Bien sûr que je vous les communiquerai. Alors, j'imagine que vous allez repartir bientôt ?

— Dans le courant de l'après-midi, sans doute.

Une vague de déprime submergea Nick à l'idée de quitter Cherokee Corners et de laisser Alyssa derrière lui.

Le froncement de sourcils de Glen s'approfondit.

— Etes-vous sûr de pouvoir conduire ?

— Certain. Grâce aux excellents soins du chirurgien, mon épaule et mon bras se remettent très bien.

Hélas, pensa-t-il, la blessure infligée à son cœur ne cicatriserait pas aussi vite.

— J'ai reçu des appels des autorités de Chicago et de Tulsa, l'informa Cleberg. Ce Murphy semble être très populaire... tout le monde le réclame.

Nick sentit une vague de satisfaction l'envahir à la pensée que l'homme qui avait assassiné tant de femmes, y compris Dorrie, était enfin derrière des barreaux. Une fois jugé et condamné pour tous ses crimes, Murphy ne sortirait de prison que les pieds en avant.

— Quelqu'un vient-il vous chercher ? demanda Glen.

Nick hocha la tête en signe d'acquiescement.

— Bud va me ramener à la maison d'hôtes.

— Vous êtes certain de ne pas vouloir rester à Cherokee Corners un ou deux jours de plus ? Le festival d'automne commence demain. L'ambiance va être à la fête au centre culturel.

— Merci, mais ma mission ici est terminée, et il est temps pour moi de rentrer à Tulsa.

— Je ne puis vous dire à quel point nous avons apprécié votre aide, Nick.

Glen lui tendit sa main.

— Vous êtes un excellent flic, agent Mead, et un type vraiment sympathique.

Nick la serra dans la sienne avec fermeté.

— J'ai quant à moi été impressionné par la compétence de vos forces de police, et par le charme de cette belle ville qui est la vôtre, répondit Nick.

A l'instant où leurs mains retombaient le long de leurs corps, Bud pénétra dans la chambre.

— Vous êtes prêt ? demanda-t-il.

Nick opina de la tête puis se tourna vers Cleberg.

— Merci de votre hospitalité, Glen.

— Au nom de tous les habitants de cette ville, répondit celui-ci, je vous réitère ma gratitude pour le travail que vous et votre équipe avez accompli. Grâce à vous, les hommes de Cherokee Corners vont enfin pouvoir dormir tranquilles.

Quelques minutes plus tard, Nick était assis dans la voiture de Bud, qui le ramenait à la maison d'hôtes. Ils discutèrent de sujets anodins, mais son esprit était tout entier absorbé par l'image d'Alyssa.

Elle ne l'accompagnerait pas à Tulsa. Même si elle n'avait pas rejeté sa proposition de manière officielle, il connaissait déjà sa réponse — du simple fait qu'elle ne lui avait plus donné signe de vie depuis les dernières vingt-quatre heures.

Une femme amoureuse désirant passer le reste de ses jours avec un homme ne l'aurait pas laissé se languir ainsi seul dans une chambre d'hôpital.

A l'instant même où il le lui avait offert, il avait su qu'Alyssa refuserait de partager son existence. Il avait lu sa résolution dans ses yeux — à l'ombre qui, après une brève lueur de joie, avait obscurci son regard, lui déchirant le cœur. Il avait alors deviné qu'il rentrerait seul à Tulsa.

Bud immobilisa son véhicule devant l'hôtel.

— Vous êtes certain de pouvoir conduire jusqu'à Tulsa ? demanda-t-il.

— Absolument, assura Nick. Le trajet n'est pas si long.

— Dans ce cas, je vous verrai là-bas, concéda Bud tandis que Nick descendait de la voiture. Soyez prudent sur la route.

— Toi aussi.

Nick se tint sur le trottoir et regarda son coéquipier repartir, puis il se tourna vers la maison d'hôtes. C'était fini. Les meurtres avaient été résolus, et son temps à Cherokee Corners — son temps imparti avec Alyssa — était révolu.

Aussi fou que cela puisse paraître, cette pensée était plus douloureuse encore que la perte de Dorrie ne l'avait été. Dorrie lui avait été enlevée par la main d'un détraqué, tandis qu'Alyssa choisissait de son plein gré de ne pas le suivre. Etrangement, ce chagrin était peut-être pire qu'aucun de ceux qu'il avait connus.

Nick prit une longue inspiration avant de remonter l'allée menant à la véranda. Tout en marchant, il jeta un coup d'œil à sa montre. Il était 11 heures passées de quelques minutes. Il pourrait boucler ses bagages et prendre la route avant midi.

Alyssa vint l'accueillir à la porte. Sa seule vue l'emplit d'une souffrance qui rivalisa d'intensité avec celle pulsant encore à son épaule.

— Nick.

Un chagrin similaire avait percé dans la voix d'Alyssa. Elle leva une main pour saisir une mèche de ses cheveux de jais, indiquant par ce geste à quel point elle était bouleversée... et nerveuse.

Il ne voulait pas la perturber. Il savait qu'on ne pouvait pas plus tirer de sang d'un navet que forcer une femme à vous aimer assez pour tout abandonner et tout reconstruire avec vous.

— Je suis juste venu boucler ma valise et régler ma note. Je repars pour Tulsa aujourd'hui, annonça-t-il.

Sur ces mots, Nick se dirigea vers l'escalier, cherchant à leur simplifier la tâche... à tous les deux. Mieux valait en finir, décida-t-il, et s'en aller d'ici au plus vite.

Une fois dans sa chambre, le seul fait de regarder le lit où Alyssa et lui s'étaient aimés, où ils avaient partagé dans les bras l'un de l'autre leurs secrets les plus intimes, lui étreignit le cœur.

Tout en pliant dans sa valise les quelques vêtements qu'il avait apportés avec lui, Nick se dit qu'il ne pouvait la blâmer d'avoir décliné sa proposition. A cause de ses visions, l'existence d'Alyssa était déjà suffisamment chaotique. Le fait d'épouser un agent du FBI, un profiler, ne ferait sans doute qu'ajouter à ce chaos.

Réunir ses dossiers et ranger l'ordinateur dans sa mallette lui prit à peine plus de temps. Lorsqu'il eut fini, il descendit ses bagages au rez-de-chaussée et trouva Alyssa dans le petit salon de son appartement.

En le voyant entrer, elle lui tendit la facture qu'elle avait dû établir pendant qu'il rassemblait ses effets. Elle évita son regard, une expression de souffrance tendant ses traits.

Nick lui prit la facture des mains, puis il fit doucement courir son index le long de la joue d'Alyssa. Elle ferma les yeux, comme si ce simple contact intensifiait son chagrin. Quand elle les rouvrit et le regarda, ils étaient emplis de larmes.

— Non, ne pleure pas, murmura-t-il, incapable de supporter sa douleur. Tout va bien, Alyssa, même si je voudrais pouvoir te forcer à m'aimer assez pour m'épouser, ce que rien ne m'autorise à faire.

Alyssa fit un pas en arrière, s'arrachant à son contact.

— Oh, Nick… ce n'est pas que je ne t'aime pas assez. Je crois que jamais je n'aimerai personne comme je t'aime.

Il la dévisagea troublé.

— Pourquoi, alors ? Qu'est-ce qui t'empêche de m'épouser, de passer ton existence avec moi ? Est-ce ton hôtel, ou cette ville, que tu ne veux pas quitter ?

Elle secoua la tête. Il la regarda traverser le petit salon en direction de la bibliothèque, et saisir, les larmes roulant à présent sur ses joues, un des paniers en osier qui y étaient exposés.

— Je t'ai expliqué que ma grand-mère était victime, comme moi, de visions. C'était une femme dotée d'une grande sagesse. Elle s'est efforcée de m'enseigner tout ce qu'elle a pu concernant mon don et la façon de survivre à son angoissante tyrannie.

Alyssa fit nerveusement tourner le panier entre ses mains.

— Une de ses visions avait auguré que je vivrais seule jusqu'à la fin de mes jours.

Nick prit le panier des mains d'Alyssa, le replaça sur l'étagère et posa ses mains sur ses épaules.

— Et tu crois plus à la prédiction de ta grand-mère qu'à celle que tu lis dans mes yeux ? Ta grand-mère possédait le même don de clairvoyance que toi, et elle n'a pas passé son existence seule. Elle a eu ta mère. Elle t'a eue, toi.

Refusant toujours d'affronter son regard, Alyssa fit un autre pas en arrière pour s'écarter de lui. Malgré cela, Nick sentait l'espoir renaître en lui. Le problème ne résidait pas dans un quelconque manque d'amour. Elle l'aimait.

C'était la prédiction de sa défunte aïeule qui lui interdisait de s'engager pour la vie auprès de lui.

— Alyssa... tu as toi-même expérimenté une vision au cours de laquelle je trépassais au pied d'un arbre. Or nous avons réussi à détourner l'issue fatale de ce présage. Le simple fait que ta grand-mère ait vu ton existence se dérouler d'une certaine façon ne signifie pas que c'est ce qui doit arriver.

— Tu ne comprends pas, protesta doucement Alyssa en continuant de fuir son regard. Je ne peux pas venir avec toi, Nick. Ma vie est ici... dans cette ville, et dans cet hôtel, où je poursuivrai mes jours seule.

Il y avait un caractère irrévocable dans ses propos, qui les firent résonner en lui comme un arrêt de mort.

— Tu vivras, promit Nick avec amertume, entourée d'hôtes de passage dont le mouvement permanent te permettra de ne jamais t'investir émotionnellement avec quiconque.

Sur ces mots, il s'empara de sa valise et de sa mallette.

— J'avais commencé à penser que tu étais la femme la plus courageuse que j'aie jamais rencontrée. Mais je vois à présent qu'il existe une bonne part de lâcheté en toi.

Figée par la douleur, les traits tendus par la surprise, Alyssa leva enfin les yeux vers lui.

— Je ne suis pas lâche, rétorqua-t-elle.

Poursuivre cette conversation était inutile, décida Nick. Il ne supportait pas de rester dans cette pièce et de voir les larmes dans les yeux d'Alyssa en sachant qu'ils ne construiraient jamais un avenir ensemble.

— Je dois partir, dit-il. Je veux m'arrêter chez Ruby afin de lui faire mes adieux avant de prendre la route.

Il la dévisagea un long moment encore.

— Ne crois pas que la vision de ta grand-mère soit simplement en train de se réaliser, Alyssa. C'est *toi*, qui as décidé qu'il en serait ainsi. Toi qui te satisfais de vivre une prophétie te condamnant jusqu'à la fin de tes jours à la solitude.

Tout en se détournant et en sortant de son appartement, Nick espéra qu'Alyssa l'arrêterait, qu'elle crierait son nom et se jetterait brusquement dans ses bras. Il avait envie de l'entendre dire que leur amour serait assez fort pour démentir un songe qui ne présageait ni bonheur, ni attachement, ni aucun engagement à long terme.

Mais elle n'en fit rien, et il sortit sans qu'elle cherche à l'en empêcher. Il quittait Cherokee Corners avec une blessure à l'épaule, une autre au bras, mais aucune d'elles n'était comparable à celle qui lui broyait le cœur.

Durant un long moment après son départ, Alyssa demeura debout au milieu du salon, à combattre la douleur qui la terrassait. Elle avait fait ce qu'il fallait… non ?

Elle s'effondra lourdement sur le sofa en se demandant pourquoi, dans ce cas, elle se sentait si mal, et étreinte par un désespoir qu'elle n'avait jamais connu auparavant.

Elle avait passé les dernières vingt-quatre heures à arbitrer une cruelle lutte intérieure, son cœur lui disant de s'accorder une chance d'aimer et d'être heureuse tandis que sa tête l'avertissait qu'elle ne s'attirerait que plus de souffrance en l'écoutant. Son esprit avait gagné la bataille, mais son cœur payait à présent le tribut de la défaite — en éclatant en mille morceaux.

« Ce lieu lumineux où je me sens heureux, c'est ici, avec toi. »

C'était ce que Nick lui avait dit, et au long des jours, tandis qu'elle s'enfonçait chaque fois plus profondément dans l'obscurité de ses visions, lui aussi avait représenté ce lieu magique.

« Si cet homme, ce Nick, te satisfait en tant que femme, alors écoute ton cœur, et non les visions qui pourraient peupler ton esprit. » C'était le conseil que lui avait prodigué sa tante Rita.

Faisait-elle vraiment preuve de lâcheté ? Avait-elle peur de risquer sa chance et de défier la prédiction de sa grand-mère au point de se satisfaire, ainsi que l'avait dit Nick, de vivre une prophétie qui n'avait pas lieu de se réaliser ?

Comprenant soudain qu'elle avait commis la plus grave erreur de son existence, Alyssa sentit la panique l'envahir. Elle bondit hors du canapé et se rua vers la porte d'entrée.

Dehors, le soleil était brûlant. Elle courut droit devant elle. La dernière fois qu'elle avait traversé ce parc, c'était pour fuir Nick. Cette fois, elle s'élançait au contraire vers lui, et vers tout ce qu'il avait à lui offrir.

« Faites, faites que je n'arrive pas trop tard », implora-t-elle. Lorsqu'elle vit sa voiture garée devant le restaurant, son cœur fit un bond dans sa poitrine. Il était encore là.

Une foule inhabituellement dense malgré l'heure tardive emplissait le restaurant. Alyssa scruta tous les visages à la recherche de celui de Nick. Elle aperçut Ruby au fond de la salle. Il était là, assis face à la plantureuse femme blonde à une petite table.

— Nick ! hurla Alyssa, indifférente aux dizaines de regards braqués sur elle.

Nick leva les yeux. Son regard torturé rencontra le sien. Sans doute y lut-il l'amour qui en irradiait et qui soulevait ses lèvres en un sourire — la passion dévorante qui l'avait poussée à le rejoindre ici — car il quitta la table et vint à sa rencontre.

— Oui, s'exclama Alyssa à bout de souffle. Oui, je veux t'épouser. Oui, je veux passer le reste de mes jours avec toi.

Nick referma vivement ses bras autour d'elle et la serra contre lui.

— En es-tu sûre ? murmura-t-il avec ferveur. Vraiment certaine ?

— Je n'ai jamais été aussi certaine de quoi que ce soit.

Elle eut à peine le temps d'achever ces mots que déjà la bouche de Nick écrasait fiévreusement la sienne.

Tandis qu'ils s'embrassaient, Alyssa prit vaguement conscience des applaudissements qui montaient autour d'eux. Des larmes — de bonheur cette fois — brûlèrent ses paupières.

Lorsque leur baiser prit fin, elle plongea son regard dans celui de Nick et sentit son cœur exploser de joie dans sa poitrine.

— J'ai une vision, murmura-t-elle. Je nous vois vivre ensemble le reste de nos jours, nous aimer, et fonder une famille.

Nick encadra son visage de ses mains, ses splendides yeux bleus semblant la transpercer jusqu'à l'âme.

— Ce n'est pas une vision, mon amour, c'est le serment que je te fais.

Alyssa tourna son regard vers Ruby, qui, à présent debout à quelques mètres d'eux, arborait un sourire extatique.

— Ruby, vous voulez toujours me racheter mon hôtel ?

— Bon sang, oui ! s'exclama l'opulente restauratrice en se frottant les mains avec une jubilation manifeste.

— Ne vous imaginez pas que vous allez faire une affaire juste parce que nous sommes amoureux, l'avertit Nick.

Ruby renversa sa tête en arrière et éclata de rire.

— Dès que je vous ai vu, beau brun, j'ai deviné que vous seriez une source inépuisable de problèmes, ironisa-t-elle.

— Et moi, j'ai senti au premier regard le terrible danger que tu représentais pour moi, renchérit Alyssa avec un sourire à l'adresse de Nick.

Il la prit par le bras et la guida hors de la salle, loin des regards indiscrets des clients de l'établissement. Lorsqu'ils furent tous deux sous le soleil éclatant de la rue, il l'enlaça une nouvelle fois.

— Régler toutes les formalités ici prendra un certain temps, l'avertit-elle. Je ne pourrai sans doute pas m'installer à Tulsa tout de suite.

— Tulsa n'est pas si loin. En attendant que tu sois libre, je ferai le trajet pour te voir plusieurs fois par semaine.

— Quand je pense que j'ai presque failli te laisser partir, déclara Alyssa dans un souffle. Te laisser disparaître de ma vie.

Nick sourit, de ce beau sourire sensuel qui la faisait fondre tout entière.

— Je n'étais pas encore parti, assura-t-il. D'abord, souviens-toi, je n'avais pas réglé ma note. Et je n'aurais pas pu quitter Cherokee Corners sans tenter de te persuader une dernière fois que nous sommes faits l'un pour l'autre.

— Je t'aimerai pour toujours, renchérit Alyssa.

Les yeux de Nick irradiaient d'amour. Il représentait le lieu lumineux où elle se sentait heureuse, et alors qu'il emprisonnait de nouveau ses lèvres sous les siennes, Alyssa comprit que jamais — jamais plus — elle ne serait seule.

A paraître dans la collection
INTRIGUE
le 15 décembre 2005.

Dangereux secrets,
de Jean Barrett, N°71

Alors qu'il est recherché par la police pour un crime qu'il n'a pas commis et qu'il s'est enfui afin de réunir les preuves de son innocence, Ethan Brand est victime d'un accident de la route. Hébergé et soigné par Lauren McCrea, il tombe instantanément amoureux d'elle lorsqu'il émerge de sa torpeur. Mais après une seule et unique nuit d'amour, il doit repartir défendre sa cause. Et quand il la retrouve, onze mois plus tard, il est loin de se douter que la jeune femme lui cache un terrible secret...

Mortelle menace,
de Carly Bishop, N°72

Kristen McCourt mène une vie heureuse avec son fils Christopher, âgé de quatre ans et qu'elle élève seule, jusqu'au jour où elle surprend par hasard une bien étrange conversation : un homme va bientôt être assassiné... Et alors qu'elle se rend au commissariat pour faire sa déposition, elle est bouleversée lorsqu'elle fait la connaissance de l'inspecteur Garrett Weisz. Car celui-ci n'est autre que l'inconnu avec qui elle a connu une brève liaison cinq ans auparavant. L'inconnu qui est le père de son fils...

Traquenard,
de Debra Webb, N°73

Bouleversée, terrorisée, Angel Parker voit les heures s'écouler avec angoisse. Car les ravisseurs qui ont pris en otage sa tante et menacent à présent de s'en prendre à sa fille ont été très clairs : elle doit se débrouiller pour leur livrer Cole Danes, l'agent spécial qui a juré leur perte, dans les vingt-quatre heures. Et alors qu'elle fait la connaissance de cet homme qui l'attire dès le premier regard, l'étau se resserre autour d'elle : comment lui avouer qu'elle va le trahir pour sauver sa famille ?

Double jeu,
de Amanda Stevens, N°74

Alors qu'elle a accepté de se faire passer pour sa cousine, à laquelle elle ressemble à s'y méprendre, Cassie Boudreaux s'apprête à passer une semaine de rêve dans un palace de Houston. Car sa cousine n'est autre que Céleste Fortune, une actrice en vue, désireuse d'échapper aux paparazzi pendant ses vacances. Mais ce qui n'était qu'un jeu vire bientôt au cauchemar... Manifestement, quelqu'un essaie de lui faire peur : appels anonymes et tentative d'assassinat se succèdent sans relâche. De bien étranges événements qui orientent immédiatement ses soupçons sur Jack Fury, un homme aussi séduisant qu'inquiétant qui est pourtant censé la protéger...

Boston possède plus d'un quartier mal famé où l'industrie du sexe puise sans peine de nouvelles recrues.
Devant l'indifférence de la police, la jeune femme ne peut compter que sur l'aide de Clancy Donovan, un homme dévoué à la cause des jeunes en perdition. Ensemble, ils vont affronter le redoutable proxénète qui a attiré Kitty dans ses filets.
Et qui ne reculera devant rien pour la garder…

Le bûcher des innocents, de Shirley Palmer • N° 242
Malibu, Californie. Un violent incendie fait rage autour de la ville, dévastant tout sur son passage. C'est là, dans cet enfer brûlant, que l'architecte Matt Lowell découvre un nouveau-né abandonné – trop tard cependant pour le sauver… Mais l'horreur ne s'arrête pas là : bientôt en effet, il apprend qu'un autre cadavre a été trouvé à proximité. La victime, une jeune adolescente, s'avère être la mère du bébé et porte sur elle la trace de sévices atroces. Qui est-elle ? Que lui est-il arrivé ? Bouleversé par le sort de ces deux innocents, Matt décide de mener lui-même l'enquête – sans imaginer que celle-ci va le plonger au cœur d'un abominable trafic…

A l'ombre des magnolias, de Fiona Hood-Stewart • N° 243
Fille de sénateur, épouse d'un politicien promis à un brillant avenir, Elm MacBride a toujours fait passer les intérêts de sa famille avant les siens. Jusqu'au jour où elle découvre que son mari la trompe… Révoltée, elle trouve refuge chez une amie et entreprend de vivre enfin selon ses désirs. Des désirs qui ne tardent pas à s'incarner en Johnny Graney, un riche éleveur de chevaux… Mais on ne rompt pas si facilement avec le passé, et lorsque son mari la supplie de prendre en considération les conséquences d'un divorce sur sa carrière, Elm accepte de jouer quelques semaines encore les épouses exemplaires. Au risque de tout perdre…

Menace à Manhattan, de Howard Simon • N°121 (*réédition)*
Chirurgien et chercheur hors pair, Zach Green a contribué à faire du CHU de Manhattan l'un des plus réputés de la Côte Est. Aidé de son collègue, Glen Brinkman, ainsi que d'une nouvelle recrue, la séduisante Casey Brenner, il vient justement de se lancer dans l'étude d'une technique opératoire novatrice, susceptible de sauver des vies dans des cas jugés jusqu'alors désespérés. Mais ce projet sonne comme une provocation pour un groupe de dangereux individus lancés dans une guerre sans merci contre les laboratoires de recherche du pays. Déjà, plusieurs savants ont été assassinés. Et Zach pourrait bien être le prochain sur la liste…

Composé et édité par les
éditions Harlequin
Achevé d'imprimer en septembre 2005

BUSSIÈRE
GROUPE CPI

à Saint-Amand-Montrond (Cher)
Dépôt légal : octobre 2005
N° d'imprimeur : 52195 — N° d'éditeur : 11652

Imprimé en France

CW21640396

GE[illegible]ON

Baking just like Oma

JUST LIKE OMA & JUSTLIKEOMA.COM

just like Oma

Legal Disclaimers, Copyrights, and End User Rights

Disclaimer: The information contained in this book is based on the author's experience, knowledge, and opinions. The author and publisher will not be held liable for the use or misuse of the information in this book.

Baking Just Like Oma

ISBN: 978-1-7781150-0-4

Cover and book design by Michael Fulson, simplycreativebranding.com

Photography by Gerhild Fulson

Ihr esset nun oder trinket oder was ihr tut, so tut es alles zu Gottes Ehre.

1.KORINTHER 10,31 (LUT)

Whether therefore ye eat, or drink, or whatsoever ye do, do all to the glory of God.

1 CORINTHIANS 10:31 (KJV)

Table of Contents

TIPS & HINTS

guten

Tag!

Introduction

When my *Mutti* and *Papa* immigrated to Canada in the 1950s with their young family, they worked hard to start a new life in a new country. It meant *Mutti* needed to experiment in the kitchen using ingredients that were foreign to her to try and capture the flavors and textures that reminded her of the old country.

Her creativity and inventiveness won out. Delicious *rouladen* with gravy poured over *Thüringer klöße* and sweet/sour *rotkohl* are my fondest memories of *Mutti's* Sunday dinners. With a delectable *buttercreme torte* or a simple *obsttorte* for afternoon break, the food was so reminiscent of her traditional upbringing in Germany.

She succeeded in duplicating those recipes and I grew up with German food in my blood!

Are you living outside of Germany, too? Are you missing that daily trip to the bakery to get your fresh *brötchen* or *streuselkuchen*?

You can re-create those fabulous baked goods no matter where you live in the world. Using local ingredients can be a bit of a challenge, but German baking is actually not that difficult to replicate, especially when you have an *Oma* at your side.

Let me be your *Oma*. I'll teach you, just like *Mutti* taught me.

The recipes that form the core for most of the cooking and baking I do are quick, easy, and delicious. They are the ones I've always relied on, especially at times when my life was very busy: when our boys were young, when I was homeschooling, and when I was running a private school.

During those times, having something quick and delicious on the table, such as *apfelstrudel* and no-knead *sauerteig vollkornbrot*, was really important to me. Other recipes are more recent, such as *krustenbrot* and *friesentorte*; they are also quick, easy, and delicious and have likewise become staples.

This cookbook is a collection of these tried-and-true baking recipes. You'll find many of the recipes include a section called *Oma's Ecke* (Grandma's Corner) with extra info for each of those recipes. You'll also find some unusual coloring pages scattered throughout the book that contain special baking tips to help you as we travel through this German baking adventure together.

Some of the recipes in this book may not be totally traditional, like my easy *Schwarzwälder kirschtorte*, but if you want quick, easy, and delicious recipes, do give them a try. I think you'll agree this is a yummy collection of German-style recipes that will bring back many fond memories of traditional German baking, without all the fuss.

And to make it easier for everyone, I've adjusted these recipes to use standard US measurements instead of weighing the ingredients, which is the norm in Germany. Yes, weighing is more accurate, especially in baking; however, I think you'll find the recipes included here work just as well when made with cups and measuring spoons. For more information on this, see *Basic Conversions & Information* on **page 16**.

So what do you say? Let's get baking and create these mouth-watering treats as delectable treasures to pass on to your own family, just like my *Mutti* did for hers.

There are certain standard items in a German kitchen that may be difficult to obtain outside of Germany, other than online. For baking enthusiasts, knowing that there are substitutes makes German baking so much easier.

SUBSTITUTES FOR *DR. OETKER* GLAZES, CLEAR AND RED

Make your own *tortenguss* (glaze) easily. For a clear glaze, choose apple or white grape juice. For a red glaze, choose a dark red berry or grape juice. If you don't have juice, then use water with lemon juice and sugar to taste.

Mix 1 tablespoon (10 g) potato starch with ¼ cup (60 ml) juice until dissolved. Bring ¾ cup (180 ml) juice to a simmer. Stir in the starch mixture and simmer until thickened, about 30 seconds, stirring constantly. Spoon over fruit and let sit until set.

Cornstarch can be substituted for the potato starch, but the resulting glaze will be cloudy.

An easy and traditional alternative is to use apricot jam. Heat it in the microwave, adding a bit of water if it's still too thick. Pass through a sieve, cool a bit, and brush on fruit.

SUBSTITUTES FOR *DR. OETKER* VANILLA SUGAR

For most recipes, 1 pouch of vanilla sugar (*vanillezucker*) can be replaced with 1 to 2 teaspoons (5 to 10 ml) vanilla extract added with the liquids.

Make your own vanilla sugar by placing 1 sliced vanilla pod (with or without seeds) into a container with 1 cup (200 g) of granulated sugar. Cover and place in a dark cupboard for 2 weeks before using.

A quicker way is to whisk 2 tablespoons (30 ml) of vanilla extract and 1 cup (200 g) granulated sugar for about 1 minute. Spread on a parchment-lined baking sheet to dry overnight before using. Store, covered, in a dark cupboard.

Two teaspoons of homemade vanilla sugar replaces 1 pouch *DR. OETKER Vanilla Sugar*.

SUBSTITUTES FOR *DR. OETKER* WHIP IT

Used to stabilize whipped cream, *DR.OETKER Whip It* (*sahnesteif*) really works best, adding sugar to taste. However, it can be replaced with any of the following:

- 1 tablespoon (8 g) cornstarch per 1 cup (240 ml) of heavy cream (plus sugar to taste)
- 2 to 3 tablespoons (16 to 24 g) powdered sugar per 1 cup (240 ml) of heavy cream
- 2 to 3 tablespoons (28 to 42 g) instant pudding powder per 1 cup (240 ml) of heavy cream

SUBSTITUTE FOR CAKE FLOUR

Have you run out of cake flour? For every cup of all-purpose flour, replace 2 tablespoons of it with cornstarch. Sift mixture twice before measuring out the amount you need for your recipe.

SUBSTITUTES FOR *LEBKUCHEN* SPICE MIX

Mix the following ground spices and store in a covered container:

- 2 tablespoons cinnamon
- 2 teaspoons cloves
- ½ teaspoon each of mace, coriander, nutmeg, ginger, and cardamom

For recipes calling for one 15-g package of *lebkuchen* spice mix, use 4¼ teaspoons of homemade mix.

Pumpkin pie or gingerbread spice could be used if the above spices aren't available. The taste won't be identical, but similar enough.

SUBSTITUTE FOR *BROTGEWÜRZ*

The bread spice mix adds German flavor to your breads. This classic recipe can be tweaked to your taste:

- 1 tsp fennel seed
- 1 tsp anise seed
- 1 tsp whole coriander
- 2 tsp caraway seed

Grind in a clean coffee grinder or with a mortar and pestle to a powder and store in a closed container. Use 1 to 2 teaspoons per loaf of bread and mix well with the dough. Do not use this as a topping on the bread.

You can also try adding celery seeds, cardamom, allspice, and/or fenugreek to your mix.

3 medium potatoes, peeled and cubed

2 tbsp (20 g) active dry yeast *(see* ***page 23****)*

1 cup (130 g) whole wheat or bread flour

1. Put potatoes into a small pot and barely cover with water. Cook until tender, about 15 minutes. Drain, keeping 1 cup (240 ml) of liquid. Discard potatoes and let cup of potato water cool to lukewarm.
2. In a medium-sized bowl, dissolve yeast in potato water. Add flour and stir. Cover with a towel and let starter stand overnight at room temperature. Starter should be bubbly after it has stood overnight.
3. You can use the starter right away or let it age at room temperature by feeding it equal quantities of flour and water, about ¼ cup each daily for several days. Subsequent loaves will taste more sour the older the starter is.
4. Keep mature starter in a covered container in the fridge and feed it weekly.

Oma's Ecke

The strength of the starter will affect the time it takes for the dough to rise, anywhere from one hour to several hours. You'll learn to adjust the rise times accordingly as you get to know your particular starter.

If the dough doesn't rise much, the starter needs to be strengthened by feeding it daily for several days, leaving it at room temperature. After several days, the starter should double in volume faster.

A very active starter will work so quickly that even putting the dough in the fridge to slow down the rise won't work. Most mature starters are inherently slower and the dough can be put in the fridge for several hours or overnight for a cold rise.

Your starter will have its own personality. The more you use it, the more you will sense its strength and adjust the timing. It'll take some practice to perfect your sourdough bread, but it's a delicious journey!

My recipes use standard US leveled measurements:

tsp = teaspoon

tbsp = tablespoon

oz = ounce

fl oz = fluid ounce

lb = pound

1 cup = 16 tbsp = 8 fl oz = 240 ml

1 l (liter) = 33.8 fl oz

1 tsp = 0.17 fl oz = 5 ml

1 tbsp = 3 tsp = 0.5 fl oz = 15 ml

1 lb = 16 oz = 454 g

These are some of the basic US/metric conversions I use when converting a German recipe to English:

200 g granulated sugar = 1 cup	160°C = 325°F
125 g unsifted powdered sugar = 1 cup	180°C = 350°F
130 g unsifted all-purpose flour = 1 cup	190°C = 375°F
128 g cornstarch = 1 cup	205°C = 400°F
227 g butter = 1 cup	230°C = 450°F

Use dry measuring cups (usually a stacked set) for dry ingredients so you can level the top. Use liquid measuring cups (with a pouring spout) for liquids to make it easier to pour.

When measuring dry ingredients such as flour, do not pack the cup. Instead, scoop with a spoon to fill the measuring cup and then level the top with the straight back of a knife.

FLOUR

Without getting technical, the flour in Germany is just different. Trial and error showed that for every 500 grams of flour in a recipe from Mutti's old German cookbook, I only needed to use 450 grams. However, this also depends on the altitude, humidity, and brands available. Some experimenting may be necessary to find what works best in your region.

EGGS

For all recipes using eggs, I use large-sized eggs unless otherwise stated. Room temperature eggs are best for baking.

MILK

For all recipes, either 2% or whole milk can be used. For pudding or frosting, whole milk is preferable.

BUTTER

For all recipes using butter, I use salted butter unless otherwise stated.

If you only have unsalted butter, add ¼ tsp salt to the recipe for every ½ cup unsalted butter.

Unless otherwise stated, let butter sit at room temperature, about 65°F (18°C), for about 1 to 2 hours before baking.

TOTAL TIME

The total time given is an estimate based on the least amount of probable time used. This will wholly depend upon several variables, including having ingredients ready, variations in oven temperatures, knowledge of appliances, etc. Always give yourself more time when trying a recipe for the first time. Enjoy the journey!

Disclaimer

I'm an *Oma*.

I am not a pastry chef, nor have I attended culinary college. I simply want to share with you the baking recipes I've used for over 60 years, and to pass on the distinctive German cuisine I learned from my *Mutti* that has been passed down through the generations.

I invite you to join me in the simple art of making German breads, tortes, cookies, and those special Christmas treats made *just like Oma*.

Brot und Brötchen

BREADS AND ROLLS

Take a deep breath. Can you smell it? *Brötchen*, fresh from the bakery ... still warm from the oven.

One of the best things about living in, or visiting, Germany is being able to go to the bakery, usually just around the corner, for a delicious assortment of freshly baked rolls: crusty white ones; whole grain ones with seeds inside, on top, and on the bottom; ones made of rye, spelt, wheat, or oat; and others I've never heard of. And the bread. Oh, the bread! The choice is overwhelming, and so missed outside of Germany.

It should be simple to just bake these at home, but it's not. Most Germans, even *Omas*, don't bother. With bakers getting up at 3 a.m. to fire up their ovens and proof the dough, a quick trip to the bakery is so much easier.

And for those of us living outside of Germany, using an actual German recipe doesn't yield the desired result. The flour is different. The yeast is different. So, it means either a bit of compromise is needed, or it's time to buy that plane ticket!

But, don't despair.

I'm sharing my proven recipes that re-create for us the taste of Germany. While the results may not be identical, they sure are close and they will bring that mouth-watering *bäckerei* aroma and taste to your kitchen.

Brezeln & Laugenbrötchen

Pretzels & Pretzel Rolls

What could be better than pretzels that are crispy and salty on the outside, yet soft and chewy on the inside? Pretzel rolls that offer even more goodness! This recipe may look long and complicated, but these pretzels and rolls are quite easy to make. Just take it step-by-step and you'll soon be transported back to Germany with your first bite.

Traditionally, a lye bath is used to give the crust the right color and taste. However, using a baked baking soda bath is a lot safer and easier to do. The result? These are really, really close cousins to the ones found in Germany. You'll definitely want to make these over and over again. They are THAT good!

PREP TIME:
60 min

RISE TIME:
75 min

BAKE TIME:
15 min

TOTAL TIME:
2 hr 30 min

MAKES:
12 pretzels or 10 rolls

ingredients

6 tbsp (108 g) baking soda

½ cup (120 ml) lukewarm water

1 tsp (4 g) granulated sugar

1 tbsp (10 g) active dry yeast

¾ cup (180 ml) lukewarm milk

2 tbsp (28 g) soft butter

3½ cups (455 g) all-purpose flour, divided

1 tsp (6 g) salt

3 cups (720 ml) hot water

coarse sea salt, to sprinkle

directions

1. Preheat oven to 250°F (120°C). Line a baking sheet with foil and spread baking soda in a thin, even layer. Bake for one hour. Meanwhile, make the pretzel dough. Once the soda has baked, remove and set aside to cool.
2. Prepare two baking sheets by lining them with parchment paper and set aside.
3. Add the lukewarm water and sugar into a large mixing bowl with a dough hook attachment. Mix in the yeast and let stand 10 minutes until bubbly. Add the milk and stir.
4. Blend the butter, 3 cups of flour, and salt into the yeast mixture. Let the dough hook knead the dough for 5 to 10 minutes, adding more flour as needed until the dough forms a ball that is smooth, elastic, and not sticky.
5. Cover the bowl with a towel and let the dough rise for 45 to 60 minutes in a warm, draft-free area until doubled in size.
6. Preheat oven to 425°F (218°C).

TO MAKE PRETZELS:

1. Divide the dough into 12 equal pieces.
2. Roll each piece into an 18-inch long rope, keeping the center thicker than the ends.
3. Form into a U shape. Cross the ends of the rope over each other twice about 3 inches from the end. Fold the ends down and press to the curved part at the 4-o'clock and 8-o'clock positions.

TO MAKE ROLLS:

1. Divide the dough into 10 equal pieces.
2. Roll each piece into a ball.

(con't)

directions

TO PROOF, BATHE, AND BAKE:

1. Place pretzels and/or rolls onto the parchment-lined baking sheets. Cover with a towel and let rise 15 minutes. Remove towel and let rise another 15 minutes, letting the surface dry to form a slight skin.
2. Prepare the soda bath. Using a large glass bowl, gradually whisk the cooled baked baking soda into the hot water until dissolved.
3. One at a time, dip pretzels and/or rolls into the soda bath for about 3 seconds for pretzels and 3 seconds for each side for rolls. Remove and put back on the parchment-lined baking sheets.
4. Slit the rolls and/or the thick center of the pretzels with a sharp knife or razor blade and sprinkle with sea salt.
5. Bake for about 15 minutes until nicely browned. Remove to a wire rack to cool. Best enjoyed while still warm.

Oma's Ecke

If you have sensitive skin, use gloves when dipping pretzels. If you want a chewier crust, dip into the baked baking soda solution for a few seconds longer.

For a deeper color, brush with an egg wash (1 egg yolk mixed with 1 tbsp water) before sprinkling with salt.

Brush with melted butter right after these are baked for extra yumminess.

Baking with Yeast

Is it alive?

Mix ½ teaspoon yeast and ½ teaspoon sugar in 2 tablespoons lukewarm water. If it bubbles and foams in 5 to 10 minutes, it's active. If it doesn't, discard and buy new yeast. Always check expiration dates.

Temperature

Unless otherwise stated, use lukewarm (~100°F) liquids. Other ingredients (including eggs) should be at room temperature. Proofing and resting/rising are best at 70°F to 80°F.

Yeast Type

Instant Yeast and Dry Active Yeast are interchangeable 1 to 1, but Instant is added directly to ingredients and Dry Active needs to be activated in water first.

Brötchen

Bread Rolls

If there's one thing that's missed by almost everyone, it's the brötchen, *also known as* semmel, schrippe, rundstück, weckle, weckli, *or* wecken. *It's claimed that there are over a thousand different types of these little breads throughout the different regions of Germany. They are all known for being WUNDERBAR!*

The one I'm featuring here has an incredible crust, yet is moist and chewy inside. Since I like easy, I use my bread maker to make quick work of preparing the dough, but you can also make them entirely by hand (see Oma's Ecke*). The secret for the crust? Egg whites and ice cubes!*

PREP TIME:
45 min

RISE TIME:
105 min

BAKE TIME:
18 min

TOTAL TIME:
2 hr 48 min

MAKES:
12 rolls

ingredients

FOR THE DOUGH:

1 tbsp (10 g) instant yeast

3½ cups (455 g) all-purpose flour, plus extra if needed

1 tsp (6 g) salt

1½ tsp (6 g) granulated sugar

1 tbsp (14 g) soft butter

2 egg whites

1¼ cups (300 ml) lukewarm water

FOR THE EGG WASH:

1 egg white mixed with 2 tbsp (30 ml) milk

FOR BAKING:

1 cup (about 150 g) ice cubes

directions

1. Prepare a baking sheet by lining it with parchment paper.
2. Put all dough ingredients into the bread machine pan. *(Follow manufacturer's recommended order.)*
3. Set the bread machine to the dough setting. This will take about 1½ hours.

   NOTE: *After the first few minutes, check that the dough isn't sticking to the sides and has formed a ball. If the dough is sticking, add a tablespoon of flour and let it knead; gradually add more if needed. The dough will be tacky, but should come together without sticking to the pan.*

4. When the dough is ready, remove it from the bread machine.
5. Place the dough on a lightly floured counter and gently fold it several times. The dough will be very soft. If it's too sticky, dust with a little more flour.
6. Form into a roll, about 12 to 16 inches long, and cut into 12 pieces.
7. Form each piece into a smooth ball by placing it into one hand. With the other fingers, pull up the outside edges and pinch into the middle several times, dusting fingers with flour if needed. Place with the seam side down on the baking sheet. Cover with a towel and let rise until doubled, about 45 minutes.
8. Fifteen minutes before baking, preheat oven to 425°F (218°C). Place an empty metal pan on the bottom rack.
9. When the oven is hot, gently brush rolls with egg wash. Cut a fairly deep slash in the top of each roll with a sharp knife or lame blade.

(con't)

directions

10. Place baking sheet with rolls into the middle of the oven and immediately add 1 cup of ice cubes to the hot pan on the bottom rack.

11. Bake for 15 minutes, then carefully open door slightly to let any steam escape. Close the door gently and continue baking for another 3 to 5 minutes or until tops are nicely browned. Remove to a wire rack and let cool for about a half hour before serving.

Oma's Ecke

If you don't have a bread machine, you can make these with your mixer instead. When making yeast doughs, ingredients are usually added and mixed in a certain order. Since ingredients are added all at once to a bread machine, I mimic what the machine does and do the following:

Using my mixer with a dough hook, I put all the ingredients into the bowl, starting with the flour. Turn it on low for 2 minutes and then onto medium speed to knead until it forms a ball. Let it knead for another 5 to 10 minutes. Make sure the dough isn't too sticky. If it is, add one tablespoon of flour at a time. The dough should be a bit tacky. Cover with a towel and let it rise about 1 hour or until it has about doubled in size. Continue with the above recipe from where the dough is removed from the bread machine.

The amount of flour depends on things like the brand, humidity, altitude, etc. Whenever I use the bread machine for any baking or dough-making, I always check the dough after the first few minutes of kneading to see if extra flour is needed. Sometimes it's needed, but other times not.

If desired, sprinkle the rolls with oats or seeds right after you brush them with the egg wash.

If you're adventuresome, you can add a bit of diastatic malt powder. Don't add more than 1 teaspoon though. This powder is considered the secret ingredient to promote a strong rise, great texture, and a lovely brown crust. However, if you add too much, things can get very sticky very quickly.

Stand Mixer

A stand mixer with a dough hook makes easy work of kneading dough for 10 to 15 minutes.

But if your mixer moves and wanders as you do other things, it can end up on the floor.

Put a plastic bowl in front of the mixer.

That way it will fall first and alert you to an upcoming mixer crash before it happens.

Hefezopf

Braided Bread

Hefezopf*, which is flavored with lemon zest and studded with raisins, lemon peel, and almond slivers, is perfect when served with butter and some homemade jam. It's called* Osterzopf *at Easter and* Weihnachtszopf *at Christmas, but it's absolutely delicious any time of the year.*

As with any other yeast baking, this bread tastes best when it's still warm from the oven. Let it sit a bit in order to cool it down. You don't want it steamy hot, because cutting into it will create a sticky mess. Wait till it's just nice and warm enough to melt any butter you may spread on it. Topped with some black currant jam, it is absolutely wunderbar*!*

PREP TIME:
35 min

RISE TIME:
95 min

BAKE TIME:
40 min

TOTAL TIME:
2 hr 50 min

MAKES:
1 loaf

ingredients

3½ cups (455 g) all-purpose flour

1 tbsp (10 g) active dry yeast

½ cup (100 g) granulated sugar, *divided*

½ cup (120 ml) lukewarm milk, *divided*

½ cup (114 g) soft unsalted butter

½ tsp (3 g) salt

2 large eggs

1 tsp (5 ml) vanilla extract

1 tbsp (6 g) grated lemon zest

1 cup (150 g) raisins

½ cup (120 g) chopped candied lemon peel

1 cup (110 g) slivered almonds

1 egg yolk

½ cup (50 g) sliced almonds *(optional)*

1 cup (125 g) powdered sugar

directions

1. Into a large mixing bowl with a dough hook attachment, add flour and make an indentation in the middle. Add yeast and 1 teaspoon sugar to the middle. Pour half the milk into the middle and using a fork, mix yeast, sugar, and milk together with a bit of the flour. Cover with a towel and let this pre-dough stand for 20 to 30 minutes.
2. Using the dough hook, stir in the rest of the milk, butter, the rest of the sugar, salt, eggs, vanilla, and lemon zest. Knead until dough is smooth and elastic, about 5 minutes. Using your hands, knead in raisins, almonds, and lemon peel.
3. Place the dough into a greased bowl, cover with a towel and let rise in a warm, draft-free area until doubled, about 1 hour.
4. Preheat oven to 375°F (190°C). Line a baking sheet with parchment paper.
5. Gently punch down the dough to deflate it. Divide into 3 equal parts and roll each piece into a 20-inch rope. Braid the ropes, pinching the ends and tucking them under to seal.
6. Place on the prepared baking sheet. Cover braid with towel and let rest for 15 minutes.
7. Mix egg yolk with 1 tablespoon water. Brush over top of braid. Sprinkle with sliced almonds, if using.
8. Bake for 40 minutes or until golden brown. Remove to a wire rack to cool.
9. Mix powdered sugar with about 1 to 2 tablespoons water to make a glaze. Pour or brush glaze over braid and sprinkle with more sliced almonds.

Krustenbrot

Artisan Bread

This krustenbrot *is so simple, ANYONE can make it! What's really amazing is how much this tastes like the fresh* brötchen *we'd get at the bakeries in Germany. It's a* krustenbrot *that fits perfectly for* kaffeeklatsch *(coffee time) with butter and jam or cheese. It's also right at home beside a bowl of soup or with cold cuts.*

With its wonderful crispy, thick crust (after all, krustenbrot *translates as crust bread) and a chewy crumb, you'll be proud to say, "I made it all by myself!"*

PREP TIME:
15 min

RISE TIME:
13 hr

BAKE TIME:
45 min

TOTAL TIME:
14 hr

MAKES:
1 loaf

ingredients

3 cups (390 g) bread flour

1½ tsp (5 g) instant yeast

1½ cups (360 ml) warm water

1 tsp (6 g) salt

extra flour for dusting

directions

1. Line a Dutch oven (or 6 to 8-quart heavy covered pot) with parchment paper and set aside.
2. Mix first four ingredients together in a large bowl. The dough will be sticky.
3. Cover tightly with plastic wrap. Let rise at room temperature for 12 to 18 hours.
4. Take parchment paper out of Dutch oven and place on counter.
5. Sprinkle flour on paper and counter. Gently place dough on floured counter. Gently fold the dough over itself into thirds, shaping it into a loaf. Place loaf onto parchment paper. Cover with a large bowl, plastic wrap, or a clean dish towel to rest.
6. Put Dutch oven including the lid into the oven. Turn oven to 450°F (230°C) to preheat for 30 minutes.
7. Slash top of the loaf with a sharp knife or lame blade. Remove preheated Dutch oven and carefully lift parchment paper with the loaf into it and cover with the hot lid. Return to oven.
8. Bake at 450°F for 30 minutes. Remove the lid and continue baking for another 15 minutes or until the bread is golden brown.
9. Let cool on a wire rack for at least 1 hour before slicing.

Oma's Ecke

As an alternative, replace half the flour with whole wheat flour.

Instead of water, you can use the whey that's left over from making quark (see ***page 84****).*

Roggenbrot

Rye Bread

Making this German roggenbrot *took a bit of experimenting, since I wanted an easy recipe. To make rye bread like they do in Germany usually requires a sourdough and a rather complicated process. Also, rye flour cannot just be substituted into a regular bread recipe since it has less gluten protein than wheat flours. Doing so would make the dough slack, sticky, and dense.*

The experimenting to get that perfect flour combination proved successful and the following version has become a staple in our house. There's no sourdough involved, so it doesn't take any prior planning. Just mix, let it rise, and bake. Easy!

PREP TIME:
25 min

RISE TIME:
75 min

BAKE TIME:
50 min

TOTAL TIME:
2 hr 30 min

MAKES:
1 loaf

ingredients

3 cups (390 g)
bread flour

1½ cups (180 g)
dark rye flour

1 tsp (3 g) *brotgewürz*,
*see **page 14** (optional)*

1½ tbsp (15 g)
instant yeast

1½ tsp (9 g) salt

1 tbsp (21 g) molasses

2 cups (480 ml)
warm water

directions

1. Put the flours and *brotgewürz* into a large mixing bowl with a dough hook attachment. Add yeast on one side of the flour and salt on the opposite. Mix.
2. Stir molasses into warm water and add to mixing bowl. Mix until the dough pulls away from the sides of the bowl. The dough should be tacky but not sticky. Knead for another 10 minutes.
3. Cover with a towel and let rise in a warm, draft-free area until doubled, about 45 to 60 minutes.
4. Flour a proofing basket or line a medium bowl with parchment paper.
5. Gently punch down the dough to deflate it and place the dough on a floured counter. Fold it over several times and form into a ball. Place it on the counter, and cupping your hands around the dough and pushing slightly, rotate the dough a bit and repeat the cupping and rotating. The top of the dough will become taut and rounded. Pinch the bottom seams together. Place in prepared proofing basket with the top down or in the lined bowl with the top up. Cover with a towel and let rise while the oven preheats.
6. Put Dutch oven with the lid into the oven. Turn oven to 450°F (230°C) to preheat for 30 minutes.
7. If using a proofing basket, cut parchment paper that will be used to lower loaf into Dutch oven, and gently turn bread out onto the parchment paper when oven is ready.
8. Using a sharp knife or lame blade, score the loaf, whether the one on the parchment paper or the one in the parchment-lined bowl.

(con't)

directions

9. Put your bread with the parchment paper into the hot Dutch oven, cover with lid, and bake for 30 minutes. Remove lid and bake an additional 15 minutes. Remove bread from Dutch oven and return just the bread directly on the oven rack for a further 5 to 10 minutes if you want a darker/thicker crust.

10. Let cool on a wire rack for at least one hour before slicing.

Oma's Ecke

The Dutch oven provides a moist environment for the first 30 minutes of baking. Removing the lid for the remaining time allows the crust to develop. If you don't have a Dutch oven, there are three alternate methods that can be used for any recipe that requires one:

• A large cast iron skillet. Preheat it, as well as a small cast iron skillet placed on the bottom rack. Right after you add your bread to the large skillet, add a cup of ice cubes to the small one. After 30 minutes, open the door slightly to let any remaining steam escape.

• An oven safe 6-quart saucepan that's at least 4 inches deep and a baking sheet as a lid. There's no need to preheat these, since they heat up quickly. Place the bread directly into the cold saucepan, set in the hot oven and immediately cover with baking sheet. Remove baking sheet after 30 minutes.

• A pizza stone or baking steel. Preheat according to manufacturer's instructions, usually about 45 minutes. Fill a small baking pan with 1 cup of water and place on the bottom rack about 10 minutes before adding the bread. Remove the pan with the water after 30 minutes.

FROM ME TO YOU • VON MIR ZU DIR • FROM ME TO YOU • VON MIR ZU DIR • FROM ME TO YOU • VON MIR ZU DIR

Sourdough Starter Too Active?

A very active young starter will work so quickly that an overnight rise in the fridge may over-proof the bread. If this happens, bake the bread anyway without slitting the top (which could deflate the dough). It won't rise much during the bake, but it'll still be good. Next time, let the dough rise for an hour or so at room temperature before baking.

Most mature starters are inherently slower and the dough can be put into the fridge overnight to proof before baking.

Rosinenbrötchen

Raisin Buns

The texture of these sweet buns is more similar to a buttery biscuit than a light airy yeast bun. It's a treat that's perfect for a holiday brunch table and is often served at Easter. The dough may feel a bit oily to work with, but the finished buttery buns are absolutely delicious!

Check out Oma's Ecke *to see how you can use your bread machine to make easy work of preparing the dough.* Oma's Ecke *also explains how, instead of making buns, you can turn this recipe into a raisin loaf. If you're not a fan of raisins, simply omit them.*

PREP TIME:
30 min

RISE TIME:
1 hr

BAKE TIME:
20 min

TOTAL TIME:
1 hr 50 min

MAKES:
10 buns

ingredients

1 tsp (4 g)
granulated sugar

½ cup (120 ml)
lukewarm milk

1 tbsp (10 g)
active dry yeast

¾ cup (171 g) unsalted butter, melted, cooled slightly

¼ cup (50 g)
granulated sugar

1 tsp (4 g) vanilla sugar
*(see **page 13**)*

2½ cups (325 g)
all-purpose flour

¾ tsp (5 g) salt

½ tsp (1.5 g)
cardamom *(optional)*

1½ tbsp (23 ml)
lemon juice

½ cup (55 g)
slivered almonds

1⅓ cups (200 g) raisins

⅓ cup (80 g) chopped candied lemon peel

(con't)

directions

1. Prepare a baking sheet, either by greasing it or lining it with parchment paper, and set aside.
2. Stir 1 teaspoon sugar into warm milk in a small bowl. Sprinkle with yeast. Mix in the yeast and let stand 5 to 10 minutes until bubbly.
3. In another small bowl, mix butter, sugar, and vanilla sugar.
4. In a large bowl, mix flour, salt, and cardamom. Stir in yeast and butter mixtures. Add the lemon juice and mix well. Knead in almonds, raisins, candied peel, and lemon zest.
5. On a lightly floured surface, knead the dough until smooth and elastic.
6. Cover with a towel and let rise in a warm place for about 45 minutes or until doubled.
7. Preheat oven to 375°F (190°C).
8. Lightly knead the risen dough. Divide dough into 10 equal pieces. (If you want smaller buns, divide the dough into 12 pieces.) Roll each piece into a ball.
9. Place onto baking sheet and flatten lightly. Cover with a towel and let rise in a warm, draft-free place for 15 to 20 minutes.
10. Brush rolls with beaten egg yolk mixed with 1 tablespoon water, and sprinkle with sugar.
11. Bake for 20 to 30 minutes or until golden brown. Remove to a wire rack to cool.

ingredients

**½ tbsp (3 g)
grated lemon zest**

1 egg yolk

**granulated sugar to
sprinkle on rolls**

Oma's Ecke

To make a loaf, lightly knead dough after the first rising. Form it into a loaf shape and place either on a greased baking sheet or into a greased loaf pan. Cover with a towel and let stand in a warm place for about 30 minutes. Brush with beaten egg yolk mixed with 1 tablespoon water, and sprinkle with sugar. Bake in a preheated 375° F oven for 45 to 50 minutes until golden brown. The bottom of loaf should sound hollow when tapped. Cool on a wire rack.

If you're a bread machine fan, add the ingredients, minus the nuts, raisins, and lemon zest to the bread pan. Set the machine to ***dough*** *and start. Add remaining ingredients at the first signal. Once the dough is done, remove and continue with the recipe at the forming stage.*

FROM ME TO YOU • VON MIR ZU DIR • FROM ME TO YOU • VON MIR ZU DIR

Raisins & Other Dried Fruit

Rehydrate dried fruits before baking. They will be plumper, juicier, and won't absorb excess liquid from the dough.

- Put into a bowl and pour boiling water over them.
- Let steep for 10 to 15 minutes.
- Drain well before using.

Instead of water, use juice, rum, brandy, or tea to complement the flavor of the dish.

Sauerteig Vollkornbrot

Whole Grain No-Knead Sourdough Bread

PREP TIME:
15 min

RISE TIME:
3 hr

BAKE TIME:
1 hr

TOTAL TIME:
4 hr 15 min

MAKES:
2 loaves

I created this recipe a half century ago (I can't believe I'm that old!) before the current advent of no-knead breads. We were really into the health food trend of the 1970s. This no-knead bread is all about that and is so similar to the health breads available at German bakeries.

It uses a sourdough starter: either the one from ***page 15****, or the one that's sitting in your fridge right now, or one that you purchase online and bring to life. Choose your own additions: flax seeds, oats, sunflower seeds, psyllium, bran, wheat germ, cracked wheat, or almost anything you can think of. The result is so delicious and healthy; plus, it makes a wonderful sandwich bread that slices well.*

ingredients

1 - 1½ cups (220 - 330 ml) sourdough starter *(from fridge or see* ***page 15*** *for recipe)*

5 cups (1.2 l) lukewarm water, *divided*

4 - 5 cups (520 - 650 g) whole wheat flour, *divided*

1 cup (185 g) wheat berries or (149 g) cracked wheat *(optional)*

1½ tsp (9 g) salt

¼ cup (85 g) molasses

6 cups of additions: choose any combination of flax seeds, rolled oats, sunflower seeds, pumpkin seeds, cracked wheat, bran, wheat berries, wheat germ, etc. *(see Oma's Ecke)*

directions

1. To make the pre-dough, put the sourdough starter into a LARGE bowl. Add 2 cups lukewarm water and stir in 2 cups whole wheat flour. Let stand, covered with a towel, at room temperature, about 2 to 4 hours.
2. Meanwhile, if using wheat berries or cracked wheat, put into a 2-cup measuring cup. Add hot water just to cover and let stand till needed.
3. After the 2 to 4 hours, transfer 1 cup of the pre-dough to a mason jar to use as your sourdough starter for next time. Cover tightly with plastic wrap or a lid and refrigerate. If keeping for longer than 1 week, add a bit of flour and water weekly to keep it healthy and alive. If using again within a few days, keep it on your counter.
4. To the remaining pre-dough, add the wheat berries or cracked wheat, if using, with their soaking water and an additional 2 cups lukewarm water. If no soaked wheat berries or cracked wheat are used, add 3 cups lukewarm water.
5. Stir in the salt and molasses. Add the additions, stirring well.
6. Stir in 2 cups whole wheat flour, adding more flour if needed until the dough is the consistency of wet cement. It will be difficult to stir in any more flour (see *Oma's Ecke*).
7. Grease 2 8x4x2-inch loaf pans. Spoon in the dough. The pans can be filled at least ¾ full. Cover with a towel and let rise about 1 to 1½ hours in a warm, draft-free place.
8. Bake in a preheated 375°F (190°C) oven for 1 hour.

(con't)

directions

9. Immediately remove the bread from the pans. The bread should sound hollow when the bottom is tapped. If not, return the bread (without the pans) to the oven and bake another 5 to 10 minutes. Let cool on a wire rack at least 1 hour before slicing.

Oma's Ecke

What else have I added? Pumpkin seeds, psyllium husks, chia seeds, hemp seeds, spelt flakes, sesame seeds, flax meal -- almost anything I can find.

For metric measures of additions, add equal quantities by volume, rather than weight, using a 4-oz cup to measure.

Increase the molasses to ½ cup if you like a sweeter, darker loaf.

What's the dough like? It's sort of like a thick, wet cement. It's granular from all the seeds and grains, but holds together somewhat. It's something you'll learn by trial and error. If one overdoes the dry ingredients, the bread will still turn out; it just won't be as moist as usual. Everyone I've given the recipe to over the years quickly figures out the right consistency.

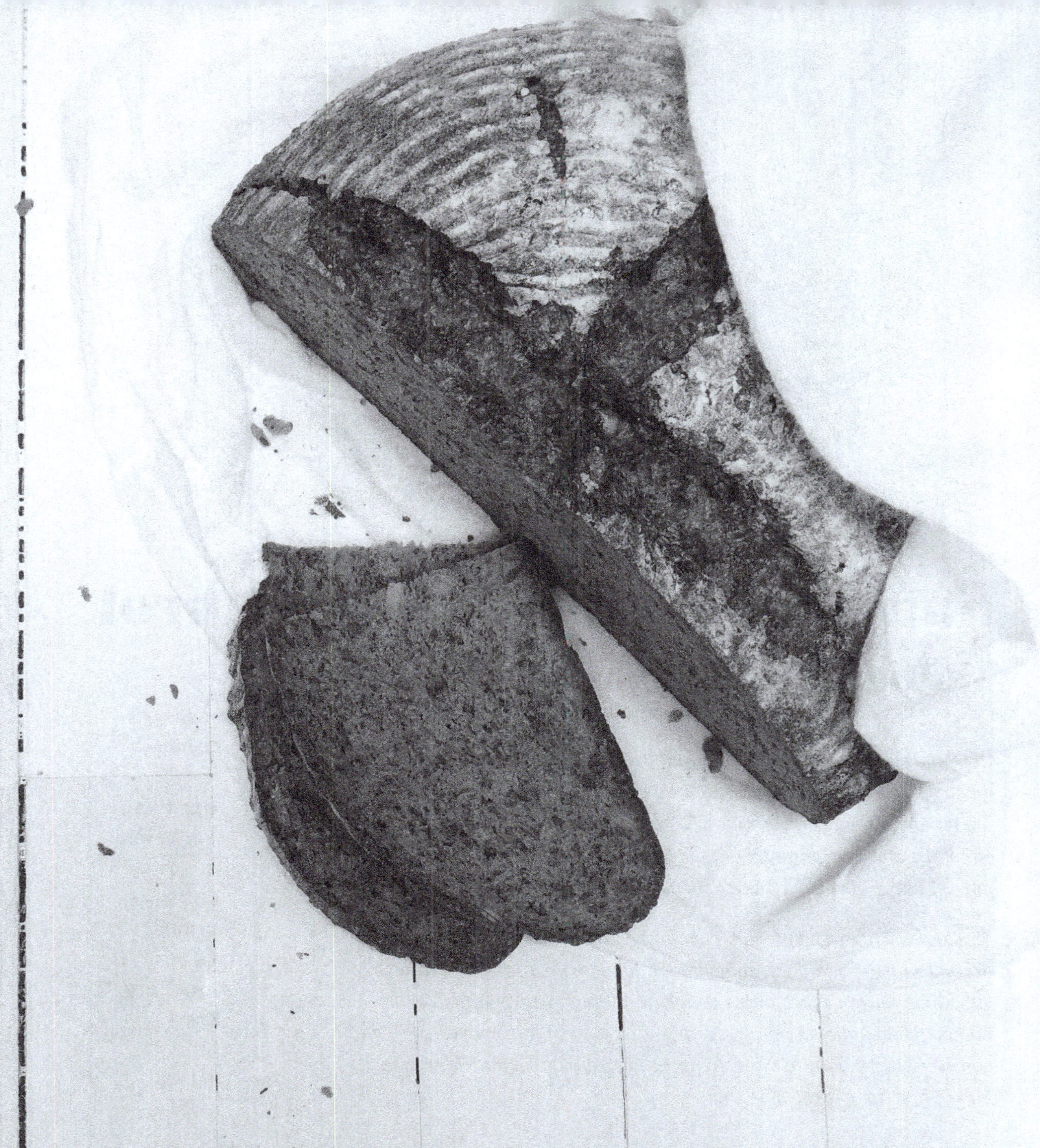

SAUERTEIG VOLLKORN-MISCHBROT /
MULTIGRAIN SOURDOUGH BREAD PG. 44

Sauerteig Vollkorn-Mischbrot

Multigrain Sourdough Bread

Of all the breads I make, this is currently our favorite. It reminds us so much of the rustic seeded brötchen *we enjoyed almost every morning in our* ferienwohnung *on our trips to Germany. It uses a sourdough starter; either the one from* ***page 15****, or the one that's sitting in your fridge right now, or one that you purchase online and bring to life.*

This loaf will take a bit of time, but it's so worth it. You'll soon be playing around with the additions, sometimes adding more, sometimes using less. Once you get a feel for the dough, you'll want to experiment with adding different flours, spices, seeds, etc., to create your own version. You can even start it early in the evening, proof overnight in the fridge, and bake it first thing in the morning.

PREP TIME:
40 min

RISE TIME:
3 hr 30 min

BAKE TIME:
50 min

TOTAL TIME:
5 hr

MAKES:
1 loaf

ingredients

FOR THE PRE-DOUGH

1 cup (220 ml) room temperature sourdough starter *(from fridge or see* ***page 15*** *for recipe)*

1 cup (130 g) bread flour

1 cup (240 ml) lukewarm water

FOR THE DOUGH

about 1½ cups (360 ml) pre-dough

1 cup (240 ml) lukewarm water

1 cup (130 g) whole wheat flour

2 - 2½ cups (260 - 325 g) bread flour, *divided*

2 tsp (12 g) salt

1 tsp (3 g) diastatic malt powder *(optional)*

½ cup each of any 3 to 6 items: sunflower seeds, pumpkin seeds, chia seeds, whole flaxseeds, sesame seeds, and rolled oats *(see Oma's Ecke)*

directions

1. For the pre-dough, mix starter, flour, and water in a large mixing bowl with a dough hook attachment. Cover with a towel and let sit in a warm, draft-free place for one hour.
2. Stir well and transfer 1 cup of the pre-dough to a mason jar to use as your sourdough starter for next time. Cover tightly with plastic wrap or a lid and refrigerate. If keeping for longer than 1 week, add a bit of flour and water weekly to keep it healthy and alive. If using again within a few days, keep it on your counter.
3. Add to the remaining pre-dough (about 1½ cups), the water, whole wheat flour, 1¼ cups bread flour, salt, malt powder, and all the seeds and oats.
4. Using the dough hook, knead for at least 5 minutes. The dough should start to pull away from the sides. If it's too wet, gradually add bread flour, a tablespoon at a time, until it is still tacky, but not overly sticky. Knead another 10 minutes.
5. Cover with a towel and let rise in a warm, draft-free place for 1½ hours.
6. Lightly flour a proofing basket or line a large bowl with parchment paper.
7. Turn dough out onto a lightly floured counter. Use a bench scraper to press it into a rectangle and fold into thirds. Give a quarter turn and repeat. Flip dough over so the seams are on the bottom. Cupping your lightly floured hands around the dough and pushing slightly, rotate the dough a bit and repeat the cupping and rotating. Repeat until top of dough is taut and rounded.

(con't)

directions

8. Gently turn dough over and pinch bottom seams together. Place bottom side up into proofing basket or bottom side down into parchment-lined bowl. Place in a plastic bag or cover as air-tight as possible in plastic wrap allowing room for expansion and let rise in a warm, draft-free place for 30 minutes.

9. If using a proofing basket, cut parchment paper that will be used to lower loaf into Dutch oven.

10. Turn on oven to 450°F (230°C). Place covered Dutch oven (or other 6 to 8-quart heavy covered cast iron or enamel pot) in the oven for 30 minutes to preheat.

11. Five minutes before the 30-minute preheat is done, prepare the loaf. If you are using the proofing basket, gently turn bread out onto the piece of parchment paper. Using a sharp knife or lame blade, score your loaf, whether in the parchment-lined bowl or the one from the proofing basket that's now on the paper.

12. Place bread with the parchment paper into the hot Dutch oven, cover with hot lid, and bake for 30 minutes. Remove lid and bake an additional 15 minutes. Remove bread from Dutch oven and return to oven for a further 5 to 10 minutes if you want a darker crust. Internal temperature should be around 200°F (93°C).

13. Let cool for at least one hour before cutting the loaf.

Oma's Ecke

You can add a total of 1½ to 3 cups of seeds and grains. Try various combinations, perhaps doubling one and omitting another. I've also replaced half the whole wheat flour with dark rye. After the initial 5 minutes of kneading, slowly add just enough flour until the mixture is still a bit sticky. The amount of flour depends upon which seeds/grains you've added and how much.

For metric measures of seeds and grains, add equal quantities by volume, rather than weight using a 4-oz cup to measure.

Add one teaspoon of brotgewürz *(see **page 14**) along with the seeds.*

You want to keep your dough on the wet side; it should be very tacky. The more moisture it contains, the more moist your bread will be. When kneading with the dough hook, sometimes the dough will release from the hook and fall back into the bowl. That's fine. Just keep kneading.

Brush the dough with water just before scoring it and scatter with seeds.

If the dough doesn't rise much, it means that the sourdough starter needs to be strengthened. Do that by feeding it daily with a bit of flour and a bit of water, leaving it at room temperature for several days in a row. By the end of several days, you should see that it's doubling faster.

*For more information about using a sourdough starter, see **page 35**.*

Honigseim sind freundliche Worte, süß für die Seele und gesund für den Leib.

SPRÜCHE 16,24 MENG

Pleasant words are as an honeycomb, sweet to the soul, and health to the bones.

PROVERBS 16:24 KJV

Kuchen und Torten

CAKES

There's something wunderbar about sitting around the table at three o'clock in the afternoon, enjoying a cup of coffee with a piece of *buttercreme torte* topped with a dollop of whipped cream. It brings with it the feeling that all's good in the world.

In this collection of my favorite cakes and tortes, not only will you find recipes that are perfect for *kaffeeklatsch*, but for special occasions as well. Some are super easy and quick to throw together (and look totally amazing!), while others take a bit more work and time. Yet all are within the realm of even the most novice of bakers.

Over the years, I have enjoyed baking these wonderfully traditional recipes that *Mutti* taught me and that her *Mutti* taught her; recipes that have been passed down through the generations, and that I'm passing down to my children, grandchildren, and you.

Even though I'm just an *Oma* and not a trained pastry chef, experimenting with making these recipes easier or quicker without using fancy methods or difficult procedures was a delicious journey. Now all that's needed are basic skills to bring this little bit of Germany into your home.

So let me be your *Oma* ... just follow my steps, one at a time, and you'll soon be serving these delectable German desserts and sweet treats for everyone to enjoy.

Apfelstrudel

Apple Strudel

Strudel *means whirlpool and describes the flaky layers of pastry surrounding a filling. Those layers are made with a dough that's rolled and pulled until it's thin enough to read a newspaper through it and large enough to cover a dining room table.*

Well, this recipe doesn't do that. Instead, it's super quick and easy. When it comes to taste though, it's a winner. How do I bring that traditional German strudel *taste to my table without all the work? With frozen puff pastry!*

PREP TIME:
15 min

BAKE TIME:
35 min

TOTAL TIME:
50 min

MAKES:
8 slices

ingredients

1 lb (454 g) apples, peeled and thinly sliced

2 tbsp (26 g) granulated sugar

1 tbsp (8 g) all-purpose flour

¼ cup (25 g) sliced almonds *(optional)*

¼ cup (38 g) raisins *(optional)*

½ lb (227 g) package of frozen butter puff pastry, thawed

1 large egg

1 tbsp (15 ml) water

powdered sugar

directions

1. Preheat oven to 375°F (190°C). Line a baking sheet with parchment paper and set aside.
2. Mix together apple slices, sugar, flour, almonds, and raisins (if using) in a bowl.
3. Roll out dough on a lightly floured surface to a 12x16-inch rectangle.
4. Put the apple mixture down on the bottom half of the long side of the pastry, leaving a 1-inch border around the outside.
5. Fold in the short sides and then roll up like a jelly roll.
6. Put the strudel on the baking sheet with the seam side down.
7. Mix together the egg and water and brush over the strudel. Cut ¼-inch deep slashes diagonally across the top.
8. Bake for 35 to 40 minutes or until golden brown.
9. Let cool before dusting with powdered sugar and serve.

Aprikosen-Streusel-Tarte

Apricot Tart with Streusel

Any type of streusel*-covered cake is always a treat. This one actually uses* streusel *for the base as well, making this a super quick and easy recipe. With apricots, either fresh or canned, hiding under the buttery crumb topping, it's a delectable treat. Alternatively, just about any fruit would be delicious, such as peaches, cherries, or plums. Even a combination of fruits would be awesome.*

Since aprikosen-streusel-tarte *is so quick to prepare using canned fruit, it's great when unexpected company drops by. It's delicious when served either warm or cold, but especially when accompanied by a dollop of whipped cream.*

PREP TIME:
15 min

BAKE TIME:
30 min

TOTAL TIME:
45 min

MAKES:
8 slices

ingredients

1 lb (454 g) fresh apricots or 1½ to 2 cans well-drained fruit

½ cup + 2 tbsp (142 g) unsalted butter,
room temperature

⅜ cup (75 g) granulated sugar

1 tsp (5 ml) vanilla extract

pinch salt

1¾ cup (228 g) all-purpose flour

2 tbsp (16 g) ground almonds
(optional)

directions

1. To peel fresh apricots, blanch in boiling water for 20 seconds and then plunge into ice water. The skins should peel off easily. Cut in half and remove pits.
2. Preheat oven to 375°F (190°C). Grease a 9-inch springform pan and dust with flour.
3. Put butter, sugar, vanilla, salt, and flour into a mixing bowl and mix until crumbly.
4. Put half the crumb mixture into the tart pan and evenly press down to make the crust.
5. Sprinkle with ground almonds, if using.
6. Place apricot halves on top of the crust. Sprinkle remaining crumbs evenly over fruit.
7. Bake for 30 to 40 minutes until nicely browned. Cool on a wire rack.
8. Serve warm or cold.

Bienenstich

Bee Sting Cake

Bienenstich *is such a well-beloved cake in Germany. Traditionally, the cake layer is made with yeast, but mine is a quick version of Mutti's recipe that uses baking powder instead. I also use a whipped-cream filling instead of the more common custard one because it's quicker, it's so delicious, and still tastes traditionally German.*

With its sweet, chewy, nutty topping and its yummy filling, it is oh - so good! It's an eye-catching dessert that really is "as easy as pie."

PREP TIME:
40 min

BAKE TIME:
25 min

TOTAL TIME:
1 hr 5 min

MAKES:
12 slices

ingredients

FOR THE CAKE LAYER:

2 large eggs

¾ cup (150 g) granulated sugar

1 cup (130 g) all-purpose flour

1 tsp (4 g) baking powder

pinch of salt

½ cup (120 ml) milk

1 tbsp (14 g) unsalted butter

FOR THE TOPPING:

¼ cup (57 g) unsalted butter

¼ cup (50 g) granulated sugar

pinch salt

1½ tbsp (32 g) honey

1 tbsp (15 ml) heavy *(whipping)* **cream**

1 cup (110 g) slivered or sliced almonds

½ tsp (3 ml) vanilla extract

(con't)

directions

FOR THE CAKE LAYER:

1. Preheat the oven to 350°F (180°C). Grease a 9-inch springform pan and set aside.
2. Measure the topping ingredients and set them aside. That way, you'll be ready to make the topping while the cake is baking.
3. In a large mixing bowl, mix eggs and sugar until thick and creamy.
4. In another bowl, mix flour, baking powder, and salt together. Stir into the egg mixture.
5. Heat the milk and butter in a small saucepan to just about boiling so that the butter melts *(or microwave for about 30 seconds)*. Stir and mix into batter. Pour the batter into the springform pan and level.
6. Bake for 20 to 30 minutes until firm to the touch and a wooden pick inserted in the center comes out clean.

While the cake is baking, make the topping!

FOR THE TOPPING:

1. In a small pan, melt the butter over low heat. Add sugar, honey, salt, and heavy cream, stirring continually.
2. Bring to a boil and simmer for 5 minutes, stirring continually. Stir in almonds and vanilla. Set aside to cool slightly. Carefully spread topping on the cake immediately as it comes out of the oven. Set oven to broil.
3. Broil cake for a few minutes until the top is nicely browned. Be careful that it doesn't burn!

(con't)

ingredients

FOR THE FILLING:

2 cups (480 ml) heavy *(whipping)* cream

2 tbsp (28 g) instant vanilla pudding powder

2 tbsp (16 g) powdered sugar

directions

4. Let the cake cool on a wire rack. Once cool, run a knife along the outside edge in case the topping sticks, and remove the outer ring from the springform.
5. Whip the cream, pudding powder, and powdered sugar *(to taste)* until stiff peaks form.

FOR THE FILLING:

1. Whip the cream, pudding powder, and powdered sugar *(to taste)* until stiff peaks form.

TO ASSEMBLE:

1. Cut the cold cake into 2 layers.
2. Remove top layer and set aside. Place bottom layer on a serving plate and put the outer springform ring back on *(or use a cake ring)*.
3. Spread filling on the bottom layer.
4. To make it easier to serve, cut the top layer into 12 wedges and then place on top of filling. Alternatively, put the top layer on in one piece.
5. Keep refrigerated. Remove the outer ring to serve.

Oma's Ecke

If the topping gets too thick before spreading it on the cake, add an extra tablespoon of honey and/or cream and reheat.

Cutting the top layer into wedges before placing on the filling makes it easier to cut for serving without the filling squishing out.

If you prefer a less sweet filling, reduce the amount of powdered sugar.

FROM ME TO YOU • VON MIR ZU DIR • FROM ME TO YOU • VON MIR ZU DIR

Baking Powder & Baking Soda

Did you know that these two important ingredients that sit on our shelves for years have a shelf-life? It's easy to check if they are still potent for baking.

Baking Powder

Put 1 tsp baking powder into a cup and add 1⁄3 cup hot water. If it bubbles, it's fresh.

Baking Soda

Put 1⁄4 tsp baking soda and 2 tsp vinegar into a cup. If it bubbles actively, it's fresh.

Blitz Torte

Lightning Cake

The traditional German blitz torte *is lightning fast to make and I'm guessing that's where the name comes from since* blitz *is German for lightning. It may seem like a complicated recipe, but it really isn't. It can be whipped together quickly with ingredients you probably already have on hand.*

I usually make the filling with heavy cream since that's really quick. If I don't have any on hand, then a custard with milk and cornstarch is equally yummy. Either way, this cake looks amazing and makes a real statement on the dessert table.

PREP TIME:
40 min

BAKE TIME:
35 min

TOTAL TIME:
1 hr 15 min

MAKES:
8 slices

ingredients

FOR THE MERINGUE:

4 egg whites

1 cup (200 g) granulated sugar

⅓ tsp (1.5 g) baking powder

½ cup (50 g) sliced or slivered almonds

FOR THE CAKE:

½ cup (114 g) unsalted butter, *room temperature*

½ cup (100 g) granulated sugar

4 egg yolks

¼ cup (60 ml) milk

1 cup (130 g) all-purpose flour

¼ tsp (1.5 g) salt

1 tsp (4 g) baking powder

1 tsp (5 ml) almond extract

(con't)

directions

FOR THE MERINGUE:

1. Preheat oven to 325°F (160°C). Grease and flour 2 8-inch layer pans with removable bottoms. Set aside.
2. In a bowl, beat egg whites until frothy with soft peaks. Gradually beat in sugar and baking powder until glossy and stiff peaks form. Place in fridge until ready to use.

FOR THE CAKE:

1. In a bowl, cream butter and sugar. Beat in egg yolks.
2. In another bowl, mix together flour, salt, and baking powder. Add to butter mixture along with the milk and almond extract. Mix well.
3. Spread batter into pans. It will be a thin layer of batter. Use a wet spoon to help spread it out.
4. Spread the meringue over batter in each pan. Sprinkle the meringue with almonds.
5. Bake the cakes until the meringue is set, about 35 to 40 minutes. Cool in pans on a wire rack. Remove cakes from pans and cool fully.

TO ASSEMBLE:

1. Place one cake on a serving plate with the meringue side up. If you have a cake ring, place it around the cake.
2. Whip the cream with *Whip It* according to package instructions, adding sugar once peaks start forming.
3. Spread the whipped cream on top of the meringue. Add a layer of berries, if using.
4. Place the other cake on top with its meringue side up. Carefully remove cake ring, if using.

(con't)

ingredients

FOR THE WHIPPED-CREAM FILLING:

2 cups (480 ml) heavy *(whipping)* **cream**

2 pouches of *DR. OETKER Whip It* *(see* ***page 13****)*

2 tbsp (26 g) granulated sugar *or to taste*

1½ - 2 cups fresh raspberries, sliced strawberries, blueberries, or blackberries *(optional)*

directions

5. Decorate with whipped cream, if desired. Keep refrigerated. Use a serrated bread knife or an electric knife to cut the cake.

Oma's Ecke

There are so many different names for this cake: Berliner Luft Torte *(Berlin Air Torte),* Himmelstorte *(Heaven's Torte),* Jensen Torte, Jensen Hansen Torte, *and even* Schwimmbadtorte *(Swimming Pool Torte).*

FROM ME TO YOU • VON MIR ZU DIR • FROM ME TO YOU • VON MIR ZU DIR • FROM ME TO YOU

Separating Eggs

It is easier to separate eggs when they are cold. Use 3 small clean bowls.

Crack the first egg and let just the white fall into bowl #1, and put the yolk into bowl #2. Check egg white that no bits of yolk are evident. If there are, discard egg white and clean bowl. If there are no bits of yolk, transfer egg white into bowl #3. Repeat for any remaining eggs.

By always having just one egg white in bowl #1 to check before adding to bowl #3, there's less chance of contaminating all the whites in case the last egg breaks and bits of yolk mix in. If that happens, the whites are useless for whipping. Use for scrambled eggs instead.

Buttercreme Torte

Buttercream Torte

Buttercream is such a decadent frosting and can easily transform a simple cake into something extravagant. Plus, you can get as creative as you wish: you can change the pudding to chocolate, add some sliced pineapple, or use a different jam filling. There are oodles of delicious possibilities!

There's only one slightly tricky part when making the buttercream frosting. The butter and the pudding MUST be the same temperature, ideally around 72°F to 75°F. If one is much warmer or colder than the other, the buttercream could "break." See Oma's Ecke *on how to fix that.*

PREP TIME:
60 min

BAKE TIME:
40 min

TOTAL TIME:
1 hr 40 min

MAKES:
12 slices

ingredients

FOR THE CAKE:

4 large eggs

1⅓ cup (267 g) granulated sugar

¾ cup (180 ml) neutral oil, such as canola

¾ cup (180 ml) milk

2½ cup (325 g) all-purpose flour

3 tsp (12 g) baking powder

about 1 cup (240 ml) jam

1 cup (100 g) sliced almonds *(for decorating)*

FOR THE BUTTERCREAM FROSTING:

1½ cups (341 g) unsalted butter, *room temperature*

2 3-oz packages of *JELL-O Cook and Serve* Vanilla Pudding

4 cups (960 ml) whole milk

1 tsp (5 ml) vanilla extract *(optional)*

directions

FOR THE CAKE:

1. Preheat oven to 350°F (180°C). Grease a 10-inch springform pan and set aside.
2. Mix the eggs, sugar, oil, milk, flour, and baking powder together thoroughly in a bowl and pour into the prepared pan.
3. Bake for 40 to 50 minutes or until a wooden pick inserted in the center comes out clean.
4. Remove from oven and cool on a wire rack for 10 minutes. Remove outer ring and cool completely.
5. Cut cake into 3 layers.

FOR THE BUTTERCREAM FROSTING:

1. Prepare the pudding with the milk according to package instructions. Let cool to room temperature.
2. Whip the butter for about 10 minutes, until fluffy.
3. Before continuing, make sure that the butter and the pudding are at the same temperature. If the pudding is too hot, it will melt the butter. If it's too cold, it will harden the butter.
4. Add the pudding to the butter, spoon by spoon, mixing at low speed. Add in vanilla or liquor *(see Oma's Ecke)*, if using.

TO ASSEMBLE:

1. Put the bottom cake layer on a serving plate.
2. Heat the jam in the microwave for a few seconds to make it easier to spread. Brush jam over bottom layer.

(con't)

directions

3. Place a cake layer on top. Spread a third of the buttercream over layer. Place the last layer of cake on top.
4. Put about 4 tablespoons of buttercream into a small plastic bag for decorating (or use a decorating kit) and set aside.
5. Spread the rest of the buttercream frosting on the sides and top of the cake.
6. Snip a corner of the buttercream-filled bag to make a hole, whatever size you want, for piping. Squeeze the bag to pipe decorative swirls and other creative designs.
7. Press the sliced almonds onto the sides of the cake. Store in the fridge, but serve at room temperature.

Did the buttercream "break"?

Does it look like cottage cheese? Here's how you can try to fix it:

IF THE MIXTURE FEELS COLD:

Slowly heat the bowl in a warm water bath. As soon as just the outside edge of the buttercream is slightly melted, remove from water bath, start beating again at low speed and then high speed for about 5 minutes.

IF THE MIXTURE FEELS WARM:

Put it in the fridge until just the outside edges of the buttercream begin to harden (*this may take 5 to 10 minutes)*. Then, start beating again at low speed and then high speed for about 5 minutes.

Oma's Ecke

Instead of vanilla extract, add up to 2 tablespoons of rum or other liquor.

Instead of vanilla pudding, use chocolate or other pudding flavors. Lemon pudding would be awesome with extra lemon zest in the cake and pudding.

Add sliced pineapple on top of the buttercream filling between the layers.

Instead of sliced almonds, roast one cup of rolled oats in a bit of butter to brown slightly. Let cool and sprinkle over the cake.

Baking Pan Preparation

Unsalted butter is best for greasing pans and fingers are the best tool.

Dust the greased pan with flour if baking a white cake. Dust the greased pan with sifted cocoa if baking a chocolate cake to avoid a white (flour) residue on the finished cake.

A less messy method is to use a baking spray instead of butter.

Or better yet, line your pans with parchment paper. When lining with parchment paper, especially a round pan, crunch the paper into a ball first and then flatten into the pan. Parchment paper is already non-stick, so there's generally no need to grease your parchment paper.

Butterkuchen

Butter Cake

Butterkuchen *is a favorite that's often served for afternoon* kaffeeklatsch. *I also like it since it's super easy to make. For this version, I use my bread machine. You can use this method for most of your yeast cakes to make prepping, kneading, and proofing the dough easier. Then finish the rest of the recipe by hand and bake. It's an easy and convenient method to master.*

However, if you don't have a bread machine or you want to make the dough by hand, follow the yeast dough method for Pfirsich-Streuselkuchen *(see* ***page 98****). Either way, you'll think you're back in Oma's kitchen as you enjoy this delicious treat still warm from the oven.*

PREP TIME:
10 min

RISE TIME:
2 hr

BAKE TIME:
20 min

TOTAL TIME:
2 hr 30 min

MAKES:
16 slices

ingredients

FOR THE YEAST DOUGH:

2 tsp (7 g) instant yeast

¼ cup (50 g) granulated sugar

2¼ cups (293 g) all-purpose flour

1 tsp (6 g) salt

⅞ cup (210 ml) lukewarm milk

1 egg yolk

1 tbsp (14 g) soft unsalted butter

FOR THE TOPPING:

3 tbsp (42 g) cold unsalted butter

½ cup (50 g) sliced almonds

⅓ cup (67 g) granulated sugar

cinnamon *(optional)*

⅓ cup (80 ml) heavy *(whipping)* **cream** *(optional)*

directions

1. Put all the yeast dough ingredients into the bread machine pan. Use the dough setting and start. This usually takes about 1½ hours.
2. Grease a rimmed 9x13-inch baking sheet or two 9-inch springform pans.
3. Once dough cycle is finished, pat the dough onto the baking sheet with oiled hands.
4. Dimple the surface with your finger. Push bits of butter into the indentations. Sprinkle with almonds, sugar, and cinnamon, if using.
5. Cover with a towel and let stand in a warm, draft-free place for 20 to 30 minutes. Meanwhile preheat oven to 390°F (190°C).
6. Bake for 20 to 25 minutes or until golden. If using heavy cream, pour it over the cake as soon as you take it out of the oven. Let cool slightly. Best served warm from the oven.

Oma's Ecke

For the cake pictured, I made it in two springform pans, sprinkling cinnamon over one (top row) and pouring heavy cream over the other. Two cakes made in the time of one!

Einfacher Apfelstrudel

Easy Apple Strudel

This recipe was given to me, and often made for me, by my dear friend, Melania Orasch. Austrian in origin, this strudel *is so wonderfully flaky! The recipe makes enough dough for three* strudels *so I can make one* apfelstrudel *right away and save the rest of the dough for another time. The ingredients are usually already in my pantry, and there's always a couple of extra apples in the crisper, so it's quick to put together.*

Although this is not a traditional German recipe, it's been a hit with our family. Melania often fills hers with apples, cheese, walnuts, or dried fruits. This recipe is the apple one, which is my favorite!

PREP TIME:
20 min

BAKE TIME:
30 min

TOTAL TIME:
50 min

MAKES:
1 *strudel* + enough dough for 2 more *strudels*

ingredients

FOR THE DOUGH:

3 cups (390 g) all-purpose flour

2 tsp (12 g) salt

1 cup (227 g) lard

2 large eggs, *beaten*

¾ cup (180 ml) ginger ale

FOR THE FILLING:

1 lb (454 g) apples, *peeled and diced*

small handful of raisins

2 tbsp (26 g) granulated sugar

cinnamon

directions

1. Preheat oven to 350°F (180°C). Line a baking sheet with parchment paper and set aside.
2. Mix the flour and salt together. Cut in the lard. Add the beaten eggs and ginger ale. Gather together and knead slightly. Form into a ball. Divide into three parts. Wrap two parts with plastic wrap and refrigerate or put in the freezer for longer storage.
3. On a lightly floured counter, roll out the remaining part as thinly as possible into a rectangle, around 12 x 16 inches.
4. Spread the apples on the dough, keeping 2 inches from the long edge and 1 inch from the short ends. Sprinkle the raisins and sugar over the apples and dust with cinnamon. Fold the edges over and roll up the strudel lengthwise. Slash the top diagonally about 3 times.
5. Place seam side down on the baking sheet.
6. Bake for about 30 minutes or until golden brown.
7. Let cool before sprinkling with powdered sugar and serve.

Erdbeer Biskuitrolle

Strawberry Cream Roll

PREP TIME:
35 min

BAKE TIME:
10 min

CHILL TIME:
3 hr

TOTAL TIME:
3 hr 45 min

MAKES:
8 slices

This biskuitrolle *is made just like a jelly roll only it's filled with whipped cream and fresh fruit; strawberries, raspberries, peaches, blueberries, etc. It's best made in the morning and then left to sit covered in the fridge for several hours for the cake to absorb some of the moisture from the cream and fruit. Serve it later in the day or keep it till the next day.*

Although it may look difficult to make, if you get everything ready before you start, the whole process is actually quite easy and quick. AND the final result is so stunning!

Oma's Ecke

To dust with powdered sugar, put the sugar into a small sieve and lightly tap the sieve.

Whip up an extra half cup of heavy cream with some Whip It and a bit of sugar until stiff peaks form. Use a pastry bag to decorate your cream roll.

ingredients

FOR THE CAKE:

¾ cup (98 g) all-purpose flour

3 tbsp (24 g) cornstarch

1 tsp (4 g) baking powder

3 large eggs, *separated*

3 tbsp (45 ml) cold water

½ cup (100 g) granulated sugar

extra powdered sugar for dusting on towel & cake

FOR THE FILLING:

1 cup (240 ml) heavy *(whipping)* **cream**

1 pouch *DR. OETKER Whip It* (see ***page 13***)

1 tbsp (13 g) sugar, *to taste*

½ cup (120 ml) jam *(optional)*

1½ cups (230 g) sliced strawberries

directions

1. Line a rimmed 11x17-inch baking sheet with parchment paper. Generously sprinkle powdered sugar on a clean dishtowel to be ready for rolling up the hot cake.
2. Preheat oven to 400°F (205°C).
3. In a small bowl, mix together flour, cornstarch, and baking powder. Set aside.
4. In a separate bowl, whip egg whites with water until stiff peaks form. Slowly whip in granulated sugar. Whisk the egg yolks to break them up and stir them gently into the whipped egg white mixture. Fold in the flour mixture.
5. Spread batter on parchment-lined baking sheet.
6. Bake 8 to 10 minutes until wooden pick inserted in the center comes out clean.
7. Carefully invert the hot cake right on top of the sugared dishtowel. Peel off parchment paper.
8. Dust the cake with some powdered sugar and immediately roll up the hot cake and towel together, starting from the narrow end. Set aside to cool, about 20 to 30 minutes
9. Whip the cream with *Whip It* according to package instructions, adding sugar once peaks start forming
10. Unroll cooled cake. Heat jam in the microwave for about 20 seconds or until soft, if using, then brush it over the cake. Spread with whipped cream. Cover with the strawberries.
11. Roll up, using the towel to help lift the cake. Cover and refrigerate for at least 2½ hours.
12. Trim the ends off and dust with powdered sugar just before serving.

Erdbeercreme Torte

Strawberry Cream Cake

This impressive looking erdbeercreme torte *came about one day as I played with two recipes and turned them into one. The result? Awesomeness! I think you'll agree that it looks amazing, but let me tell you about the taste. It's light. It's refreshing. It's super rich and super delicious. The freshness of the strawberries really shines through, making this a perfect springtime treat.*

This is one of those recipes that looks intimidating, but when you take it step by step, you'll be surprised how easy it really is.

PREP TIME:
1 hr 10 min

BAKE TIME:
20 min

CHILL TIME:
4 hr

TOTAL TIME:
5 hr 30 min

MAKES:
12 slices

ingredients

FOR THE CAKE:

2 large eggs

½ cup (100 g) granulated sugar

1 tbsp (15 ml) hot water

1 cup (120 g) cake flour

½ tsp (2 g) baking powder

FOR THE FILLING:

3 tbsp (45 ml) strawberry jam, *heated*

1½ lb (681 g) fresh strawberries

½ cup (100 g) granulated sugar

1 tbsp (15 ml) sweet red wine or cherry brandy *(optional)*

2 cups (490 g) Greek yogurt

½ cup (120 ml) water, *divided*

3 7-g envelopes *DR. OETKER Gelatine* powder

2 cups (480 ml) heavy *(whipping)* **cream**

directions

FOR THE CAKE:

1. Preheat oven to 350°F (180°C). Grease a 10-inch springform pan and set it aside.
2. Beat eggs, sugar, and hot water together for 10 to 15 minutes until frothy.
3. Combine the flour *(see* ***page 13*** *for cake flour)* and baking powder. Sift flour mixture over egg mixture. Fold to mix.
4. Gently pour dough into springform pan and level.
5. Bake for 18 to 23 minutes or until a wooden pick inserted into the center comes out clean. Cool on a wire rack.

FOR THE FILLING AND TO ASSEMBLE:

1. Place the cake onto a serving platter. Brush with the heated jam. Grease a cake ring or the springform pan's outer ring with butter and place the ring around the cake.
2. Set aside a nice strawberry with the leaves for garnishing. Slice enough strawberries to fit around the outer edge of the cake (see photo). Place slices on the edge of the cake along the greased ring.
3. Puree the remaining strawberries together with the sugar and wine, if using. You should have about 2 cups of pureed strawberries. Stir in the Greek yogurt.
4. Whip the heavy cream until stiff peaks form.
5. Bring ¼ cup of water to boil. Stir gelatin into ¼ cup of cold water in a small bowl. Stir in boiling water. Whisk in about ½ cup of the strawberry/yogurt mixture.

(con't)

directions

6. Using a whisk or mixer, immediately pour the gelatine mixture into the remaining strawberry/yogurt mixture, whisking until fully incorporated.
7. Fold whipped cream into yogurt/gelatine mixture. Spoon this filling onto the cake and smooth the top.
8. Cover with plastic wrap making sure it doesn't touch the filling. Refrigerate at least 4 hours before serving.
9. Remove the ring and smooth the sides, if needed.
10. Slice the remaining strawberry in thin slices from the bottom almost to the top. Fan out the slices and place on top of your cake.

Oma's Ecke

Since the cake keeps several days in the fridge, it's convenient to make it the day before you need it.

FROM ME TO YOU • VON MIR ZU DIR • FROM ME TO YOU • VON MIR ZU DIR

Before you start to bake

Read the full recipe before you start, making sure you understand all the steps and have everything you need.

Precisely pre-measuring all the ingredients at the beginning will make the workflow easier.

PREP TIME:
20 min

BAKE TIME:
20 min

CHILL TIME:
1 hr

TOTAL TIME:
1 hr 40 min

MAKES:
8-10 slices

Friesentorte / Frisian Cake

Thanks to the prepackaged baked pastry shells readily available throughout Germany, this once regional torte *from northern Germany is now enjoyed throughout the whole country. Outside of Germany, however, the* Friesentorte *is made differently. Different, though, doesn't mean difficult, since using frozen puff pastry makes this a super easy* torte *to put together.*

Friesentorte *tastes best fresh so make it a couple of hours before serving. Leftovers aren't an issue since rarely is any left over. It is THAT good!*

Oma's Ecke

The coarse decorating sugar may also be called nib, pearl, or hail sugar. In Germany, it's known as hagelzucker. *Alternatively, you can use raw sugar.*

To cut out the circles, use a cake ring and press it down firmly on the dough, or place a 9 to 10-inch plate on the dough and cut around it with a sharp knife.

Instead of the traditional plum butter (pflaumenmus), *use your favorite jam or fruit preserves.*

For the photo, I made a smaller 8-inch torte, using 2 cups of heavy cream. This made enough for 8 servings.

ingredients

about 1 lb (454 g)
frozen puff pastry,
thawed

2 tbsp (26 g)
coarse decorating sugar
(see Oma's Ecke ***page 76****)*

about 1 lb (454 g)
plum butter or plum jam

3 cups (720 ml)
heavy *(whipping)* **cream**

3 pouches ***DR. OETKER Whip It*** *(see* ***page 13****)*

3 tbsp (39 g)
granulated sugar,
to taste

powdered sugar to dust

Oma's Ecke

Need a larger cake? Add an extra layer of puff pastry in the middle to make a taller cake; top it with an extra layer of plum butter and an extra cup of whipped cream. Cut the top pastry into 10 to 12 wedges instead of 8 to 10.

directions

1. Preheat the oven to 400°F (205°C). Line 2 baking sheets with parchment paper.
2. Roll out the thawed puff pastry according to package instructions and cut out 2 circles, each about 9 to 10 inches in diameter (see *Oma's Ecke*).
3. Place each circle on a paper-lined baking sheet. With a sharp knife, cut one of the circles into 8 to 10 wedges. Brush the pastry with water and sprinkle with the coarse sugar.
4. Bake for about 20 minutes until puffed and golden brown. Remove and let cool briefly. Transfer to a wire rack to cool completely.
5. If the plum butter is very thick and firm, briefly microwave until softened.
6. Whip the cream with *Whip It* according to package instructions, adding granulated sugar once peaks start forming.
7. Place the uncut pastry circle on a serving platter. Spread the plum butter over the pastry. If the plum butter was warmed, let it cool before covering with the whipped cream.
8. Use either a pastry bag with a large tip and pipe the whipped cream over the plum butter, or spoon the whipped cream on top.
9. Place the pastry wedges on top at a slight angle (see photo). Refrigerate the *torte* for about 1 hour. Dust with powdered sugar just before serving.

Himbeertorte

Raspberry Cake

There are a couple of reasons why this himbeertorte *is so special to me. First, the recipe comes from my dear German friend, Heidi. Not only is she an amazing baker, but she takes recipes and changes them to create variations that taste so traditionally and deliciously German.*

Second, this torte *is special because it's so very easy to make and tastes so incredibly decadent. I'm sure you'll fall in love with it as well. You can use raspberries or a variety of your favorite berries. Perfect for your summer grill party or for celebrating a special someone's birthday.*

PREP TIME:
30 min

BAKE TIME:
20 min

CHILL TIME:
2 hr

TOTAL TIME:
2 hr 50 min

MAKES:
10-12 slices

ingredients

¾ cup (150 g) granulated sugar

4 large eggs

7 ounces (198 g) ground nuts *(hazelnuts or almonds)*

1⅔ cups (400 ml) heavy *(whipping)* **cream**

2 pouches *DR. OETKER Whip It* *(see* ***page 13****)*

2 tbsp (26 g) granulated sugar, *or to taste*

about 1½ lb (680 g) berries, such as raspberries, blackberries, etc.

1 cup (240 ml) red juice

1 pouch *DR. OETKER Red Glaze* *(see* ***page 12****)*

directions

1. Preheat oven to 400°F (205°C). Prepare a 10-inch springform pan by greasing and lining it with parchment paper and set it aside.
2. In a bowl, mix the sugar and eggs with a mixer until they are frothy. Fold in the ground nuts. Spoon into the prepared springform pan.
3. Bake for 20 to 25 minutes or until a wooden pick inserted in the center comes out clean. Let the cake cool thoroughly.
4. Remove the cake from the pan. Place the cake on a serving plate and return the outer ring of the springform pan around the cake.
5. Whip the cream with *Whip It* according to package instructions, adding sugar once peaks start forming. Spread the whipped cream on top of the cake.
6. Put the berries over the top of the whipped cream.
7. Prepare the *Red Glaze* with the juice according to the package instructions and pour over the berries.
8. Place in the fridge to chill for about 2 hours.
9. Run a knife around the edge of the cake to loosen it from the outer ring of the springform pan. Carefully lift the ring off and serve.

Kalter Hund

Chocolate Cookie Cake

A fairly recent addition to the traditional German cake repertoire is this no-bake cake that stacks cookies between layers of chocolate frosting. That's it. Simple. And simply delicious!

What started as a marketing strategy by the BAHLSEN *cookie company for their* LEIBNIZ *cookies, became THE birthday cake that every German child wanted. It also created an array of names for this treat:* Kalter Hund *(cold dog),* Lukullus, Kalte Pracht *(cold splendor),* Kekstorte *(cookie cake),* Kellerkuchen *(cellar cake),* Kalte Schnauze *(cold snout), and* Kalter Igel *(cold hedgehog). There's even my adult version in* Oma's Ecke!

PREP TIME:
30 min

CHILL TIME:
6 hr

TOTAL TIME:
6 hr 30 min

MAKES:
10-12 slices

ingredients

⅔ cup (147 g)
coconut oil or *PALMIN*

1⅓ lb (600 g)
semi-sweet chocolate
or 3½ cups chocolate
chips

1 cup (240 ml)
heavy *(whipping)* **cream**

1½ tsp (8 ml)
vanilla extract

1 7-oz (200 g) package
LEIBNIZ/BAHLSEN
cookies or other cookie
(see Oma's Ecke)

directions

1. Line an 8x4x2-inch loaf pan with foil, smoothing the bottom and sides.
2. Melt the coconut oil and chocolate over low heat, stirring constantly. Remove from heat and add heavy cream and vanilla. Stir until smooth.
3. Spread a thin layer of chocolate into the pan. Add a layer of cookies, making sure they are not touching the sides. Repeat, layering chocolate and cookies until the chocolate is used up, finishing with a chocolate layer.
4. Cover with plastic wrap and refrigerate for at least 6 hours or overnight to soften the cookies and harden the chocolate.
5. Remove the plastic wrap and turn the cake out onto a serving tray. Carefully remove the foil and serve.

Oma's Ecke

Use a measure, such as a ladle, to spoon an equal quantity of chocolate between cookie layers to give a uniform appearance.

Instead of LEIBNIZ *cookies use any good butter biscuits, social tea biscuits, butter cookies, and for Christmas, spicy* Spekulatius.

Decorate with a drizzle of white and/or dark chocolate over the top and sides.

Make an ***adult version*** *by adding 1 to 2 teaspoons instant coffee powder to the hot melted chocolate and 2 tablespoons of either rum, coffee liqueur, or chocolate liqueur along with the vanilla.*

Käsekuchen mit Quark

Cheesecake with Quark

Make a cheesecake just like the ones you've enjoyed in Germany. The traditional recipe uses quark, *which can be very difficult to buy outside of Germany. However,* quark *is not that difficult to make at home. There's a complicated way to make it and an easy way. Of course, I chose the easy way (see* Oma's Ecke*) which is perfect for this cake.*

Once you have quark, *making this cheesecake is a cinch, especially when using butter cookies to make quick work of the crust. You'll soon be enjoying a German* käsekuchen, *even if you're not in Germany!*

PREP TIME:
30 min

BAKE TIME:
50 min

CHILL TIME:
3 hr

TOTAL TIME:
4 hr 20 min

MAKES:
10-12 slices

ingredients

FOR THE CRUST:

7 oz (200 g)
butter cookies *(German butter cookies or social tea biscuits)*

⅓ cup (76 g)
unsalted butter, *melted*

pinch salt

FOR THE FILLING:

½ cup (114 g)
unsalted butter,
room temperature

1⅛ cup (225 g)
granulated sugar

pinch salt

2 tsp (8 g) vanilla sugar
(see ***page 13****)*

1 pouch *DR. OETKER Vanilla Pudding* or 3½ tbsp *BIRD'S Custard Powder*

3 large eggs

2 cups (440 g) quark
(see Oma's Ecke)

1 cup (240 g)
sour cream

1 cup (240 ml)
heavy *(whipping)* **cream**

directions

FOR THE CRUST:

1. Preheat oven to 350°F (180°C). Grease a 10-inch springform pan and set aside.
2. Process cookies in a food processor until crumbly.
3. Add in the melted butter and salt. Pulse briefly until mixed.
4. Put the buttered crumbs into the springform pan, pressing down firmly, making a slightly raised edge.

FOR THE FILLING:

1. In a large mixing bowl, add the butter, sugar, salt, vanilla sugar, pudding powder, and eggs. Mix well. Stir in the quark and sour cream.
2. In a separate bowl, beat the heavy cream until stiff peaks form. Gently fold the whipped cream into the quark mixture until well incorporated.
3. Pour filling onto buttered crumb crust and smooth the top.
4. Place the pan into the oven, placing a baking sheet on the rack below to catch any possible overflow.
5. Bake 50 to 60 minutes or until the top is nicely golden brown and the cake seems set.
6. Turn off oven heat and prop the oven door open just a bit (I use the handle of a wooden spoon) so that the cake can cool off slowly.
7. After about an hour, remove cake from the oven and place on a cookie rack to finish cooling.
8. The cake is best served *(if you can wait!)* once it has been in the fridge for several hours.

(Oma's Ecke con't)

Oma's Ecke

How to make quark at home

4 cups (960 ml) cultured buttermilk

USING A GREEK YOGURT MAKER:

1. Pour buttermilk into the container of a Greek yogurt maker.
2. Cover and set for 12-hour incubation.
3. Pour fermented buttermilk into the sieve part that's set into other container to collect the whey.
4. Place in the fridge to drain for about 6 hours.

USING AN OVEN:

1. Use an oven only if the temperature will stay below 115°F (46°C).
2. Pour buttermilk into a large casserole and cover with lid.
3. Place it in the oven and turn on to no more than 115°F. Leave it there at least 12 hours.
4. Line a large sieve with a clean cloth and set it onto a bowl to collect the whey.
5. Pour the fermented buttermilk into the sieve and place in the fridge to drain for about 6 hours.

FINAL STEPS:

1. Use the collected whey to make *krustenbrot* (*see **page 30***).
2. Store the quark from the sieve in a covered container in the fridge.
3. 4 cups of buttermilk will make about 2 cups of quark.

Don't throw the whey away!

Whey is rich in protein, minerals, and vitamins. It can be used to replace water or milk in many recipes that could use a bit of a tangy boost in flavor.

- It is particularly good to use when making breads, pizza dough, and pancakes.
- Use it to soak grains and beans.
- Use it in gravy, soups, and stews.
- Use it to replace lemon juice in salad dressings.
- Use it to cook pastas, potatoes, oatmeal, or rice.
- Use it with spices and seasonings to marinate steaks, chicken, and pork chops.

Käsekuchen mit Ricotta

Cheesecake with Ricotta

This easy käsekuchen *will certainly WOW your family! They'll love the lighter, fluffier texture of this delicious German cheesecake. Instead of the traditional* quark, *this recipe uses ricotta, which is great if you are unable to buy* quark *or don't have time to make it yourself. Plus, using a mixer and blender makes quick work of this recipe.*

To make this recipe easier still, you could make the cookie crust from the previous recipe, Käsekuchen mit Quark, *(see **page 82**). Either way, this cheesecake is superb!*

PREP TIME:
20 min

BAKE TIME:
1 hr 10 min

CHILL TIME:
3 hr 30 min

TOTAL TIME:
5 hr

MAKES:
10-12 slices

ingredients

FOR THE PASTRY:

2 cups (260 g) all-purpose flour

½ cup (114 g) unsalted butter, *room temperature*

⅓ cup (67 g) granulated sugar

¼ tsp (1.5 g) salt

1 large egg

1 tsp (5 ml) vanilla extract

FOR THE FILLING:

2 lb (908 g) ricotta

¼ cup (60 g) sour cream

½ cup (120 ml) heavy *(whipping)* **cream**

⅔ cup (133 g) granulated sugar

1 tbsp (6 g) grated lemon zest

1½ tsp (8 ml) vanilla extract

4 large eggs

directions

FOR THE PASTRY:

1. Mix together all the pastry ingredients in your mixer. Form dough into a ball and wrap in plastic wrap. Place in the fridge to chill for 30 minutes.
2. Preheat oven to 350°F (180°C). Grease a 10-inch springform pan and set aside.
3. Roll out chilled dough on a lightly floured surface and place in bottom of the pan and up its sides. Prick the dough in several places with a fork.

FOR THE FILLING:

1. Place all the filling ingredients in either a blender or food processor (fitted with a metal chopping blade) and pulse about 10 times. Scrape down the sides. Process a further 30 seconds until creamy.
2. Pour into pastry shell and smooth the top.
3. Bake for about 70 minutes or until a wooden pick inserted about 2 inches from the edge comes out clean. To minimize cracks, let the cake cool in the oven with the door slightly opened.
4. When cooled, remove the ring from the springform pan. For best flavor, place the cake in the fridge for several hours before serving.

Käse-Sahne Torte

Cream-Cheesecake

A käse-sahne torte *(literally cheese cream cake) has a no-bake filling nestled between layers of sponge cake. Instead of the traditional* quark, *I use Greek yogurt with great success. If you want to use* quark, *you can substitute it into the recipe.*

It's very traditional to have mandarin oranges placed in the filling layer. Use well-drained, canned mandarin sections and mix them throughout the filling. You can be creative and set them so that they are also visible on the outside edge, the same way that the strawberries are arranged in the erdbeercreme torte, *(see* ***page 72****).*

PREP TIME:
1 hr 10 min

BAKE TIME:
20 min

CHILL TIME:
4 hr 30 min

TOTAL TIME:
6 hr

MAKES:
12 slices

ingredients

FOR THE CAKE:

4 large eggs

1 cup (200 g)
granulated sugar

2 tbsp (30 ml)
hot water

2 cups (240 g)
cake flour

1 tsp (4 g)
baking powder

1 tsp (3 g) powdered sugar *(for dusting)*

FOR THE FILLING:

6 tbsp (90 ml)
cold water

2 envelopes
KNOX Gelatine

2 cups (480 ml)
heavy *(whipping)* **cream**

2 cups (490 g)
Greek yogurt

1 tbsp (6 g)
grated lemon zest

2 tbsp (30 ml)
lemon juice

⅔ cup (133 g)
granulated sugar

directions

FOR THE CAKE:

1. Preheat oven to 350°F (180°C). Grease a 10-inch springform pan and set aside.
2. In a bowl, beat eggs, granulated sugar, and hot water together for 10 to 15 minutes until frothy.
3. In another bowl, combine the flour and baking powder. Gently fold the flour mixture into the egg mixture.
4. Carefully pour the dough into the springform pan.
5. Bake for 20 to 30 minutes or until a wooden pick inserted into the center comes out clean.
6. Cool on a wire rack. Once cake is cold, cut into two layers.

FOR THE FILLING:

1. Place cold water into a small saucepan. Mix in gelatine powder and let sit about 10 minutes.
2. In the meantime, whip the heavy cream until stiff peaks form.
3. In a separate bowl, mix together Greek yogurt, sugar, lemon zest, and lemon juice.
4. Slowly heat gelatine, stirring to dissolve. Once the gelatine has been totally dissolved, remove from heat and let cool slightly.
5. Using a mixer, slowly add the gelatine to yogurt mixture. Fold whipped cream into yogurt/gelatine mixture.
6. Let stand for only 15 minutes (no longer) in the fridge to firm up slightly.

(con't)

directions

TO ASSEMBLE:

1. Place bottom cake layer onto a serving plate.
2. Lightly grease a cake ring, or the ring from the springform pan, and place it over the cake to form a container for the cream filling.
3. Spoon filling onto cake and smooth the top. Place the top cake layer onto the filling. (If filling is too soft, wait a bit.)
4. Cover with plastic wrap and refrigerate at least 4 hours before serving.
5. Remove the ring and smooth the sides if needed.
6. Put powdered sugar into a small sieve and tap gently over the cake to dust.
7. The cake keeps several days in the fridge, but also freezes well for longer storage.

FROM ME TO YOU • VON MIR ZU DIR • FROM ME TO YOU • VON MIR ZU DIR • FROM ME TO YOU

Know Your Oven

Every oven is different, many having inaccurate temperature gauges and hot spots. Use a separate oven thermometer to be sure and adjust accordingly.

Always set your timer to the least baking time and check to see if more time is needed. If you know your oven runs hot, check before that time.

Marmorkuchen

Marble Cake

This favorite marmorkuchen *recipe has been in our family for years. It's actually one of the very first German cakes I made after I got married. It's the one my hubby frequently suggests when I'm not sure what to bake for our afternoon* kaffeeklatsch. *Our boys especially loved the chocolate part, and so I would often make two-thirds of the cake chocolate by doubling the chocolate quantity.*

I usually don't marble it too much with the knife. Our family loves having big chunks of chocolate separate from the vanilla part. Choose how much marbling you want by either really swirling the knife or just cutting into the dough a few times.

PREP TIME:
20 min

BAKE TIME:
1 hr

TOTAL TIME:
1 hr 20 min

MAKES:
16 slices

ingredients

3 oz (85 g)
semisweet chocolate

1¼ cups (300 ml)
milk, *divided*

¾ cup (171 g)
unsalted butter,
room temperature

1¼ cups (250 g)
granulated sugar

1 tsp (5 ml)
almond extract
(optional rum or vanilla extract)

3 large eggs

2½ cups (325 g)
all-purpose flour

2½ tsp (10 g)
baking powder

¾ tsp (5 g) salt

directions

1. Preheat oven to 350°F (180°C). Grease and flour a 12-cup Bundt pan and set aside.
2. Combine chocolate and ¼ cup milk in a small saucepan. Over low heat, stir until chocolate melts. Let cool.
3. Beat butter and sugar until creamy in a large mixing bowl. Add almond extract and eggs, beating until well mixed.
4. In another bowl, mix together flour, baking powder, and salt. Stir flour mixture into sugar mixture alternately with the remaining milk. Pour ⅔ of batter into Bundt pan.
5. Add cooled chocolate mixture to remaining batter. Mix well. Spoon chocolate batter over plain batter in pan. Swirl a knife through both batters to marble. Smooth the top.
6. Bake 60 to 65 minutes or until wooden pick inserted in the center comes out clean.
7. Cool in pan on a wire rack about 10 minutes. Remove from pan and continue to cool on a wire rack.
8. To serve, place cooled cake on serving plate and dust with powdered sugar or drizzle with chocolate glaze.

Chocolate glaze: Put half a cup of chocolate chips, 2 tablespoons butter, and 2 tablespoons corn syrup into a bowl. Microwave for about a minute, until the chocolate can be stirred smooth.

Mohnrolle

Poppy Seed Roll

I love using my bread machine whenever I can. Not only does it easily make wonderful bread, but it's also a great way to make yeast dough for cakes. If you don't have a bread machine, follow the Pfirsich-Streuselkuchen *(see **page 98**) method for making the yeast dough for this recipe. To speed things up, I sometimes use a can of purchased poppy seed filling instead of making my own.*

Like most yeast cakes, this mohnrolle *tastes best fresh from the oven. The filling will keep the cake moist for a day or two, so you can make it a bit ahead of time if you wish. However, slightly warm from the oven is always best!*

PREP TIME:
10 min

RISE TIME:
2 hr

BAKE TIME:
20 min

TOTAL TIME:
2 hr 30 min

MAKES:
16 slices

ingredients

FOR THE YEAST DOUGH:

¼ cup (50 g) granulated sugar

2¼ cups (293 g) all-purpose flour

1 tsp (6 g) salt

⅞ cup (210 ml) lukewarm milk

1 egg yolk

1 tbsp (14 g) soft butter

2 tsp (7 g) instant yeast

FOR THE FILLING:

½ cup (75 g) raisins *(optional)*

rum to soak raisins *(optional)*

2 cups (290 g) ground poppy seeds

½ cup (100 g) granulated sugar

2 tbsp (28 g) butter

1 tbsp (15 ml) lemon juice

1 tbsp (6 g) grated lemon zest

1 tbsp (8 g) all-purpose flour

1 cup (240 ml) milk, *2% or whole*

2 tbsp (28 g) melted butter, *to brush on rolls*

1 tbsp (8 g) powdered sugar

directions

1. Put all the yeast dough ingredients into the bread machine pan. Use the dough setting and start. This usually takes about 1½ hours.
2. In the meantime, if you are using raisins and rum, put the raisins into a small bowl and sprinkle with rum to cover the raisins.
3. Prepare your baking sheet by greasing it with butter and set aside.
4. Make the poppy seed filling by mixing the poppy seeds, sugar, butter, lemon juice, lemon zest, and flour in a small saucepan. Add milk and stir. Bring to a simmer and simmer for about 30 minutes or until thickened, stirring occasionally. Let cool before using.
5. When the dough cycle is finished, place the dough onto a lightly floured countertop. Knead the dough slightly and divide it in half. Roll out one part to a 10x10-inch square using as little extra flour as possible.
6. Drain the raisins and add them to the poppy seed filling. Spread half the poppy seed filling on top of the dough to within 1-inch from the edges.
7. Roll it up like a jelly roll. Place on the prepared baking sheet with the seam side down. Repeat with other half of the dough. Cover rolls with a towel and let rise in a warm, draft-free place for about 30 minutes.
8. Meanwhile, preheat oven to 350°F (180°C).
9. Brush the rolls with melted butter. Bake for 30 to 35 minutes or until golden brown.
10. Let cool on the baking sheet. Brush with additional melted butter and dust with powdered sugar before serving.

Obsttorte

Fruit Flan

Obsttorte *is both quick and easy to make. Taking just one hour from start to table, it's a great dessert to throw together when you have unexpected company dropping by. It's so versatile, so pretty, and so good!*

All you need is one bowl to mix the cake batter and a flan pan to bake it in. Then you get to be creative in filling it and making it look pretty. You can either cover the cake with pudding and arrange fruit on top, or arrange fruit on top and cover it with a glaze, or do the pudding, fruit, and glaze. Served with a dollop of whipped cream on the side, it is absolute perfection.

PREP TIME:
15 min

BAKE TIME:
18 min

TOTAL TIME:
33 min

MAKES:
8 slices

ingredients

6 tbsp (48 g)
all-purpose flour

6 tbsp (78 g)
granulated sugar

1 tsp (4 g)
baking powder

3 large eggs

filling of your choice
(see Oma's Ecke)

directions

1. Preheat oven to 360°F (182°C). Thoroughly grease an 11-inch flan/tart pan and set aside.
2. Put all the ingredients, except the filling, into a bowl and beat with a mixer till light and fluffy for 5 minutes.
3. Gently pour into the prepared pan and level.
4. Bake for about 18 to 20 minutes or until golden brown.
5. Cool on a rack for about 5 minutes. Turn out onto a wire rack and cool before filling.

Oma's Ecke

Filling for* Obsttorte *pictured:

Prepare 1 package of instant chocolate pudding, using only 1¾ cup whole milk instead of the required 2 cups. Let pudding thicken slightly and then spread it over the cold cake. Cover with halved strawberries and sliced bananam slices.

Other fillings:

*Brush the cake with jam, arrange fruit on top, and cover with red glaze (see **page 12**).*

Spread Nutella over the cake and cover with strawberries and lots of whipped cream.

*Cover cake with canned, well-drained fruit or fresh fruit covered with clear glaze (see **page 12**).*

Pfirsich-Streuselkuchen

Peach Crumb Cake

There's just something about a German streusel *cake. The buttery crumbs that cover the top are so delectable that they often find themselves being pilfered from off the cake even before it's baked. Once baked, they continue to disappear … children's and hubby's faces looking totally guilty. Why, even I'll take a few crumbs when no one is watching.*

Making sure I always have the basics for this streuselkuchen *in the pantry, including several cans of peaches, makes for an easy decision whenever the need arises. Along with a dollop or two of whipped cream, it's a dessert fit for royalty.*

PREP TIME:
40 min

RISE TIME:
1 hr 5 min

BAKE TIME:
25 min

TOTAL TIME:
2 hr 10 min

MAKES:
8-10 slices

ingredients

FOR THE YEAST DOUGH:

¼ cup (50 g) granulated sugar, *divided*

⅞ cup (210 ml) lukewarm milk

2 tsp (7 g) active dry yeast

1 egg yolk

2¼ cups (293 g) all-purpose flour

1 tsp (6 g) salt

1 tbsp (14 g) soft butter

FOR THE TOPPING & STREUSEL:

2x 28-oz (796-ml) cans sliced peaches, *well drained*

2 cups (260 g) all-purpose flour

1 cup (200 g) granulated sugar

1 cup (227 g) cold unsalted butter

directions

1. Stir 1 teaspoon of sugar into the milk. Mix in the yeast and let stand 5 to 10 minutes until bubbly. Stir in the egg yolk.
2. In a large mixing bowl with a dough hook, stir together the flour, sugar, and salt. Add butter and the yeast mixture. Mix to make a dough that holds together and knead with dough hook for 5 minutes. Gather dough into a ball and place in a lightly oiled bowl. Cover with a towel and let it rise in a warm, draft-free place for 1 hour.
3. Grease a rimmed 9x13-inch baking sheet or two 9-inch springform pans.
4. Preheat oven to 400°F (205°C).
5. Pat the dough onto the baking sheet to cover the bottom. Oil your fingers if the dough is too sticky. Pierce the dough all over with a fork. Arrange fruit on the dough in rows. Let it rise in a warm place about 15 minutes.
6. To make the topping, mix the flour and sugar in a bowl. Cut in butter and mix quickly to make crumbs. Crumble over fruit just before baking.
7. Bake 25 to 30 minutes or until the *streusel* are golden brown. Cool on a wire rack and serve.

Oma's Ecke

If you make this in 2 springform pans, you can make one with peaches and the other with a different topping, such as apple slices or even jam. Or make one to enjoy today and freeze the other.

Pflaumenkuchen

Plum Cake

With a dollop of whipped cream, buttery streusel *topping, and tangy tart plums,* pflaumenkuchen *is the perfect accompaniment to a cup of coffee. This is perhaps one of the most cherished recipes that bring back such comforting memories of Oma's kitchen.*

Instead of the usual yeast dough, this one called for a German quark-öl *dough. But since* quark *isn't available outside of Germany, I use Greek yogurt instead which makes a great substitute. For the* öl *(oil), use a neutral oil such as canola or sunflower. The resulting cake tastes surprisingly like a yeast dough.*

PREP TIME:
15 min

BAKE TIME:
50 min

TOTAL TIME:
1 hr 5 min

MAKES:
16 slices

ingredients

FOR THE CAKE:

2⅓ cups (304 g) all-purpose flour

3 tsp (12 g) baking powder

⅓ cup (67 g) granulated sugar

1 tbsp (13 g) vanilla sugar *(see* ***page 13****)*

pinch salt

½ cup (123 g) Greek yogurt

⅓ cup (80 ml) milk, *or more as needed*

⅓ cup (80 ml) neutral oil

about 2 lb (908 g) prune plums, *pitted and quartered*

FOR THE TOPPING:

2 cups (260 g) all-purpose flour

1 cup (200 g) granulated sugar

1 cup (227 g) cold unsalted butter

directions

1. Preheat the oven to 350°F (180°C). Grease a 9x13-inch baking pan or 2 9-inch springform pans and set aside.
2. To make the cake, stir together flour, baking powder, sugar, vanilla sugar, and salt in a large mixing bowl.
3. Add the yogurt, milk, and oil. Using either a dough hook, wooden spoon, or your hands, mix for a minute or so until the dough holds together, adding a bit more milk if needed. Knead lightly with your hands to form a ball. Do not overwork the dough.
4. Press the dough into the prepared pan(s). Put the plum quarters, skin side down, in rows on top of the dough.
5. To make the topping, mix the flour and sugar in a bowl. Cut in butter and mix quickly to make crumbs. Sprinkle over top of the plums.
6. Bake for 50 to 60 minutes or until the top is lightly browned. Let cool and serve.

Oma's Ecke

The amount of milk used in the dough is dependent upon the moisture content of the Greek yogurt. Add just enough milk for the dough to hold together.

Instead of plums, put a layer of jam on the dough and cover with streusel.

Instead of plums and streusel *topping, use fresh peach slices, sprinkle with one tablespoon of sugar, and bake for about 45 minutes.*

The advantage of the quark-öl *dough over the yeast, other than it is quicker to make, is that the cake stays moist longer. Yeast cakes have a tendency to dry out quickly.*

Rhabarber-Streusel-Kuchen

Rhubarb Streusel Cake

If you want a rhabarber kuchen *that tastes sweet and tart just like Oma's, this is it. The* streusel *tastes so buttery and so much like shortbread. It's so goooood! Not only that, but the cake is also super quick and easy to make. The base and the topping are made from the same dough, a nutty* streusel.

Although this cake tastes absolutely wunderbar *with rhubarb, try it with other fruits such as cherries, plums, or peaches. Almost any fruit you can think of is so yummy under that amazing* streusel *topping.*

Oh, and don't forget the whipped cream!

PREP TIME:
15 min

BAKE TIME:
1 hr

TOTAL TIME:
1 hr 15 min

MAKES:
8 slices

ingredients

1¾ cups (228 g) all-purpose flour

1 cup (120 g) ground almonds or 1 cup (100 g) almond flour

⅔ cup (133 g) granulated sugar

½ tsp (3 ml) almond extract

1 cup (227 g) cold unsalted butter, *cubed*

1 lb (454 g) rhubarb, *trimmed and cut into ½-inch slices*

directions

1. Preheat oven to 350°F (180°C). Grease a 9-inch springform pan and set aside.
2. Place all the ingredients, except the rhubarb, into a mixing bowl. Using your hands or a mixer on low speed, mix until crumbly.
3. Press half the crumbs into the bottom of the springform pan to form the crust. Place the rhubarb slices on top. Sprinkle the remaining *streusel* over the top.
4. Bake for 60 to 70 minutes or until the top is nicely golden brown.
5. Cool in pan on a wire rack. Remove the cake from pan and place on a serving plate.

Sandkuchen

Pound Cake

When recipes are passed down from generation to generation, it's because they are so good. This pound cake is a good example of that. My Oma made it, my Mutti made it, and now I make it. Except that I prefer to add almond extract instead of vanilla because of my absolute love for marzipan.

Sandkuchen*, translated literally as sand cake, is similar to a pound cake in texture. Because of its high butter content, it's very moist and keeps well, although there's seldom any left over. Dusted with powdered sugar or drizzled with a simple lemon or chocolate glaze, it's* wunderbar.

PREP TIME:
25 min

BAKE TIME:
1 hr

TOTAL TIME:
1 hr 25 min

MAKES:
10 slices

ingredients

1 cup (227 g)
unsalted butter,
room temperature

1 cup (200 g)
granulated sugar

4 large eggs

1 tsp (5 ml)
vanilla extract

¾ cup (96 g) cornstarch

½ tsp (3 g) salt

1¼ cups (163 g)
all-purpose flour

1 tsp (4 g)
baking powder

1 tsp (2 g)
grated lemon zest

2 tsp (5 g)
powdered sugar

directions

1. Preheat oven to 375°F (190°C). Grease and flour an 8x4x2-inch loaf pan. Set aside.
2. In a large bowl, cream together butter and granulated sugar. Add eggs, beating well after each one, until mixture is light in color and fluffy. Add vanilla.
3. Mix together cornstarch, salt, flour, and baking powder in another bowl. Stir into butter mixture along with the lemon zest.
4. Pour batter into loaf pan, smoothing the top.
5. Bake for 1 hour or until wooden pick inserted in the center comes out clean.
6. Cool cake in pan on a wire rack for 10 minutes. Remove cake from pan and let cool.
7. Just before serving, put powdered sugar into a sieve and tap over cake to dust.

Oma's Ecke

Instead of vanilla extract, use rum or almond extract.

Lemon glaze: *Mix half a cup of powdered sugar with just enough freshly squeezed lemon juice to make a slightly runny consistency.*

Chocolate glaze: *Put half a cup of chocolate chips, 2 tablespoons butter, and 2 tablespoons corn syrup into a bowl. Microwave for about a minute, until the chocolate can be stirred smooth.*

Schokosahne Torte

Chocolate Cream Torte

Schokosahne torte *is one of those traditional German cakes that most everyone loves. This original recipe was sent in by our Facebook fan, Claudia Conley, and has become a favorite; not only is it easy to make, it is so wonderfully delicious.*

You'll need to start the chocolate cream at least 6 hours before you plan to make the cake. Or bake the cake at the same time and then assemble it 6 hours later. Either way, you'll find that the finished chocolate cream is so amazing, you'll want to make this cake over and over.

PREP TIME:
30 min

BAKE TIME:
1 hr

CHILL TIME:
6 hr

TOTAL TIME:
7 hr 30 min

MAKES:
12 slices

ingredients

FOR THE CHOCOLATE CREAM:

3½ cups (840 ml) heavy *(whipping)* **cream**

10 oz (284 g) bittersweet chocolate

FOR THE CAKE:

6 large eggs, *separated*

1½ cups (300 g) granulated sugar

2 tsp (8 g) vanilla sugar *(see* ***page 13****)*

¾ cup plus 1 tbsp (106 g) all-purpose flour

⅔ cup (85 g) cornstarch

½ cup (42 g) cocoa powder

3 tsp (12 g) baking powder

6 tbsp (90 ml) water

sliced almonds and mini chocolates to decorate

directions

FOR THE CHOCOLATE CREAM:

(START THIS AT LEAST 6 HOURS BEFORE)

1. Mix together the heavy cream and chocolate in a pot, over low heat, until chocolate is melted.
2. Bring to boiling point.
3. Cool and place in fridge for at least 6 hours or overnight.

FOR THE CAKE:

1. Preheat oven to 350°F (180°C). Grease and flour a 10-inch springform pan, then line the bottom with parchment paper and set aside.
2. Whip egg whites until stiff peaks form and set aside.
3. In a large bowl, beat egg yolks and sugars until creamy.
4. In another bowl, mix flour, cornstarch, cocoa, and baking powder together. Stir into egg yolk/sugar mixture along with the water. Gently fold in the stiffly beaten egg whites.
5. Pour into prepared pan and bake for 60 minutes or until a wooden pick inserted in the center comes out clean. Cool in pan on a wire rack. Remove the cake from pan and cool completely before filling.

TO ASSEMBLE:

1. Cut cake horizontally twice to get 3 layers.
2. Whip the chocolate cream with a mixer until stiff peaks form.

(con't)

directions

3. Place bottom layer of cake on a serving plate. Spread about ¼ of the cream over top. Place second cake layer on top and spread the same amount of cream over it. Place remaining cake layer on top.

4. Place about 4 tablespoons cream into a piping bag. Use the remaining cream to coat the top and sides of the *torte*. Decorate the top with piping. In the photo, mini chocolates were arranged on top and sliced almonds pressed onto the sides. Keep the cake refrigerated until ready to serve.

FROM ME TO YOU • VON MIR ZU DIR • FROM ME TO YOU • VON MIR ZU DIR • FROM ME TO YOU

Whipping Egg Whites

Even though eggs separate easier when they are cold, egg whites should be at room temperature to whip up better.

Whip them with VERY clean beaters in a VERY clean bowl. Any little bit of grease or yolk will hinder whipping.

Begin whipping the egg whites on low speed until they become frothy and foamy. Slowly increase the speed to high, until they become whipped to the desired stage.

Schwarzwälder Kirschtorte #1

Black Forest Cherry Cake

The Schwarzwälder kirschtorte *is probably the most recognizable of all German cakes. This dessert of tart cherries, whipped cream, and* kirschwasser *(cherry brandy) with a chocolate sponge cake base is famous throughout the world. However, what is served as a Black Forest cake in some places is a far cry from what the traditional one tastes like.*

Here's my take on the traditional one: a slightly easier recipe than most and, of course, with none of those maraschino cherries on top! Do copy the trick I discovered in a famous restaurant in Heidelberg*. Put some* kirschwasser *into a mister and mist the cake pieces just before serving.*

PREP TIME:
1 hr

BAKE TIME:
30 min

CHILL TIME:
4 hr

TOTAL TIME:
5 hr 30 min

MAKES:
12 slices

ingredients

FOR THE CAKE:

6 large eggs, *separated*

⅞ cup (175 g) granulated sugar

2 tsp (8 g) vanilla sugar
(see ***page 13****)*

2 tbsp (30 ml) lukewarm water

⅔ cup (87 g) all-purpose flour

½ cup (64 g) cornstarch

½ cup (42 g) cocoa powder

FOR THE FILLING & DECORATION:

1½ 24-oz (680-g)
jars pitted sour or tart cherries

4 tsp (11 g) cornstarch

2 tsp (8 g) vanilla sugar
(see ***page 13****)*

3 cups (720 ml) heavy
(whipping) **cream,** *divided*

3 pouches ***DR. OETKER Whip It***
(see ***page 13****)*

3 tbsp (39 g) granulated sugar,
or to taste, divided

2 tbsp (30 ml) ***kirschwasser***
(cherry brandy)

4 oz dark chocolate shavings

directions

FOR THE CAKE:

1. Preheat oven to 350°F (180°C). Line the bottom of a 10-inch springform pan with parchment paper and set aside. Do NOT grease the sides of the pan.

2. In a large bowl, beat egg whites, slowly adding sugar and vanilla sugar, until stiff peaks form.

3. In a small bowl, mix egg yolks with water. Gently fold into stiffly beaten egg white mixture.

4. In another bowl, mix together flour, cornstarch, and cocoa. Sift over egg mixture. Fold in gently and pour into the prepared springform pan, leveling the top.

5. Bake 30 to 40 minutes until a wooden pick inserted in the center comes out clean. Cool in pan for 10 minutes. Run a knife around outer ring to loosen cake. Remove outer ring and invert onto cake rack. Remove parchment paper. When the cake is cold, cover with a towel and let stand for about 2 hours before filling.

FOR THE FILLING:

1. Drain the cherries, saving the liquid. Measure the cherry liquid and add water to make 1¼ cups and pour into a small pot. Add in cornstarch and vanilla sugar.

2. Bring to boil, stirring constantly. Once thickened, remove from heat.

3. Put 12 nice cherries into a bowl and set aside. Add remaining cherries to the pot, stir, and let cool.

4. Whip 1 cup of cream with 1 pouch *Whip It* according to package instructions, adding 1 tablespoon granulated sugar once peaks start forming.

(con't)

directions

TO ASSEMBLE:

1. Cut the cake into 3 layers. Drizzle *kirschwasser* over cake layers.
2. Place bottom cake layer onto a serving plate. Put a cake ring (or springform ring) around the cake. Pipe a row of whipped cream along the top edge of the layer. Spread half the cherry mixture within the cream circle.
3. Add second cake layer and repeat piping with whipped cream and fill with the rest of the cherries. Spread the remaining whipped cream over the cherries.
4. Add third cake layer. Press down slightly until level.
5. Let cake sit in the fridge for about 2 hours.
6. Whip the remaining 2 cups of cream with 2 pouches *Whip It* according to package instructions, adding 2 tablespoons granulated sugar once peaks start forming.
7. Remove cake ring. Put some whipped cream into a pastry bag with a fluted tip. Cover top and sides of cake with remaining whipped cream. Pipe 12 rosettes on top. Decorate with cherries. Pat the chocolate shavings around the sides of the cake.

Oma's Ecke

Traditionally, the Schwarzwälder kirschtorte *has up to half a cup of* kirschwasser *sprinkled over the baked cake layers. You can also add one tablespoon of* kirschwasser *to the whipped cream.*

FROM ME TO YOU • VON MIR ZU DIR • FROM ME TO YOU • VON MIR ZU DIR • FROM ME TO YOU

How to tell if the cake is baked

Since every oven is different, always test the cake for doneness before removing it from the oven. Use a skewer or a wooden toothpick and insert it into the middle of the cake. If the pick comes out clean, the cake is done. If batter or crumbs are attached to it, keep baking for a few minutes more and retest.

Let the cake cool slightly in the pan until the top feels firm. This will take about 10 minutes. Turn it out onto a wire rack to cool completely. Do not put it into the fridge to speed up the cooling process.

Schwarzwälder Kirschtorte #2

Easy Black Forest Cherry Cake

This version of the Schwartzwälder kirschtorte *tastes almost as good as the traditional one (see **page 110**), only this one's really, really easy and super quick to make. It's what you serve when you want a German-tasting cake without any of the fuss.*

It has chocolate cake, cherries, and whipped cream, but uses a cake mix and pie filling. Yes, it's that easy. If you want a more traditional taste, sprinkle kirschwasser *(cherry brandy) over the cake layers after baking. For some extra oomph, do as they did at a restaurant in* Heidelberg *when we were there last. With* kirschwasser *in a mister, they lightly sprayed the individual cake slices just before they served us.*

PREP TIME:
30 min

BAKE TIME:
30 min

TOTAL TIME:
1 hr

MAKES:
8 slices

ingredients

1 16-oz (432 g)
box chocolate cake mix

eggs and oil/butter according to boxed cake mix

½ - 1 tsp (3 - 5 ml)
almond extract
(optional)

1 21-oz (540-ml)
can cherry pie filling

3 cups (720 ml)
heavy *(whipping)* **cream**

3 pouches *DR. OETKER Whip It* (see ***page 13***)

3 tbsp (39 g)
granulated sugar,
to taste

chocolate sprinkles to decorate

directions

1. Make and bake cake mix (adding almond extract, if using) according to instructions on box, using 3 8-inch round cake pans. Let cool completely.
2. Whip the cream with *Whip It* according to package instructions, adding sugar once peaks start forming.
3. Place a cake layer onto a serving plate. Set aside two-thirds of the whipped cream for the top and sides of the cake.
4. With the remaining cream, pipe a row of whipped cream along the top edge of the layer. Spread a third of the pie filling within the cream circle.
5. Add second cake layer. Repeat piping with whipped cream and fill with third of the cherries. Spread any remaining whipped cream over the cherries.
6. Add third cake layer. Press down slightly until level.
7. Put some of the reserved whipped cream into pastry bag with a fluted tip. Cover the top and sides of the cake with remaining whipped cream. Pipe rosettes on top of cake. Decorate with remaining cherries. Pat the chocolate sprinkles around the sides of the cake.
8. Keep refrigerated until ready to serve.

Streuselkuchen

Crumb Cake

Streuselkuchen *is a quick and delicious treat to make. The method for making this non-yeast version is easy to learn, but it also comes with the standard* streusel *warning: the* streusel *tastes so good, even unbaked, it starts disappearing before it reaches the table!*

For variety, you can use different fruit and flavorings; apple slices nestled under the crumbly topping taste so good, but peach slices, pear slices, halved plums, or pitted cherries are also delicious. Even just jam works in a pinch. What is needed though, is that dollop of whipped cream served on the side. In Germany, everything is better with whipped cream!

PREP TIME:
15 min

BAKE TIME:
40 min

TOTAL TIME:
55 min

MAKES:
16 slices

ingredients

FOR THE CAKE:

½ cup (114 g) unsalted butter, *room temperature*

1 cup (200 g) granulated sugar

2 large eggs

2 cups (260 g) all-purpose flour

¼ tsp (1.5 g) salt

1½ tsp (6 g) baking powder

1 tbsp (6 g) grated lemon zest

½ cup (120 ml) milk

1 lb (454) apples or other fruit, *sliced*

FOR THE *STREUSEL* TOPPING:

1¼ cup (163 g) all-purpose flour

¾ cup (150 g) granulated sugar

¾ cup (171 g) cold unsalted butter

directions

1. Preheat oven to 350°F (180°C). Grease a rimmed 9x13-inch baking sheet or two 9-inch springform pans and set aside.
2. In a medium bowl, beat butter and sugar. Add eggs and beat. In another bowl, blend flour, salt, baking powder, and lemon zest together. Add flour mixture a little at a time to the butter mixture, alternating with the milk. Mix well after each addition until the flour mixture and milk are all used up.
3. Spread batter in greased pan. Arrange apples on top of batter in slightly overlapping rows.
4. To make the topping, mix the flour and sugar in a bowl. Cut in butter and mix quickly to make crumbs. Sprinkle over apples.
5. Bake for 40 to 45 minutes or until a wooden pick inserted in the center comes out clean.
6. Cool in pan on a wire rack. Delicious when served warm.

Versunkener Apfelkuchen

Apple Cake

Looking for an easy and impressive dessert? This versunkener apfelkuchen *(sunken apple cake) is one I often helped Mutti make while growing up. Once married, I really depended on it to make a good impression on my in-laws. With a fresh dusting of icing sugar, it looks pretty and fancy!*

Slicing the apples without cutting all the way through produces a decorative pattern as they bake. In other words, the cake goes into the oven looking pretty ordinary, but comes out looking mighty extraordinary. What's also great about this apple cake is that it ALWAYS turns out. And did I mention it's quick and easy?

PREP TIME:
25 min

BAKE TIME:
50 min

TOTAL TIME:
1 hr 15 min

MAKES:
12 slices

ingredients

3 to 5 apples, *depending upon size*

½ cup (114 g) unsalted butter, *room temperature*

¾ cup (150 g) granulated sugar

2 large eggs

1 tsp (5 ml) lemon juice

½ - 1 tsp (3 - 5 ml) vanilla or almond extract

1¾ cup (228 g) all-purpose flour

1½ tsp (6 g) baking powder

½ tsp (3 g) salt

½ cup (120 ml) milk

1 tbsp (8 g) powdered sugar

directions

1. Preheat the oven to 350°F (180°C). Grease a 10-inch springform pan and set aside.
2. Peel, quarter, and core the apples. Set aside.
3. In a mixing bowl, beat the butter and sugar. Beat in the eggs, lemon juice, and vanilla until creamy.
4. In another bowl, mix flour, baking powder, and salt. Stir into sugar mixture a little at a time, alternating with the milk.
5. Spread the batter in the pan.
6. Thinly slice each apple quarter from the outer part toward the center without cutting all the way through. The apple slices will separate from each other while they bake. Arrange apple quarters as shown in the photo.
7. Bake 50 to 55 minutes or until a wooden pick inserted in the center (not in an apple) comes out clean. Cool in pan on a wire rack. Remove the cake from pan.
8. Put powdered sugar into a small sieve and gently tap to dust the sugar evenly over the cake.

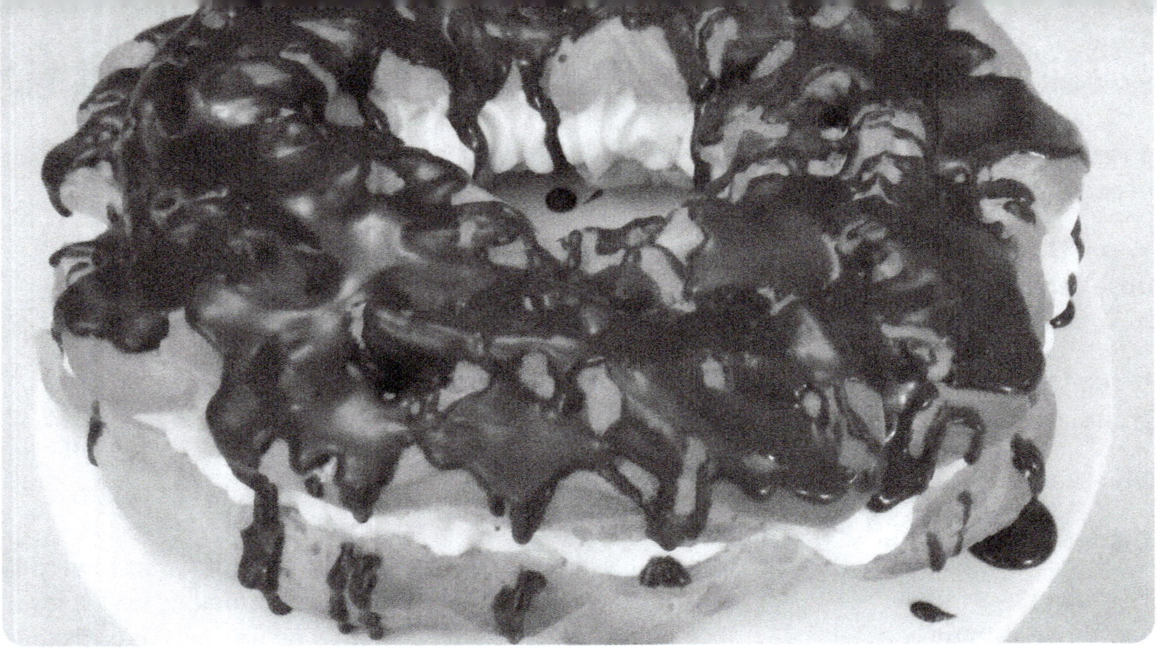

Windbeutelkuchen

Cream Puff Cake

If you love cream puffs, you'll love this easy cream puff cake. It looks impressive, yet it's so simple to make. It's super delicious filled only with whipped cream, but it's just as awesome filled with added fruit, mousse, custard, or pastry cream.

Making brandteig *(choux pastry) is really an easy technique to master. Heating the butter and milk, adding the flour and cooking it together before adding eggs might seem strange when you make it for the first time, but the results are amazing!*

PREP TIME:
40 min

BAKE TIME:
25 min

TOTAL TIME:
1 hr 5 min

MAKES:
10 - 12 slices

ingredients

FOR THE CAKE:

1 cup (240 ml) water

½ cup (114 g) unsalted butter

pinch salt

1 cup (130 g) all-purpose flour

4 large eggs

FOR THE FILLING:

3 cups (720 ml) heavy *(whipping)* **cream**

3 pouches ***DR. OETKER Whip It*** *(see* ***page 13****)*

3 tbsp (39 g) granulated sugar, *or to taste*

FOR THE GLAZE:

1 cup (240 ml) heavy *(whipping)* **cream**

1 cup (170 g) semi-sweet chocolate chips

directions

FOR THE CAKE:

1. Preheat the oven to 400°F (205°C). Line a baking sheet with parchment paper and draw an 8-inch circle on the paper. Set aside.
2. In a medium-sized pot, bring water, butter, and salt to boil over medium heat until the butter is melted.
3. Remove from heat and add the flour all at once, stirring until smooth and mixture comes away from the sides of the pot. Return to the heat and cook for 1 minute, stirring constantly. Remove from heat. Cool for 2 to 3 minutes. Using either a wooden spoon or a mixer, beat in the eggs one at a time, mixing well after each one.
4. Place the dough into a piping bag with a large tip. Pipe along the 8-inch circle drawn on the parchment paper. Then pipe two more circles, one on the inside and one on the outside of the first circle, making sure that all three circles are touching. Continue piping on top of these circles until the dough is used up.
5. Bake 25 to 35 minutes or until golden and crisp. **Do NOT open oven door during first half of baking time or the cake will collapse.**
6. Immediately upon removing from oven, cut small slits in the sides of the cake to release the steam.
7. Once cooled, cut the cake in half horizontally with a sharp knife. Remove any moist interior bits.

FOR THE FILLING:

1. Whip the cream with *Whip It* according to package instructions, adding sugar once peaks start forming.

(con't)

directions

TO ASSEMBLE:

1. Place the bottom cake layer on a serving plate.
2. Fill the cake with the whipped cream filling.
3. Cover with the top layer.

FOR THE GLAZE:

1. In a saucepan, heat the heavy cream until just about boiling.
2. Place the chocolate chips into a bowl. Pour the hot cream over the chocolate chips and let stand for about five minutes. Stir well to melt the chips. Let it cool slightly before pouring over the cake.

Oma's Ecke

An electric knife works great for cutting this cake without squishing out the cream.

Don't have a piping bag? Use a spoon and spread the dough over the circle.

Once filled, the cream puff cake tastes best fresh or within a few hours. Refrigerate to keep longer.

As an alternative filling, whip 2 packages of instant vanilla or chocolate pudding powder with the 3 cups heavy cream until stiff peaks form.

FROM ME TO YOU • VON MIR ZU DIR

Don't open that door!

As tempting as it might be to sneak a peek, don't open the oven door until the cake is almost cooked. Opening the oven door lets in a rush of cold air, which may cause the cake to collapse or keep it from rising further.

You need to wait until it's properly set before taking that peek. However, if you need to turn the pans for the cake to bake evenly (this depends on your oven), then do it halfway through the bake time. Open the door slowly, turn the pans gently, and close the door slowly. Avoid any jarring.

That change in temperature can wreak havoc on your cake.

Selig sind, die nach der Gerechtigkeit hungern und dürsten, denn sie werden gesättigt werden!

MATTHÄUS 5,6 MENG

Blessed are they which do hunger and thirst after righteousness: for they shall be filled.

MATTHEW 5:6 KJV

Kleingebäck

COOKIES AND SQUARES

The literal translation of *kleingebäck* is small baking. Whether crispy, crunchy, buttery, rich, soft, spicy, chewy, light, or airy, these are little bites of yumminess to satisfy every sweet tooth.

Thinking back to when I was growing up, I don't recall Mutti making cookies and other small treats very often, except at Christmas. While cakes and tortes were the norm for Sunday afternoons, fruit or pudding was usually served for dessert during the week.

But boy, when she did bake them, it was a family affair! My sisters and I would stir, lick the bowls, and decorate when possible, while Papa hovered close by to get a treat fresh out of the oven. Such deliciously fun memories!

Now it's time to get out your baking supplies, gather your children or grandchildren, and create memories of your own. Whether you choose to bake some simple oatmeal cookies or the more impressive cream puffs, these will be wonderful times remembered for years.

As you prepare to bake, here are some quick tips to remember:
- measure ingredients accurately
- cool baking sheets between use
- check at minimum baking time - don't overbake
- cool completely before icing

When possible, try not to substitute the butter with margarine. Surprisingly, many of my German cookbooks actually use margarine for baking, but butter gives baked goods a much superior flavor. Also, unsalted butter is best for greasing cookie sheets if you don't have parchment paper on hand.

Now, let's get baking!

Haferflocken Kekse

Oatmeal Cookies

These haferflocken kekse *are really quick and easy to make. It's the recipe I learned from my Mutti when I was a child. Mutti would melt the butter and then I would add all the ingredients. There's no mixer involved; just a big bowl and a big wooden spoon. Then, using a spoon to form the cookies, they would often end up in my mouth instead of on the cookie sheet. I'm surprised Mutti never noticed how many unbaked cookies I ate. Or, at least, I don't think she noticed!*

This is the recipe our boys grew up with as well. Their favorite additions were M&M's and chocolate chips. Now, with only hubby at home, I'll usually add salted mixed nuts, bittersweet chocolate chunks, and dried cranberries. So good. So buttery. So wunderbar.

PREP TIME:
25 min

BAKE TIME:
15 min

TOTAL TIME:
40 min

MAKES:
72 cookies

ingredients

5 cups (425 g)
old-fashioned oats

1¾ cups (398 g)
unsalted butter, *melted*

2 cups (400 g)
granulated sugar

2 cups (260 g)
all-purpose flour

¾ tsp (5 g) salt

4 tsp (16 g)
baking powder

4 large eggs

1 tsp (5 ml) flavoring
(vanilla or almond, etc.)

1 cup (170 g)
chocolate chips
(and/or nuts, raisins, etc.)

directions

1. Preheat oven to 375°F (190°C). Line 2 cookie sheets with parchment paper and set aside.
2. Put oats into a large mixing bowl. Add melted butter and stir. Add sugar and mix.
3. Mix flour, salt, and baking powder together in a separate bowl and stir into oat mixture.
4. In another bowl, mix eggs and flavoring together and stir into oat mixture along with the chips and/or nuts/raisins.
5. Using a small cookie scoop or a tablespoon, drop dough onto cookie sheets and flatten slightly, leaving 2 inches between cookies. You will need to reuse the cookie sheets to do all the cookies. Let the sheets cool before reusing.
6. Bake about 15 minutes or until golden. Cool on a wire rack.

Haferflockenplätzchen

Oatmeal Cookies

These haferflockenplätzchen *with dried apricots are just a bit more work than my previous simple recipe, so they are the ones I make for special occasions. This is also the recipe Mutti would use for Christmas since dried apricots weren't readily available where we lived. And Mutti loved apricots!*

*I just love the chewiness that the dried fruit gives, AND the extra flavor. I'll often drizzle dark chocolate or almond icing over the top to add that extra pizzazz and to differentiate these from regular oatmeal cookies. With the added apricots, these cookies aren't just ordinary - they're extraordinary! (*Plätzchen *is a more sophisticated word than* kekse. *Both mean cookies!)*

PREP TIME:
25 min

BAKE TIME:
8 min

TOTAL TIME:
33 min

MAKES:
48 cookies

ingredients

1 cup (227 g)
unsalted butter,
room temperature

¾ cup (150 g)
brown sugar, *packed*

½ cup (100 g)
granulated sugar

1 large egg

1 tsp (5 ml)
almond extract

1 cup (130 g)
all-purpose flour

½ tsp (3 g) salt

1 tsp (6 g) baking soda

2½ cups (213 g)
old-fashioned oats

1 cup (128 g)
dried apricots, *chopped*

½ cup (55 g)
slivered almonds

directions

1. Preheat oven to 375°F (190°C). Line 2 cookie sheets with parchment paper and set aside.
2. Beat butter in large mixing bowl till creamy. Add both sugars and beat until fluffy. Add egg and almond extract. Beat well.
3. In another bowl, mix flour, salt, and baking soda together and add to mixing bowl. Beat till well mixed. Stir in oats, apricots, and almonds.
4. Using a small cookie scoop or a tablespoon, drop dough onto cookie sheets and flatten slightly, leaving 2 inches between cookies. You will need to reuse the cookie sheets to do all the cookies. Let the sheets cool before reusing.
5. Bake 8 to 10 minutes or till golden brown. Cool on cookie sheets for 1 minute. Remove and cool on cookie racks.

Oma's Ecke

Use scissors to cut the apricots.

Drizzle with melted chocolate: *Heat chocolate chips in microwave for about one minute until they can be stirred smooth. Drizzle from spoon over baked cookies.*

Drizzle with almond icing: *Into 2 cups of powdered sugar, stir in ½ teaspoon almond extract and up to 1 to 2 tablespoons water, mixing to drizzling consistency. Drizzle from spoon over baked cookies.*

Kokosmakronen

Coconut Macaroons

I think I inherited my love for coconut from Mutti. These kokosmakronen *were among her favorites. They also remind me of the time Papa came home with a whole coconut. My sisters and I were amazed to see this brown hairy thing. When Papa was finally able to break it open, we were astonished at the insides. Then we began chipping away at the coconut and completely devoured it. Such sweet memories.*

I love how recipes and food always seem to stir up those wonderful reminders of years gone by. These kokosmakronen *do that for me. Drizzled with semi-sweet chocolate, these cookies are delectably nostalgic.*

PREP TIME:
15 min

BAKE TIME:
15 min

TOTAL TIME:
30 min

MAKES:
18 cookies

ingredients

oblaten *(thin edible baking wafers, optional)*

3 egg whites

¾ cup (94 g) powdered sugar, *sifted*

pinch salt

¼ tsp (1 ml) almond extract

2 cups (200 g) shredded unsweetened coconut

½ cup (85 g) semi-sweet chocolate chips

directions

1. Preheat oven to 325°F (160°C). Line 2 cookie sheets with parchment paper or use *oblaten*. Set aside.
2. Beat egg whites until stiff peaks form.
3. Gently fold in powdered sugar, salt, almond extract, and coconut.
4. Using two spoons or a small cookie scoop, drop teaspoons of batter onto cookie sheets, spacing them about 2 inches apart.
5. Bake about 15 minutes until slightly golden brown. Cool cookie sheets on a wire rack. Carefully pull the parchment paper with the cookies onto the counter to cool completely. Remove the cookies once they are cold by peeling the paper off or use a thin spatula to lift them off the paper. If using *oblaten*, they become part of the cookie and are served together.
6. Put chocolate chips in a bowl. Microwave for 30 seconds and stir. Microwave another 30 seconds and stir until chocolate is smooth. Put into a plastic baggie, snipping just the corner off and pipe the chocolate, or drizzle with a spoon, over the cookies.
7. Store in the fridge for about a week or freeze for longer storage.

Nussecken

Nut Triangles

Chocolate-dipped nussecken *have a melt-in-your-mouth buttery shortbread base, a hidden layer of apricot jam, and a caramelized nutty topping. I like to make these on the smaller side just like Mutti used to do, but you can make them larger.*

Traditionally, these were only baked for Christmas, but they have become popular in German bakeries throughout the year. And no wonder; all one needs is a cup of coffee and some nussecken *for some sweet comfort food.*

PREP TIME:
35 min

CHILL TIME:
30 min

BAKE TIME:
20 min

TOTAL TIME:
1 hr 25 min

MAKES:
80 pieces

ingredients

FOR THE DOUGH:

2⅓ cups (304 g) all-purpose flour

¼ tsp (1.5 g) salt

1 tsp (4 g) baking powder

⅔ cup (133 g) granulated sugar

⅔ cup (151 g) unsalted butter, *room temperature*

2 large eggs

1 tsp (5 ml) vanilla extract

FOR THE TOPPING:

¾ cup (171 g) unsalted butter

¾ cup (150 g) granulated sugar

4 tbsp (60 ml) water

1½ cups (165 g) slivered almonds *(or hazelnuts)*

1½ cups (180 g) ground almonds *(or hazelnuts)*

2 tsp (10 ml) vanilla extract or rum

about ½ cup (120 ml) apricot jam

8 ounces (227 g) bittersweet chocolate

directions

FOR THE DOUGH:

1. Line a rimmed 11x17-inch cookie sheet with parchment paper and set aside.
2. In a large mixing bowl, mix together the flour, salt, baking powder, and sugar. Mix in the butter, eggs, and vanilla until it starts to come together. Using your hands, knead quickly until the dough is smooth. Form into a ball, wrap in plastic wrap, and place in the fridge for 30 minutes. Meanwhile, make the topping.

FOR THE TOPPING:

1. Add the butter, sugar, and water to a saucepan over medium-low heat. Stir constantly to dissolve the sugar and melt the butter, about 4 to 5 minutes, but do not boil. Add the nuts, stir well to mix, and remove from the heat. Stir in the vanilla. Let cool for about 10 minutes.

TO ASSEMBLE:

1. Preheat the oven to 360°F (182°C).
2. Either roll out the dough onto the cookie sheet and/or press the dough with your fingers to cover the sheet. Spread the apricot jam (heat slightly if it's too thick) over the dough. Then spread the nut mixture over the apricot jam.
3. Bake for 20 to 25 minutes. Let cool for about 20 minutes and cut into 2-inch squares. Cut again to form triangles. Place *nussecken* on a wire rack to finish cooling.
4. Melt the chocolate in a microwave (about 2 to 3 minutes) and dip the *nussecken* corners into the chocolate. Place on the wire rack until the chocolate hardens.

Räderkuchen

Wheel Cakes

Similar to mutzenmandeln, Kameruner, durchzoggene, *and other types of* schmalzgebäck *(deep-fried pastries), my Mutti's* räderkuchen *were among her favorite cookies to make when unexpected company dropped by. They were so quick to prepare with ingredients that were always in her pantry. When I would say,* "Mutti, I'm supposed to bring snacks to school today!" *she'd quickly throw together these* räderkuchen *and then reminded me next time to let her know the night before!*

Deep-fried and covered in sugar or a cinnamon-sugar mix, räderkuchen *taste like little doughnuts and are absolutely* WUNDERBAR!

PREP TIME:
20 min

DEEP FRY TIME:
3 minutes

TOTAL TIME:
23 min

MAKES:
60 cookies

ingredients

granulated sugar, powdered sugar, and/or a mix of granulated sugar and cinnamon for toppings, *as desired*

2 tbsp (28 g) butter, *room temperature*

3 tbsp (39 g) granulated sugar

3 large eggs

3 tbsp (45 ml) milk

2 cups (260 g) all-purpose flour

2 tsp (8 g) baking powder

lard or peanut oil, *for frying*

directions

1. Place your choice of desired toppings into separate bowls. Cover a large plate with paper towels and set aside.
2. Put the butter, sugar, eggs, milk, flour, and baking powder into a large mixing bowl and mix together. Form into a ball, adding a little extra flour as needed if the dough is too sticky, or chill the dough in the fridge to let it firm up.
3. Roll half the dough into a ⅜-inch thick rectangle on a lightly floured counter.
4. Cut into 1-inch wide strips. Cut strips into 3-inch long pieces. About ½-inch from one end of each, cut a 1-inch long slot. Pull the long end of the strip through the slot. Repeat with remaining dough. Excess dough can be rerolled.
5. Heat lard in a deep pot to about 360F° (182°C). If you don't have a thermometer, insert the dry end of a wooden spoon. If bubbles form around it, the oil is ready.
6. Carefully put several cookies into the hot fat. After a minute or so, when the edges are golden brown, flip and fry the other side till golden. Remove cookies with a spider or slotted spoon and put them on the plate covered with paper towels to drain. While still hot, roll in the sugar topping of your choice and place on a wire rack to finish cooling. Repeat with remaining dough. Enjoy fresh!

Sandgebäck

Sand Cookies

One of Mutti's favorite cookies for special occasions were these sandgebäck. *These melt-in-your-mouth morsels of goodness remind me of shortbread. With a touch of rum and the ends dipped in chocolate, they are a perfect addition to any cookie platter any time of the year.*

As young kids, we'd be tasked with pressing a fork on the cookie dough to create decorative lines. Many cookies with less-than-perfect lines ended up in our mouths before Mutti could bake them. Fun times!

PREP TIME:
30 min

BAKE TIME:
15 min

TOTAL TIME:
45 min

MAKES:
36 cookies

ingredients

FOR THE COOKIES:

¾ cup (171 g) unsalted butter, *room temperature*

7 tbsp (91 g) granulated sugar

2 tsp (8 g) vanilla sugar *(see **page 13**)*

1 tsp (5 ml) rum flavoring

2 cups (260 g) all-purpose flour

¼ tsp (1.5 g) salt

1 tsp (4 g) baking powder

FOR THE CHOCOLATE GLAZE:

1 cup (170 g) semi-sweet chocolate chips

directions

1. Preheat oven to 325°F (160°C). Line 2 cookie sheets with parchment paper and set aside.
2. Mix all cookie ingredients together until a dough is formed.
3. Roll dough into 3 or 4 flattened logs, about 1-inch wide and ½-thick. Cut into 1 to 1½-inch sections. Press each section lightly with a fork to flatten to about ¼-inch thickness and leave an imprint. Dip the fork in flour to keep the dough from sticking. Excess dough can be rerolled.
4. Place onto baking sheets about 2 inches apart.
5. Bake 15 to 20 minutes or until light golden brown. Cool on a wire rack.
6. Heat chocolate chips in a bowl in the microwave about one minute until they can be stirred smooth. Dip the ends of the cookies into chocolate glaze.

Skor Toffee Kekse

Skor Toffee Cookies

One cookie that always finds its way to my holiday cookie platter is this Skor toffee keks. *Lately though, I've been thinking of making these throughout the year, because they are so good. Since they really are so quick and easy to make, it's a shame to enjoy them just once a year.*

Skor *is similar to the* Daim *chocolate bar that's sold in Germany. It has a thin layer of butter toffee that's covered in milk chocolate. Mimicking that here means a toffee layer covered with dark chocolate and sliced almonds. Yep, that's German enough for me!*

PREP TIME:
20 min

BAKE TIME:
5 min

TOTAL TIME:
25 min

MAKES:
30 - 40 cookies

ingredients

40 saltine or soda crackers *(just over 1 sleeve)*

1 cup (227 g) butter

1 cup (200 g) brown sugar, *packed*

3 cups (510 g) chocolate chips, *semi-sweet or dark*

1 - 2 cups (100 - 200 g) sliced almonds

directions

1. Preheat oven to 350°F (180°C). Line a rimmed 11x17-inch baking sheet with foil or parchment paper and spray with baking spray.
2. Cover baking sheet with one layer of soda crackers.
3. In saucepan, melt butter and brown sugar, stirring constantly until it boils. Boil for 1 minute, continuing to stir.
4. Pour mixture over crackers carefully (don't burn yourself) and spread evenly.
5. Bake 5 minutes until sugar mixture is bubbling.
6. Sprinkle chocolate chips evenly over surface. Wait several minutes until chocolate softens and smooth evenly. If needed, return baking sheet to oven for a few minutes to help chocolate soften. Sprinkle with almonds.
7. Cool completely. Either break or cut into pieces. Store in an airtight container in the fridge for up to 2 weeks. Let them come to room temperature before eating.

Oma's Ecke

As you cut or break into pieces, you may find that the nutty chocolaty topping separates from the toffee bottom. Don't worry. Both parts taste amazing.

If you like the taste of salted caramel, then use salt-topped crackers. If not, use the unsalted ones.

Windbeutel

Cream Puffs

Cream puffs are among the most impressive desserts you can easily make at home. You can fill them with whipped cream, mousse, or custard, and add some fruit; you can shape them into puffs, eclairs, or even swans; and you can drizzle them with chocolate or dust them with powdered sugar. There are so many ways to show off your creativity.

Windbeutel, *translated literally as windbags, are made with a* brandteig *(choux pastry). Once you've mastered the method, which really isn't difficult, you'll be surprised how quick and simple these puffs are to make. Even shaping them into swans is easily done. I tell you how in* Oma's Ecke.

PREP TIME:
30 min

BAKE TIME:
20 min

TOTAL TIME:
50 min

MAKES:
20 - 25 puffs

ingredients

FOR THE DOUGH:

1 cup (240 ml) water

½ cup (114 g) unsalted butter

pinch salt

1 cup (130 g) all-purpose flour

4 large eggs

FOR THE FILLING:

2 cups (480 ml)
heavy *(whipping)* **cream**

2 pouches *DR. OETKER Whip It*
*(see **page 13**)*

2 tbsp (26 g) granulated sugar,
to taste

directions

FOR THE DOUGH:

1. Preheat oven to 400°F (205°C). Line 2 baking sheets with parchment paper and set aside.
2. In a medium-sized pot, bring water, butter, and salt to boil, until butter is melted.
3. Remove from heat and add flour all at once, stirring until smooth and the mixture comes away from the sides of the pot.
4. Return to heat and cook for 1 minute, stirring constantly.
5. Cool slightly for just a few minutes. Using either a wooden spoon or a mixer, beat in eggs one at a time, mixing well after each one.
6. Using a large cookie scoop or a tablespoon, place dollops of dough onto baking sheets with about 2 inches between puffs.
7. Bake 20 to 30 minutes or until golden and crisp. **Do NOT open oven door during first 10 minutes of baking or puffs will collapse.**
8. Immediately upon removing from oven, cut a small slit in the side of each puff to release steam.

FOR THE FILLING:

1. Whip the cream with *Whip It* according to package instructions, adding sugar once peaks start forming.

(con't)

Oma's Ecke

To make eclairs: *Pipe the dough into oblong shapes, about 3 inches long and 1 inch wide.*

To make the swan puffs: *Remove ¼ of the dough and use it to pipe the swans' heads and necks. Do this by piping with a small tip the number "2" onto a baking sheet. Make as many of these as you have puffs.*

Bake the heads/necks for about 10 minutes and remove from oven. Then go ahead and bake the puffs according to instructions.

When cooled, cut the tops off the puffs. Cut each top in half to form the wings. Fill the puffs with whipped cream, insert the heads/necks and add the wings. Voilà! Swan cream puffs!

directions

TO ASSEMBLE:

1. Once cooled, cut the puffs in half horizontally.
2. Remove any moist bits from inside the puff and fill the bottom half with whipped cream and then place the top half back on.
3. Alternatively, use a pastry bag to pipe the cream into the center of the puff through the side slit.

Top 10 Cookie Baking Tips

Unless otherwise stated:

1. Measure accurately

2. Use unsifted all-purpose flour

3. Use large eggs and unsalted butter

4. Chill dough for cut-out cookies before rolling out

5. Use parchment paper to line baking sheets

6. Don’t use dark cookie sheets

7. Cool baking sheets between use

8. Leave 2 inches between cookies

9. Check at minimum baking time ~ don’t overbake

10. Cool cookies completely before icing

Zitronenplätzchen

Lemon Cookies

Cut-out cookies are traditional in many countries and are often served at children's birthday parties, Christmas, Easter, or simply for after-school-cookie-and-milk time. These lemony zitronenplätzchen *are reminiscent of the ones Mutti would make with us for special occasions.*

Children, and even adults, enjoy getting creative with cutting out and decorating the cookies, making it a fun project for the whole family. And, these make a great addition to any cookie platter; it brings out the little kid in us when we get to choose our favorite shape and dunk them into our tea or coffee!

PREP TIME:
45 min

CHILL TIME:
1 hr

BAKE TIME:
7 min

TOTAL TIME:
1 hr 52 min

MAKES:
48 cookies

ingredients

FOR THE COOKIES:

1 cup (200 g) granulated sugar

½ cup (114 g) unsalted butter, *room temperature*

1 large egg

2 tbsp (30 ml) milk

1 tsp (5 ml) lemon juice

2 tsp (4 g) grated lemon zest

2 cups (260 g) all-purpose flour

2 tsp (8 g) baking powder

¼ tsp (1.5 g) salt

FOR THE BUTTERCREAM ICING (*OPTIONAL*):

¼ cup (57 g) unsalted butter, *room temperature*

1 cup (125 g) powdered sugar

pinch salt

1 tsp (5 ml) lemon extract *(or other flavor), or to taste*

1 tbsp (15 ml) milk

food colors *(optional)*

sugar crystals, sprinkles, M&M's, candies *(optional)*

directions

FOR THE COOKIES:

1. In a large mixing bowl, add the sugar, butter, egg, milk, lemon juice, and lemon zest. Beat until fluffy, about 5 minutes.
2. Mix in the flour, baking powder, and salt and beat until well mixed. Cover dough and place in fridge for at least one hour or until firm.
3. Preheat the oven to 375°F (190°C). Line 2 cookie sheets with parchment paper and set aside.
4. Allow the dough to come to room temperature or until soft enough to roll. On a lightly floured surface, roll half the dough to a ¼-inch thickness. Using floured cookie cutters, cut out shapes. Place on cookie sheet, leaving one inch between cookies. Repeat with the rest of the dough. Excess dough can be rerolled.
5. Bake for 7 to 10 minutes or until the edges are golden. Remove the cookies to wire racks to cool. Let the cookie sheets cool before reusing for the next batch of cookies.

FOR THE BUTTERCREAM ICING:

1. Beat together the butter, sugar, salt, lemon extract, and milk until fluffy. Add food coloring, if desired.
2. Either spread on the cookies or use a piping bag and tip to decorate.
3. Decorate with sugar crystals, sprinkles, nuts, M&M's, candies, etc., if desired.

Zuckerkekse

Sugar Cookies

Looking for another cutout cookie to make with your children? Try these zuckerkekse. *Your little ones will so enjoy using cookie cutters and anything else they can think of to create something that's uniquely theirs. The real fun comes when decorating with icing, chocolate chips, sprinkles, nuts, raisins, and M&M's; and, of course, with lots of LOVE! That's what makes these sugar cookies so very special.*

I particularly like them with the almond flavoring. It's like having a little taste of marzipan! And when dipped in dark chocolate and topped with nuts … wunderbar! *It's the perfect combo for adult taste buds, especially when enjoyed with a cup of coffee.*

PREP TIME:
30 min

CHILL TIME:
3 hr

BAKE TIME:
10 min

TOTAL TIME:
3 hr 40 min

MAKES:
48 cookies

ingredients

2 cups (260 g) all-purpose flour

1½ tsp (6 g) baking powder

¼ tsp (1.5 g) salt

⅓ cup (64 g) shortening

6 tbsp (84 g) unsalted butter, *room temperature*

¾ cup (150 g) granulated sugar

1 large egg

1 tbsp (15 ml) milk

1 tsp (5 ml) almond extract

directions

1. Preheat oven to 375°F (190°C). Line 2 cookie sheets with parchment paper and set aside.
2. Stir flour, baking powder, and salt together in a bowl.
3. In a large mixing bowl, beat shortening and butter. Add sugar and beat till fluffy.
4. Add egg, milk, and almond extract and beat well. Add flour mixture and beat till well mixed. Cover and chill for about 3 hours.
5. Divide dough in half. On a lightly floured counter, roll out one half to about ⅛ to ¼-inch thick. Cut with cookie cutters. Repeat with remaining dough. Excess dough can be rerolled. Place at least 1 inch apart on cookie sheets.
6. Bake for 7 to 8 minutes or until the edges are slightly golden. Remove and cool on a wire rack.
7. Let the cookie sheets cool before reusing for the next batch of cookies.
8. Decorate as desired.

Oma's Ecke

Melt some chocolate chips and drizzle over cookies. Or, dip half of cookie into melted chocolate.

Simply dust with powdered sugar.

Make an icing by mixing together 1½ cups powdered sugar with 1 to 2 tablespoons milk. Add food coloring and stir till well mixed. Brush on cookies.

Put either melted chocolate or icing into a small baggie. Snip off the corner and pipe designs on cookies.

Sandwich two cookies together with jam or jelly.

Frohe Weihnachten!

This cherished photo *(circa 1930s)* is of my *Mutti (2nd from the left)* with her *Mutti* and two sisters sitting around the *Adventskranz*, enjoying their coffee with a plateful of goodies.

As you go about getting ready for Christmas with all the baking and cooking and decorating and organizing and cleaning and shopping and wrapping … I hope you'll remember the reason for this season. It's the birth of our Lord and Savior, Jesus.

And remember to breathe deeply, relax, and enjoy

Weihnachts-bäckerei

CHRISTMAS BAKING

From sparkling lights and bright colors to enticing aromas and freshly baked treats, celebrating Christmas in Germany is full of traditional delights.

It's a truly wonderful time of the year, especially when it's filled with lovely memories of *Mutti's* kitchen, like breathing in the spices, rolling the dough, licking the bowls, and savoring the finished treats.

Taking time to relive those past memories brings a feeling of *gemütlichkeit*. It really is so wonderful to re-create those cakes and *kleingebäck* (small baked goods) in order to pass on our German heritage to a new generation. It's a lot of fun, too, especially when it tastes so good!

Festive baking takes place throughout November and December with the first official sampling on the First Advent Sunday. Making sure there are plenty of delectable goodies to fill the coffee table for family and friends in time for Christmas means the hustle and bustle of the season relies on quick and delicious recipes.

This is what you will find in this Christmas baking section: tried-and-true recipes that are easy to make. Many of these recipes are my own. I've also included some of my *Mutti's* recipes, as well as some from friends.

So put on some Christmas music, light some candles, unpack the baking ingredients, pull out the mixer, and blend it all together. Make it a memorable celebration as you create delicious German Christmas treats together with your family.

PREP TIME:
30 min

CHILL TIME:
1 hr 30 min

DEEP FRY TIME:
6 minutes

TOTAL TIME:
2 hr 6 min

MAKES:
14 donuts &
12 donut holes

Berliner / Krapfen

Jelly Donut Recipe

In Berlin, these jelly donuts are called pfannkuchen*; the literal translation is pancakes, because pancakes in this area are called* eierkuchen*, or egg cakes. In northern Germany, they're called* Berliner ballen *or just* Berliner*. In the south, they go by* krapfen, Fastnachtskrapfen*, or* Faschingskrapfen*; in Hesse,* kräppel *or* kreppel*; and in Palatinate,* Fastnachtsküchelchen*. However, in each one of these places, they are also called* lecker *(translation: delicious) and are very traditional for New Year's and* Karneval*.*

These taste best when still warm from the fryer, therefore having an easy recipe to make at home is wunderbar*. All the ingredients are kneaded in the stand mixer. Then it's only a matter of rising, rolling, cutting, filling, rising, and frying. Easy breezy. And no jam injector needed.*

A strange German practical joke, especially for New Year's, is to secretly fill one Berliner *with mustard instead of jam and serve it together with regular donuts without telling anyone!*

Oma's Ecke

ingredients

FOR THE DONUTS:

3 cups (390 g) all-purpose flour

2 tsp (7 g) instant yeast

⅓ cup (67 g) granulated sugar

1 tbsp (13 g) vanilla sugar *(see* ***page 13****)*

pinch salt

3 tbsp (45 ml) rum or milk

1 tbsp (6 g) grated lemon zest

4 egg yolks

6 tbsp (84 g) unsalted butter, *melted and cooled*

1 cup (240 ml) lukewarm milk

about 1 cup (240 ml) jam or marmalade

canola or peanut oil, *for frying*

FOR THE TOPPING:

½ cup (63 g) powdered sugar, *sifted*

2 tbsp (26 g) vanilla sugar *(optional)*

directions

1. Mix flour and yeast in a large bowl of stand mixer.
2. Add sugars, salt, rum, lemon zest, egg yolks, and melted butter. Slowly start mixing into the flour and gradually add milk. Continue to mix at medium speed for about 5 minutes until the dough is soft and elastic.
3. Cover with a towel and let rise in a warm, draft-free area until doubled in size, about 1 hour.
4. Gently punch down the dough to deflate it. Roll out the dough on a lightly floured counter to ¼-inch thickness. Using a floured 3-inch circular cutter, cut out 28 circles. Put a bit of jam or marmalade into the center of half the circles.
5. Brush the edges of the circles that have the jam with water and place a plain circle over the jam ones. Press the edges together to seal well. Put the donuts onto a well-floured surface and cover with a towel.
6. Gently knead any remaining dough and cut out donut holes *(I can usually get about 12).*
7. Let all rise until doubled in size, about 30 minutes.
8. Heat oil in fryer (or deep pot) to 360°F to 375°F (182°C to 190°C). Fry a few donuts at a time to avoid crowding, about 2 to 3 minutes per side until golden brown. Remove with a spider or slotted spoon and drain on paper towels.
9. Mix the powdered sugar and vanilla sugar and sprinkle over the donuts using a sieve.
10. The donut holes will fry in about 1 to 2 minutes per side.
11. Serve warm, if possible.

Bethmännchen

Marzipan Cookies

Originally created to honor the Bethmann *family, these cookies are traditionally served only at Christmas.* Theobald von Bethmann-Hollweg *was the Chancellor of the German Empire in the early 1900s. Why are they honored in this way? And why are there three almonds on top of these cookies? While the answer to the first question is not clear, these are topped with three almonds because the Chancellor had three sons.*

Perhaps that's the reason I love these cookies so much, since we, too, have three sons. Also, these Bethmännchen *include* marzipan *as one of the main ingredients, and I absolutely LOVE* marzipan*!*

PREP TIME:
20 min

BAKE TIME:
15 min

TOTAL TIME:
35 min

MAKES:
36 cookies

ingredients

½ cup (63 g) powdered sugar

¼ cup (33 g) all-purpose flour

1 large egg, *separated*

8 oz (227 g) ***marzipan*** **or almond paste** *(see* ***page 173****), coarsely grated*

1 tbsp (15 ml) milk

about 3 oz (85 g) almonds, *skinned and halved*

directions

1. Preheat oven to 350°F (180°C). Line 2 cookie sheets with parchment paper and set aside.
2. In a mixing bowl, blend powdered sugar and flour together. Add egg white and *marzipan*.
3. Using a dough hook or your hands, mix until you have a smooth dough.
4. Using wet hands to keep the dough from sticking, roll dough into balls the size of walnuts. You may need to add an extra couple of tablespoons flour so the dough isn't too sticky.
5. Place cookies onto cookie sheets with about 2 inches between cookies. Mix egg yolk and milk together. Brush mixture on cookies.
6. Press three almond halves into each cookie with the tips pointing upward.
7. Bake for 15 to 20 minutes or until pale golden.
8. Cool on a wire rack.

Oma's Ecke

Skinning and halving almonds

Bring a small pot of water to boil. Add almonds and blanch for 60 seconds. Drain and immediately dump into a bowl of cold water for a minute or two. Drain and while they are still slightly warm, squeeze the almonds and the skins will slip off. To halve the almonds, slide a knife tip into the spot where the two halves are connected and the nut will separate. Dry on paper towels.

Bombe

Chocolate Christmas Cake

Bombe - *what an interesting name for a Christmas cake! Mutti wasn't able to explain to me why it was called this. Perhaps it's because there's a delightful explosion of flavor with each and every bite.*

This chocolate gingerbread cake, topped with a dark chocolate glaze and studded with dried currants and almonds, is best made early in the Christmas season since the flavor mellows and improves with age. The almonds and currants (or dried cranberries - YUM!) are a wonderful combination and that lebkuchen *flavor really shines through.*

PREP TIME:
1 hr

BAKE TIME:
1 hr

TOTAL TIME:
2 hr

MAKES:
16 slices

ingredients

FOR THE CAKE:

1¼ cup (250 g) granulated sugar

1 cup (340 g) honey

½ cup (114 g) unsalted butter

5 large eggs

¾ cup (63 g) cocoa powder, *sifted*

1 15-g (4¼-tsp) package *lebkuchen* spice *(see **page 14**)*

¾ cup (108 g) dried currants

½ cup (120 g) chopped candied lemon peel

1 cup (110 g) slivered almonds

4 tbsp (60 ml) rum

3⅔ cups (477 g) all-purpose flour

¼ tsp (1.5 g) salt

3 tsp (12 g) baking powder

FOR THE CHOCOLATE GLAZE:

½ cup (85 g) semi-sweet chocolate chips

½ cup (120 ml) heavy *(whipping)* **cream**

directions

FOR THE CAKE:

1. Preheat oven to 350°F (180°C). Grease and flour a 10-inch *Bundt* pan and set aside.
2. Put the sugar, honey, and butter into a saucepan. Heat, stirring occasionally, until sugar and butter are melted, but don't let it boil. Cool for at least 15 minutes.
3. In a large mixing bowl, beat eggs for about 3 minutes until frothy. Mix in cocoa and *lebkuchen* spice.
4. Stir in currants, lemon peel, almonds, and rum. Stir in the cooled honey mixture. In another bowl, mix the flour, salt, and baking powder together and add to the batter, mixing thoroughly.
5. Spoon into the prepared *Bundt* pan.
6. Bake for 55 to 65 minutes or until a wooden pick inserted into the center comes out clean.
7. Let cool in pan on a wire rack for about 10 minutes before turning out onto a wire rack to finish cooling.

FOR THE CHOCOLATE GLAZE:

1. Put chocolate chips into a bowl.
2. Heat the heavy cream over medium heat until it comes to a simmer. Pour the hot cream over the chocolate chips. Let sit for 5 minutes. Stir well. Let sit a further 10 minutes.
3. Brush glaze over cold cake. This will take several hours to harden. For longer storage, wrap in plastic, then in aluminum foil, and keep in a cool dry place for 2 to 3 weeks.

Glühweinkuchen

Mulled Wine Cake

Glühwein*, literally translated as smoldering or glowing wine, is a type of mulled wine that's enjoyed at the Christmas markets throughout Germany. This* glühweinkuchen *is a natural consequence of* glühwein's *great popularity and is deliciously perfect for Christmas* kaffeeklatsch.

Whether cut into diamond-shaped bars or served as a slice of cake, all that's needed is a good cup of coffee and perhaps a dollop of whipped cream on the side. Even a cup of hot glühwein *would be a perfect accompaniment. See* Oma's Ecke *to find out how easy it is to make a non-alcoholic version.*

PREP TIME:
15 min

BAKE TIME:
20 min

TOTAL TIME:
35 min

MAKES:
25 bars

ingredients

FOR THE CAKE:

1 cup (227 g) unsalted butter, *room temperature*

½ cup (100 g) granulated sugar

4 large eggs

2¼ cups (293 g) all-purpose flour

¼ tsp (1.5 g) salt

2 tsp (8 g) baking powder

⅓ lb (151 g) chocolate, *grated*

½ cup (120 ml) *glühwein* *(see Oma's Ecke)*

FOR THE GLAZE:

1 cup (125 g) powdered sugar

2 tbsp (30 ml) *glühwein*

directions

1. Preheat oven to 350°F (180°C). Grease a rimmed 10x17-inch baking sheet and set aside.
2. Beat butter together with the sugar until creamy. Add eggs, one at a time, mixing well.
3. Add flour, salt, baking powder, chocolate, and *glühwein*. Mix everything well. Spread onto baking sheet.
4. Bake for 20 minutes or until a wooden pick inserted in the center comes out clean. Let cool on a wire rack.
5. For the glaze, mix together the powdered sugar and just enough *glühwein* until it is the proper consistency for spreading. Brush over cooled cake. Dust with powdered sugar just before serving.

Oma's Ecke

Make your own* glühwein*:

Into a large saucepan, add 3 cups of a quality dry red wine, half a cup of water, 3 to 4 tablespoons granulated sugar, 3 whole cloves, 2 cardamom pods, one star anise, one stick cinnamon, and the slices of half a lemon. Cover and heat to just below simmering for about 1 hour. Strain out the spices and it's ready to enjoy. For a non-alcoholic glühwein, *let it boil briefly to evaporate the alcohol.*

Haselnussmakronen

Hazelnut Macaroons

Haselnussmakronen *were always included in Mutti's Christmas baking. My sisters and I would sit for hours cracking the nuts. Mutti would then roast them lightly to remove the skins and grind them in a special nut grinder.*

Nowadays, ground hazelnuts are available, either locally or online, so making these little Christmas treats are much less work. Traditionally, these were made on oblaten, *a sort of tasteless little wafer that is similar to a communion wafer. Their purpose is to keep the macaroons from sticking to the cookie sheet, but I prefer using parchment paper instead.*

PREP TIME:
25 min

BAKE TIME:
20 min

TOTAL TIME:
45 min

MAKES:
48 cookies

ingredients

3 egg whites

1 tsp (5 ml) lemon juice

¾ cup (150 g) granulated sugar

½ tsp (1 g) cinnamon

½ lb (227 g) ground hazelnuts

about 50 whole hazelnuts *to decorate*

directions

1. Preheat oven to 300°F (150°C). Prepare three 11x17-inch cookie sheets by lining them with parchment paper.
2. Whip egg whites with lemon juice until stiff peaks form. Slowly add sugar, continuing to whip until the meringue is shiny and you cannot feel any sugar when you rub a bit between your fingers. Fold in cinnamon and ground hazelnuts.
3. Using a small cookie scoop or a teaspoon, drop spoonfuls of the mixture onto cookie sheets leaving 2 inches between them. Place a whole hazelnut on top of each cookie.
4. Bake for 20 to 25 minutes or until golden.
5. Let cool completely before removing from parchment paper. They will stick if you try to do this when they are still warm.

To remove the skins from whole hazelnuts, place them in a single layer on a cookie sheet and roast them in a preheated 325°F (160°C) oven for about 10 minutes. Pour them onto a clean dishtowel. Spread them out and fold the towel over and rub the towel back and forth to loosen the skins.

Oma's Ecke

Königskuchen

King's Cake

One of Mutti's favorite cakes to make for the holidays, and especially for Christmas, was the Königskuchen, *translated King's Cake. This isn't the yeast-based Three Kings' Cake that is served in southern Germany, but rather a non-yeast fruit cake filled with lots of dried currants and raisins. It's one of the few cakes in Germany that has its very own traditional loaf pan; although a normal loaf pan works just fine, you will have extra batter that you can use to make muffins.*

Königskuchen *tastes great just the way it is, but we especially love it spread with butter and black currant jam for breakfast or* kaffeeklatsch. *Yum!*

PREP TIME:
15 min

BAKE TIME:
1 hr 5 min

TOTAL TIME:
1 hr 20 min

MAKES:
12 - 14 slices

ingredients

1 cup + 4 tsp (247 g) unsalted butter, *room temperature*

1 cup (200 g) granulated sugar

4 large eggs

1 tsp (5 ml) vanilla extract

2¾ cups (358 g) all-purpose flour

1 cup + 3 tbsp (152 g) cornstarch

¼ tsp (1.5 g) salt

3 tsp (12 g) baking powder

½ cup (120 ml) milk

4 tbsp (60 ml) rum

⅓ cup (80 g) chopped candied peel *(optional)*

1 cup (150 g) raisins

1 cup (144 g) dried currants

directions

1. Preheat oven to 350°F (180°C). Grease and flour a 4.5x3x12-inch loaf pan (see *Oma's Ecke*).
2. In a large mixing bowl, cream together the butter and sugar. Mix in eggs and vanilla.
3. In a separate bowl, mix flour, cornstarch, salt, and baking powder.
4. Add the flour mixture alternately with milk and rum to the butter/sugar mixture. Mix well. This is a very heavy, sticky batter.
5. Using a large wooden spoon, mix in the candied peel, raisins, and currants.
6. Spoon the batter into prepared loaf pan and bake for 65 to 75 minutes or until a wooden pick inserted in the center comes out clean.
7. Let the cake cool in the pan on the rack for about 10 to 15 minutes before turning out onto rack to cool completely.

Oma's Ecke

The traditional Königskuchen *is baked in a 4.5x3x12-inch pan. You can replace that with a regular loaf pan and use the remaining batter to make muffins.*

If you prefer not to use rum, then add an extra 4 tablespoons milk.

Replace the dried currants with dried cranberries. YUM!

Lebkuchen

Gingerbread

One of the most traditional of all German Christmas treats is lebkuchen. *This recipe is more cake-like in texture than the commonly seen cookies and each bar is filled with little bits of mixed peels and nuts. Once baked and iced, the real fun begins! I have wonderful memories of Mutti, my sisters, and myself creating pretty designs with nuts and glacé cherries before the icing had a chance to set.*

Although lebkuchen *is called gingerbread in English, it's actually much better than gingerbread! And it's super simple to make. The ingredients get mixed in one bowl, then poured into a pan, baked, decorated, and cut into squares. It doesn't get much easier than that to make such pretty traditional Christmas goodies.*

PREP TIME:
40 min

BAKE TIME:
15 min

TOTAL TIME:
55 min

MAKES:
32 bars

ingredients

FOR THE GINGERBREAD:

1 large egg

2 tbsp (30 ml) neutral oil, *such as canola*

½ cup (100 g) brown sugar, *packed*

⅓ cup (113 g) honey

⅓ cup (113 g) molasses

2 cups (260 g) all-purpose flour

1 tbsp (11 g) *lebkuchen* spice mix *(see **page 14**)*

½ tsp (3 g) baking soda

½ cup (55 g) slivered almonds

½ cup (120 g) mixed candied fruits and peels, *chopped*

FOR THE ICING:

1 egg white

1½ cups (188 g) powdered sugar

1 tbsp (15 ml) lemon juice

mixed candied fruits, peels, and nuts, *for decorating*

directions

1. Preheat oven to 350°F (180°C). Grease a 10x15-inch rimmed baking sheet and set aside.
2. Have icing and items for decorating ready to use as soon as the cake is baked.
3. In a large mixing bowl, beat egg and oil. Add brown sugar and beat well. Add honey and molasses. Mix well.
4. In another bowl, mix together flour, *lebkuchen* spice, and baking soda. Add to egg mixture and beat till well mixed. Stir in almonds and candied fruit and peel. The dough will be very thick.
5. Spread in onto the baking sheet, using the back of a wet spoon to spread it evenly.
6. Bake for 15 to 20 minutes or until a wooden pick inserted in the center comes out clean.
7. Meanwhile make the icing by beating the egg white, powdered sugar, and lemon juice in a small bowl until smooth.
8. Immediately upon removing the *lebkuchen* from the oven, score into bars with a sharp knife.
9. Spread icing over warm bars. Immediately decorate with candied fruit and nuts. Cool completely.
10. Cut through completely at the score marks to cut into individual bars.

Lebkuchen-Plätzchen

Gingerbread Cookies

Sometimes, simple is best.

Nothing fancy to these lebkuchen-plätzchen.

No nuts or candied fruit inside.

Just plain lebkuchen.

Delicious. Glazed simply with vanilla or chocolate and topped with nuts.

Quintessentially, a German Christmas.

PREP TIME:
30 min

BAKE TIME:
15 min

TOTAL TIME:
45 min

MAKES:
30 cookies

ingredients

FOR THE DOUGH:

¾ cup + 2 tbsp (200 g) unsalted butter

2 tbsp (42 g) molasses

⅓ cup (80 ml) light corn syrup

2¾ cup (358 g) all-purpose flour

1⅓ cup (267 g) packed brown sugar

1 tbsp (11 g) *lebkuchen* spice mix *(see **page 14**)*

1 tsp (4 g) baking powder

¼ tsp (1.5 g) salt

2 large eggs

FOR THE GLAZE:

4 oz (114 g) bittersweet chocolate

1 tbsp (14 g) coconut oil

1 cup (125 g) powdered sugar

nuts to decorate, *such as walnuts or halved almonds*

directions

1. Preheat oven to 350°F (180°C). Line two 11x17-inch cookie sheets with parchment paper and set aside.
2. Put butter, molasses, and corn syrup into a small pot and heat just until butter melts.
3. In a large bowl, mix together the flour, brown sugar, spice mix, baking powder, and salt.
4. Stir butter mixture into dry ingredients, mixing well.
5. Add eggs one at a time, stirring until well mixed.
6. Using a cookie scoop or a tablespoon, drop spoonfuls onto cookie sheets, leaving 2 inches between the cookies. Press lightly with your fingers to form each into a disc.
7. Bake 15 to 20 minutes. Remove to a wire rack and let cool.
8. To make the glazes, melt the chocolate and coconut oil in a small bowl (about 2 minutes in a microwave) and stir until smooth. In another bowl, mix powdered sugar with about 3 tablespoons water and stir until smooth.
9. Dip half the cookies into the chocolate and half into the white icing. Top with nuts to decorate.

Linzer Augen

Linzer Eyes

Linzer augen *(literally translated* Linzer *eyes) are a variation of the famous Austrian* Linzer torte*, a mouth-watering, buttery, nutty pastry filled with black currant preserves and topped with a lattice crust. Traditionally, this* torte *is served at Christmas which makes its namesake cookies equally perfect for the holidays.*

These cookies are so delicious that they have become a very traditional treat for Christmas in Germany as well. Usually time-consuming and finicky to make, I've discovered a super easy way to make them: refrigerate rolls of dough and then slice them. Easy peasy! Or, if you really want to be traditional, roll them out and cut them as I did for the photo above.

PREP TIME:
50 min

CHILL TIME:
3 hr

BAKE TIME:
10 min

TOTAL TIME:
4 hr

MAKES:
60 cookies

ingredients

¾ cup (171 g) unsalted butter, *room temperature*

⅔ cup (133 g) granulated sugar

1 large egg

1 tsp (5 ml) vanilla extract

½ tsp (1 g) grated lemon zest

1½ cups (180 g) finely ground almonds

2 cups (260 g) all-purpose flour

⅔ cup (160 ml) black currant or raspberry jam

powdered sugar, *for dusting*

directions

1. Line two 11x17-inch cookie sheets with parchment paper and set aside.
2. In a large bowl, mix together the butter, sugar, egg, vanilla, and lemon zest, beating until light and fluffy. Beat in the nuts and flour until well blended.
3. Divide the dough in half. Form each into a 1¼-inch diameter log. Wrap in plastic wrap and refrigerate 3 hours or overnight.
4. Preheat the oven to 325°F (160°C).
5. Cut the chilled dough into 3⁄16-inch slices.
6. Place the cookies 1 inch apart on the cookie sheets.
7. Using a small cookie cutter, cut a ½-inch hole in the center of half the cookies.
8. Bake for 10 minutes or until golden brown. Let cool 10 minutes before removing to a wire rack to cool completely.
9. Spread about ½ teaspoon of jam on the whole cookies. Dust the powdered sugar over the cookies with the holes and place them on the jam-topped cookies.

Oma's Ecke

Be traditional: *Form each dough half into a flat rectangle to wrap and refrigerate for at least 30 minutes. Roll out to 3⁄16-inch thickness and use circular cookie cutters and continue as above.*

Mandelgebäck

Almond Bars

This recipe for mandelgebäck *has been part of our family's Christmas cookie collection for over 50 years, so it just isn't Christmas without these on our table. Normally, these are topped with a white icing drizzle, but I find they taste so much better with some bittersweet chocolate drizzled on top.*

The origins of this cookie seems to be Scandinavian, but I make sure I add lots of almond extract. That makes these taste so wonderfully like marzipan and for me, anything marzipan is German! While it would be wonderful to enjoy these all year long, sometimes having something only once a year makes it that much more special. For me, that's mandelgebäck.

PREP TIME:
25 min

BAKE TIME:
12 min

TOTAL TIME:
37 min

MAKES:
48 cookies

ingredients

½ cup (114 g) unsalted butter, *room temperature*

1 cup (200 g) granulated sugar

1 large egg

½ tsp (3 ml) almond extract

1¾ cups (228 g) all-purpose flour

2 tsp (8 g) baking powder

¼ tsp (1.5 g) salt

about ¼ cup (60 ml) milk

½ cup (50 g) sliced almonds

1 cup (170 g) bittersweet chocolate chips

directions

1. Preheat oven to 325°F (160°C). Line two 11x17-inch cookie sheets with parchment paper and set aside.
2. In a large mixing bowl, beat together butter and sugar. Beat in egg and almond extract until light and fluffy.
3. In another bowl, mix flour, baking powder, and salt together. Add to butter mixture and beat until well mixed.
4. Divide dough into four portions. Form each into a roll about 12 inches long.
5. Put two rolls about 4 to 5 inches apart on one cookie sheet and flatten rolls with fingers to about 3 inches wide. Repeat with the remaining dough.
6. Brush with milk and sprinkle with sliced almonds. Bake for 12 to 15 minutes or until edges are just slightly browned.
7. Remove from oven and **immediately** cut in 1-inch diagonal strips by carefully cutting down with a knife. Do not saw back and forth or the delicate cookies will break. Let cool for about 5 minutes and then remove to a wire rack to finish cooling.
8. Melt chocolate chips in the microwave and drizzle over the bars.

Marzipan Quarkstollen

Stollen with Greek Yogurt

This non-yeast Christmas stollen *is the BEST in my opinion. Why? Because it's always moist, it tastes so good, and it's so quick and easy to make. Best of all, this* quarkstollen *(although I use Greek yogurt instead of* quark*) is ready to serve immediately and doesn't need to age for weeks like the yeast version.*

To make it extra special, I add a roll of marzipan *(see* ***page 173****) right down the middle so that everyone gets a taste. If you're not a fan of* marzipan*, you can just omit it. You can also adjust what you stud your* quarkstollen *with. If you don't like raisins or candied peel, omit them. If you like more almonds, add them. It's easy to make it just the way you like it.*

PREP TIME:
20 min

BAKE TIME:
45 min

TOTAL TIME:
1 hr 5 min

MAKES:
1 large *stollen*

ingredients

3⅓ cups (434 g) all-purpose flour

2 tsp (8 g) baking powder

pinch salt

2 cups (490 g) Greek yogurt, *full-fat*

3 large eggs, *slightly beaten*

1 tsp (5 ml) vanilla

¾ cup (150 g) granulated sugar

⅓ cup (50 g) raisins, *(soaked in 1 tbsp (15 ml) rum, optional)*

⅓ cup (53 g) dried cranberries or candied peel

⅓ cup (37 g) slivered almonds

5 ounces (142 g) baking *marzipan* or almond paste

2 tbsp (28 g) butter, *melted*

2 tbsp (16 g) powdered sugar

directions

1. Preheat oven to 375°F (190°C). Line an 11x17-inch baking sheet with parchment paper. Have two extra sheets of parchment paper available. Set these aside.
2. Sift flour, baking powder, and salt into large bowl. Stir together and make an indentation in the center.
3. Add the Greek yogurt, eggs, vanilla, sugar, raisins, cranberries, and almonds into the center.
4. Mix with your hands until it holds together and knead LIGHTLY. It should hold its shape, but it will be sticky. If it is too moist, add a bit of extra flour.
5. Place the dough onto one of the extra sheets of parchment paper and press into a rectangle with your hands (dip hands in water first to keep the dough from sticking).
6. Cover the dough with the second piece of parchment paper and roll lightly to a 9x12-inch rectangle.
7. Peel off the top parchment paper. Roll *marzipan* into a 10-inch log and place down the middle of the dough. Using the bottom parchment paper to lift the dough, fold one side of the dough over the *marzipan*.
8. Dip your hands into a bit of water, then press the *stollen* into the proper shape with one side higher than the other, sealing the *marzipan* inside the loaf.
9. Lift the *stollen* with the parchment paper onto the parchment paper-lined baking sheet. Trim off the parchment paper that you used for rolling if it has dough stuck on it so it doesn't burn.

(con't)

directions

10. Bake for 45 to 55 minutes until golden brown or until a wooden pick inserted in the center comes out clean. Be careful not to insert the pick into the marzipan center when checking since that will be moist.
11. Transfer to a cookie rack.
12. Brush melted butter over the warm loaf and sift powdered sugar over it.
13. It's ready to serve when cooled, although it does taste best the next day.

FROM ME TO YOU • VON MIR ZU DIR • FROM ME TO YOU • VON MIR ZU DIR • FROM ME TO YOU

Homemade Marzipan

1¾ cups (175 g) almond flour

1½ cups (188 g) powdered sugar

1 egg white

pinch salt

½ - 1 tsp almond extract, to taste

In a food processor, pulse almond flour and sugar together to combine. Add remaining ingredients and process until smooth. Divide into 2 logs and wrap in plastic. Refrigerate up to 1 month. Makes about 1½ cups (375 g).

Pekannusskekse

Pecan Bars

This yummy pecan bar recipe comes from my hubby's German cousin, Ingrid. After she immigrated to Canada, she stumbled upon these while trying to re-create one of her very favorite Christmas treats, nussecken *(see **page 132**).*

Are they the same? Absolutely not.

Are they delicious? Absolutely!

These are such a tasty and pretty addition to any cookie platter. With the layer of chocolate icing, they taste like a scrumptious, chewy, gooey, nutty chocolate bar! That's why they are included in my collection of Christmas treats. Plus, they are quick to make and everyone loves them!

PREP TIME:
20 min

BAKE TIME:
10 min

TOTAL TIME:
30 min

MAKES:
24 bars

ingredients

24 graham crackers

1 cup (227 g)
unsalted butter

1 cup (200 g)
granulated sugar

1 cup (120 g)
pecans, *chopped*

2 cups (340 g)
bittersweet or semi-sweet chocolate chips

24 pecan halves

directions

1. Preheat oven to 350°F (180°C). Line a rimmed 10x17-inch baking sheet with parchment paper and set aside.
2. Place the graham crackers on the baking sheet in a single layer.
3. Carefully bring butter and sugar to boil. Gently simmer for 2 minutes, stirring constantly.
4. Add chopped pecans to the butter mixture and spread over crackers.
5. Bake about 10 minutes. Remove from the oven and place on a wire rack to start cooling.
6. Cut into 24 bars while warm.
7. Melt chocolate chips in the microwave and spread over the bars. Top each one with one of the pecan halves.

Oma's Ecke

If you wish, you can spread the chocolate chips on top of the butter/pecan mixture once the 10-minute bake time is over. As the chips melt, spread the chocolate over the top, returning to the oven briefly if needed to help the chips melt. Then cut into bars while still warm and place one of the pecan halves on each bar.

Vanillekipferl

Almond Cookies

Originally from Austria, these cookies became a specialty in the Bavarian region. Not only have they now become a Christmas tradition throughout other parts of Germany, they are also often enjoyed all year long. They are perfect to make early in the Christmas season, not only because they store very well, but they actually get better the longer they stand.

I'd like to thank my dear friend, Melania Orasch, for sharing not only her vanillekipferl *with me, but the recipe as well. You'll see that Melania likes things easy too. Her recipe is a simpler version of other traditional ones. These are melt-in-your-mouth goodness and have a slight semblance to shortbread.*

PREP TIME:
35 min

BAKE TIME:
10 min

TOTAL TIME:
45 min

MAKES:
48 cookies

ingredients

FOR THE DOUGH:

1¾ cups (228 g) all-purpose flour

1 cup (120 g) ground almonds

¼ cup (50 g) granulated sugar

2 tsp (8 g) vanilla sugar
(see ***page 13****)*

1 cup (227 g) cold unsalted butter

FOR THE TOPPING:

1 cup (125 g) powdered sugar

2 tbsp (26 g) vanilla sugar
(see ***page 13****)*

directions

1. Preheat oven to 300°F (150°C). Prepare two cookie sheets, either by greasing or lining with parchment paper, and set aside.
2. Mix flour, ground almonds, sugar, and vanilla sugar together in a large bowl.
3. Cut in cold butter with a pastry blender and then quickly knead all ingredients together with your hands to make a smooth dough.
4. Roll the dough into a ½-inch thick log. Cut the log into 2-inch pieces and roll each piece slightly with your hands.
5. Place them onto the prepared cookie sheets and form into crescents.
6. Bake for 10 to 15 minutes or until lightly golden.
7. Meanwhile, prepare the topping by mixing together the powdered sugar and vanilla sugar.
8. As soon as the cookies are removed from the oven, carefully roll them in the sugar mixture. Place the coated cookies on a wire rack to finish cooling. Once they are completely cooled, you can dust them with more of the sugar mixture.

Zimtsterne

Cinnamon Stars

Zimtsterne, *or cinnamon stars, is the one recipe that everyone wants to make for Christmas, but most are afraid to try. Perhaps they've tried once, but failed. So, the last recipe in this book is for* zimtsterne, *but an easy version. It may not be identical to the original, but it's so close. These cinnamon stars are both chewy and crispy, and taste so* wunderbar *with the almonds and cinnamon, and that wonderful meringue on top.*

Don't feel you need to be limited to making just stars. I've used this same recipe to make pretty little butterflies and other shapes that make me happy.

PREP TIME:
45 min

BAKE TIME:
15 min

TOTAL TIME:
1 hr

MAKES:
30 cookies

ingredients

FOR THE COOKIES:

5 cups (600 g) ground almonds

3 cups (375 g) powdered sugar

2 tbsp (15 g) cinnamon

3 egg whites

1 tbsp (15 ml) *kirschwasser* *(optional)*

FOR THE MERINGUE TOPPING:

1 cup (125 g) powdered sugar

1 egg white

directions

1. Preheat the oven to 300°F (150°C). Line two 10x17-inch cookie sheets with parchment paper. Have an extra sheet of parchment paper available. Set these aside.
2. In a large bowl, mix together the almonds, powdered sugar, and cinnamon. Add the egg whites and *kirschwasser*. Mix well, until crumbly. Use your hands and knead gently into a ball.
3. To make the meringue topping, whip the powdered sugar and egg white in a small bowl using clean beaters until stiff peaks form. Set aside.
4. Place the dough on the extra sheet of parchment paper. Cover with plastic wrap and roll out the dough to about ⅓-inch thickness. Remove plastic wrap. Cut out stars or other shapes and place on lined cookie sheets with space between the cookies. Excess dough can be rerolled. Brush the cookies with the meringue.
5. Bake for 15 to 20 minutes, being careful that the tops don't get browned. Cool on a wire rack.

BAKE:
To cook by dry heat in an oven

BATTER:
A mixture of flour, eggs, or other ingredients that is liquid enough to pour

BEAT:
To mix rapidly, usually with a fork, whisk, or electric mixer; to combine ingredients and incorporate air

BLEND:
To stir together until well mixed

COMBINE:
To stir together just until mixed

CURDLE:
When a mixture separates and looks lumpy, usually due to temperature differences

DOUGH:
A thick mixture that is stiff enough to be kneaded and rolled

DRIZZLE:
To drip icing or glaze off a fork or spoon over baked goods

DUST:
To lightly sprinkle a powder, such as powdered sugar or cocoa, over baked goods

EGG WASH:
Beaten eggs, sometimes with water or milk added

FOLD IN:
To combine ingredients with a spatula by gently lifting and folding under in an effort not to deflate air bubbles in a delicate batter

FROST:
To apply a sweet topping or icing

GLAZE:
A coating to provide shine or color

GREASE:
To coat the inside of a baking pan with butter, or nonstick cooking spray to prevent sticking

GREASE & FLOUR:
To grease a pan with butter and then add a bit of flour, swirling and tapping the pan so that the flour coats the fat

KNEAD:
To mix dough by hand by repeatedly folding, pushing, and turning the dough on a counter until it is smooth or by using an electric mixer with a dough hook in order to develop gluten

LUKEWARM:
Slightly warm or around 105 degrees Fahrenheit

MERINGUE:
A stiffly beaten mixture of egg whites and sugar

PINCH:
The amount you get when you pinch a spice or other ingredient between your thumb and forefinger

PREHEAT:
To heat the oven to required temperature before adding food

PROOF:
To allow bread dough to rise or yeast to activate

PUNCH DOWN:
To gently deflate yeast dough to eliminate air bubbles so that it can be easily kneaded and shaped after its first rise

RETARDING:
Chilling dough to slow its rising in order to increase the flavor

SCORE:
To slash the surface of the bread or rolls to help with its rising while baking

SIFT:
To pass dry ingredients through a sieve or sifter to remove any lumps and incorporate air

WHIP:
To beat rapidly to increase volume and incorporate air

WHISK:
A kitchen tool with wire loops used to whip a liquid into a light and foamy mixture

YEAST:
A single-celled organism that ferments sugars and starches, producing carbon dioxide bubbles which causes the bread to rise

ZEST:
The outer colored layer of the skin of citrus fruits containing the essential oils that is grated using a microplane grater or box grater

Acknowledgments

I'm always amazed and so thankful for the people God has brought into my life.

First and foremost, to my hubby, Andy, the love of my life for over fifty years. You've always encouraged, inspired, and motivated me to never give up. Your dedication and commitment to the Lord have set the atmosphere in our home — one of peace, joy, love, and contentment. Thank you.

To my son, Mike, I so appreciate all the work you've done with the design, layout, cover photography, tech help, and all the other details involved in publishing this book. To my daughter-in-law, Sylvie, I'm so thankful for your editing skills, proofreading, and your keen eye for detail. You've both kept me on track. Thanks!

To my dear friend, Heidi Möllgaard, for proofing (especially the German) and sharing your 'secret' recipes, a big heartfelt *danke*. I think it's time for another trip to Germany!

Family hugs to my grandchildren, my boys, and their wives—Alana, Lydia, Liam, Tal, Andrew & Vicki, Mike & Sylvie, and Eran & Catherine—you're the inspiration for passing on my German heritage this way. It's always a pleasure to bake for you and looking forward to spending many more hours around the table together.

GERMAN DISCLAIMER

If you are German, you'll no doubt have noticed that the German grammar in this book is scrupulous ... if you take into account that this book follows English grammar rules. Know that I too, as a native German *and* school teacher, suffered seeing all the German nouns written in lower case! :)

About the Author

Gerhild Fulson is the author of *German Meals at Oma's*, her first print cookbook, as well as *Comfort Foods and Oma's German Meat Dishes*, among many other e-cookbooks. Having honed her baking and cooking skills at her *mutti's* side, and with her *mutti's* handwritten cookbook as a guide, Gerhild is now the *oma* (grandma) at whose side others are learning.

Known as *Oma Gerhild* to her many followers online, she is a pastor and the cofounder of *Gottes Wort* Ministry and a website consultant. Wanting to pass on her rich German heritage to her family and friends, she took on the challenge to turn traditional recipes into time-friendly ones using ingredients that could be sourced outside of Germany and measured without a scale. Her methods and ingredients may not always be traditional, but the results are delicious and always get rave reviews. She now passes on that knowledge through her English blog (www.quick-german-recipes.com) and her many cookbooks.

Born in Germany but raised in Canada, Gerhild lives in the picturesque Niagara Region with Andy (a.k.a. Pastor Wolle), her husband of over fifty years. She has three married sons and four grandchildren. Baking for and with them sparks her unique creativity in the kitchen.

Passing on her blend of distinctive German cuisine to a new generation to enjoy, Gerhild's recipes have become staples for those who crave their *oma's* home baking and cooking of yesteryear.

T

V

W

Y

Z

Printed in Great Britain
by Amazon

37013740R00106